Stephen Owen
宇文所安作品系列

Borrowed Stone
Stephen Owen's Selected Essays

他山的石头记

宇文所安自选集

〔美〕宇文所安 著
田晓菲 译

生活·讀書·新知 三联书店

Simplified Chinese Copyright © 2019 by SDX Joint Publishing Company.
All Rights Reserved.
本作品中文简体版权由生活·读书·新知三联书店所有。
未经许可，不得翻印。

图书在版编目（CIP）数据

他山的石头记：宇文所安自选集／（美）宇文所安著；
田晓菲译．—北京：生活·读书·新知三联书店，2019.6（2024.8 重印）
（宇文所安作品系列）
ISBN 978-7-108-06450-9

Ⅰ．①他… Ⅱ．①宇… ②田… Ⅲ．①中国文学－古典文学研究－文集
Ⅳ．① I206.2-53

中国版本图书馆 CIP 数据核字（2019）第 010730 号

责任编辑	钟　韵
装帧设计	蔡立国
责任印制	李思佳

出版发行　生活·讀書·新知 三联书店
　　　　　（北京市东城区美术馆东街 22 号 100010）
网　　址　www.sdxjpc.com
图　　字　01-2018-7873
经　　销　新华书店
印　　刷　北京新华印刷有限公司
版　　次　2019 年 6 月北京第 1 版
　　　　　2024 年 8 月北京第 2 次印刷
开　　本　880 毫米×1230 毫米　1/32　印张 11.75
字　　数　262 千字
印　　数　8,001-10,000 册
定　　价　65.00 元

（印装查询：01064002715；邮购查询：01084010542）

目　录

三联版序　*1*

自序　*1*

瓠落的文学史　*5*

《诗经》中的繁殖与再生　*28*

自残与身份：上古中国对内在自我的呈现　*54*

叙事的内驱力　*74*

"活着为了著书，著书为了活着"：司马迁的工程　*107*

"一见"：读《汉书·李夫人传》　*114*

刘勰与话语机器　*130*

柳枝听到了什么：《燕台》诗与中唐浪漫文化　*149*

唐朝的公众性与文字的艺术　184

苦吟的诗学　204

享乐的困难　224

醉归　248

只是一首诗　262

"那皇帝一席，也不愿再做了"：《桃花扇》中求"真"　281

微尘　305

过去的终结：民国初年对文学史的重写　319

把过去国有化：全球主义、国家和传统文化的命运　351

译者跋　368

三联版序

这本书里所收的文章,主要是为了带来一些思考的乐趣,为了给中国文学的广大财富打开几扇不同的窗户。学术不必都是乏味的。

很多文章在收入本书之前从未发表过,因此这本书在我的中英文论著里占有一席独特的地位。而且它是由一位最理解我的文字风格的人翻译的——很多译者都曾告诉我说,我的文字风格很不容易翻译。

"三联版"改正了旧版里一些校对印刷方面的错误,但也有少许令我觉得无奈的删改。为了避免更多的文本流动性,我想这也就是本书的最后一个版本了吧。

宇文所安
2019 年初春

自　序

　　一个学者或者批评家，一般来说总是专注于现在和将来：目前正在研究的项目和以后打算研究的项目。一本"自选集"，却迫使一个人进行回顾：反观自己从前走过的路并反思其中的前因后果。

　　人们时而引述我的一段话，或者，就我多年前写下的某些东西提出问题。有时，我会愉快地想："那段话不错。我希望那是我写的。"也有时我会表示反对，不同意写下那段话的人的观点——那个人碰巧也就是我自己。我知道有些人对此感到不满，因为他们相信一个人在五十岁的时候写的东西应该和他在二十多岁、三十多岁时写的东西保持一致。我尊重这样的观点，但是就我个人来说，我觉得这种观点很令人压抑。我知道，我比较年轻时所写的东西，其中有一些我现在已经不能够再写了。我喜欢那个年轻人：我有时候反对他的想法，有时候则赞美他。但是我不能够写他所写的，正如他不能够写得出我现在所写的一样。从他到我之间的过程，也许可以算得上是"进步"，但是我一直认为：进步必然是有得也有失的。他和我是好友，但我们是不同的。

　　本书收集了十七篇短作，把它们结合在一起的乃是一种思想的风格，而不是任何一套系统的理论模式，也不是对某一文学体裁或者某一历史时期的作品所作的评论。与其说它们是"论文"，不如说它们是"散文"。"论文"是学术作品，点缀着许多脚注；"散文"则相反，它既是文学性的，也是思想性的、学术性的。"论文"于知识有所增益，它希望自己在未来学术著作的脚注中占据一席之地；"散文"的目的则是促使我们思想，改变我们对文中讨论的作品之外的文学作品进行思想的方式。"论文"可以很枯燥，但仍然可以很有价值；"散文"则应该给人乐趣——一种较高层次的乐趣：思想的乐趣。

英文中有一个很有意思的词组："entertain an idea"（直译为"娱思"）。Entertain（娱乐）本是主人对来访的客人应尽的义务：主人在家里接待访客，热情地款待他们，专注地倾听他们的高谈阔论。"娱思"这个词有同样的风味：我们接待一个想法，以同情的态度对待它，把它视为一种可能性，考虑它带来的结果。可以后来再决定应该接受它，抑或拒绝它，抑或修正它，但是在开始的时候，它只是一种令人感到好奇与着迷的可能。一篇好的散文，应该带给我们这样的想法以"娱"之。

我以为，中国古典文学非常需要"散文"，因为它已经拥有很多的"论文"了。人们不断给知识的大厦添砖加瓦，但是这座大厦是建立在太多的被不假思索地接受下来的论断上的。有时，这些论断是好的，有时则不然。但即使这些论断是好的，我们也只有依靠"娱乐"不同的想法才能重新发现这一事实。中国古典文学研究的学术传统需要保持，但是它需要补充，需要一个开放的空间，一个欢迎来访的想法的接待站。

所有的新思想都是"老外"——虽然它们并不来自西方，也不来自中国。我不知道它们的家乡究竟何在，只知道其所在不远：和美国麻省的剑桥与中国的北京同等距离。它们的旅行无需护照和签证，哪里欢迎它们，哪里就是它们的家。我曾经向它们当中的有些人打听它们的国籍，它们的回答躲躲闪闪，含混不清。我怀疑它们是"杂种"。

谈到对知识的整理和思考，有些人对什么是"中国的"、什么是"西方的"有太多的关心和焦虑。这里的一个问题是，许多年来，人们陆续把石头搬来搬去，简直很难分清到底什么是他山之石、什么又是本山之石了。就算我们可以把多样性的"中国"和多样性的"西方"分辨清楚，这样的区分和挑选，远远不如这么一件事来得重要：找到一个办法使中国文学传统保持活力，而且把它发扬光大。

传统不仅仅意味着对过去的保存，它还是连接起过去和现在的一种方式。传统总是在变动当中，总是在寻找新的方法来理解过去，使得对过去的思考仍然可以触动现在的神经。如果我们做不到这一点，那么传统就只会变成老古董，只对一个小圈子里面的学者、专家以及越来越少的学生才有趣味。

而要做到这一点，"散文"似乎是最好的体裁。它欢迎一种对于文学进行思考的方式和对于文学进行评论的方式，使得一个作者可以既提出新问题，也以新方法和新角度重提一个老问题，而不会被学鸠之类的小鸟啄成肉泥。

如果这本书中的散文能给读者带来乐趣，我会十分高兴；但假如这本书不能给你带来乐趣的话，那么，就请把它放到书架上，让它至少可以起到一个作用：隔开比邻而居的两本书，使它们不致拌起嘴来。

我最要感谢的，是我的知音田晓菲，她从自己的工作当中抽出时间来翻译这些文字。中文和英文在相互交谈和沟通的时候有很大的困难，而她在两种语言中都如鱼得水，她也理解文中探讨的问题。有这样一位译者，我深感幸运。

宇文所安

辛巳岁末于波士顿

瓠落的文学史*

惠子谓庄子曰:"魏王贻我大瓠之种。我树之成而实五石,以盛水浆,其坚不能自举也;剖之以为瓢,则瓠落无所容。非不呺然大也,吾为其无用而掊之。"

庄子曰:"夫子固拙于用大矣……今子有五石之瓠,何不虑以为大樽而浮乎江湖,而忧其瓠落无所容?则夫子犹有蓬之心也夫!"

——《庄子·逍遥游》

这篇文章的题目听起来大概有些奇怪。不是说我相信我在文中讨论的问题都完全像惠子的大葫芦一样无用,只不过它们不太实用,因为我还不清楚这些问题该如何解决,在写文学史时该如何实践我所提出的种种可能。不过,有一点很重要,那就是我们应该把对文学史的思考和如何写作文学史分开。如果我们一旦发现我们对文学史的理解和学术界常见的文学史存在相当大的距离,那么我们就应该寻找新的方法来重写文学史,而不是改变自

---

* 本文是作者在北京大学百年校庆时所作的,发表于《中国学术》2000 年总第 3 辑。——译者注

己的理解以求适合我们已经习惯了的写作方式。

在人文学科领域,我们需要某种类似从牛顿物理学到量子物理学的飞跃。我们现在的学术实践就好像牛顿物理学一样,从直觉上来讲十分合情合理,而且舒舒服服:作家和作品都是身份清晰的个体,都属于可以辨察的历史年代,个别的文本之所以有意义,不仅因为我们知道它们从哪里来,而且因为我们知道它们会导向什么样的其他文本。与此相反,量子物理学就完全违背直觉,甚至实在有点儿奇怪;在量子物理学里,分子不是"物质",而只是物质的组成部分。但是如果我们仔细考察一下这个大千世界,我们就会意识到量子物理学是十分精确的。在与量子物理学平行的文学研究和文学史写作中,我们会发现:我们以前一直借以理解文学的种种具象逐渐变得模糊,边缘和疆界逐渐溶化。我们以前一直觉得十分明确和稳定的"时代""作品"和"作者"原来都可能只是一些复杂的变化过程。如果我们经过思考以后,对此得出肯定的结论,那么我们就必须找到新的办法来解释这一事实。

试用文学史里面最显而易见的一个例子:我们都知道朝代不代表文学史中的时期。在更深的层次上,我们还知道文学史中甚至根本就没有这样的时期划分:变化是缓慢的、渐进的、多种多样的,有时候,很多新事物可以发生在一段极短的时间之内。有时,一个作家对一个新朝代或者某个皇帝的特殊统治具有强烈意识,而这的确会影响他的写作方式,但是,这毕竟只是影响作家创作的因素之一,不是全部。对于书写文学史的人来说,最大的挑战就是像在量子物理学里一样,描述文学和文化的变化实际上是怎样发生的。

这篇文章由一系列问题而非一系列答案组成。这些问题是就放在历史框架当中的文学提出来的：这个"历史"既包括文学本身的历史，也包括作为大背景的文化和社会历史。于是，"瓠落"的现象就此出现了。我们即将看到的是惠子的大葫芦：因为太大，反而无用。但是，我不想如惠子那样把葫芦敲成碎片：我决定把葫芦带到海上。

在重新思考文学史的时候，我们应该把一切我们自认为已经熟知的东西都重新进行批判性的审察。这自然不是一个轻松的任务。如果我们认真地进行这样的批判性审察，最终的结果可能会深深地动摇我们已有的文学史叙述框架——包括我自己以前写的文学史在内。人们都以为更好地认识一样事物就意味着更清楚地认识一样事物，但事实上不一定如此。那些了不起的清朝学者在他们的考证过程当中，注意到上古文本因为存在大量的音义假借而导致意义的模糊流动。也就是说，他们让我们对很多东西的确定性减少了，但是，我们的知识却随之开阔了。他们的研究成果使得人们对上古中国有了更加丰富的了解。

在这里，让我建议三个审察层次。第一个层次是最简单的，也是最基本的。我们应该首先确认在当前的文学研究实践里有哪些研究方式和信仰是司空见惯的，然后问一问这些研究习惯是否都是有效的工具。前面提到的用朝代划分文学史是一个例子，下面我还会谈到其他例子，比如说用文学体裁划分文学史的做法，以及一首诗和这首诗的实际创作背景之间的联系。

在第二个审察层次上，我们应该把物质、文化和社会历史的想象加诸我们习以为常、确信不疑的事物。最重要的是要有历史感和历史想象力,要认识到古代中国早期和明清时期是多么不同。我们不能不好意思就历史事实提出一些简单的问题。如果要回答这样的问题,我们必须在自己的臆想猜度之外,提出一些切切实实的证据,哪怕只是一些背景证据。如果有什么是我们不知道的,我们就应该直截了当地承认。

第三个层次是最复杂也是最深刻的。在中国文学史里,无论是文本还是阶段的划分在多大程度上是被后来的历史过滤了的?而对前人进行过滤的后代文学史又应该在多大程度上成为我们自己写作的文学史的一部分?这个问题,尤其针对唐朝和唐朝以前的时期,是一个非常现实的问题,因为唐和唐以前的文本,从存留到编辑整理都是在后来的朝代进行的,反映了后人的审美趣味和爱好。这一问题在考察作家名望和价值评估的变迁史时也同样重要:如果我们的文学史写作是围绕着"重要的"作家进行的,那么我们就必须问一问他们是什么时候成为"重要作家"的,是什么人把他们视为"重要作家",根据的又是什么样的标准。如果你能把许多先入为主的意见暂且放在一边,重新思考这些问题,那么我们自以为已经十分熟悉的文学史就会变得复杂多了。

下面我将分别对这三个层次逐一进行更加详细的说明,用具体范例来充实这些比较抽象的大问题。

当前我们都很熟悉的治学习惯最容易被提到批评审察的层次上来,但是因为这些习惯已经深入我们的肌理,所以最难破除。我相信所有严肃的学者都已经意识到文学历史和朝代历史并不吻合。学者们知道初唐是对隋和南北朝后期的继承。他们都睁大了眼睛，想在初唐寻找能够预示盛唐文学成就的东西。但是，初唐并不知道自己是"初"唐：它也许曾经希望自己能持续下去，成为未来一个伟大朝代的开端，但是当时这种希望即使存在，也是很渺茫的。最终我们也许甚至可以批判"分期"这个概念本身，但现在我们应该至少可以承认，从梁朝直到7世纪后期，文学史上没有产生什么新东西。如果"时期"存在的话，那么从梁到初唐只是一个时期。

可是如果我们不用朝代的概念，那么我们该怎么来给我们的文章、书稿以至在大学里教授的课程命名呢？我不知道这个问题的答案，但是想出一些新的分类标准总是要比继续原有这种掩盖了文学传承的朝代分期法好得多。从政治角度来看，我们当然可以把安史之乱以后的时期称为中唐，但是如果我们把中唐当成一个诗歌史的概念，就会掩盖一个重要的事实，那就是很多"中唐"以前的诗人都一直活到了安史之乱以后，而且和安史之乱以前的作家有一种基本的传承。在文学史上，最巨大的变化一直到安史之乱的三十五年以后才真正发生：那时已经是贞元后期了。把文学研究放在社会和文化背景下当然非常重要，但是这与把文学史和政治史锁在一起不是一回事。

让我们再检视一下学术界存在的另外一个治学习惯，那就是把文学体裁作为文学史写作的基本单位。随便打开一本文学史，我们常常会看到每种文学体裁都有专门的一章对之进行处理。有时，同一文学史时期的不同体裁由不同学者分别为之撰写章节，在很多情况下，甚至可以清楚地看出这些学者在写作时根本就没有互相切磋交流。如果一种文学体裁的历史就是一条叙事线索的话，那么一个特定的文学史时期就好像一个巨大的容器，在这个容器里，各条叙事线索交织在一起，继续着它们各自的故事，与同一时期的其他体裁互不相干。

文学史以文学体裁为基础不是没有道理的，但这个道理不是绝对真理。一种文体相当于一个由许多文本组成的家庭，如果置之于不顾，那么不可能写出像样的文学史。但同时我们不应该忽视在同一文学史时期内纵跨各个文体的因素。

下面让我再举一个显而易见的例子，并以此为起点，探讨一些更加复杂也更加有趣的问题。在唐朝的文本当中，有一组诗歌被我们习惯性地与其他唐诗分离开来，放在词的范围中探讨。《全唐诗》把它们挑出来放在全书最后，而大多数唐诗选集一般来说都不收录它们。当然了，温庭筠做梦也没想到他会成为词家鼻祖。他也许会觉得"长短句"有其独特的形式，但是，他会觉得他那些如今被视为"词"的作品不过是当时诗歌世界的一部分。如今，学者们一读到温词，就会辨认出词的独特表达方式，但这只不过是因为我们在从后往前读——我们在用后来的词判断"温词"。把一组文本作为另一组文本的先驱来解读自然没错，但是我们还需要把这组文本放在它自己的世界里进行解读以获得平衡。也就是说，在9世纪，温词只是当时极为丰富的歌曲王国的一部分，这个歌曲王国既包括诗，也包括乐府。

一部文学作品不仅应该被放在这种文体的历史里加以讨论，而且它还隶属于一个我称之为"话语体系"的系统，这个系统指的是在某一特定的时间阅读、倾听、写作、再生产、改变以及传播文本的团体。学者们时而指出一种文体会"影响"另一种文体，但是这样的看法给不同的文体分了原本并不存在的"先后"，而且还隐含一种文体凌驾于另一种文体之上的意思，从而把文体之间的复杂关系单向化了,因此,我们说这样的看法不能够准确地表述在一个"话语体系"当中原始材料和文本传播流通的实像。

《莺莺传》从很多方面来说都堪称一篇出色的文学作品,这里我就用它来做个例子。无论《莺莺传》是小说还是纪实都没有关系,因为里面的叙事成分对当时的读者来说都是可以置信的。《莺莺传》里面提到,在这篇作品被写下来之前,其中的故事情节已经广为人知了(张生曾把这个"故事"讲给他的朋友们听,《莺莺传》既记录了崔张故事本身,也记录了张生的朋友们的反应)。我因此提出这样的看法:这样的传闲话、嚼舌头、街谈巷议以及在人们口头流传的故事是上文所言"话语体系"的一个重要中心。"话语"既嵌在崔张故事当中,也在故事的边缘徘徊。在故事当中,有张生和莺莺的诗以及莺莺的信。这些材料也许有其历史渊源,也就是说它们可能是《莺莺传》据以取材的真实历史人物曾经写下来的;也许是作者为了写小说而自己编的,就好像在《李章武传》里李章武和女鬼之间的诗作唱和必然是作者自己编写的一样。在故事的边缘,有听到这个故事的人为之所写的诗歌——杨巨源歌咏莺莺的绝句。此外还有张生的朋友们对这个故事做出的评价判断。最后我们才有了这篇记载整个故事的作品《莺莺传》。而且这篇作品是和李绅的《莺莺歌》——一首很长的歌行,现在只剩下片段了——同时流传的。

于是我们看到一群人在传播闲话、书信、诗作、歌行、文字记载,还有道德评判。每一种文体都依照它独特的传统和历史把同样的材料塑造成不同的面貌。我们在《莺莺传》这个例子当中看到的"话语体系"也适用于很多其他文本,比如说《长恨歌》和《长恨歌传》,以及围绕着唐玄宗、杨贵妃、安禄山叛乱这些历史人物和事件撰写的大量诗歌和叙事文。针对人们议论不休的话题，产生了诗歌、轶事、传奇。在那些众口流传的故事里，还可以看到讲故事的人为故事中的人物代作的诗歌。比方说，关盼盼的绝句《燕子楼诗》，我们就不确定到底是盼盼自己写的，还是张仲素代她作的。

　　这个话语系统对同样的材料抱有共同的兴趣，由此引得我们在很多情况下都要重新思考文本和"历史上下文"或曰历史背景之间的关系。当然我们可以掌握基本的历史事实，但是很多被我们用来作"历史背景"的东西只不过都是由不同的文体所表述的同样的材料而已。换句话说，我们不拥有纯粹意义上的历史背景知识，只拥有在同一话语系统中由不同文体根据各自的文体特点对同一本源材料所做的不同角度的表达。如果我们继续思考唐朝元和早期的情形，我们会发现两税法这一征税方法是当时公众极感兴趣的讨论话题之一。在这里，我要强调一点，就是说知识分子虽然在某些社会领域观察到一些问题，但我们不能就此相信他们对局部问题的回应可以帮助我们对整个征税系统是否成功做出判断。像白居易《观刈麦》这首诗，在阅读的时候，我们不能把当时有关的轶事、书信、奏表都当成这首诗的"背景材料"；相反，这些轶事、书信、奏表都是不同文体对同一题材的不同反映，它们都在同一个话语系统中流传。我想这样的话语系统是把文学史研究和"时期""派别"分离开来的方式之一。

　　再举汤显祖的传奇《牡丹亭》为例。《牡丹亭》在出版后，很快就又印行了两个为实际演出而大幅度改编过的脚本，其流行程度远远胜过原版。此外，在实际演出中，每个剧团都可以根据它的特殊需要任意增删修改原作。我们知道有个叫作"牡丹亭"

的东西在当时很走红，但是这个东西已经不再是某个作家创作出来的固定不变的文本了，而成为经受了许多改编而不断变化的产物。围绕着这个产物，聚集了一系列广泛而多种多样的文化现象和话语形式：评点《牡丹亭》的诗作、序言、书信、插图、批注，还有很多关于无望无助的年轻女子一边阅读《牡丹亭》一边自伤身世，竟至郁郁而终的故事。文学史研究自然可以把《牡丹亭》放在明传奇的历史中进行探讨，但是一部检视"话语体系"的文学史能够就社会历史当中文本的变化发展看到一些十分不同的东西——这些文本如何流通、传播、变化以及刺激续作的产生等。

下面我准备再谈另一类值得重新思考的治学习惯。当我们读到一首叙事的古诗时，我们一般都认为这首诗是在事件发生的当时或者稍后写的。在这一点上，杜甫的例子很有启发性。

可以看得很清楚，杜甫在世时其诗作没有广泛流传，我们现有的杜诗版本一定是他在生命尽头最后一次漂流扬子江时随身携带的稿子。杜甫早年所写的诗比如说《自京赴奉先县咏怀五百字》，描写了安禄山叛乱爆发前的种种迹象。就算我们相信杜甫是在叛乱爆发前的奉先写成了这首诗的初稿，又怎么能确实知道我们现在读到的就是杜甫的初稿呢？诗中所写的叛乱迹象有没有可能是后来补上去的呢？杜甫的诗为我们呈现了杜甫一生的画像，这幅肖像在多大程度上来自写作的原始时刻，又在多大程度上是晚年喜爱修改原作的杜甫在孤独寂寞之中删削过的呢？我们把诗题中提到的年月日当成诗作完成的时间，但是一首诗在多大程度上是后来修改苦吟的结果？我们倾向认为一首诗是在一个特殊的时刻被赋予了完满的生命，但是如果我们想想诗人多次修改一篇作品的现象，想想手抄本文化的特殊性质，我们就会意识到文本都是不断流动变化的东西，要经历漫长的变化过程。

我的第二点建议是运用历史想象力在多种不同层次上提出一些非常实际的问题。我所谓的历史想象力，指的是自己和自己进行对话，不断询问自己的假设是否犯了违背历史时代的错误。这些问题不仅可以而且应该从常识出发，但是答案则需要一些确凿的证据，哪怕只是有关背景材料的证据也行。如果没有足够的证据回答一个问题，那么我想文学史家就有义不容辞的责任提出几种不同的可能性，而避免下一个最终结论。

让我以一个简单的例子作为开始（假设一个具有一般常识的中学生像屈原发出"天问"一样向教师提出以下这些天真的问题）。你是不是真的相信屈原在自沉以前写了《怀沙》？他确实把它书写在竹简上了吗？他是否用了那些结构复杂的楚国"鸟文字"？他又是从哪儿得到竹简的呢？既然砍竹子、削竹简不是片刻工夫就能做好的，屈原想必是随身带了很多竹简。那年月一个人出门在外随身带一大堆竹简是常见的现象吗？（当然有帛书，但帛是昂贵的奢侈品。我问这个问题的意思是：在屈原的时代，除了在一些特定的地点之外，比如说国家档案馆或者需要做笔录的外交场合，"书写"到底是不是一件十分平常的事？）还有，屈原有没有亲自系扎这些竹简，以确保它们的顺序没有被破坏？用当时那些繁复的文字来书写《怀沙》得花多长时间？在文学想象力的展翅翱翔和书写竹简的缓慢速度之间存在着什么样的关系？是谁把这篇作品从屈原流放的荒野带回文明世界？如果有这样一个人，那么他又是如何得到这篇作品的呢？

这把我们引向一个更大的问题：到底有没有证据向我们证

明《怀沙》最初是"书面"创作的？有一个可能性是《怀沙》最初只是口头创作、在口头流传，后来才被写下来的。在"写"一个文本和"写下来"一个口头流传的文本之间，存在着非常重要的差别。如果《怀沙》是屈原的口头创作，那么是谁把它一字不差地背诵下来带回文明世界的呢？仆人吗？我们知道在清朝，存在着经过训练的背诵习惯，知识精英们可以凭此比较精确地写下他们最近听来的东西。在公元前3世纪，也存在着这样的背诵技巧吗？什么样的人才会掌握这种技巧呢（当然身属下层阶级的仆人是没有机会受到这种训练的）？有没有证据告诉我们在这一时期，人们除了背诵像《诗》《书》这样权威性的古文本之外，还能记诵其他文本？

类似这些关于"物质文化"的问题在我们重新思考上古文学时特别有用。当时的书写技术和生产（而非"出版"）书籍的技术属于一个遥远的世界，和现代或者清朝学者坐在极丰富的图书室的逍遥形象简直天差地别。《诗经》是什么时候被作为一本完整的书写下来的？证据何在？还有一个听来类似但是十分不同的问题：《诗经》的传播是从什么时候开始意味着阅读一个书面文本，而不再是口耳相传？或者说，是从什么时候起，《诗经》的文本来自抄写更古老的书写本，而不再是单凭记忆写下来的呢？

从先秦文字记载引用《诗经》这一点来看，《诗经》中的片段有可能被写下来。但是这引出两个问题：一、《诗经》中的片段被写下来不意味着整个《诗经》都已作为书面文本而存在；二、引用《诗经》的那些文字记载本身又是什么时候被写下来的呢？

文学史中应该发生的重大变化之一是，我们能够为没有确定结论的问题留出大量暧昧不明的空白篇幅，讨论从中产生的各种不同的可能性和后果。我就《诗经》提出的问题正是这样的问题。我们没有很好的证据证明《诗经》在战国中后期以前就作为书面文本存在——虽然我相信秦始皇焚的书里包括《诗经》。也许《诗经》在那以前早已写下来了，可是我们并不确定。就算《诗经》已经被写下来，我们还有其他的问题：人们是怎么学习《诗经》的？是靠阅读还是靠重复聆听记诵？是从什么时候开始，才可以阅读《诗经》的书面文本而用不着事先记诵那些诗歌的音节了？

如果《诗经》主要是作为口耳相传的口头文本而非手抄的书面文本存在的话，我们就需要考虑这对我们的研究到底意味着什么。（这和杨牧关于《诗经》是口头创作的论点是不同的。）如果我们没有一个借以确定字音的复杂系统，上古文本的口头传播是很不稳定的，因为字音会被赋予新的意义，会变化，会在记忆中产生微妙的误差。在《诗经》的不同版本里，我们会发现大量同音而异形的字，这是《诗经》版本来自口头记录的实际证据。

这为我们呈现了一种可能性，就是《诗经》没有一个"原始的"文本，而是随着时间流逝缓慢地发生变化的一组文本，最终被人书写下来，而书写者们不得不在汉语字库当中艰难地寻找那些符合他们所听到的音节的字——而那些章节往往是他们所半懂不懂。这种现象告诉我们：《诗经》不属于文学史中任何一个特殊的时刻，而属于一个漫长的时期。如果这是真的，《诗经》的价值会因此减少吗？——当然这里的推断都是假设：我不是说实际情况是如此，但是完全有可能如此。

这是文学批评领域令人烦恼的"量子论研究方法":我们没有固定的文本,没有可靠的源头,只有一部充满了变化和再解读的历史。我们对上古世界知道得不够多,不足以让我们破译重重谜语——而且我们知道得永远都不够多。考古学可以在这里那里帮我们一点忙,但是它不可能解决我们刚才谈到的问题。就像量子物理学里的分子一样,我们不再能够用传统的语言描述和定义文本——但是,就像分子一样,它没有因为我们还不知道该怎么处理它而失去它的力量。

在思考上古"文学"的时候,我们应该对时间和地点多加注意,我们应该仔细搞清楚在什么场合下用得着书写,人们从何时起开始在那些场合里运用书写。青铜器的铭文当然是书写下来的;此外我们还可以确定宫廷纪事,比如说《春秋》这样的著述也是书写下来的。在战国时代,书写用于王国之间的通信来往;最后,秦朝的法律条令也应用文字的书写。但是我们必须了解每一次书写发生在什么样的场合。我们的确还有石鼓文,但是石鼓文给我们提出的问题是为什么没有其他类似的铭文。

我们应该提出这个问题的原因之一是:在那个时代,书写不像是在现代社会或者明清中国那样,可以用一支毛笔、钢笔或者自来水笔写在纸上,而且大家使用的是高度标准化的文字。最好我们能像一个孩子那样发问:用一种既复杂又不统一的文字系统在竹简上写字,到底要花多长时间才能产生一个文本?一本竹简著作如此笨重,需要多大的机构储存它们?一个文本一旦被抄写出来以后,谁去读它?阅读是不是一件容易的事?一个人去哪里才能读到这些文本?他阅读这些文本的机会又有多频繁?记诵的本领,像我们在明清所看到的,多半以拥有容易阅读和查找的个人藏书为前提。在远古中国,藏书如此不便,交通如此艰难,完成一个书面文本又要花费这么大的人力,一个私人学者又能收藏多少书籍呢?如果一个学者只能在宫廷图书馆得到看书的机会,他又怎么能对某一特定的文本熟悉到了如指掌的程度?(当然了,司马迁在这一点上具有得天独厚的条件,因为他可以接触到皇家藏书。)

在战国时期,书写用于信件来往、国家文件、议论文,也可能应用于儒家经典。但是上文提出的一些现实问题表明,在这一时期,知识不像在后来的手抄本文化或者印刷文化中那样和书写的文本如此紧密相连。倾听扮演了更为重要的角色,还有仅仅限于一次的阅读。

问这样的问题会动摇我们对文本传统的信念,但是收获远远大于损失,因为它使我们和上古社会离得更近——在那里,知识和历史都在一个声音的世界里、在人们的话语和一遍又一遍反复讲述的故事里不断演变。

正如我在其他文章里所谈到过的,书写这一活动的物质性就像印刷术的发明一样,对文学有深远的影响。后来,标准化文字的推行、毛笔和纸张的发明、快捷的书写和便于携带传播的卷轴改变了整个中国文学史,但是它们对中国文学影响之深远巨大,迄今为止没有得到学者们的充分认识。只有在这些东西——标准化的统一文字、纸制的书卷——产生以后,才能想象大量的私人藏书。只有这样的发明才能使得人们较为方便地把文本携带到遥远的地方,只有这样的发明才能使得抄写文本变得容易,只有这样的发明才能让一个人能够在吟诵一首诗之后立刻把它毫不费力地书写下来,形诸文字。

针对重写文学史所提的第三个建议，是我们应该在多大程度上承认我们在对传统中国文学的接受当中，被前人对传统的过滤所左右支配。以东汉和魏为例，现存的乐府和古诗都是由几部后代的选集、类书保存下来的。这些选集和类书显示了编者十分明确的编选原则。编选的内容和方式都代表了这些编者的独特风格。

《文选》和《玉台新咏》都有独特的编选标准。我们也许会赞赏《文选》的编者萧统严肃的文学口味，但是如果我们仅仅依赖《文选》，我们对整个文学传统的判断就会失之于偏颇。尤其在对乐府诗的理解上，我们得出的结论就会和现在大相径庭。《玉台新咏》的选择则代表了6世纪另外一种文学欣赏趣味，而它并没有试图反映东汉和魏的文学全貌。如果我们对照一下《宋书·乐志》，我们会发现《玉台新咏》对一些文本做了改动，以求更适合6世纪关于诗歌完整性的概念。因此，我们依赖的两部选集不仅从自己的标准出发收录文学作品，而且可能还在编选过程中改变了一些文本的原貌，以迎合当时的审美要求。需要补充一句：他们的编选标准很重要的一部分是向读者显示一个从中原到南朝都从来没有断裂过的汉文学传统。就算当时北朝也有丰富的文学传统，我们也对它一无所知，因为南朝的贵族文人需要保护自己的文化利益——他们想创造出一个直接引向自身的中国文化传统。而我们已经如此依赖于南朝的文学作品选集和文学史的判断，以致很少注意所有文学作品的写作好像都在西晋末年随着南渡的贵族移到江南了。也许这是事实；也许，在当时的混乱之中，从320年到6世纪中叶，中国北方没有发生什么有趣的文学现象。但是，我们永远都不知道这到底是不是事实，因为南朝贵族控制了为我们保存当时文学作品的选集和记载。现在我们看到的文学史是被一批具有很强的文化与政治动机的知识分子所过滤和左右过的。

回到我们对东汉和魏的印象：两部唐朝的类书，《艺文类聚》和《初学记》，在保存早期文学作品方面做出了很大贡献，但是也存在一些问题。首先，它们以"题材"为编选标准，因此，有些最常见的题材就会因为下属的诗作太多，而没有得到全面的编选；其次，它们都不照顾作品的完整性，常常节选作品。很多文本分散在其他选集如《古文苑》中，比较一下在那里保存的李陵苏武唱和诗，我们就可以看到《艺文类聚》和《初学记》里没有收录的部分。最后还有《乐府诗集》，其中收录的很多乐府诗是从已经散佚的其他选本中得来的。

我们应该对我们现在所拥有的心怀感激。同时，我们也应该意识到我们现在的汉魏诗歌是后代编选者根据他们的文学趣味筛选过滤的：他们既决定保存什么、不保存什么，也删削作品本身。这里的问题不是我们失去了多少文本，更重要的是认识到后来一个十分不同的文化世界决定了哪一部分汉魏作品应该流传。如果说得危言耸听一点，我们根本就不拥有东汉和魏朝的诗歌；我们拥有的只是被南朝后期和初唐塑造出来的东汉和魏朝的诗歌。从这个意义上讲，不存在什么固定的"源头"——一个历史时期的画像是被后来的一个历史时期描绘出来的。

这样的认识是否也应该写在新的文学史里呢？

继续以东汉和魏为例，谈谈关于"重要作家"的问题。如前文所言，当我们书写文学史时，一旦涉及论述一个作家重要与否，我们是不是应该把各个历史时期文学趣味的改变以及对这个作家的不同品评包括进来？所有的汉魏文学史都十分推崇魏武帝曹操，我们也已经接受曹操是一个重要作家的事实。但是，除了《文选》里有曹操的两首诗之外，只有《宋书·乐志》里收录了曹操所有的诗歌。而《宋书·乐志》收录作品根据的不是文学标准，而是旨在保存仪礼音乐的皇家传统。南朝的文学评论里，寥寥几句对曹操的评价不都是褒奖，整个唐朝也很少有人提到曹操的诗。直到明朝中叶，曹操的乐府才因为符合了当时人们对所谓汉魏乐府"沉郁雄壮"的爱好而获得青睐。此外，在当时的通俗文化里，《三国志演义》、三国和曹操题材的杂剧以及评话说书的流行又在多大程度上影响了新的审美趣味？有没有可能文化史的次序被颠倒了，通俗文学影响了经典的营建？如果一个诗人在一千三百年里从未受到过重视，而只是因为他符合了明朝根据汉魏诗人"应该是个什么样子"而塑造出来的汉魏诗人形象才被重新发现，这样的现象是不是也应该写入汉魏文学史呢？也许，我们在讨论一个"重要作家"的时候，是不是应该明确指出是什么人在什么时候根据什么标准把他定义为"重要作家"的？当我们写一部文学断代史的时候，是不是应该把一个文学时代在历朝变化中的形象当成中心而非边缘进行研究？

自"五四"以来，我们一直倾向于把"传统观念"当成好像是万古不变的。这实在是大谬不然。我们在引用古代文学批评家的言论时，往往把他们视为"传统权威"，他们的话代表了"传统意见"。其实，三千年来，传统学者对于过去的意见常常变换，而且他们的品评鉴赏也多种多样。难道我们在引用的时候，不应该强调一下这个意见是在何时发表的，是在什么样的历史、文化、社会背景下发表的吗？

我们现有的印刷版本多从宋朝开始，但是手抄本文化和印刷文化具有深刻的差别。我想，我们完全可以说，在每一次对一部篇幅较长的文本的抄写过程中，都可能会产生无数或大或小的改动；下次再抄写，又接着发生同样的现象；等等，以此类推。因此，每一代手稿抄写都会产生出无穷无尽的错误和差异。一个诗人越是享有盛名，情况就越是复杂。白居易把他亲自校勘的作品全集的抄本存放在一个寺庙里，他其实是在试图控制错误和差异的循环产生。

欧洲中世纪手稿保存得比较好，因此，欧洲中世纪领域的学者对手稿手抄本文化涉及的理论问题的研究取得了出色的成果。他们被迫得出的一个结论就是，寻找"本源"根本是徒劳无益的。像普罗旺斯行吟诗人的歌曲那样的作品，一首歌不是一个单独的文本，而是一个由许多不同的版本交织组成的家族。当这些歌曲首次印刷出版的时候，书页上方印的是歌曲文本，下方则以较小的字体印着这一文本的各种异文。但是，其实根本没有什么"原文"或"异文"，因为"原文"也只是"异文"，是许多流传的版本之一种而已。唐代中国要比普罗旺斯大不知多少倍，读者也比普罗旺斯多得多。在这样的手抄本文化里，文本的变化是不断发生的。

在此，我们必须动用我们的历史想象力，把宋朝对唐朝诗做的编辑活动和晚明以及清朝时已经非常发达进步的编辑活动区别开来。就算那些北宋的编辑者非常小心地把所有不同抄本之间的差异都注解出来，他们也不可能接触到一个文本的所有不同抄本，更难以追溯文本的变化史。"诗话"中的记载使我们得以窥见北宋编辑情况之一斑：一个编辑在碰到诗中的一个字因为抄本不同而具有多种选择的时候，最终依据的是他个人觉得像杜甫这样一个诗人"应该"会用哪一个字这样的主观臆测。

再回到杜甫：杜甫死后不久，他的诗作全集开始流传。这个流传过程最初是怎样开始的，我们知道得不是很清楚。据我们目前所知，至少在当时还没有哪一座寺庙收藏一部经过作者首肯的原始手抄本（像白居易所做的那样），皇家图书馆在当时也没有像对待其他唐朝诗人作家那样存留一份权威性底稿。但是总之杜甫的诗作慢慢地流传开了。后来，到了元和年间，杜甫突然声名鹊起，当时一定有无数的杜诗抄本，后来的每一代读者一定也在抄写新的手本——每一次抄写可能都会产生一些细小的变化。这些新的抄本在中国各地流传，直到五代十国的战火焚毁了许多图书收藏。北宋时期的编者试图把杜诗的残余收集起来，结果他们发现了一堆不同的手抄本——许多代读者抄写、再抄写的结果。

我在这里想说明的是：我们现有的杜诗——以及所有其他手抄本文化流传下来的文本（除了儒家的经典之外）——永远都不可能准确地代表作品的"原始面目"了。印刷本给出的主要文本及其异文只能代表一小部分曾经一度广为流传的手抄本。中晚唐在安史之乱以后重修的皇家图书馆当然会保存当时著名作家的全集，但是没有人检视诗歌手抄本在当时的大量传播。北宋的收藏家们时而获得一个"善本"，可是谁能决定到底什么是善本？一份古老的手抄本不一定就是最好的抄本，而一个更"完善"的抄本其实也许充满了被抄写者的主观臆测填充起来的空白。

我们现有的唐朝文学的文本，是从存留下来的手抄本变成印刷文本的结果。有一些版本可能比其他版本更可靠。现在学术界有一批研究19世纪英国文学的学者喜欢采用所谓的"新编辑方法"，这种编辑方法在尽可能地收录所有的异文方面和传统中国编者的所作所为十分类似。这样的做法至少为我们提供了不同版本里发生的各种变化。从很多方面来看，这可以被视为传统的文本及语言学研究和现代的解构主义的交接点。文本不是固定不变的。文学史在充满自信地引用手抄本文化留下来的诗文的时候，是不是也应该提出和讨论文本的不定性这一问题呢？

在常见的文学史写作的核心，存在着一个悖论：个别的文学现象被放在一个整体框架中研究，早期的文学现象被当成后来文学现象的前锋。我常常拿我自己写的《初唐诗》开玩笑，因为里面把初唐的一切都视为盛唐的先驱。但是，如果我们看一看文学作品产生的具体背景，不管是检视某一个作者还是一个读者群，我们会发现这些文学作品并不是我们为之所设立的大框架的一部分，而且他们完全不知道我们用以赋予他们意义的后代文学。也就是说，现有的文学史所做的解读一直都犯了时代错误。

文学史总是试图找出一个可以把一切文学史现象统一在麾下的发展线索，把发生在某一历史时期的个别文学现象放在后代文学的"大背景"下进行观照，从而赋予它意义。这不是"错误"的做法，但是，这样的做法不免在文学史家的观点与作家及当代读者的观点之间创造出了张力。"未来"会以奇异的方式扭曲人们的注意力。

我在上文提到初唐。当然了，初唐完全不知道它自己是"初"唐。那时的作家也不知道他们生活在一个伟大王朝的开端，而这个王朝将统治中国三百年。唐太宗李世民自己是个诗人，他一个人留下来的诗作比其他所有唐朝皇帝留下的诗作加起来还要多。我们必须想象一下当时的情景：他是唐朝的第二个君主，而在唐朝建立之前，隋朝是在第二代君主手里灭亡的，隋朝之前的陈王朝也只维持了很短一段时间。隋炀帝和陈后主都喜欢写诗，也留下了相当一批诗作。太宗的朝臣们一致告诉太宗，以前那些短命王朝的覆灭都和君主大臣们沉溺于缺乏道德内容的文学创作存在着某种必然的联系。那么，我想解读李世民诗作的方法之一，就是看他如何在诗作里创造出一个和他的"前任"君王——隋炀帝、陈后主——截然不同的明君形象。当他描写宫廷生活的乐趣时，他总是不忘加上一句："既然宫中如此快乐，有什么必要远离呢？"如果我们可以暂时忘掉他是圣明的唐太宗，站在一个伟大王朝的起点，那么我们就能够听到李世民的声音——一个第二代统治者——在向人们宣告他和另一个第二代统治者，那个远离自己的都城前去江南寻欢作乐的隋炀帝，完全不同。

让我再举一个例子。在我最近写的一篇关于李商隐《燕台四首·春》的文章里，我把这首诗和柳枝的故事放在一起阅读。柳枝是一位洛阳少女，她在听到李商隐的堂兄让山背诵《燕台》诗之后，开始对多才的诗人心怀爱慕。这篇文章的题目是《柳枝听到了什么？》——重心在"听到"这个词上。在《李商隐诗歌集解》里，我看到博学的清朝学者和现代学者对《燕台》诗连篇累牍的阐释注解。随后，我想到 830 年左右，一个洛阳商人的女儿倾听让山吟诵《燕台》诗的情景。

有一点很清楚：《燕台》诗是李商隐的早期作品。柳枝从未见过李商隐，更不知道他的后期诗作或者他会成为一个怎样的伟大诗人。她当然也无从看到后代所有那些对《燕台》诗的评论。但是，她从某种意义上来说"理解"她听到的诗篇。此外，从李商隐讲述的故事当中，我们可以发现，李商隐自己不仅明白柳枝是如何理解他的诗作的，而且他也并不排斥她的"理解"。柳枝的故事让我们想到与一部文学作品同时代的"话语体系"——这个话语系统由不同的教育层次构成，但是共同拥有一组相同的诗歌意象和题材，我们从其他文本中得知这些意象和题材都是在当时那个特定的时期广泛流行的。柳枝的解读和清朝学者的解读从某种意义上来说都是"正确"的。就算李商隐极为博学（而他看起来也确乎渊博多识），他也并没有看不起柳枝理解和欣赏他诗作的方式。也就是说，他十分清楚他的诗作在当时都市世界里流行时是如何被解读的。我们有明确的证据，知道他对此没有反感。但是，没有明确的证据告诉我们他对一个清朝学者或者现代学者的解读会不会依然觉得如此自在。

　　这里的问题是，学者、专家们撰写的文学史总是知道得太多，想得太"前卫"了。当然了，在用文学史的概念思考或解读一篇作品的时候，我们不可能忘记我们已经知道的东西。但是，提出诸如以上问题的能力会不断修正文学历史在解读方面的误区。

　　那么，是不是根本不存在所谓的经典？——经典当然存在，但经典是作为一个历史现象而存在的。李白和杜甫触及中国传统中一些深刻的问题。到北宋时，人们已经很难独立地评判他们，因为他们作品的质量已成了文学价值标准的一部分。在这里有一种历史的惰性在作怪。陶渊明、李白、杜甫这样的伟大文学家已经不再能够被人们评判，也不再受到审美趣味变化的影响了。他们都已成为更高一个层次上的经典作家，他们作品的质地帮助人们形成判断的标准，提高审美的口味。他们在中国文学史中的地位和莎士比亚在英国文学史中的地位一样（虽然法国的新古典主义者可以诚心诚意地相信莎士比亚的戏剧简直糟糕透顶）：我们已经无法再评判莎士比亚，因为莎士比亚已经是优秀文学作品的衡量标准的一部分。换句话说，在9世纪和11世纪之间，杜甫的"伟大与否"就不再可以任人评判了：他的诗作被人们确认为伟大的文学作品，而且，既然依从的标准是杜诗提供的，杜甫当然怎么读就怎么横空出世。他亲自塑造了人们借以评论他的价值观。

从基本的方面来说，我在此提出的问题毫无"用处"，因为它们不会把书写文学史的任务变得更容易。以前好像很清楚的东西，现在反而变糊涂了。我们失去了一个单一的视角，得到的却是不断变化的多重视角。我们现在已有的文学史充满自信，我所提议的文学史却无定无常。但是，就像在量子物理学里那样，也许这是我们必须付出的代价：为了更好地描述我们所知道的东西——以及我们所不知道的东西。

《诗经》中的繁殖与再生 *

　　人类文化为什么要以文字对现实进行表现，然后，又不断复制或者再生产那些同样的文字？是什么使得这些重复的精确性如此重要？在文字表现的内容和精确的文字复制过程之间，是否存在某种形式上的相应？虽然早期文本充满恼人的问题，但是，它们的好处在于允许我们提出这样一些简单的问题——在历史重重叠叠的层次下面，这些问题也许显得过于基本，然而，它们在后来的传统里面，取得了重要的意义。

　　我们可以用更加精确的语言重新提出上面的第三个问题：我们是否会发现，文字的重复与人类生活其他层次上完美的再生产具有某种复杂的关联？一个比较显而易见的肯定回答，牵涉到语言文字帮助人们记忆的功能。用文字表现某种过程——比如说耕种，然后年复一年、一代接一代地重复这些文字，可以保证知识的连续性。这样的知识确保田地里面的再生和繁殖与文字的再生和复制的顺利进行。

　　仪式化的表现是文字表现所具有的记忆功能的有趣衍生。在

---

*　本文发表于《哈佛亚洲研究学报》2001年第61卷第2期，第287—315页。——译者注

某一层次上，仪式的表现对于初民来说也许和协助记忆的实际功能没有什么区别。某人在地上挖一个洞，在里面播下一粒种子，掩上土，除掉周围的杂草，然后把"种子生长吧！"这句话念上三遍。我们这些现代人在检验古老相传的知识的时候，会发现把"种子生长吧！"这句话念三遍对种子的茁壮生长并不像这一过程中的其他因素那么有用。但是我们的科学知识完全处于初民的表现系统之外。对于他们来说，这一过程中所有的因素，包括"种子生长吧！"的陈述，都是必要的。

仪式表现一般来说倾向于发生在行为的边缘：在某行为之前或者之后，或者在循环周期之间——人们表演或者预计已经发生的或者将要发生的。这些表现常常把重复和完美复制的问题当成主题。

这把我们带到一个更加复杂的问题：人类的繁殖与再生。丰收仪式的参与者肯定了这些谷物是很久以前后稷带给百姓的谷物。他们肯定了耕种之"道"是很久以前后稷教给周人的。他们肯定了他们所举行的仪式也正是后稷本人亲自创立的。但是，人类的繁衍和父系社会中子孙的绵延带来了延续（continuity）与身份（identity）之间的矛盾，提出了相同和差异的问题。在父系后裔的绵延中我们既看到一个继承下来的角色在漫长时间过程中的相同性，也看到扮演这个相同角色的人们彼此之间的差异。要从这些差异之中生产更多的身份，我们不仅有现成的角色，还有祖上流传下来的典范形象可供效法。一个人不能够"是"他的祖先，但是可以"像"他的祖先。周宣王对召公谈到他的祖先——文王、武王时候的召公——时，他说"召公是似"（你好似过去的召公）。但是，"似"与"嗣"可以是同音通假字，因此，这行诗句既是说"你是召公的后嗣",也可以同时意味着"你与召公十分相似"。"相似",就是能够基本上代替一个先驱者,引申来说,代替任何其他人。

空间的延伸也需要繁殖与再生。就连再生系统本身也可以在别处复制和再生。因此,上天设立君王为"天子",既是天帝在人间的对应,也是他已登天庭的辉煌祖先遥遥的对应。而周天子自己则把亲属与功臣分封到他们各自的诸侯国。于是,我们看到一个繁衍再生的族系,纪念和效法自己的祖先,同时也承认上天或者周天子为"赐封者"——权威的主要形式,把他们次要的皇权再生产进行合法化。就像《诗经》的颂诗常常歌咏的那样,家族的繁衍就像植物的广被一样。

《载芟》

《周颂·载芟》是赞美农业生产周期的两首颂诗之一[1]:

> 载芟载柞,其耕泽泽。千耦其耘,徂隰徂畛。侯主侯伯,侯亚侯旅,侯强侯以,有嗿其馌。思媚其妇,有依其士。有略其耜,俶载南亩。播厥百谷,实函斯活。驿驿其达,有厌其杰。厌厌其苗,绵绵其麃。载获济济,有实其积。万亿及秭,为酒为醴。烝畀祖妣,以洽百礼。有飶其

---

[1] 另外一首是《周颂·良耜》。还有一些其他的颂诗也是关于天子劝农仪式的。

香,邦家之光。有椒其馨,胡考之宁。匪且有且,匪今斯今,振古如兹。

我们不能确定哪些诗是《诗经》里面最古老的篇章——在一组文本里面寻找"最古老"的篇章意味着这些文本是固定的,是在某一个特定的时刻写下来的,而且没有改变过。但我们手头现有的文本本身也许是在时间的长河中逐渐发展和演变的。《周颂》似乎属于《诗经》文本积累里面最古老的沉淀层,也许正是被人们对上古的想象塑造出来的,而我们则永远也无法完全分开真正遗留自上古的诗篇和后人对起源的无意识建构。[1]

虽然我们对于起源没有确凿的历史知识,但是我们拥有这样的文本,它们宣称表现了某种自起源以来毫无变动的延续性。它们的出发点不是起源的年代,相反,它们通过完美的复制和再生提供了它们所表现的内容。这首颂诗的结尾说:"匪且有且,匪今斯今,振古如兹。"在宣称与起源毫无二致的时候,这个结尾不仅显示了它的迟到性,也显示了一种对于完美地重复农业以及仪式之循环周期的焦虑。它没有简单地强调继承和延续,而是否认现在的差异和独特性。无论这个结尾是上古遗留下来的也好,是后人的建构也好,是两者的混合也好,在这首诗中和其他关于起源以及起源的延续的诗中,其表现模式和那些明确地表现了后

---

[1] 我们既不能断言《周颂》是后代的仿古诗,也不能断言它们是《诗经》中最早的篇章,因为这样来划分历史层次,对于《诗经》这种处于不断更改演变之中的口头文学来说是不合适的。我们只能说:在《诗经》总集里面,从《周颂》在周朝宗庙中假定扮演的角色来看,也从它们特殊的语言风格来判断,它们代表了"起源"。它们的目的,是为了接近祖先。

期历史的诗有显著的不同。

《载芟》赞美了集体的努力，赞美了个人和被社会、农业角色所定义的社区的完美融合。它牵涉到一种积累的诗学。社区的积累和消费是一个不息的循环。这首诗并不歌颂创造了经济不平衡的慷慨施与，也并不歌咏交换和议价（我们常常在《国风》中发现的情形）。这首诗的中心问题是技术——农业生产技术和仪式技术——的稳定不变。拥有这样的技术保证了完美的重复与再生。

逐一开列细目是关键之举：检点反思不仅适用于物，也适用于人、行为、叙述的程序，自然生长过程的阶段、种类，比如说氏族里面的等级秩序。一切从头开始：除草，翻地，直到最后以丰收和仪式化的庆祝告慰、祭奠祖先。同样，我们看到这首诗先提到家长（"主"），然后提到长子（"伯"）、次子，等等，最后提到帮手和佣工（"强"和"以"）。

逐一开列细目所遵循的次序，其对应物是一套完整的系统。每一个完整的系统都包含一系列组成因素。指出整套的组成因素是为了表现全部的系统，保证它的完整性。这是农业循环周期在形式上的对应物，反映在社会秩序里面。如果说农业循环周期是一个完整的系统，那么它的组成因素就是农业生产的阶段；如果说人们履行的仪式是一个完整的系统，那么它的组成因素就是仪式当中的每个行为；家族是一个完整的系统，它包含的各个角色是它的组成因素。

就像那些月令诗一样，我们看到的是一种运用文字来抵御遗忘和忽略之危险的诗歌。我们常常谈到记忆是一种存留。某种次序的组成因素的文字积累正是这样的存留：文字的光整结构符合农业生产活动的次序。社会等级和某程序中的先来后到在形式上是一致的：我们从开始到结束，从上到下。在社会等级的顶层，是家长；在他之上，是看不见的祖先们，渐渐消失于家族的起源。

在这一系统里面，文字扮演关键的角色。某样事物，只有在人们宣布它是完整的时候，才算完整了。在一个周期即将结束与另一个周期即将开始之间，存在着仪式：为了完成这个周期，这一核对清单是必需的，因为它肯定了所有必要组成因素的存在。描写仪式的诗以语言文字来重复周期的循环。就像农业循环周期总是试图达到完美的重复一样，仪式颂诗的文字也必须被精确地复述。在这些仪式赞美诗里面，诗人讲述来自远古、可以永远进行下去的重复。

如果说仪式是超越了简单记忆这种俭约模式的充裕和丰盈，那么，农业生产的更加实质化的节余则被酿成醴酒，以谷物之精祭奠祖先。仪式和它的文字超越了农业生产循环周期的结束和家族的截止点，而回到它们再生产出来的起源。

一个关于起源的故事：《生民》

厥初生民，时维姜嫄。生民如何？克禋克祀。以弗无子，履帝武敏。歆攸介攸止，载震载夙。载生载育，时维后稷。

诞弥厥月，先生如达。不坼不副，无菑无害。以赫厥灵，上帝不宁。不康禋祀，居然生子。

诞寘之隘巷，牛羊腓字之。诞寘之平林，会伐平林。诞寘之寒冰，鸟覆翼之。鸟乃去矣，后稷呱矣。实覃实訏，厥声载路。

诞实匍匐，克岐克嶷。以就口食，蓺之荏菽。荏菽旆斾，禾役穟穟。麻麦幪幪，瓜瓞唪唪。

诞后稷之穑，有相之道。茀厥丰草，种之黄茂。实方实苞，实种实褎。实发实秀，实坚实好。实颖实栗，即有邰家室。

诞降嘉种，维秬维秠。维穈维芑，恒之秬秠。是获是亩，恒之穈芑。是任是负，以归肇祀。

诞我祀如何？或舂或揄，或簸或蹂。释之叟叟，烝之浮浮。载谋载惟，取萧祭脂。取羝以軷，载燔载烈，以兴嗣岁。

卬盛于豆，于豆于登。其香始升，上帝居歆。胡臭亶时。后稷肇祀，庶无罪悔，以迄于今。

《生民》有叙事的因素，但它不是一首叙事诗：它的叙事只是一个机缘，产生了一种行为以及与之相伴的仪式，这一行为与仪式从"开始"直到这个模糊的现在，一直不断地被完美精确地重复不休。[1]诗中的叙事留下了太多的沉默，使得我们不能建构一个完整的故事；只有那些帮助仪式生效的叙事片段存留在诗中。也许，曾经一度，每个人都知道开始的诗节所暗示的完整故事；也许从来就没有一个完整的故事，都是远古神话事件的残片，因为和仪式联系在一起而得到保留。对于仪式需要来说，谁遗弃了后稷或者为什么遗弃了后稷不是那么重要，重要的是后稷平安地通过了他的考验。[2]

---

[1] 本文关于《生民》的部分曾经以略微不同的形式发表在《文字之道：关于阅读中国早期文本》（加州伯克利大学出版社2000年版）一书中（第25—31页）。

[2] 《史记·周本纪》中对姜嫄、后稷故事的完整叙述（中华书局1959年版，第11—12页）是基于"神话即历史论"的（也即认为神话中的故事和人物都是历史人事的纪实）；而且，这一叙述在很大程度上出于这样的一种需要：解释《生民》里面没有得到解释的那些空白。

歌与神话的口头传播是地方性的，随着时间的流逝而变化。每个传播者都相信他知道"真本"，但是那些所谓的"真本"没有哪两个是完全相同的。正因如此，人们更加感到一种需要，宣称"亘古如斯"的、不变的延续："后稷肇祀，庶无罪悔，以迄于今。"一个人（祖先或统治者）开创的仪式成了百姓的集体仪式，没有更改与变动。最终，对完美的延续和传播的渴望、对更改变动和多元的厌弃导致了"经"这一概念的出现，而《诗经》正是诸"经"之一——虽然终有汉一代，人们把所有的时间精力都花在克服异文、终止变更与多元化、把众多版本化为一个版本的努力上。在对于偏离（偏离会引起"罪悔"）的焦虑中，我们看到周文化最大的关怀之一。在中原诸侯国流传、得到广泛引用的《诗经》，在变化和多元化的自然压力下，成为支持周文化的统一和延续的手段。因此，当我们看到《诗经》这一抵御更变的社会作用在有些诗篇中作为主题出现时，就不应感到太过惊讶。周文化的统一与绵延在此通过"共同祖先"的形式得以表达。在有些诗篇里，"民"指君王统治之下的所有子民，但是在这首诗里，很明显"民"指周人，他们据说全部是姜嫄的后裔。他们的祖宗不只是周贵族的祖宗，也不是全人类的祖宗，而是一个特别的部落的祖宗，这个部落由于名义上的共同祖先而得以统一，因此，也服从一个家庭之内的自然的等级差异规则。

真正的周人——那些同属"姬"氏的人民——从这里开始，但是在这一起点，没有一个可以在儿子身上延续他的姓氏的父亲。周源起于一个女人，这个女人自然拥有一个不同的姓氏——一个异常尊贵的姓氏：姜。在很多文化中，我们都可以看到家族的源起被追溯到一个女性祖先和一个没有姓氏的神祇，但是在周人的起源神话中，我们看不到那种在西方古典神话里面常见的"神圣强暴"的痕迹。姜嫄如何"生民"的问题被一句富有仪式权威的陈述回答了："克禋克祀。""克"这个字意谓"能够，有做某事的能力。""克禋克祀"意味着她了解和掌握了祭祀典礼的程序，因此具有实行祭奠的能力。生育是通过意志和技巧两者的结合实现的。姜嫄所掌握的"祀"也正是第六章中后稷所举行的始祭，在全诗最后一章中被精确地重复的祭奠。"生民如何？"这个问题的答案，是对于仪式的知识；而这个问题的回声，后来又在第二个问题里面振荡："诞我祀如何？"

对仪式的了解成为繁殖与再生的有效控制手段。在姜嫄遭遇神祇的过程中，没有恐惧，也没有情欲或者牺牲品的感觉。惟一的问题就是这个女子是否具有对仪式的完全掌握，来帮助她的意愿实现。焦虑点不在于不可知的神灵对人世的干预，而在于完美地掌握某种技术的能力。这种对仪式的技术性掌握在形式上是和农业生产的技术相符合的。

首先是准备性的祭祀，下一步就是行动，也即践踏神祇留下的、带有男性生殖器象征意味的足迹大拇指处。这是一次神奇的遇合，当然同时也是一种错位的遇合；这里没有人神肉体的交结。孕娠与生育是以表达福禄和增长的词语来描述的。"介"，训"大"，是《诗经》里面祈福时最常用的字之一，"介"意味着增长、延伸，这里也许实指孕娠，但同时也表示了在姜嫄和神灵遇合之后谷物和后嗣的绵延、繁荣。

对孕娠与分娩过程的描绘，是《诗经》的长诗里面比较典型的。就像在《载芟》里面那样，任何完全的整体——不管是从受孕到生育这样的一个过程，或者是像农业生产和仪式这样的活动,还是像"谷物"这样的类别,像部族这样的机构——都往往是依靠列举一整套组成因素得以表现的。这是处理知识的一种特殊方式:在想象的账簿中,一一清查盘存。在列举任何事物的不同阶级和不同种类的过程中,显然有极大的乐趣:比如说所有的谷物和它们的特质,或者说准备祭祀仪式时经历的不同阶段。这是一种可以施诸所有成套事物的思考方式——无论它们是时间性的、空间性的,还是可以划分为某种类别的。

我们也许可以把这种认知的方式和一个农业社会的贵族阶级(相对于武士社会的贵族阶级)联系起来。[1] 对于把自己的身份定义为武士的人来说,所有的事件都从属于一个做出决定的关键时刻(krisis),而其结果则是不确定的。这样的一个生死关头赋予了所有之前和之后的事件以意义,而时间的结构则以指向这一充满未知性的关键时刻为原则。在古希腊形成的叙事顺序,后来被欧洲继承下来,正是由这样的一种时间结构所支配的。与之相反,农业社会的贵族把时间理解为一系列不同的阶段,每个阶段都和其他阶段同等重要,在任何一个阶段,失误都可能是灾难性的。他是耐心的,他记得前人所做的事情,小心地重复所有的步骤。没有一个单独的做决定的时刻,没有危机;惟一不同的时刻发生在一个周期结束之后和下一个周期开始之前。这时,应该怀着完美地重复过去的希望眺望未来。就是在这一时刻,我们听到了《生民》。

---

[1] 这里,我描述的与其说是真正存在的社会文化差异,还不如说是一种自我刻画、自我认知的形象。古希腊的贵族也许在实际上比周王朝的贵族更卖力地经营他们的田产,但是,荷马提供给我们文学艺术的形象,凭着他所塑造的这些文学形象,他可以把自己表现为一个贵族(aristos)。

后稷诞生了,并且被命名。这不仅仅是一个名字而已:他是"后稷"——按照其字面意义,就是谷物之神,虽然很难说到底是他把他的名字给予谷物(稷),还是谷物把它的名字给予了后稷。他的特征都是人类的,但是在一开始,后稷和他将要主持统领的植物世界分享了某些特质。我们可以看看这一行诗句:"先生如达。"郑玄,这位2世纪的著名注疏家,把"达"理解为"羊子",这样,这句诗的意思就是:"新生儿好像一只小羊。"追随郑玄的阐述者因此排斥了毛亨训"达"为"生"的说法。但是,在《载芟》里面有一句"驿驿其达",这里的"达",郑笺训为"出地"。姜嫄生子之易,似乎完全可以把神话祖先和农业生产优美地联系在一起:谷物从大地生长出来,这样的萌芽,是没有人类产子所经历的阵痛的。

下面一章对后稷遭到遗弃没有明确的解释。也许当时的听众都熟悉背后的故事,用不着具体的叙述。但是在更深的一个层次上,一个完整的故事对这首诗的仪式作用并不是必需的;只有后稷的存活才是最重要的。

后稷,新生的婴儿和小芽,被抛弃在一条窄巷之中,任牛羊践踏。很难不注意到这初次的遗弃涉及牧民,而牧民和以农业为生的周人是相对的。牛羊没有践踏后稷,反而"腓字之",按照字面意义解释,就是说牛羊叉开腿以乳汁喂养他。对于人类的婴儿,它们给予和自己的小牛小羊一样的保护;对于谷物,它们则给予粪便。后稷在树林之中和伐木者的遭遇一样,既是对人类婴儿的援救,也是砍伐树林,开辟空地,以避免让林木的茂盛影响到庄稼的生长。而鸟类对后稷的翼护,一方面给了后稷温暖,另一方面,鸟粪也是广泛传播种子的方式之一。

后稷安全通过了三次遗弃的考验,终于"呱矣":"呱"是人类的婴儿在出生时的啼哭,哭声分开了后稷和谷物。后稷很快就从匍匐爬行的婴儿长成可以站立行走的孩童,他种植豆、谷、麻、麦、瓜以求食,而他种植的东西总是和他自己一样生长迅速而茂盛。这里对每种谷物瓜菜的详尽而爱抚的描绘,包括每种谷物瓜菜的专有形容词,再次给我们展现了早先讲到的清查盘存的过程。

在种植的过程中,后稷得到的不仅是纯粹的谷物和瓜菜,而且是某种可以传递下去的东西:

诞后稷之穑,有相之道。

这是"道"在抽象意义上得到使用的最早范例之一。"道"显然是指"方法",一种与自然合作的方法,而不是独立于自然或者与自然对立、让自然"自然"(也即自在)的方法。人扮演的角色是"相"——协助。人与自然过程之间这种性质的关系在西方对于人和自然的关系的描述中常常被忽略,但是它在一个农业社会中却是十分实际和显而易见的。"相"是一种非常不同的思考人类所作所为的方式,它既不是听其自然,也不是全凭人为。农夫以系统的方式(道)和自然过程共同合作,这是后稷的教导,是他为年复一年的丰收留下的遗训。

在缕述后稷种植谷物以及谷物生长的过程之后,这一章陈述道:"即有邰家室。"建立和安顿一个家庭是继丰收之后而来的行为。农业是在同一地点对于一个过程的再生产(与游牧民族的迁移相对立)。一旦家室建立,下一章便跳到一个不确定的、可以重复的"现在",也就是说,后稷建立家室只有一次,但是这首诗的现在可以每年重复。这是"民"的声音,而"民"是后稷的家庭,他们仍然在重复着后稷"降"(传递,通常用于神灵的降赐)下来的农业生产之"道"。谷物再次被命名,后稷留下的礼物再次得到缕述,随后,就可以把它们带回家,举行也是由后稷遗留下来的祭祀仪式了。

这里,叙述者要求对祭礼进行描绘("诞我祀如何?"),于是我们看到一系列活动。在准备谷物和宰杀牛羊之间,有一行虽然不显眼但十分重要的诗句:"载谋载惟。"正如我们常常在《诗经》和《书经》里面看到的那样,思谋、考虑、对未来做出计划,是周王室十分重视的美德。人们的行为既不是出于不假思索的习惯,也没有《荷马史诗》中写到的头脑发热的冲动、鲁莽。正如姜嫄之准备受孕,行动因为技术和深谋远虑而变得有效。

第七章描述的是准备上祭的食物,其最后一行解释了整个仪式活动:祭祀的目的,是"以兴嗣岁"——兴旺来年。仪式在农业周期中占据了极为重要的地位,特别是在丰收之后和新的周期开始之前。"嗣岁"既是旧年之"嗣",也是旧年之"似"。这首诗是仪式的一部分,它以语言文字再度生产出一个新的循环周期。就像这里显示的那样,在这个过程中没有断裂:紧接着丰收,就是祭祀的仪式,而祭祀的仪式又立刻导向下一个周期。但是在结束和新的开始之间有一个极小的缝隙,那就是这首祭歌,它年复一年地以文字重复全部过程,以文字连接起一年的结束和下一年的发端。

最后一章描述了祭品的上供:贡献和消费产品的瞬间。我们看到全套的祭祀用具被陈列出来,而缺席的"上帝"——那丰富和保佑了姜嫄的神祇——现在得以享受供品。他吃的是食物的香气，而且十分满意。人与神之间的交往仍然和践踏神之足迹时一样无形无声，不可捉摸：只有一股强烈的香味冉冉上升，逾越了隔开两个世界的空间。

结尾重复了早先的诗句："后稷肇祀。"就像在《载芟》里那样，宣布了仪式从开头到如今年复一年的完美再现。的确，所有的东西都可以被完美地重复——只除了一样：个人，特别是统治的人。要描述个人的世系，新的表达延续性的词语成为必需。

继承者和配应者："允文文王"

虽然周王室把"王"这个字追溯到他们的远祖王季和大王，但创立周王朝的两个中心人物是文王和武王。我们不知道在开始的时候这些是名字还是对特质的描述，但是这两个字的意义在很大程度上是由父子二人在周王朝创立过程中扮演的角色所决定的。父亲的称号"文"的后起意义是"文化""文明"，本是"德"（有效的道德成就和造诣）的一种特质，在青铜器的铭文中常用于描述祖先。得到"文"这一称号的君王积累了大量的"德"，部分是由于他避免了把"德"消耗在对商王的暴力反抗中。儿子的称号"武"后来和"军事""武力"联系在一起，但同时它也意味着"足迹"——对继承的比喻。得到这一称号的君王也是一个继承者，他是踏着先人（父亲）的足迹前行的（"嗣武"）。和"武"联系在一起的字不是"德"，而是

"功"——行动。武王以颠覆商王朝的激烈暴力行动,扩大了他父亲的道德资产。

这两个称号和特质——文和武,成为互补的一对概念:非暴力和暴力,祖先和依靠祖先积累的德达到成功的继承者。这一对概念在周朝创业者称号中的使用暗示了一种次序,在其他情况下,这两个特质可以结合在一起,表现在后起的人物身上,比如说在《小雅·六月》中对尹吉甫的赞美("文武吉甫"),《大雅·崧高》中对申伯的称誉("文武是宪"),《鲁颂·泮水》中对鲁侯的揄扬("允文允武")。但是,在周朝早期的道德神话中,它们的次序定义了王朝创立的轨迹。在文王和武王之后,第三个君王的称号除了"成"之外又何所能取呢?成王是武王之子,当他刚刚即位的时候还只是一个孩子,还没有"完成",在他统治他的王国之前,必须依靠他的叔父——摄政的周公——完成平靖王国的任务。在这一次序里,下一个继承者是康王——"康"是一个非常适合王朝统治进程的称号,而康王终于可以安康地享受经由前任君王所完成的伟大事业的果实。

现在,我们面对的问题是人类繁殖和再生产与继承的复杂性,是名字、称号与特质,以及在一个以完美地重复过去为目标的结构中,如何处理差异。从后稷那里继承下来的农业循环周期和祭祀仪式可以永远地延续下去,但是,就像《大雅》中的一首诗(《大明》)告诉我们的那样:"不易维王。"——做一个君王是一件很不容易的事情。上天如果发怒,就会把天命转移给他人。面对这样的危险,雅与颂常常谈到王室祖先的成就,提醒后代子孙"保"住他们的遗产。

让我们回到《周颂·武》中的这一句诗:"允文文王。"如果我们把这句诗拆开，就会发现在人类传承的所有层次上都存在的复杂性。"王"这个称号，应该是最简单的一个继承性词语，做儿子的接受了这个称号，他似乎是在完美地复制父亲，因为这个职位的权力和作用应该是恒常不变的。但是在周文王、周武王的情况中，儿子使用了父亲积累的德，征服了殷商，因此获得了王位；而他的父亲"西伯"是因为儿子才得到了"王"的称号。儿子使父亲变成了王，以便自己可以继承他的称号。

我们已经谈到过谥号本身的问题。"文"和"武"这两个称呼，是通过历史上的这一承继关系，因为父子之间的差异，才得到或者扩展了它们的语义价值。特征变成了称呼，称呼变成了特征。"文王"这一称呼当然不是这位君王本人的名字，他的名字是"昌"，文王不过是死后的谥号，在这个谥号里，甚至"文"这一把他和其他一切周王区别开来的部分，也是周王室的著名祖先们一个常见的特征。在《周颂》的这行诗句中，我们看到称号和特征之间的分野："允文文王"——文王的确是"文"的啊！"允"的确是关键的，因为它暗示了一种可能性：文王也许实际上并不"文"，这个称号的语义内容也许不是真的（就像成王在继承王位时还没有"成"——完成或成熟，虽然这个称号在王朝创立过程的次序中是很恰当的）。[1]

从称号到特征、特征到称号的转移，使得一种完美的复制成为可能，也就是说，后人可以重复那些赋予了一位祖先或行为典范以称号的品质。这种情形不仅在继承者身上屡见不鲜，比

---

[1] 这里我们可以拿《大雅·荡》来做一个比较，在这首诗里，文王说商王朝缺乏"老成人"——成熟的谋臣。

如说一位继承者也许想要效法先祖文王之"文",而且,这种特质("文")还可以被推广到文王自己的祖先身上,比如说在《思文》里面,开头第一句就是:"思文后稷。"既然周王室把"王"的称号追赠给武王之前的好几代先祖,这里周人的第一代祖宗后稷也从他的后裔那里接受了一个特质:"文"。后稷之所以得到这一称呼,是因为他的非暴力和功业资本的积累,在这一点上,他可以说是"似"他的后裔。在这些早期文本里,"似"常常可以和"嗣"通用,因此,在《生民》的倒数第二章,"嗣岁"也即来年将与旧年相"似"。"嗣"和"似"之间的关系正好与称号和特质之间的关系形成完美的对应:一个是清楚的、只能被继承的身份,另一个则是随着时间流逝可以不断重现的。

"允文文王"来自为文王的儿子武王所作的赞美诗:

> 于皇武王,无竞维烈。允文文王,克开厥后。嗣武受之,胜殷遏刘,耆定尔功。

武王不仅仅复制了自己的父亲:他对殷商采取了他父亲所没有采取的军事行动。第二句诗中的形容词"烈"是对他的特征/称号所作的注释。他既是一个"武功"辉煌的君王,也是文王的嗣继者:关于这后一点,我们可以在第五行的"嗣武"中看得很清楚。"嗣武"一方面意谓"继承者武王",一方面也意味着"踏着前人的足迹"("武"训为"迹")。

现在我们可以更好地理解第三行诗句了。正是"文"的特质使得文王能够为武王开创基业(克开厥后)。二者进行了完美的合作:文王的坚忍和道德资本的积累的惟一好处就是给下一代带来利益,他的后代在他打开的空间之中继承了他传下来的基业(嗣武受之)。一个人"开",另一个人"定":他们都不能全凭自己完成王霸大业,而必须互相依赖、互相扶持。

文王和武王是相辅相成的一对,他们代表了在时间次序中实现王霸大业所必需的组成因素。这里,复制与再生的完美性是在必要的差异中实现的。

时间次序上的互补可以轻易地转移为空间性的互补。身为儿子的武王补足了他的父亲文王,但是父子二人都是"天子"——在这里,我们看到在不同空间里面权威的领域和职位也是互补的。天治于上,天子治于下。在这种关系中,一个在概念上具有极大重要性的词——"配"——出现了。

在我们要考虑的第一个例子里,"配"严格来说不是指君王,虽然这个"配天"的人是事实上的"天子"(天之子)。他就是后稷。在《周颂·清庙之什·思文》里,后稷,周人的祖先,被他的后人赋予了君王的特质。他是"天之配",被给予"天命",后人以"文"来描述他——正如我们在前面说过的,"文"意味着以非暴力的手段积累功业,为后代子孙打开一条坦荡通衢。

思文后稷,克配彼天。立我烝民,莫匪尔极。贻我来牟,帝命率育。无此疆尔界,陈常于时夏。

后稷必须完美地重复"常"的因素——那些不变的东西——涉及农业再生产的常规。正因为他是天之"配",所以这一点成为可能。君王显然是"克配彼天"的。"配"所暗示的关系既不牵涉到身份,也和"平等"不相干。在这对概念里,有一个概念

45

保持它的优先性和权威性，它是一个稳定的词语，由第二个概念来"配"它。在一个人成为天之配以前，他也许屈服于天的权力，但是他并不服从于天的权威。只有作为天之"配"和祖先，一个君王才接受天命。因此，在《大雅·文王之什·皇矣》中我们看到这样的诗句：

> 帝迁明德，串夷载路。天立厥配，受命既固。

在此处写到的这一历史性的时刻，按照诗中描绘的时间次序，接受天命者应该是大王亶父。但是这首诗中没有明确提到亶父，接受天命的似乎是岐山脚下这片刚刚修理平治出来的土地，这里将成为周王室权力的基地。人们都知道，天命不是什么"坚固"的东西，它难以捉摸，那些无力胜任者很容易失去它。它是通过"德"来抓住的。我们在这里看到德不仅是凡人的积累，而且，像岐山这样的地方，或者像姬氏这样的家族，可以从上天那里接受德——德是上天的投资。

"配"的关系可以在"天子"——天帝在人间的儿子和对应者——所扮演的角色中看得很清楚。同样，君王继承者是他的祖先的对应者，"配"，就像我们在《下武》中观察到的这样：

> 下武维周，世有哲王。三后在天，王配于京。王配于京，世德作求。永言配命，成王之孚。

根据笺注家们的说法，三后指大王（亶父）、王季、文王，而"配"之者则是武王（因此有人把第二行理解为"这一世出现了一个明智的君王"而不是"世世代代都有明智的君王")。不过,要想不断地使用《诗经》,似乎最好把这里的"王"视为当今的君王——不管是周王朝的哪一代君主。这里,王朝的世系和天帝在人间的代理交织在一起。这位君王是他们在人间的对应者,居住在举行祭祖典礼的周朝首都("京")。我们再次看到"武"这个字成为合法继承的象征。"下武"的字面意义是"踏着降下的足迹"——一个明智的君王继承另一个明智的君王,一代又一代地走下去。周的成功正是由于它再生这样"哲王"的能力,他们是祖先之"配",后世的对应。

君王不仅配于祖先,而且配于天命。天命就和天以及在天的祖先一样是触摸不到的;虽然它被传达给凡间的人,但是它总是处于"他方"。王是天之配,不仅仅是因为他胜任天命,他本人便代表了天命,实现了天命,把天命付诸行动。正是因此,他才"成王之孚"——达成了君王之信。这个奇特的句子表示,在实现天命(而天命也不过是要他做一个贤君)时,周王变得诚信,正因为他是那个符合天之期待的人。"孚"这个字在《大雅·文王》中也曾出现,但是这里"孚"(诚信)不是靠成为天命之配实现的,而是靠以执行了天命的人——文王,为法式而实现的:"仪刑文王,万邦作孚"——以文王为模型,则万邦信孚于周。在《下武》的第三章中,周王从文王那里学习来的诚信进一步成为全民的典范:

成王之孚,下土之式。永言孝思,孝思维则。

周王在他本人身上体现了天命,赢得了人民的信赖:他现在变得清晰可辨了。因此,他成为百姓效法的楷模、全民行为的典范。这个典范的主要成分是孝道,他对在天的祖先的思念——那些祖先是他的典范,他是他们下土之"配"。

> 媚兹一人,应侯顺德。永言孝思,昭哉嗣服。昭兹来许,绳其祖武。于万斯年,受天之祜。受天之祜,四方来贺。于万斯年,不遐有佐。

周王效法祖先的典范,也因此成为百姓效法的典范。他们聚集在他的身边,形成一个统一团结的整体。那么,假如出现什么差错,这些纽带就会断裂:君王统治的延续性,君王作为天帝与祖先之"配"的关系,以及人民的拥戴,就会被丧失。

断　裂

> 命之不易,无遏尔躬。
> ——《大雅·文王》

我们的呼吸,我们的心跳,虽然这些重复意味着生命,它们的发生却不被注意,也得不到赞美和庆祝。常规的重复和再生产只有在面临中断的危险时才会受到关注,被断裂的焦虑蒙上一层阴影。在《生民》结尾,当叙述者赞美祭祀仪式的完美延续时,他提出"罪悔"的可能——但只是为了否定它("庶无罪悔")。对完美的重复和再生的庆祝,以语言文字再现它、传播它,把它视为一种积极的价值,这都有赖于一个前提:它有断裂和失败的可能。

周天子常常被赞为继承了文/武互补的典范、从未中断过的君王的序列。如果天子本人是典范的复制,那么他统治之下的百姓自然会本能地效法他、服从他。但是,天子保持了他的自由意志:他对祖先的遵循是一项个人的选择,人们必须常常提醒他偏离和断裂的危险。王位是可以丧失的。在《文王》第六章里,出现了两个"配"字:身为天命之"配"与身为天帝之"配"是对等互换的,如果失败于前者,那么也就已经失败于后者了:

> 无念尔祖,聿修厥德。永言配命,自求多福。殷之未丧师,克配上帝。宜鉴于殷,骏命不易。

对农业生产和仪式常规的重复,对"配"的角色的接受,对典范的效法,都是处于周王朝政体中心的意识形态机制。通过履行这些责任,周也许会避免遭遇殷商的命运。在复制一切的历史之镜里,周王朝可以找到断裂的模型:一个他们不应该重复的模型。

商的失败,是由于统治者个人的失败。但是,有效的祭祀仪式和政治秩序的程序本身没有问题。庆祝仪式的完美重复意味着君王要负绝对的责任。失败和断裂有其征兆:上天会用天气的变化示警。

《大雅·云汉》是一位不知名的周天子发出的忧叹(传统笺注家认为是周宣王)。他面临一场大旱——他个人的失败和上天之不悦的明确无误的征象。但是他抱怨说:他其实履行了所有应该履行的仪式,他不明白到底什么出了问题。

倬彼云汉，昭回于天。王曰於乎，何辜今之人。天降丧乱，饥馑荐臻。靡神不举，靡爱斯牲。圭璧既卒，宁莫我听。

旱既大甚，蕴隆虫虫。不殄禋祀，自郊徂宫。上下奠瘗，靡神不宗。后稷不克，上帝不临。耗斁下土，宁丁我躬。

旱既大甚，则不可推。兢兢业业，如霆如雷。周余黎民，靡有孑遗。昊天上帝，则不我遗。胡不相畏，先祖于摧。

旱既大甚，则不可沮。赫赫炎炎，云我无所。大命近止，靡瞻靡顾。群公先正，则不我助。父母先祖，胡宁忍予。

旱既大甚，涤涤山川。旱魃为虐，如惔如焚。我心惮暑，忧心如熏。群公先正，则不我闻。昊天上帝，宁俾我遁。

旱既大甚，黾勉畏去。胡宁瘨我以旱，憯不知其故。祈年孔夙，方社不莫。昊天上帝，则不我虞。敬恭明神，宜无悔怒。

旱既大甚，散无友纪。鞫哉庶政，疚哉冢宰。趣马师氏，膳夫左右。靡人不周，无不能止。瞻卬昊天，云如何里。

瞻卬昊天，有嘒其星。大夫君子，昭假无赢。大命近止，无弃尔成。何求为我，以戾庶正。瞻卬昊天，曷惠其宁。

这首诗以周天子抬头仰望星空开始，也以他抬头仰望星空结束。他倾诉的对象是一个"不临"、不注意、不关心的上帝。[1] 这种对上帝之漠然的抱怨和关于上帝每时每刻都在监察人间的常见说

---

[1] 对于这首诗中的"我"，我一直都按照单数的"我"而不是复数的"我们"来对待。虽然第一章第四行中的"今之人"一般来说被解释为"今日的百姓"而不是"现下的这个人"（意谓周天子自己）。但我以为，在此处，"辜"——意即罪过——是和周天子（诗中的"王"）密切相关的。

法截然相反——比如在《周颂·敬之》里诗人说："命不易哉，无曰高高在上，陟降厥士，日监在兹。"

在《云汉》里，这个系统似乎崩溃了。周王质问缺席的神明：他究竟犯下了什么错误导致这样的报应？他不断强调，他举行了所有必要的祭祀仪式，他没有吝惜祭祀用的牺牲，而且用尽了祀神的玉璧——他祭祀了天地四方的神灵，"靡神不宗"。

"禋祀"是《生民》里面在描述姜嫄对祭祀仪式的熟练掌握时用到的词。那首诗宣告了对祭祀的完美延续。在《云汉》这首诗里周王告诉上帝：如果上帝对人间有更多的关怀，他就会发现周天子并没有遗弃祭祀仪式，只是他已经不能实行任何仪式控制了。后稷是周人部族的始祖，而这位天子把自己描述为部族的末代统治者，天命似乎就要被上帝收回了。在后稷和他自己之间有一系列的君王，他们以整套的配合与效法重复扮演君王的角色，但是这位天子自称"我躬"（我身，我自己，我本人）；借此区分开了他自己和他的先人。他也许是在回应《文王》中的警告："命之不易，无遏尔躬"（天命不是易事，不要让它随尔身终止）。如果他遵从对君王的告诫，照一下殷与夏的镜子，他会看到导致那两个朝代覆灭的末代君主的恶行；但是这位天子认为他没有犯下任何错误，他的行事都是对的。

周王之"德"以及由德导致的效验光大了周，百姓从四面八方归向周部族。德的丧失引起臣民的离散，无论离散的方式是死亡还是迁移。如果我们对第三章的理解和大多数笺注家们一致，那么，它是在指出周人的离散将会导致祖先的摧毁，因为对祖先的祭祀将要被迫中断的缘故（本诗开始时描述的祭祀对象不是祖先的神灵）。但是尽管存在对祭祀中断的威胁，那些已死的"群公先正""父母先祖"还是纷纷离弃了这位天子。

在第六章里,周王直截了当地发出怨言:他按时举行了所有必要的祭祀仪式("祈年孔夙,方社不莫"),但是上帝不顾惜他的美德,不采取任何行动。上帝对他的"悔怒"("悔"正是《生民》里面用到的那个字,按说是完美的祭祀仪式可以避免的危险)是不公平的。

面对即将被所有臣民遗弃的命运,周天子在最后一章中对他的请求做出了一个很有意思的调整。这也许是被眼前的危机所激发出来的策略,这个策略直接对天子所负的重任进行挑战。

人们常说成功的君王可以平靖他治下的百姓,给他们带来安宁。在《皇矣》中,上帝正是"求民之莫"(为人民寻求平安),才对商发怒,把"明德"迁于周。在《云汉》里,周天子更向前进了一步:他为了百姓向上帝发出请求——"何求为我,以戾庶正"(何尝是为了我自己?是为了安抚众官而已)。对恶劣气候的发生感到内疚的君王因此觉得必须对手下人的痛苦负责,但他所承认的责任范围相对来说十分卑微:他不觉得自己须对平民百姓负责,他要负责照管的只是那些最接近他的人——"庶正",也即众官。他否认个人动机,宣称只是在为他手下的人讲话。

这样的策略重新调整了君主统治的焦点:现在,周天子是否遵循了祖先的典范不再是问题的重心。和以往重复常规的先王不同,这位周天子从"我躬"——"我个人"——出发考虑他的君主身份。他正在受到惩罚,虽然他相信自己完美地举行了所有的祭奠。他被单独挑出来,不是因为他做了什么样的事,而显然是因为他是一个什么样的人:上天专门要遗弃他这个人。因此,他宣称,他不是在为他自己求福,而是在为他的"庶正"求福。当通过重复常规来控制仪式的技术不再起作用的时候，君主统治的责任从君主、先王和上天这种三角关系转移到君主和他的臣民。同时，这位天子祈求祖先不要忘记他们在自己创立的政体中享受到的既得利益。他呼吁上苍："无弃尔成"——不要遗弃你所成就的周王朝吧！

我们不能为《诗经》中的篇章一一注明写作年代，因此，我们无法谈及历史的变迁。但是我们可以观察那些容易引起历史故事的差异。这里，我们看到一个天子，他的祭祀仪式没有再度产生预期的效果，他感到他已经不再是有效的祖先典范的复制品（他被单独挑选出来，无可解释地成为天怒的对象）。因此，他变成了一种全新的君王：在他祖先们的集体神灵和他们的政体之间，他是一个中介，一个居间人。

自残与身份：
上古中国对内在自我的呈现

在大约公元前8世纪到公元前5世纪初期的春秋时代，一个人的肉体就是一个人的自我：内在自我的外在表象。肉体有不止一个魂魄，在肉体死亡的时候，这些个魂魄就脱离了身体的限制。在祭礼上，祖先的灵魂会盘旋于供桌之上，沉醉于米酒的馨香。但是在世的时候，一个人的三魂六魄是与肉体混元一气的。正如玉石的徽记、衣服上的花纹，都标志着一个人的社会身份与地位，肉体也是代表了某种抽象品质的清晰符号。祭祀需要洁净的牛羊，同理，在继承一块领土或者一个部落的领导权的时候，身体的完美是必须的。

我们且不要以古希腊人的标准——不高不矮、比例适中——来理解这种肉体的完美。其实，身体的赘余往往还是积极意义上的征象：舜帝重瞳，文王四乳，霸主晋文公"重耳"。但是，我们也要知道：罪与罚是被标识在肉体上的，以便让所有人都可以看到，比如黥面和断足。

春秋时代，总的来说，在揭示人的内在自我方面，肉体本身没有一个人的行为那样重要。在《诗经》里，人们已经对于行为——语言和行动——容易被他人误解这一事实表示忧虑。在这种文明里，通过外在征象而误解一个人的可能性意味着一个重要的开始,也就是说,人们开始意识到一个并非一览无余地呈现在外的内在自我。

当我们来到公元前4世纪至公元前3世纪的战国时代,会看到一系列以不同的方式反映了身体与身份问题的文本。这是我在这篇文章里打算探讨的话题:一个与身体脱离的自我的概念之源头。我感兴趣的,不是人死后或者在巫觋降神时离体的那个灵魂,而是一个更加具有根本社会性的直觉意识,也就是说,在肉体之内,还居住着一个与肉体分离开的"人"。我们常常说一个人"有"一个肉体,那么,我要探讨的,便是拥有肉体的这个"人"了。

也许,对这个问题所进行的最精彩的哲学思考,是《庄子·齐物论》中的一个段落:

> 喜怒哀乐,虑叹变慹,姚佚启态;乐出虚,蒸成菌。日夜相代乎前,而莫知其所萌。已乎,已乎!旦暮得此,其所由以生乎!
>
> 非彼无我,非我无所取。是亦近矣,而不知其所为使。若有真宰,而特不得其眹。可行已信,而不见其形,有情而无形。
>
> 百骸、九窍、六藏,赅而存焉,吾谁与为亲?汝皆说之乎?其有私焉?如是皆有为臣妾乎?其臣妾不足以相治乎?其递相为君臣乎?其有真君存焉?如求得其情与不得,无益损乎其真。一受其成形,不亡以待尽。
>
> [喜、怒、哀、乐、忧虑、叹息、反复、畏惧、浮躁、荡佚、狂放、做作,仿佛乐声发自内虚之器,又如菌子生自地气的蒸腾。日以继夜,这些情态相代于前,却无人知道它

们何所萌生。呵呵，休矣休矣！朝朝暮暮，它们便是我们的所有，但是又怎么才能知道它们的由来呢？

没有这些情态，就没有我；没有我，它们何所依托？想到这一层，也算是接近了，可终究还是不晓得驱使它们的是谁。如果说，有那么一个真正的主宰，却又偏偏看不到一点端倪。他确能作用，这是可以信验的，然而终究不见其形。也许竟是有情而无形？

百骸、九窍、六脏——它们都完备地存在于我的身体，"我"到底和它们之中的哪一位最亲近呢？您说，您是同等地欢喜它们呢，还是有所偏私呢？若是这样，它们都能忠诚地履行仆妾的职责吗？如果同是仆妾，它们不足以相互制约吗？还是说，它们轮流地作威作福、互为君臣呢？还是说，有一位真命天子在辖治着它们呢？不过，就算我们试着捉摸这位真宰的本性而终于失败了，也还是不能丝毫增减他的真实呵。一旦我们禀受了他的赐予，就会承受着它，不参与变化，等待着生命走到尽头。]

正如他惯常所做的，庄子的口气从充满激情转为游戏。他首先开列出各种在人的意识中川流不息的情绪、感情与思想，并提出一个基本的哲学问题：一个人，到底只是一条由情绪与感受组成的溪流呢，还是一个拥有这些情绪与感受的存在呢？为了回答这个问题，他设立了一个"真宰"，也就是一个"自我"。而当他开始在肉体之中寻求这个真宰的所在时，他的口气变得顽皮起来。肉体有"百骸、九窍、六脏"，究竟哪一部分盛纳着那个"自我"呢？无疑，庄子非常喜欢这个自我寻找自我的吊诡游戏。

最终，作为玩笑，他设想出一个等级森严的政体，一为君而众为臣，或者索性进行君主值日制，不同的器官或肢体轮流当家扮演"自我"。大家都可以辨别这是笑话，不过，为了识别笑话，读者必须首先接受一个假设，也就是说，"自我"不等同于肉体或者肉体的任何组成部分。

对于庄子来说，物质世界处在不断的变化之中，以他的名字命名的著作《庄子》充满了扭曲的树、先天残缺或受到损害的身体，而这些身体都以某种方式代表了完美的存在，这份完美的存在惟一欠缺的就是肉体的无瑕。《大宗师》里面有一则优美的寓言：

> 子祀、子舆、子犁、子来四人相与语曰："孰能以无为首，以生为脊，以死为尻，孰知死生存亡之一体者，吾与之友矣。"四人相视而笑，莫逆于心，遂相与为友。
>
> 俄而子舆有疾，子祀往问之。曰："伟哉夫造物者，将以予为此拘拘也。曲偻发背，上有五管，颐隐于齐，肩高于顶。句赘指天，阴阳之气有沴。"其心闲而无事，跰𨇤而鉴于井，曰："嗟呼。夫造物者又将以予为此拘拘也。"
>
> 子祀曰："女恶之乎？"曰："亡，予何恶？浸假而化予之左臂以为鸡，予因以求时夜；浸假而化予之右臂以为弹，予因以求鸮炙；浸假而化予之尻以为轮，以神为马，予因以乘之，岂更驾哉！"
>
> [子祀，子舆，子犁，子来，四人相语："谁能把无当作头颅，把生当作脊梁，把死当作尻骨，谁知道死生存亡乃是一体的，我便愿意交了他这个朋友。"四人相视一笑，莫逆

于心,于是彼此成了朋友。

不久子舆病重,子祀去探望他,子舆道:"造物真是了不起呵,他把我变成这样一个曲屈的东西了。腰驼了,五脏也调换了位置了,下巴沉到肚脐眼去了,肩膀比头还高,发髻呢指向天,阴阳实在是乱了套了。"但是他的心却安闲无事。他蹒跚地走到井边,低头看着自己的倒影,他说:"呵呵,造物者还要接着把我变成一个更曲屈的东西呵!"

子祀道:"你烦厌了吗?"子舆道:"哪里的话!我烦厌什么呢?假使造物他把我的左臂变成一只公鸡,我就用它来报晓;假使造物他把我的右臂变成一只弹弓子,我就用它来搞到烤斑鸠;假使造物他把我的尻骨变成一只轮子,把我的精神变成一匹马儿,我就骑乘着它们行路,我哪儿还用得着别的车马!"]

这里,庄子把能够脱离自身并观察肉体变化的"自我"戏剧化了。这个"自我"在井水里看到自己的倒影,把这个倒影作为自己反思的对象;他以游戏的口吻,视肉体为一个可以使用的物体,每一个新的形状都为其狂放的想象力提供了机会。当他把自己的尻当成想象的轮子、精神当成想象的马儿的时候,这个自我便成为一个真的可以骑乘大化的存在了。

庄子的想象是哲学家的想象:这份脱离自身的能力只有对可以身体力行这种想象的异人才有效。虽然这种"自我"与肉体的间距相当戏剧化,但这个自我的概念还不是我要追寻的。本文旨在探究社会中的自我概念,在那里,"身份"必须以更加痛苦的方式从身体之中赢得。

战国时代流传的很多故事，是关于一些外表其貌不扬、内在蕴涵某种特异才能的人物。常用的一个字是"怀"——本意是说胸前的衣服里面揣着东西，后来用以指称身体的内蕴。"怀"一般来说总是和隐藏有关：珍宝怀藏于内，用以献给合适的人，或者等待被合适的人发现。

玉璞是最恰当的隐喻：外面的包装是粗糙丑陋的石块，内里蕴涵着奇珍。只有那些个具有特殊的才能也即能够"知人"的人才可以透过表面，看到里面蕴藏的美玉。和氏璧的故事正是关于这种新的身份与价值观的寓言。下面引进的是这个脍炙人口的故事的《韩非子》版：

> 楚人和氏得玉璞楚山中，奉而献之厉王。厉王使玉人相之。玉人曰："石也。"王以和为诳，而刖其左足。及厉王薨，武王即位，和又奉其璞而献之武王。武王使玉人相之，又曰："石也。"王又以和为诳，而刖其右足。武王薨，文王即位。和乃抱其璞而哭于楚山之下，三日三夜，泣尽而继之以血。王闻之，使人问其故，曰："天下之刖者多矣。子奚哭之悲也？"和曰："吾非悲刖也，悲夫宝玉而题之以石，贞士而名之以诳，此吾所以悲也。"王乃使玉人理其璞，而得宝焉。遂命曰和氏之璧。

在剖开玉璞发现美玉与卞和断足这两者之间，存在着令人不适的对应。自上古以来，没有一个读者会错过卞和的才能与璞中美玉之间的隐喻关系。但是，正如美玉需要工匠割开玉璞才能光彩毕露，卞和的真正意向也必须经过一系列的肉体摧残才得到大白。

春秋时期，人的价值决定于出身以及身体的完美。在那个贵族社会，一个人的社会身份蕴涵于一个人的身体，可以被与其社会地位相应的服饰和行为举止所证实。《左传》里，也有社会下层人士展示特殊才能的故事，但是，这样的故事与战国时代相比，并不是典型的。

自我、身份和肉体的分离，是战国时代社会阶级上升之流动性的表征。在有关阶级流动性的故事里，一个人得到揭示的内在才能与品质总是比外表要更好。耕田的农夫可以教训国君，渔夫可以成为天子的襄助。在身体就是身份的贵族社会，一切都摆在桌面上的价值判断是容易的，但是在一个可以于石头之中找到美玉的世界，价值的判断就复杂得多了。

在这样的故事里，那些能够透过粗糙的外表辨识内在品质的人，和隐藏的美玉同等重要。这由价值判别者和被判别者所组成的一对关系，在战国关于社会流动性的故事里占据了中心地位（在后来的任人唯贤神话中也是一样）。其中最有意思的故事，则讲述了辨识的行动本身如何生产被辨识的品质。身体的职责和社会价值是由出身（家世背景）决定的，而一旦自我与身体分离开，自我就可以变化，也就是说，一个人可以为自己做出决定，使自己配得上别人在他身上所辨识出来的品质。卞和被动地承受了切割，以展现璞中的美玉，但是，通过表现个人决定与意志的行为来自觉地展现和实现自己价值的人，可以主动地使用自己的身体，甚至可以为了达到上述目的而摧毁它。

在这一类故事里，最早也最常见的是关于"死士"的传闻：以生命来报答君恩的布衣之士。我想专门探讨两个故事，这两个故事集中地表现了战国时代所有有关个人身份问题的纠葛，诸如肉体与肉体中蕴涵的人格；从一个人的外表识别一个人，和识别外表之下所隐藏的人；身份作为"名"——名字的名，也是名声的名，名誉的名。这两个故事也讲述了自残：不是断足，而是毁坏自己的面目，或者一个人其他的外在身体特征。

《战国策》和司马迁的《史记》都记录了豫让的故事。这个故事发生在公元前405年，三家分晋之际。在晋国分崩离析之前，豫让曾分别为晋国大夫范氏和中行氏效命，后来因为不开心而归附了知伯，知伯给了豫让很隆重的对待。知伯消灭了范氏和中行氏，但赵、魏、韩这三个瓜分了晋国的强盛家族又起来消灭了知伯。其中赵襄子极为仇恨知伯，到了拿知伯的头骨做酒器的程度。根据《战国策》的记载：

> 豫让遁逃山中，曰："嗟乎！士为知己者死，女为说己者容。吾其报知氏之仇矣。"乃变姓名，为刑人，入官涂厕，欲以刺襄子。襄子如厕，心动，执问涂者，则豫让也，刃其捍，曰："欲为知伯报仇。"左右欲杀之。赵襄子曰："彼义士也，吾谨避之耳。且知伯已死，无后，而其臣至为报仇，此天下之贤人也。"卒释之。

这里值得指出：豫让使用了一个十分典型的比喻来描述士为君死的忠贞，但是，这种自我牺牲的要求，只有当君在世时才是有效的。后来，襄子还提醒豫让，他在归附知伯之前，曾经追随过范氏和中行氏，而正是知伯把他从前的主人杀死的。在上面的段落里，襄子暗示一个士并无责任为自己死去的主人复仇，复仇是人子的义务。不过既然知伯没有后代，豫让以意志顽强的行动，把自己放在了知伯之子的地位。当然他的身体永远不可能成为知伯之子，但是，身体里面的那个人却可以接受这个人子的角色。

为了接近襄子，豫让必须隐藏他的身份，以求不被认出。但是他隐藏的方式却十分奇怪，因为非常夸张和极端。他不仅更名改姓，而且黥了面，化装成一个囚犯。虽然他把内在的自我身份放在和公子王孙同等的地位，但是，他的外表却被降低到有罪囚徒的等级。我们必须能够辨识并欣赏这些决定的深度。豫让不是仅仅做了一个简单的复仇之决定而已，他既没有期望自己在行刺之后还能生存，也没有期望脸上的黥印有朝一日能够被消除。他已经决定把自己变成一个大写的"复仇者"，也就是说，"复仇者"变成了他的全部存在，而他的身体不过是那个他决定要成为的人物之可以随意处置的工具而已。

但是发生了一件怪异的事情，极大地复杂化了他的意图。曾经一度，知伯看出了豫让的内在品质，宠遇这位被范氏和中行氏以常人对待的武士；如今，赵襄子是第二位能够透过豫让的外表，看出他的真正价值的人——开始是凭着某种神秘的第六感，后来，是凭着他的荣誉感。我们甚至可以把这个视为上天对襄子的考验：除非襄子"知"豫让，否则他就会被刺杀。如果他眼中看到的只是一个在宫厕里面刷墙的囚徒，他的生命就会立刻结束。然而，他成功地通过了考验，辨认出了豫让的真实身份——刺客和义士，这显示出襄子其实是第二位值得豫让为之献身的主君。

襄子给了豫让第二次生命，但是，豫让的决心的性质，决定了他不可能选择一种不同的生活，或者归附襄子。他只能"做"

一个复仇者。他的下一步行动至为可骇：在经验的层次上，是为了防止襄子认出他的面貌；在更深的层次上，是为了避免被襄子所"知"而不得不负起对知己者所应尽的义务。

> 豫让又漆身为厉，灭须去眉，自刑以变其容，为乞人而往乞，其妻不识，曰："状貌不似吾夫，其音何类吾夫之甚也。"又吞炭为哑，变其音。

既然别无选择，必须报仇，豫让试图摧毁一切可以被人认出的外在身体特征。当他的妻子认不出他的相貌但听出他的声音时，他吞下热灰（烧灼的炭）把自己的嗓子烫坏。这些举动不仅向我们显示他复仇的决心，而且也是在回环往复地纠缠于"知"这个问题。现在，惟一能够被辨认出来（"知"）的，只剩下身体里面的那个自我了。正如和氏璧一样，只有切开外面的璞，才能揭示里面的美玉：

> 其友谓之曰："子之道甚难而无功。谓子有志则然矣，谓子智则否。以子之才，而善事襄子，襄子必近幸子；子之得近而行所欲，此甚易而功必成。"豫让笑而应之曰："是为先知报后知，为故君贼新君，大乱君臣之义者无过此矣。凡吾所谓为此者，以明君臣之义，非从易也。且夫委质而事人，而求弑之，是怀二心以事君也。吾所为难，亦将以愧天下后世人臣怀二心者。"

这里牵涉的问题，微妙而优美。到底是为知伯报仇更重要，还是"为"一个复仇者更重要？豫让的朋友没有意识到豫让选择的不是简单的杀人报仇，采取一切手段来达到某种目的，而是选择了一种身份："为"一个复仇者。这里最关键的不是行为，而是身份。

我们在前面说过，在上古世界里，一个人的本性总是呈现在表面上的。但是在战国时代，一个人的本性却深藏于表层之下。这种隐藏的可能性之一，就是像豫让那样，历尽自残与表面的摧毁而始终保持内在的志诚。但是另一种可能性是欺骗：表面是一回事，内里又是一回事。在战国的文本里面我们常常会看到外表与内在意向的分裂，但是这分裂通常是一种手段，用欺骗和操纵来达到某一目的。豫让可以很容易地做到这一点，利用襄子对他的敬仰与信任实现刺杀襄子的愿望。但是，如果他服务于襄子——第二个识别他的价值的人，他就会背叛他决定成为的那种人。他选择的身份就会变成达成目的的手段与工具，如此而已。如果豫让的主君在世，他也许会要求豫让为他做到这一点，但是豫让的主君死了，豫让的生命不是一个计划或阴谋，而是一个原则。

豫让凭借他选择难而不选择易的决定，把自己造成了一个典范人物、行为的楷模，我们的问题是：他究竟是为了自己死去的主君更多一些呢，还是为了自己——或者自己的"名"——更多一些？到底他是为了荣誉，还是虚荣？

居顷之，襄子当出，豫让伏所当过桥下。襄子至桥而马惊。襄子曰："此必豫让也。"使人问之，果豫让。于是赵襄子面数豫让曰："子不尝事范、中行氏乎？知伯灭范、中行氏，而子不为报仇，反委质事知伯。知伯已死，子独何为报仇之深也？"豫让曰："臣事范、中行氏，范、中行氏以众人遇臣，臣故众人报之；知伯以国士遇臣，臣故国士报之。"

就像上一次那样，襄子还没有看见豫让，就已经认出了他。要是我们过于古板地解释这个超自然的现象，那么豫让以自残来改变面目的企图简直一无成效。这里重要的是，襄子根本用不着看到豫让的身体，他完全不会被外表所欺骗，他是"知"豫让的。

豫让的朋友，出于好意，想用不够荣誉的行为方式诱惑他；赵襄子则质疑豫让的荣誉：豫让以前不是服务于其他主君的吗？他主动离开了他们，归附知伯，当知伯消灭了他以前的主君时，他为什么没有给他们报仇呢？豫让的回答很出其不意：他说，他是在用一个主君对待自己的方式回报于他。我们清楚地看出，在内在的身份和外来的辨别／认可之间，存在着一种相应的关系。豫让决定成为他的主君眼中的那个人，而一旦内在品质决定下来，外在的身体反而灵活易变了。当襄子视其为"天下之贤人"的时候，襄子实际上是在帮助豫让维持他选择的身份。没有襄子作为行刺的目标和他的赞美者，豫让就会什么都不是。虽然豫让永远都不可能臣服于襄子，但襄子事实上代替了知伯，成为能够识别豫让、给予豫让以生命意义的主君。豫让在跟踪襄子方面，就如同他服务于知伯一样地忠诚。

襄子乃喟然叹泣曰："嗟乎，豫子！豫子之为知伯，名既成矣，寡人舍子，亦以足矣。子自为计，寡人不舍子。"

使兵环之。

豫让曰:"臣闻明主不掩人之义,忠臣不爱死以成名。君前已宽舍臣,天下莫不称君之贤。今日之事,臣故伏诛,然愿请君之衣而击之,虽死不恨。非所望也,敢布腹心。"

于是襄子义之,乃使使者持衣与豫让,豫让拔剑三跃,呼天击之,曰:"而可以报知伯矣。"遂伏剑而死。死之日,赵国之士闻之,皆为涕泣。

襄子怀疑豫让的第二次行刺乃是为了自己的名。行刺一次、被宽恕一次应该就已经够了。忠诚于主君的士可以被原宥,但是,那为了自己的名而运作的刺客不可以被原宥。

这个故事不断地为我们展现内与外、表面与实质的纠葛。在故事的上下文中,豫让的最后要求十分惊人。他既不能杀死襄子,也不能放弃他的企图。是到了结束他的生命的时候了。于是,他要求象征性地剑刺襄子之衣,而襄子允许了他的请求。我们最终看到的不是一个关于刺杀身体的故事,而是一个关于意向和目的纯洁性的故事。开始豫让象征性地把自己放在知伯之子的地位,现在他又把襄子的衣服当成襄子的替身。当他化为那个内在于身体的身份时,他也由此获得了构造和结束那给了他的生命以意义的故事的权力。

一个人可以摧毁外在的、容易辨识的肉体,成为复仇者,但是在豫让故事的结尾,名的问题随之而来:身体被摧残了,消灭了,但是他的名却得到了完善。豫让承认,他想要"成名"。他也许在故事开始的时候暂时更名改姓,但是他的名字却保留了下来。在这个注重内在身份的新的世界,保持与完成一个人的名比献出身体更难。

豫让的故事也见于《史记·刺客列传》，其后就是聂政的故事——同样的题材，但是调子低沉得多了。与豫让不同，聂政以杀手的身份开始他的生涯，后来又隐身为屠夫。在《史记》的传记里面，有才之士常常操持贱业，等待有朝一日遇到一个能够赏识他们的人，发挥他们的才能。故事是这样开头的：

> 聂政者，轵深井里人也。杀人避仇，与母姊如齐，以屠为事。

但是，在辨识一个人的才能与价值和雇用一个普通的杀手之间，存在着一道微妙而危险的界线。

故事转向严仲子，韩国的一个贵族。他与韩国的宰相侠累（韩哀侯的叔父）结仇，从此逃离了韩国，四处游走，寻求能为他刺杀侠累的人。当来到齐国，他听说了聂政其人，于是来请聂政为他复仇。聂政完全明白，当你的价值得到赏识，这到底意味着什么：你便欠了那赏识你的人一份沉重的债务，必须用性命去偿还。因为他对母亲负有养老的责任，他必须全力以赴地避免欠别人这样的债务。但不幸的是，像严仲子这样一个王公贵族，他对聂政表示出来的注意本身，就已经具有他想要竭力避免的重量了：

> 严仲子至门请，数反，然后具酒自畅聂政母前。酒酣，严仲子奉黄金百溢，前为聂政母寿。聂政惊怪其厚，固谢严仲子。严仲子固进，而聂政谢曰："臣幸有老母，家贫，客游以为狗屠，可以旦夕得甘毳以养亲。亲供养备，不敢当仲

子之赐。"

严仲子辟人,因为聂政言曰:"臣有仇,而行游诸侯众矣。然至齐,窃闻足下义甚高,故进百金者,将用为大人粗粝之费,得以交足下之欢,岂敢以有望邪!"聂政曰:"臣所以为降志辱身居市井屠者,徒幸以养老母,老母在,政身未敢以许人也。"严仲子固让,聂政竟不肯受也。然严仲子卒备宾主之礼而去。

当身份局限于身体的时候,身份多多少少是固定的。但是战国时代,身份乃是潜藏于外表之下的内在蕴涵这样的概念,使依靠"辨识"来引出性格这样的事成为可能。也许,如果没有知伯和襄子的辨识与承认,豫让还不知道他原来是个英雄。我们也许可以说,人的性格是灵动变化的,当社会权威与权威人物把一个人置于社会角色之中的时候,这个人就会被他扮演的社会角色所塑造;或者,我们也可以说,当一位社会上层的主君在一个人身上看到某种品质的时候,他的辨识帮助这个人自己发现了这些品质。但无论如何,这是极为得力的政治工具与政治手段。

严仲子的情形,使人想到社会性的贸易:荣誉是报酬,服务是可以用荣誉买得的。一旦一位贵族辨识出一个布衣之士的价值,他就使得这位布衣之士背负起了一份债务。孝子聂政竭力试图谢绝严仲子的金子,因为他知道这份"馈赠"会买下他。但是,荣誉的馈赠却几乎无法拒绝。也许,在上面引述的段落里,最值得注意的是在聂政拒绝了金子之后,严仲子没有一走了之。要是他说:"好吧,屠夫,既然你不帮助我,我就离开算了。"那么聂政就会从束缚中解脱出来,因为严仲子把他当作一个平头百姓,一个普通的杀手来看待。但是严仲子没有那么做。他留下来,礼貌地完成了他的来访。他把聂政当成一个社会阶层与自己完全平等的人士对待,这迫使聂政以同样的方式来对答仲子。

> 久之,聂政母死。既已葬,除服,聂政曰:"嗟乎!政乃市井之人,鼓刀以屠。而严仲子乃诸侯之卿相也,不远千里,枉车骑而交臣。臣之所以待之,至浅鲜矣。未有大功可以称者。而严仲子奉百金为亲寿,我虽不受,然是者,徒深知政也。夫贤者以感忿睚眦之意而亲信穷僻之人,而政独安得嘿然而已乎!且前日要政,政徒以老母;老母今以天年终,政将为知己者用。"

聂政的母亲一旦去世,他必须承认他对严仲子所负的责任。

虽然荣誉的馈赠是致命而且难以拒绝的,但它是一个真正的礼物。那内在的高贵品质被辨识出来的人,不能简单地成为一个仆人,一个响应主人号令的普通武士。在自我牺牲中,他赢得了独立自主。豫让一直等到知伯死去之后,才决定显示他是一个多么忠诚的追随者。他完全是凭了自己的意志和意愿做出决定,正是因此,襄子不知道该如何判断他的行为。当聂政决定服务于仲子的时候,仲子有他自己的计划,准备给聂政配备一名副手。聂政却一口谢绝了车骑人从,说他将自己独身前往。同时他还警告仲子,不要让任何人知道此事,否则,"韩举国而与仲子为仇,岂不殆哉"。

> 杖剑至韩,韩相侠累方坐府上,持兵戟而卫侍者甚众。

> 聂政直入，上阶刺杀侠累，左右大乱。聂政大呼，所击杀者数十人，因自皮面决眼，自屠出肠，遂以死。

这里，自残是为了隐蔽自己的身份——表面上好像是为了保护他的雇用者严仲子。正如在豫让的故事里一样，在辨认一个人的身体与辨识他的内在身份之间存在着对立。为了成为那个内在于他的英雄——一个意志强硬的男子，似乎必得把这个普通人的身体摧残到他人不能辨识的程度。

豫让非常明确地表示要为他人树立一个典范，要"成其名"。与豫让不同的是，聂政不仅摧残了自己的身体，也毁灭了自己的名。聂政选择做一个英雄和复仇者，除此之外的任何其他身份他都抛弃掉了，包括那个可以把他与他的布衣家庭背景联系在一起的姓名。但是，作为一个有名有姓的、置身于家庭背景之下的男子，聂政也同样显示了他的高超品质，因为他尽到了他对家庭负有的责任：赡养母亲直至她去世，照顾姊姊直至她嫁人。

辨识与死亡的圈套没有在这里终结，因为还有一个问题没有解决：谁能从他的行为，而不是从他的身体，辨识他到底是谁。

> 政姊荣闻人有刺杀韩相者，贼不得，国不知其姓名，暴其尸而悬之千金，乃于邑曰："其是吾弟乎？嗟乎，严仲子知吾弟。"立起如韩，之市，而死者果政也。伏尸哭极哀，曰："是轵深井里所谓聂政者也。"市行者诸众人皆曰："此人暴虐吾国相。王悬购其名姓千金，夫人不闻与？何敢来识之也？"荣应之曰："闻之。然政所以蒙污辱自弃于市贩之

间者，为老母幸无恙，妾未嫁也。亲既以天年下世，妾已嫁夫，严仲子乃察举吾弟困污之中而交之，泽厚矣，可奈何？士固为知己者死，今乃以妾尚在之故，重自刑以绝从。妾其奈何畏殁身之诛，终灭贤弟之名！"大惊韩市人。乃大呼天者三，卒于邑悲哀而死政之旁。

上面的段落，向我们展示了一个非常微妙的反讽性处境。聂政自残，以隐匿身份，保护他的姊姊和雇用者，使他们不致受到仇人追杀。但是自残这一暴烈的举动本身却向他的姊姊泄漏了他的身份。聂荣前往韩国，认出聂政，宣扬了他的名字，也暴露了雇用者的身份。作为一个名誉之士，聂政必须牺牲他的名字，使自己不为所知，于是对于韩国人来说，他不过是一个普通的刺客。聂政的姊姊却把他的名、他的背景与历史还给了他，这个名同时也就是名声的名，名誉的名。

故事里的一个小小情节是神来之笔：韩王悬赏千金，赐给能够辨识出聂政的人。这是对故事开始的时候严仲子送百金给聂政母亲上寿的回声。就像她的弟弟那样，聂荣的行事建立在荣誉的动机上，她奉献出了不能被购买的东西，而她也同样付出了生命的代价。

司马迁的聂政传是对流传已久的故事的重写，但最后他借众人之口，给了这个故事一个评价，一个最后的曲折：

晋楚齐卫闻之，皆曰："非独政能也，乃其姊亦烈女也。乡使政诚知其姊无濡忍之志，不重暴骸之难，必绝险千里以列其名，姊弟俱戮于韩市者，亦未必敢以身许严仲子也。严仲子亦可谓知人能得士矣！"

聂政的姊姊以自己的行动显示，她和她的弟弟一样，也是一个具有独立人格的英雄。但是如果她的弟弟了解（"知"）她的真正性格，知道她会来到韩国、宣扬他的姓名、牺牲自己的性命，那么，他也许就会束缚于家庭的责任，继续过他隐姓埋名的屠夫生活，不允许自己内在的独立英雄人格显示其真面目。这最后的评价，表示司马迁意识到了这一知人过程的黑暗的一面：用荣誉和声名来购买他人的服务。

庄子关于自我乃是与身体相分别的思考，其优美与微妙是难以匹敌的。但是，像豫让和聂政的故事却大概是经常被讲述的，也是凭借这些故事，上古文化探索自我与身体（以及身体与家庭、社会地位的纠葛）之间的关系。自我可以变得独立自主，地位得到抬高，但是似乎只有在伤害到身体甚至生命的时候才可能。一个男人或者一个女人可以自由地决定做一件事情，或者成为某种人。但是这种自由的选择不仅会以损伤身体为代价，还会损伤其他一些人——一些由于身体的缘故而落入同一社会关系网中的人。严仲子这样的贵族可以随意地牺牲他人的性命。但是聂政不可以，他必须等到母亲下世，才能做出决定，去独立地行事。而且，就像司马迁借众人之口所推测的：要是他知道他的举动会牺牲姊姊的生命，他就永远不会把自己变成那个内在于他身体之中的英雄。

在豫让和聂政的背后，我们不能忘记那位重写过这两个故事的史官：司马迁。他为了完成父亲遗下的事业——《史记》，接受了宫刑的惩罚。豫让曾经把自己放在知伯之子的地位为其复仇至死，而司马迁则为了"内在"的缘故，割舍了那能够延续祖宗香烟的身体器官。在写给任安为自己的行为辩解的信里，他说自己的著作将"成一家之言"。"一家言"如果照字面直解，就是"一个家庭或家族的言论"——使自己的写作（在司马迁的情况里是和父亲的合作）成为一个世系的源头。不是用肉体，而是用文字——那来自内在的东西，赢得永恒。

叙事的内驱力

有很多种探讨上古中国叙事的角度与方式。这里,我想专门论述叙事的内驱力:是谁或者是什么,对事件的发生负责?这又如何结构和定型整个叙事?现存文本的精确写作年代和先后顺序难以断定。《左传》有可能是最早的叙事著作,虽然其具体写作时间是学者们争论的话题。不过我们至少可以说,《左传》与我们暂时定为战国后期或者确定为西汉的叙事文本非常不同。有些不同之处,与《左传》的特殊道德使命有关,但是另外的一些不同则反映了在处理事件的内驱力上的深层差异。在本文中,我准备先谈《左传》,然后再谈同一族系的故事如何在后来的文本中变形。

从16世纪以来,《左传》的故事开始频繁地出现在古文选集里。比如说归有光(1507—1571)的《文章指南》(台北:广文书局1972年重印)。《左传》是以这种形式得到最为广泛普遍的阅读的。这些短小的选节一般来说以其精炼而富有刺激性的笔墨给人留下深刻印象,但是如果孤立地看,它们却难以传达整个《左传》的典型叙事特色。在这层更大的意义上说,《左传》代表着编年史向叙事的演化。这部著作把数以百计的人物和无数的事件按照编年的叙事段落联系在一起,时而会给出某一历史事件的详细背景，但是那些都是例外，只不过更突出了整个著作的编年形式而已。

如果我们试图追溯某一故事线索，它往往消失在另外一个故事之中，或者，我们就会看到这一故事中的人物在另一事件里得到极为简略的提名，仅此而已。有时，这个线索还会指向某些小小的事件，模糊地平衡在大事件的预兆或起因之间。重要的人物或是死了，或是消失了，但是故事并不就此结束，而是汇入另外的故事。我们可以辨认出一些延续不断的故事，被间隔的年月分割成小段，然而就是这些故事也还是缺乏中心，被其他的故事所边缘化或者横插进来。我们当然可以承认：从某种根本的意义来说，这就是历史运作的方式。但是，如果我们比较一下欧洲叙事历史的某些熟悉的模式，我们就会注意到：后者其实在很大程度上被故事之外的传统叙事机制之完整统一性所制约。

现存《左传》是附在《春秋》后面的。《春秋》是一部极为言简意赅的编年记叙史，记录了公元前722年到公元前481年之间发生的历史事件。有时，《左传》似乎是《春秋》的评注；有时，它则详细描述《春秋》记叙的历史事件；有时，它则增写一些同年发生的其他事件。《左传》与《春秋》之间的差异引起了人们的猜测，清朝学者刘逢禄（1776—1829）提出一个很有影响的理论，认为《左传》本是一部独立的历史著作，被割裂成片段，分别安放在《春秋》系年之下。但是如果我们试着重新把这些碎片拼在一起恢复其想象中的原状，实在很难看出这个"原状"曾经是什么样子，好像只是对一张大事年表的详细叙述而已。高士奇（1645—1704）曾经在他的《左传纪事本末》里试图总结出一些统一的故事线索，但是他的努力只显示出：为了生产出既有"本"又有"末"的故事，多少材料必须被省略或者补充。

人们曾经相信，《春秋》是孔子有鉴于周王室及其封建诸侯国的道德与政治衰落而作的，截止到鲁哀公十四年——也就是公元前481年的获麟。作为《春秋》的评注，《左传》继续发扬光大了它的道德教训（虽然《左传》继获麟之后又多记叙了十三年，直到哀公的统治结束为止）。如果真是这样，我们就得把"衰落"理解为这些世纪的普遍情形而不是一个直线性的过程。这部著作的确很好地昭示了道德颓败的教训，但是，这并没有能够解释《左传》叙事的特性。

《左传》的叙事极为繁复，但是其叙事核心都是暂时性的，情节也很支离破碎，缺乏把整个叙事统一为有机整体的力量。就算对于相当熟悉试验小说之片段性、不连贯性的现代读者来说，《左传》依然十分困难，而这种困难应该提醒我们：我们还在用"统一性"或"整体性"来结构我们对于一部叙事作品的期待。

《左传》的叙事模式很好地再现了当时的政治历史：许多封建诸侯国在相互争斗，不断变换它们的联盟，个别诸侯国时而得势时而又失势。在错综复杂而常常变化的关系网中，叙事中心被分散了。叙事的统一性一般来说总是依赖于个人、行动尤其是结局。但是在《左传》里，只有不够稳定的临时性结尾，不足以把各条叙事线索系在一起。诸侯国里的霸主可以维系某种联合，但是他们一旦去世，这种联合也就瓦解了。有些人物具有强有力的个性，非常值得纪念，比如齐桓公和他的大臣管仲，晋文公，足智多谋的郑相子产，但是我们很难说他们中的任何一个在任何时候可以完全地控制叙事线索或历史事件的发展。《左传》叙事的结构所告诉我们的，就和它所传达出来的政治信息一样：从头到尾，一直都处于分崩离析之中。

叙事结构，与其说是围绕着情节、人物建立起来的，还不如说更多的是围绕着对于后果的先见之明建立起来的，围绕着诠释征象的能力——尤其是人物之行为方面那些能够预兆结果的征象——建立起来的。在叙事中，作者总是做出预言，这些预言又总是正确的，虽然读者有时可能会误读这些预言。但是读者们被要求磨炼解读的技能，比如说，叙事中要是提到一些表面上看起来微不足道的细节，那么这几乎无疑乃是重大后果即将由此引发的征象。《左传》按照年代来排列叙事片段，虽然未免影响到叙事的完整统一性，可还是有助于这一因素：在最终的结果产生之前，人物性格可以在历年的细节描写之中呈现端倪。

对于行为结果具有先见之明，与判断力紧密地联系在一起。"礼"是叙述者用以衡量人物行为的意识形态尺度，遵守礼仪或奉行礼俗是避免恶果的清晰指引。在《左传》里，我们可以看到许多令人振奋的关于自控、德行与先见之明的故事。与这些故事纠葛在一起的，是情欲、乱伦、通奸、谋杀以及复仇的轮回。围绕着故事的主要人物，出现一些提供意见、发表判断的次要人物。在政治行动里，总是有一套与个人意志的驱动力相违背的仪式在起作用，不管是表现在人物对仪式的遵循里，还是表现在人物对仪式的破坏里。敬畏与威吓同等重要，权力就建立在它们脆弱的联盟之上。对礼的遵守带来成功，任性的行为会动摇权力的基础。

不过，虽然礼是《左传》中显而易见的儒家行为准则，它本身却不能解释叙事内部的驱动力——事件产生的方式和源泉。在道德教训下面，有一个更为基本的，对人物、行动及其后果进行再现的层次。

也许，我们可以想到叙事驱动力的三个层次，而其中每个层次都会渗透进以下的层次。第一层是"天"：人执行"上天"赋予的任务；第二层是人的性格：行为是人物个性的结果；第三层则是人的意志：人有意识地、自觉地做出实现某一目的的决定，并为了实现这一目的而矢志不移。这些区分当然不是绝对的，但是它们可以帮助我们理解对事件进行再现时的一些重要的差异。

《诗经》里面关于朝代创建的颂歌往往代表了"上天"层次的叙事动力。在《大雅·皇矣》中，"上帝"决定把"（天）命"转移给周，并启动了一个漫长的过程，使得周王室可以实行这一天命。文王具有完成天命的美德与能力，但是无论文王还是武王，都显然不可能只依靠他们个人的力量就完成这一伟大的事业。在《左传》里，"上天"对叙事的推动力表现在晋文公重耳的故事里：重耳受到继母的迫害，漫游列国，直到多年以后才回到故土，成为晋文公。重耳的命运被明确地解释成上天的意志。重耳显然是有德者，但是他并不具有《左传》中的根本德行：先见之明或先知，而且他的意志也十分薄弱，这一点我们可以很明显地从他沉溺于齐国的优裕生活里面看出来，最后他是被他的妻子——齐国的公主——以及他的从臣们合谋灌醉才脱离齐国的。虽然他性格中的某些因素在他的成功中起到一定作用，但是，这些性格因素对于他登上君主宝座并不是决定性的。直到他登上君位，重耳叙事的驱动力才转向以他的性格为主导。

性格作为叙事的驱动力是《左传》里面最常见的。我们看到一系列性格特点：谨慎、鲁莽、慷慨、残忍等。每种性格特点都的驱动力。下面，我要先探讨《左传》里面一个关于（恶劣）性格如何驱动叙事的典型故事。这个故事在结尾处的情节发展十分突然而奇特，预兆了个人意志力驱动叙事发展的成型。在故事开始的时候，庆封不过只是一个坏人而已，但是在故事结束时，他成了一个强硬的坏人。

庆　封

　　齐国的王室姜氏有很多分支，庆氏是其中之一。公元前6世纪中期，齐国内部充满了大家族之间的明争暗斗。每个家族都豢养着自己的武装门客，拥有自己的战车和武器铠甲。齐侯常常可以保持和显示他的权威，但是有时也会成为大家族联盟的傀儡。这些联盟不是稳定的，家族之间常常兴起争执。血仇时而被平息下去，时而又浮出地表。

　　《左传》是从齐国南方的近邻——鲁国——的角度叙述的。虽然鲁国本身也充斥着贵族之间的矛盾，但是鲁国可以带着一种又迷醉又恐怖的眼光来旁观齐国的内部斗争。邻居们总是相信最坏的犯规发生在自己的隔壁人家，所以，我们在阅读鲁国的记载时也得记着打一个折扣。鲁国也许是从齐国的避难者那里得到很多信息资料的，这些齐国人会给鲁国提供一份比远方的观察所得更为详细但也更为带有偏见的叙述。

　　和《左传》里面的其他故事那样，庆封的故事和其他的故事交织在一起。庆封的父亲庆克和齐灵公的母亲声孟子有私情，他男扮女装，偷偷进入后宫，结果有一次被认了出来。认出他的人把事情报告给了地位显要的国武子，国武子召来庆克，责备了他一顿，庆克羞惭万分，在家闭门不出。声孟子听说之后大怒，于是想办法整治那些告密的人：她的阴谋基本上成功了，认出庆克的人以叛国罪被处以刖刑；还有一个受到牵连的贵族逃到自己的封地，他的儿子后来公开叛变了灵公。

灵公派遣庆克和崔杼去镇压叛乱。国佐（也就是上文的国武子）当时正随同诸侯围攻郑国，他离开职守，前往庆克军中，杀死了庆克，并随即退回自己的封地，宣告反叛。灵公和他达成了某种协议，终于使得国佐复职。后来，成公十八年，灵公杀了国佐，以惩罚他当年放弃职守、兴兵背叛和杀死庆克的三大罪行。从此庆封得到起用，成为大夫，在齐国的大臣里面占据了重要的一席之地。

崔杼，齐国最有权力的贵族之一，在后来发生的事件中扮演了十分重要的角色：当年，虽然占卜不吉，他还是娶了一位非常漂亮的寡妇东郭姜。不幸的是，齐庄公，灵公的继承者，也觉得东郭姜很漂亮，并开始和她偷情。公元前 548 年（襄公二十五年），崔杼与庄公的从人合谋，在自己的家里杀死了庄公。随后，崔、庆二人合立庄公的弟弟，是为景公。公元前 546 年，庆封访问鲁国：

> 齐庆封来聘。其车美。孟孙谓叔孙曰："庆季之车，不亦美乎？"叔孙曰："豹闻之，服美不称，必以恶终。美车何为？"叔孙与庆封食，不敬，为赋《相鼠》，亦不知也。

鲁国的贵族熟知周礼，也很喜欢判断他人，他们常常挑剔其他诸侯国的失误。不过，叔孙所朗诵的《相鼠》一诗实在毫无含蓄可言，我们很难相信庆封没有听懂，只能推测他大概是故意置之不理而已。

>相鼠有皮，人而无仪。人而无仪，不死何为。相鼠有齿，人而无止。人而无止，不死何俟。相鼠有体，人而无礼。人而无礼，胡不遄死。

诗句的重复加强了诗的语气和信息。我们有三个基本同义的词——仪、止、礼——来对应老鼠的三个方面，那缺乏外在行为礼貌的人好像一只老鼠，或者还不如一只老鼠——老鼠的外表至少还是完整无缺的。在《左传》里，人物的外在表现总是人物内在修养的体现，庆封外在的炫耀夸饰，尤其对于一个大臣来说，是很不吉的征兆，因为这种夸饰远远与其个人的地位不相称。不过叔孙所没想到的是这首诗的选择相当富有预言性质，因为庆封逃避死亡的能力十分惊人。

虽然庆封的名字以前就出现过，但这是他第一次成为故事的主角。不过他只是以外表的形式呈现在读者面前，而不是一个具有推动力的主动的人物。他什么也没有做，只是现了现身，且不能准确地诠释别人对他所做的评判。同年秋天，在齐国，崔氏家族陷入了麻烦。庆封和他的家臣抓住机会摧毁了崔氏家族，夺取了齐国的大权。

庆封在这些事件里，很难说是一个主动的驱动者，因为他缺少个人的主见，虽然野心勃勃，但是会被家臣的意见左右。当崔氏家族的两个成员向他求助时，他不能即刻做出决定，而要先听取家臣的意见。在庆封对付崔氏的阴谋中，最引人注目的时刻是他对崔杼进行有意误读的时刻。他摧毁崔氏的计划有赖于语言的模糊。当崔杼来求援时，他答应帮助崔杼惩罚崔氏家族的叛逆者，但这一诺言他是依照字面实现的，而不是真以好意帮忙的精神来实现的。在那个好像伊阿古一样阴险的家臣卢蒲嫳的领导下，庆氏基本上把崔氏家族全部消灭了，崔杼的妻子——美丽而不祥的东郭姜——上吊自杀了。卢蒲嫳最后也是最残忍的行为，是把崔杼带回他的居处，让他目睹家破人亡的局面，崔杼此时已经无家可归，于是上吊而死。他和东郭姜所生的儿子崔明逃到了鲁国。（这里需要指出：虽然叙事指向庆封、卢蒲嫳的阴谋，但是他们在表面上确实帮助崔杼消灭了家族中的两个主要作乱者。崔明好像是勉强逃生的幸存者，但是，从字面上看庆封的许诺，他本来也不是庆氏家臣攻击的目标。只有那些帮助叛逆者的家族成员才是"合法"的杀戮目标。）

庆封似乎是一个安于享乐的人，不能做一个成功的铁腕人物，因为一年之后，公元前545年，他和他自己的家族也遇到了麻烦。当年他灭崔时，借助了十分模糊的盟友"国人"之助。在临淄有很多强大的家族，他们的联盟常常随机变化。

> 齐庆封好田而耆酒，与庆舍政，则以其内实迁于卢蒲嫳氏，易内而饮酒。数日，国迁朝焉。使诸亡人得贼者，以告而反之。故反卢蒲癸。癸臣子之，有宠，妻之。庆舍之士谓卢蒲癸曰："男女辨姓，子不辟宗，何也？"曰："宗不余辟，余独焉辟之？赋诗断章，余取所求焉。恶识宗？"癸言

王何而反之,二人皆嬖,使执寝戈而先后之。[1]

公膳日双鸡,饔人窃更之以鹜。御者知之,则去其肉,而以其洎馈。子雅、子尾怒。庆封告卢蒲嫳,卢蒲嫳曰:"譬之如禽兽,吾寝处之矣。"使析归父告晏平仲,平仲曰:"婴之众不足用也,知无能谋也,言弗敢出,有盟可也。"子家云:"子之言云,又焉用盟?"告北郭子车,子车曰:"人各有以事君,非佐之所能也。"陈文子谓桓子曰:"祸将作矣,吾其何得?"对曰:"得庆氏之木百车于庄。"文子曰:"可慎守也已。"[2]

在《左传》中,一些很小的事情往往会导致侮辱、愤怒与复仇——比如说,在一次朝廷的"工作午餐"上,规定的两只鸡被厨子擅自换成了鸭,进食者知道了,便撤去肉而仅仅进上肉汁。子雅和子尾的怒气不知为什么会在庆封和卢蒲嫳心中引起如此强烈的反响——根据注解,这种"工作午餐"的事情由当国者负责,所以一旦出差错,子雅、子尾所恼怒的不是厨子和进食者而

---

[1] 庆舍(字子之)是庆封(字子家)之子,庆封以国政交付庆舍,自己把妻妾财宝搬到卢蒲嫳家,二人相互交换彼此的女人,每天在一起饮酒作乐。庆氏下令:那些避崔氏之难者,只要捉来崔杼的党羽献给庆氏,就可以将功折罪,返回故国。卢蒲癸就是这样回来的,回来后,庆舍十分宠爱他,把女儿(即后文卢蒲姜)嫁给他。卢蒲癸又推荐另一逃难者王何,王何也受到宠信,二人成为庆舍的左右近卫。庆氏和卢蒲氏都属于姜姓,所以庆舍的家臣问卢蒲癸:"既然同姓不能通婚,为什么不避开自己的同宗?"卢蒲癸回答说:"我的同宗不避我,我又何必避他?这好像赋诗的断章取义:我只取我需要的。哪里管什么同宗不同宗!"——译者注

[2] 庆氏欲与晏婴、北郭子车同谋,杀死子雅、子尾,晏婴、子车都婉言拒绝。陈文子对儿子桓子说:(庆氏的)灾祸将要降临了,我们可以从中得到什么好处呢?桓子回答说:应该可以在庄街(京城大街名)得到庆家的一百车木材。此意谓可以得到庆氏的权力。——译者注

是庆封。不过，庆封和卢蒲嫳想除掉子雅与子尾的行动没有得到什么响应，这似乎暗示了庆封的威信在日益下降。

当一个大家族失势时，就连忠实的家臣也会叛变。公元前545年的叙事继续以典型的《左传》式含蓄向前进行。我们几乎没有注意到卢蒲癸、王何在占卜时提出的问题和他们报告给庆舍（子之）的问题完全不同：

> 卢蒲癸、王何卜攻庆氏，示子之兆，曰："或卜攻仇，敢献其兆。"子之曰："克。见血。"

庆舍对龟甲兆象的阐释固然没错，但他被告以一个意在误导的问题：庆舍以为卢蒲癸、王何要攻击的是庆氏的敌人，万没想到他们要攻击的正是庆氏自己。既然知道结果如意["可以歼灭敌人——我看到了（敌人的）血"]，卢蒲癸、王何动起手来就更肆无忌惮了。

> 冬十月，庆封田于莱，陈无宇（按：即陈桓子）从。丙辰，文子使召之，请曰："无宇之母疾病，请归。"庆季（按：即庆封）卜之，示之兆，曰："死。"奉龟而泣。乃使归。庆嗣闻之，曰："祸将作矣。"谓子家："速归。祸作必于尝，归犹可及也。"子家弗听，亦无悛志。子息曰："亡矣！幸而获在吴越。"陈无宇济水，而戕舟发梁。[1]

---

[1] 在这段话中，陈文子假称桓子的母亲得病而召他回去。庆氏家族一名头脑清醒的成员庆嗣由此看出灾祸将起，劝说庆封赶在秋真祭（"尝"）之前回京城，庆封不听。而陈无宇在回去的旅途上，一路拆掉桥梁，毁掉船只，阻塞庆封将来回京的道路。

在庆氏父子的故事中,我们不断看到错误的阐释、理解的缺乏,以及对警告的疏忽。《左传》中描述了各种各样的恶德,但是只有一个 hamartia——致命的缺陷:对事物缺乏正确理解和缺乏远见。庆封作为一个人物形象,没有得到充分的发展,因此我们不能把他的盲目追溯到某种其他的性格特点;我们看到的,只是先见之明的缺乏。

卢蒲姜谓癸曰:"有事而不告我,必不捷矣。"癸告之。姜曰:"夫子愎,莫之止,将不出。我请止之。"癸曰:"诺。"[1]

十一月乙亥,尝于大公之庙,庆舍莅事。卢蒲姜告之,且止之,弗听,曰:"谁敢者?"遂如公。麻婴(按:人名)为尸,庆奊为上献。卢蒲癸、王何执寝戈,庆氏以其甲环公宫。陈氏、鲍氏之圉人为优。庆氏之马善惊,士皆释甲束马而饮酒,且观优,至于鱼里。栾、高、陈、鲍之徒介庆氏之甲,子尾抽桷,击扉三。卢蒲癸自后刺子之,王何以戈击之,解其左肩。犹援庙桷,动于甍,以俎、壶投,杀人而后死。遂杀庆绳(按:庆奊)、麻婴。公惧,鲍国曰:"群臣为君故也。"陈须无以公归,税服而如内宫。

卢蒲癸的阴险在前面的卦象阐释中已初见端倪,此处更巧妙地掩藏在他给自己妻子的许可里。她的出现提醒我们庆氏和卢蒲氏是同宗,他们的结合是违反礼法的。鲍氏与陈氏是这次叛变的

---

[1] 夫子指庆舍。

领导者,而《左传》的读者不会忘记,鲍氏的先人曾经因为得罪了庆封的父亲而被齐侯的母亲施以刖刑。至于陈氏,他们则看中了庆氏的"木材"(当然这是一种象征性说法,也即觊觎庆氏的权力)。庆氏曾经灭掉崔氏,现在临淄的贵族也聚集起来,企图趁庆氏祭祀时灭掉庆氏家族。庆封听说之后,准备回来报仇,但是已经太迟了,临淄和齐侯都已经落在敌人的手里。他于是逃往鲁国。这是庆封二次访鲁,这次不是以访问者的身份,而是以避难者的身份,庆封再次与一辆辉煌的车子联系在一起,"车"的意象充分显示了他的浮夸与盲目。

> 献车于季武子,美泽可以鉴。展庄叔见之,曰:"车甚泽,人必瘁,宜其亡也。"叔孙穆子食庆封,庆封氾祭,穆子不说,使工为之诵《茅鸱》,亦不知。
> 既而齐人来让,奔吴。吴句徐予之朱方,聚其族焉而居之,富于其旧。子服惠伯谓叔孙曰:"天殆富淫人,庆封又富矣。"穆子曰:"善人富谓之赏,淫人富谓之殃。天其殃之也,其将聚而歼旃。"

庆封在齐国的政治生涯,以他两次来到鲁国、两次不明白鲁国贵族赋诗的意图作为框架(《茅鸱》已经佚失,大概是讽刺不敬的)。而且,两次都有"车"的意象穿插其中。车光泽照人,甚至可以鉴形——往往被用来作为具有自知之明的隐喻,然而庆封却完全不具备这种自我认识。鲁国的贵族代表叔孙穆子则把车的美泽视为庆封滥用人力的表象(一说车的美观与车主庆封的腐败形成对比)。但是鲁国的贵族虽然很会解读表象,他们却对庆封家族在叙事当中与其他性格特点产生互动，得到深入的发展。人物依照自己的性格而做出决定、开展行动，而决定与行动又反过来印证和凸显性格。性格的一致性对于控制了叙事的先知先见系统十分关键。

一般来说，性格对于故事的推动十分直截了当：好色的侯王遇见一个漂亮的女子，把她据为己有；或者看到敌军在战场上排列队形的方式，就此决定撤退。但是，意志作为叙事的内驱力，其根芽却往往显示在被推迟的反应中：无论是谋划、复仇，还是报恩。推迟的反应自有一个复杂的条件结构，这些条件都是为了实现最终目的而必需的。这种推迟的反应是统一叙事的基本手段之一。在《左传》中，有很多推迟的报仇与报恩，但是《左传》这一著作的形式使得它们不可能成为占领主导地位的叙事结构。当作者在处理个别事例时，这些推迟的报恩与报仇都被一语带出，这样，因果关系就具有连续性，就算叙事提到因与果之间有一段时间距离，从形式上来看还是和直接的反应差不多。比方说，某侯爷侮辱了一个贵族，这个贵族与他所养的士策划报复，并且在当天晚上暗杀了这位侯爷，这和四年之后才谋杀这位侯爷在叙事上并无分别："情节"发生中断并不影响叙事的连贯，行为和结果之间的关系还是具有直接性。当推迟的报恩与复仇在数年之间开展，编年体形式常常会把情节的统一用很多同等重要的其他故事线索稀释掉。

性格的驱动力融入叙事内驱力的第三个层次：意志与决心。正是在这一层面，我们有了已经变成完全自觉的叙事驱动者的人物，他的谋划安排以复杂的方式驱动事件的进程。虽然我们总是可以说这个人物的行为是他性格的结果，但是这些行为不再是那么直接的性格反映了。这样一个人物会说:"我'要'做这样的一件事。"而他着手实现这一意向的具体实施过程便驱动了叙事的发展。道德判断在这样的人物身上变得十分模糊不清,因为他们的决心与意志力使得他们的行为即使在破坏了社会规范的时候仍是值得赞叹的。性格的驱动力可以很容易地令读者做出是非判断,但是当意志成为驱动力的时候,我们往往会觉得人物有对有错,是非难言。在这样的人物里面,富有代表性的是伍子胥:他缓慢而坚决地策划着对楚国的复仇;还有越王勾践:以同样的坚强意志击垮了强大的对手吴国。伍子胥和勾践变成了叙事性史诗的主角与英雄,这种叙事已经和《左传》的叙事大相径庭。伍子胥和勾践都曾出现在《左传》的末尾,如果我们比较一下《左传》和后来的叙事对他们的刻画,我们会清楚地看出早期中国叙事的嬗变。

在比较被命运所驱的重耳和被意志力所驱的伍子胥时,我们会面临一种十分具有诱惑力的可能,那就是在这种比较中,可以同时看到历史性的演变和地理性的转化。重耳代表了公元前7世纪后期的时代,伍子胥则代表了公元前6世纪晚期和5世纪初期的时代。重耳属于中原地带的晋国,而伍子胥则属于新崛起的南方诸侯国楚与吴。就是在《左传》相对统一的视角中,也可以看出两个人物的差异。部分差异也许和《左传》的材料来源有关:在伍子胥的故事里这一点尤其重要,不过我们不知道《左传》成书时伍子胥传说已经发展到了何等程度。也许,解释这种差异的最好方式——除了不可知的材料来源之外——是富有想象力的历史书写者对于他所描写的时代和地区在心理上感到的某种差别。

我们刚才提到过在《诗经》有关朝代创立的史诗中"上天"

去吴国之后的繁荣昌盛感到迷惑。叔孙穆子对于性格造成后果这一点深信不疑,只能解释说上天之所以这样安排,是为了把庆氏家族"聚而歼之"。《左传》不会使一个做预言的道德家失望。数年之后,公元前538年(昭公四年),吴入侵楚,诸侯联合伐吴:

> 秋七月,楚子以诸侯伐吴……使屈申围朱方。八月甲申,克之,执齐庆封而尽灭其族。将戮庆封,椒举曰:"臣闻无瑕者可以戮人。庆封惟逆命,是以在此,其肯从于戮乎?播于诸侯,焉用之?"王弗听,负之斧钺,以徇于诸侯,使言曰:"无或如齐庆封弑其君,弱其孤,以盟其大夫!"庆封曰:"无或如楚共王之庶子围弑其君——兄之子麇——而代之,以盟诸侯!"王使速杀之。[1]

庆封的故事基本上属于以性格作为叙事驱动力的类型。他的所作所为并不来自于任何出人意料的决定,而源于他的性格。无情、鲁莽、缺乏决断、机会主义:庆封对事件做出的反应组成了他的命运。性格导致行为,行为揭示性格:这一公式贯穿大半部《左传》。但是,在生命终结时,庆封突然表现出了与他个性不符的反抗性:一生只有这么一次他做出了正确的诠释,超越了性格的驱动力。在他死前,他嘲弄并借此反抗了他的敌人。他是一个坏人,他接受这一事实,这种接受使得他能够在敌人指控他的罪行和敌人自己的罪行之间进行令敌人感到刺心的比较。他得出的

---

[1] 楚王命令庆封背负斧钺,在诸侯各居处巡行示众,一边走,一边大声宣布自己的罪名("大家不要像我这样"云云),但庆封宣布的却是楚王的罪名。这里的楚王是楚灵王,名围,他是楚共王的庶子,谋杀了自己的哥哥康王之子麇而登上王位。

结论是：你们没有资格对我进行评判。

虽然在鲁国的道德家看来庆封罪有应得，但是，他最后的反抗行为却含有某种值得赞美的因素。在《左传》里面，一个恶人在拒绝悔改的同时对他人做出了正确的道德判断，这是相当少见的。在任性的抗拒与道德标准的模糊性之间，似乎存在着某种联系。

庆封的反抗不过是一个手势，他的故事已经完结了。我们处在一种新型叙事的边缘：这种叙事既不同于由性格驱动的叙事，也不同于由知识——不管是前知，还是对后果的盲目——驱动的叙事。一个任性的角色可以变成行动的中心，统领整个叙事。我将这种类型的叙事称为"中心叙事"。它在《左传》中虽并未得到完全的实现，但是后来变得司空见惯。这样的叙事，其统一性与指向一个大一统帝国的、不断加强中心领导强度的政治力量紧密相关。有时，复仇的意向成为整个叙事的中心，比如说伍子胥和越王勾践的故事；有时，故事的焦点是使用不正当手段以达到崇高目标的英雄主义，比如魏公子无忌抗拒君命、杀死忠诚的老将以解赵国之围。无情地克服一切障碍以实现统一天下的雄心的秦始皇，是这种以"意志"为驱动力的叙事的最好象征。这些故事基本上都发生在战国时代，不过伍子胥的复仇以及吴越两国的恩怨，在《左传》中就已经开始了。

伍子胥：从《左传》到史诗

楚平王派大臣费无极前往秦国，为太子建带回一个新娘。新娘生得十分美丽,楚平王在费无极的怂恿之下占有了她,这件事曾遭到另一大臣伍奢的反对。费无极随即意识到一旦太子登基,自己会处于不利的地位,因此他便阴谋废掉太子建,也除掉伍奢和他的两个儿子——伍尚、伍子胥。这个决定是一个错误。当时是公元前522年(昭公二十年):

> 费无极言于楚子曰:"建与伍奢将以方城之外叛,自以为犹宋、郑也。齐、晋又交辅之,将以害楚,其事集矣。"王信之,问伍奢。伍奢对曰:"君一过多矣,何信于谗?"[1]王执伍奢,使城父司马奋扬杀大子。未至,而使遣之。三月,大子建奔宋。王召奋扬,奋扬使城父人执己以至。王曰:"言出于余口,入于尔耳,谁告建也?"对曰:"臣告之。君王命臣曰:'事建如事余。'臣不佞,不能苟贰。奉初以还,不忍后命,故遣之。既而悔之,亦无及已。"王曰:"而敢来,何也?"对曰:"使而失命,召而不来,是再奸也。逃无所入。"王曰:"归,从政如他日。"
>
> 无极曰:"奢之子材,若在吴,必忧楚国。盍以免其父召之。彼仁,必来。不然,将为患。"王使召之,曰:"来,吾免而父。"棠君尚谓其弟员曰:"尔适吴,我将归死。吾知不逮,我能死,尔能报。闻免父之命,不可以莫之奔也;亲戚为戮,不可以莫之报也。奔死免父,孝也;度功而行,仁也;择任而往,知也;知死不辟,勇也。父不可弃,名不可废,尔其勉之!相从为愈。"伍尚归。奢闻员不来,曰:"楚

---

[1] "一过",指楚王娶了太子建的新娘。

君、大夫其旰食乎！"[1]

《左传》故事中的很多叙事因素都在上述的故事里面得到体现：比如说平王和费无极的过愆；做父亲的夺走自己儿子的新娘（在《左传》中这样的事发生过数次，每一次都带来厄运）；由最早的错误所引发的一系列更多的错误；有德的大臣伍奢忠心耿耿地进谏，并在临死前做出预言；面对一个道德难题，最终选择服从君主的初命而不是第二道命令（《左传》宣公十五年发生同样的事），甘心接受处罚，却得到赦免。城父司马奋扬所面对的难题，与伍奢的儿子们面对的难题相互映照，但是，这后一个难题却超出了《左传》的道德宇宙所能有效解决的范围。

简单地说：根据君主的命令，伍子胥如果不赴京，他就是在把父亲推向死亡。但是，他拒绝赴京是因为他将要为已为他们所预知的父亲之死复仇。也许他知道去京城意味着被平王处死，但是不这么做，他分明变成了对父亲之死负有责任的人。一旦选择抗旨不遵，生存下去，他的余生就必须以复仇者的身份度过，因为复仇是他生存下去的理由。这样的决定也许来自于他的性格，但是一旦做出"成为复仇者"的决定，这个决定也就淹没、掩盖了他的性格，代替他的性格来定义他的为人、他的行止、他的未来命运。

在《左传》里，这样的恒定性并不常见。当然有不少复仇行为，但是同样也有不少时候，做儿子的在政治生活的复杂现实之

---

[1] 旰食，晚食。谓楚国君臣将因为伍员之复仇行动而遭遇忧患、不得早食了。

中把杀父仇人抛诸脑后。许多人物辩论到底是不是应该履行以前发下的血誓，有时他们决定这么做，有时他们决定那么做。《左传》的人物一般来说生活在"现下"的时刻，以现时作为标准来衡量过去和文化记忆。伍子胥这个人物却引入了一种新的角色类型：无论流落到哪里，无论要等多久，他都保持一个单一的信念和目标。伍子胥的镜像是决意摧毁敌国的越王勾践。他们共同的反衬是吴王夫差：他本来发誓为父报仇，每天都命人站在庭院里面，在他进出庭院的时候大声提醒他对越国的仇恨，但是当越王落入他的掌握时，他却放过了他。

《左传》虽然记录了伍子胥故事的精髓，但尽量软化了伍子胥复仇信念的强烈、执着。也许因为《左传》是这个故事比较古老的版本，也许是因为受到儒家思想的影响。在《左传》中，是伍子胥的哥哥伍尚对他发出"活下去替父亲复仇"的命令，这本身就具有权威性。伍子胥自己的决定在这一版本中并不存在。如果我们对比一下宁肯回去面对惩罚、反而得到平王赦免的故事，这个逃走活命的决定就显得更加复杂了。

在《史记·伍子胥列传》里，司马迁对这一道德矛盾做出了不同寻常的处理。他去掉了奋扬的故事，让伍奢就自己这个小儿子对平王加以警告，格外强调了君主提出的条件，并把决定的权力完全交给一个人——伍子胥本人。

> 王使使谓伍奢曰："能致汝二子则生，不能则死。"伍奢曰："尚为人仁，呼必来。员为人刚戾忍訽，能成大事。彼见来之并禽，其势必不来。"王不听，使人召二子曰："来，吾生汝父；不来，今杀奢也。"伍尚欲往，员曰："楚之召我

> 兄弟，非欲以生我父也，恐有脱者后生患，故以父为质，诈召二子。二子到，则父子俱死。何益父之死？往而令仇不得报耳。不如奔他国，借力以雪父之耻，俱灭，无为也。"伍尚曰："我知往终不能全父命。然恨父召我以求生而不往，后不能雪耻，终为天下笑耳。"谓员："可去矣！汝能报杀父之仇，我将归死。"尚既就执，使者捕伍胥，伍胥贯弓执矢向使者，使者不敢进，伍胥遂亡。闻太子建之在宋，往从之。

这里，伍尚简直是把自己赴京与父亲同死视为一种软弱，他也渴望能像伍子胥那样复仇。但是正像伍奢警告平王的那样，只有伍子胥才能够忍辱负重，完成复仇的大业。《左传》让伍子胥直接来到越国，《史记》却说他首先去了北方投奔太子建。只有在太子建被杀之后，他才带着太子建的遗孤逃往吴国。在吴国，他安心忍耐，安心等待，终于成为吴王阖闾的谋臣。在《左传》之外的其他历史材料里，他还常常告诫阖闾要延缓对楚国的进攻，等待时机成熟。

楚国的内乱终于导致了吴国的大胜，楚昭王出亡，吴军攻占郢都。就《左传》来说，这是伍子胥复仇的结束，但是，对于伍子胥个人来说，并不那么简单。对于接下去发生的事件，历史上有几种不同的说法：据《穀梁传》和《淮南子》，伍子胥用鞭子抽打了楚平王的坟墓；据《史记·吴世家》，伍子胥以及另一个父亲被楚王处死、自己遭受流放的臣子伯嚭都曾鞭打平王的尸体；但是最有名的还是《史记·伍子胥列传》里面关于伍子胥独自掘墓鞭尸的记载，不仅如此，《史记》明确地写道：伍子胥鞭尸三百次。这个触目惊心的时刻，在西汉时期产生的野史《吴越春秋》里面得到了更加详细、诡异的描述：

> 伍胥以不得昭王，乃掘平王之墓，出其尸，鞭之三百，左足践腹，右手抉其目，诮之曰："谁使汝用谗谀之口，杀我父兄，岂不冤哉！"

在《史记》中，对这一事件的记载夹杂在采自《左传》的一个段落中间。据《左传》，公元前506年发生了这样一段插曲：

> 初，伍员与申包胥友。其亡也。谓申包胥曰："我必复楚国。"（按：复即颠覆意。）申包胥曰："勉之！子能复之，我必能兴之。"及昭王在随，申包胥如秦乞师，曰："吴为封豕、长蛇，以荐食上国，虐始于楚。寡君失守社稷，越在草莽，使下臣告急，曰：'夷德无厌，若邻于君，疆场之患也。逮吴之未定，君其取分焉。'若楚之遂亡，君之土也。若以君灵抚之，世以事君。"秦伯使辞焉，曰："寡人闻命矣。子姑就馆，将图而告。"对曰："寡君越在草莽，未获所伏，下臣何敢即安？"立，依于庭墙而哭，日夜不绝声，勺饮不入口七日。秦哀公为之赋《无衣》，九顿首而坐。秦师乃出。

秦哀公吟诵《无衣》，是表示他接受了申包胥的请求："岂曰无衣，与子同袍。王与兴师，修我戈矛，与子同仇。"

我们不知道《左传》的作者是否晓得伍子胥掘墓鞭尸的一幕，也不知道他写《左传》时掘墓鞭尸的故事是否存在。如果这个说法当时就已存在，那么，它被《左传》遗漏了。伍子胥复仇的决心十分清楚地得到揭示，不过，这似乎只是为了反衬申包胥救国的决心才被《左传》记录下来，《左传》对于伍子胥的激烈执着态度颇为不安。当然了，因为伍子胥对平王的继承者昭王来说没有臣子的义务，他为父报仇灭掉楚国也还是正义的，但是，鞭打他的故主楚平王的尸体，其道德意义就相当暧昧了。司马迁没有回避这一问题：

> 始伍员与申包胥为交，员之亡也，谓包胥曰："我必覆楚。"包胥曰："我必存之。"及吴兵入郢，伍子胥求昭王，既不得，乃掘楚平王墓，出其尸，鞭之三百，然后已。申包胥亡于山中，使人谓子胥曰："子之报仇，其以甚乎！吾闻之：人众者胜天，天定亦能破人。今子故平王之臣，亲北面而事之，今至于僇死人，此岂其无天道之极乎？"伍子胥曰："为我谢申包胥曰：吾日莫途远，吾故倒行而逆施之。"
>
> 于是申包胥走秦告急，求救于秦。秦不许。包胥立于秦廷，昼夜哭，七日七夜不绝其声。秦哀公怜之，曰："楚虽无道，有臣若是，可无存乎？"乃遣车五百乘救楚击吴，六月，败吴兵于稷。

伍子胥对申包胥的著名回答，构成了一块试金石，可以用来衡量那些凭借意志力成为英雄的人物：不管天意如何，不管是否符合人世的道德标准，下定决心，不达目的誓不罢休的人物。虽然负有盛名而且是经典，太史公的《史记》早就引起了正统儒家弟子的怀疑。对一个像伍子胥这样的人物深感兴趣就是一个很好的怀疑理由。《左传》中有关伍子胥的叙事十分有节制：把伍子胥活下去的决心归因于他的哥哥伍尚，在讲述伍子胥复仇的同时把叙事重心转移到申包胥身上。

在复仇大业完成之后，复仇者又该如何呢？伍子胥成为吴王信任的大臣，先后侍奉阖闾和他的儿子夫差。就像他的父亲伍奢那样，伍子胥以其直言进谏冒犯了君主，他临死之前的一番话，使我们再次看到了那个暴烈的复仇者的影子。然而这里《左传》的描写再次与《史记》以及其他记载有所分歧：

"树吾墓槚，槚可材也。[1]吴其亡乎！三年，其始弱矣。盈必毁，天之道也。"（哀公十一年）

但是在《史记》里面以及这个故事的其他版本里面：

"必树吾墓上以梓，令可以为器[2]，而抉吾眼县吴东门之上，以观越寇之入灭吴也。"乃自刭死。

吴越之争

和伍子胥生平事迹纠结在一起的吴越之争，在上古中国似乎

---

[1] 以为棺木之用。
[2] 器谓棺材。

是十分流行的故事。除了东汉时期产生的长篇野史《吴越春秋》和《越绝书》,《国语》和《史记》都分别包含了三种不同的故事形式。司马迁的三种故事,分属于《伍子胥列传》《吴世家》和《越世家》,随着这三个大的叙事重心的转移而变化。但是,《国语》中的三种故事形态却似乎都是独立成篇的。战国时期的文本常常提到吴越或者引用吴越争端的某一细节。《左传》末节也讲述了吴越的故事。

吴越之争(包括伍子胥事迹在内)的不同版本使我们看到一个故事如何得到展开,又是如何被重写来服务于不同的利益。它可以被一次次地重写,因为它具有一个叙事中心。《左传》在描写早期历史的时候,曾经赋予遵守礼仪以极为庄严的重要性,但是在这里,《左传》的这种考虑却开始显得迂腐。公元前482年,吴王夫差与晋会晤,商议由谁成为诸侯霸主的事宜,这是夫差为之奋斗了许久的目标。但是,就在这时,他接到密报:越王勾践攻入国都,杀死了吴国的太子。夫差亲自杀死了一切可能走漏消息的人,但是,晋人还是从他的神情猜到吴国可能发生了内乱,他们终于迫使夫差把霸主的地位让给了晋国。这时,鲁国的使臣子服景伯,开始讨论起诸侯会晤的礼仪程序来。《左传》是在试图讲述一个已经不能用原有的方式讲述的故事。

吴越之争的基本情节如下:吴王阖闾在对越国的一场战争中伤到了大脚趾,因此丧命,他的儿子夫差决心报仇。他终于俘虏了越王勾践,勾践卑辞厚礼,换得了夫差的宽恕。伍子胥强烈主张不能放过勾践,但是他的意见没有被采纳。勾践自此卧薪尝胆,等待复仇机会的到来。同时,夫差忙于在北方征战,以求成为霸主。伍子胥不断进谏,终于惹恼了夫差,被赐自尽。趁吴晋会盟之际,越国偷袭吴国,占领吴都,杀死太子。夫差匆忙回车迎战,大败。他向越王勾践求饶,勾践发表了一席著名的议论,大意是说:上天曾经把越国交给吴国,但是吴国没有接受;现在上天把吴国交给了越国,他可不能拒绝上天的礼物。于是,夫差自杀了。

《左传》固然描写过不少自我牺牲的事例,但是,在吴越这两个南方的诸侯国的恩怨纷争里,还在其初期,就已经开始出现了北方中原诸侯那种仪式化的战争中十分少见的情况:以集体自杀作为一种战术。对于中原诸侯来说,这大概会显得十分野蛮,但是这其实是为了达到目的而情愿打破传统规矩的表现。如果受过严格训练、纪律严明的吴国军队不能以一般的战术击败,那么,勾践愿意尝试一些新花样。时为公元前496年:

> 吴伐越,越子勾践御之,陈于檇李。勾践患吴之整也,使死士再禽焉,不动。使罪人三行,属剑于颈,而辞曰:"二君有治,臣奸旗鼓。不敏于君之行前,不敢逃刑,敢归死。"遂自刭也。师属之目,越子因而伐之,大败之。灵姑浮以戈击阖庐,阖庐伤将指,取其一屦。还,卒于陉,去檇李七里。[1]

> 夫差使人立于庭,苟出入,必谓己曰:"夫差!而忘越王之杀而父乎?"则对曰:"唯。不敢忘。"三年乃报越。

一方面,是越国为了求胜而不惜一切代价的坚忍、无情;与

---

[1] 罪人自杀,吸引了吴军的目光,使越王得以袭击成功。

之平行对立的，是吴王把复仇的提醒变成了一种仪式。这些人物，都不是那种会因为一时冲动或者响应一时的道德呼唤而行动的角色，虽然吴王如此公开的仪式化提醒也暴露了他性格中的软弱。

《左传》对两年之后越国战败的记载十分简略，把主要精力都花在伍子胥一席长长的演讲上。伍子胥把当前的政治形势和夏朝比较，隐隐把勾践比作夏王朝向篡位者宣战的合法嗣位者少康，这种比喻对于吴王夫差来说，实在是相当不敬。在写作这一演讲的时候，《左传》作者知道越国最终是胜利者，因此，越国必须也得是道德上的胜利者。夫差拒绝听从伍子胥的意见，导致了我们深知必将实现的预言：

> 吴王夫差败越于夫椒，报槜李也。遂入越。越子以甲楯五千保于会稽，使大夫种因吴大宰嚭以行成。吴子将许之。伍员曰："不可。臣闻之：'树德莫如滋，去疾莫如尽。'昔有过浇杀斟灌以伐斟鄩，灭夏后相，后缗方娠，逃出自窦，归于有仍，生少康焉。……浇使椒求之，逃奔有虞，为之庖正，以除其害。虞思于是妻之以二姚，而邑诸纶，有田一成，有众一旅。能布其德，而兆其谋，以收夏众，抚其官职，使女艾谍浇，使季杼诱豷，遂灭过、戈，复禹之绩，祀夏配天，不失旧物。今吴不如过，而越大于少康，或将丰之，不亦难乎！勾践能亲而务施，施不失人，亲不弃劳，与我同壤，而世为仇雠。于是乎克而弗取，将又存之，违天而长寇仇，后虽悔之，不可食已。姬之衰也，日可俟也。介

在蛮夷,而长寇仇,以是求伯,必不行矣。"弗听。退而告人曰:"越十年生聚,而十年教训,二十年之外,吴其为沼乎!"三月,越及吴平。

夫差为什么没有为父亲报仇而选择了与越国和解?《左传》未加解释。后来的历史记录便利用这一叙事的空白,填补进去许多的花絮。比如《国语》中说,越王卑词厚礼,送上了自己的一子一女,服侍吴王;《史记·伍子胥列传》中说越王贿赂了幸臣伯嚭。伯嚭本来也是楚国的流亡者,他被描写为一个腐败的奸臣,成为伍子胥的陪衬。

夫差没有为父复仇,但他不像庆封那样完全是偶然性与激情的奴隶。虽然在《左传》中,他和庆封都被指责为淫奢贪欢,而且预言说这是他失败的原因,但是,在《左传》的叙事表层之下,我们应该明眼看到夫差其实也有他自己所执着追求的目标:他想成为诸侯的霸主。

夫差拥有一个王朝的神话来支持他的野心:吴国不像楚国和越国那样和周王室没有关系,吴国的先君据说是周文王的哥哥太伯(一作泰伯)、仲雍的后裔。如此一来,虽然夫差血管里流动的是姬氏的血液似乎是相当不可能的事,可这种起源神话,讲述的次数越多,就越容易被人相信,而且在周室衰微的时候,使得夫差觉得自己具有血统的合法性,代表姬氏王室,恢复吴国失去的权威。为了达到这一目的,夫差对北方比对越国所在的东方要更感兴趣。他首先把宋国和鲁国包括在自己的势力范围之中。公元前488年,鲁国的大臣一如既往地以没有遵守礼仪为由而预言了他的失败:

> 夏,公会吴于鄫。吴来征百牢。子服景伯对曰:"先王未之有也。"吴人曰:"宋百牢我,鲁不可以后宋。且鲁牢晋大夫过十,吴王百牢,不亦可乎?"景伯曰:"晋范鞅贪而弃礼,以大国惧敝邑,故敝邑十一牢之。君若以礼命于诸侯,则有数矣。若亦弃礼,则有淫者矣。周之王也,制礼,上物不过十二,以为天之大数也。今弃周礼,而曰必百牢,亦唯执事。"吴人弗听。景伯曰:"吴将亡矣,弃天而背本。不与,必弃疾于我。"乃与之。(哀公七年)

鲁国虽然向权力的现实低头,但是永远不放弃心中的不以为然,并且对那些征服了他们的人做出毁灭的预言。

公元前484年,吴王攻齐前夕,越国给吴国君臣送来厚礼:

> 吴将伐齐,越子率其众以朝焉。王及列士皆有馈赂。吴人皆喜,唯子胥惧,曰:"是豢吴也夫。"谏曰:"越在我,心腹之疾也,壤地同,而有欲于我。夫其柔服,求济其欲也,不如早从事焉。得志于齐,犹获石田也,无所用之。越不为沼,吴其泯矣。使医除疾,而曰必遗类焉者,未之有也。《盘庚之诰》曰:'其有颠越不共,则劓殄无遗育,无俾易种于兹邑。'是商所以兴也。今君易之,将以求大,不亦难乎?"
>
> 弗听。使于齐,属其子于鲍氏,为王孙氏。反役,王闻之,使赐之属镂以死。将死,曰:"树吾墓槚,槚可材也。吴其亡乎!三年,其始弱矣。盈必毁,天之道也。"(哀公十一年)

中国文化喜欢优秀的演说，而有关越国是吴国心腹之患的这段话是伍子胥演说里面最受人们喜爱的，在各种历史记载里面都以不同形式出现过。不过，我们应该问一问：越国对吴国的复仇故事在多大程度上是伍子胥的创造？伍子胥自己在追求一个目标时就极为执着，不达目的绝不罢休，这种精神使得他也如是去理解诸侯国之间的争斗。伍子胥使得政治叙事带上了一层长期目标的色彩，充满了隐藏、掩饰、暗中的等待。《左传》后来的历史记录都给读者呈现了一个直线发展的叙事：越国被击败，越国暗暗积蓄力量、等待机会，越国还击。但是，如果我们可以相信《左传》的年表，我们会发现在越国的失败和最终灭吴之间有二十多年的间隔。越国进入吴国国都、杀死太子和越国灭吴之间相隔九年。历史记载中好像是接踵发生的一系列战争，其实花了将近十年的时间。

在对于以往历史的记录中，这么长的时间——十年，充斥了诸侯国之间的无数关系变化，晋与秦，陈与楚，无数次结盟又背盟。两个诸侯国头一年还在交好，下一年就会因为利益的转化而出击对方。只有越国对吴国的臣服被视为蓄意等待时机。其实，越国在与吴国结盟一段时间以后出击吴国，在这样的大背景烘托之下，根本不是什么令人吃惊的稀罕事情。那么，惟一能够把这些发生在二十多年之间的分散的事件结合成一个整体行动的东西，就是伍子胥对越王的诠释了。而伍子胥只是在讲述他自己的故事——在越王勾践身上，他看到了自己的影子。

伍子胥死后两年，公元前482年，夫差多年的心愿即将实现：他与中原诸侯会盟，准备争夺一向属于晋国的霸主地位。

夏，公会单平公、晋定公、吴夫差于黄池。

六月丙子，越子伐吴，为二隧。畴无馀、讴阳（按：二人乃越大夫）自南方，先及郊。吴大子友、王子地、王孙弥庸、寿于姚自泓上观之。弥庸见姑蔑之旗，曰："吾父之旗也。不可以见仇而弗杀也。"大子曰："战而不克，将亡国。请待之。"弥庸不可。属徒五千，王子地助之。乙酉，战，弥庸获畴无馀，地获讴阳。越子至，王子地守。丙戌，复战，大败吴师，获大子友、王孙弥庸、寿于姚。丁亥，入吴。吴人告败于王。王恶其闻也，自刭七人于幕下。

秋七月辛丑盟，吴、晋争先。吴人曰："于周室，我为长。"晋人曰："于姬姓，我为伯。"赵鞅呼司马寅曰："日旰矣，大事未成，二臣之罪也。建鼓整列，二臣死之，长幼必可知也。"对曰："请姑视之。"反，曰："肉食者无墨。今吴王有墨，国胜乎？大子死乎？且夷德轻，不忍久，请少待之。"乃先晋人。[1]

在他的野心就要实现的前夕，灾难降临了。夫差意识到他必须尽快回国，不能再和晋国争夺霸主的位子了。

吴国没有那么快灭亡。四年之后，公元前478年，越军于笠泽击败吴军。公元前475年，越军包围了吴国都。终于，在公元前473年：

---

[1] 在吴与晋争夺盟主的时候，虽然吴王夫差手刃自己的部下以免吴国大败的消息泄露，但是司马寅（晋大夫）观察到吴人情形有异，静以待变，终于为晋国争取到了盟主地位。

> 冬十一月丁卯，越灭吴。请使吴王居甬东。
> 辞曰："孤老矣，焉能事君。"乃缢。
> 越人以归。

在《左传》中，伍子胥试图讲述一个直线发展的复仇故事。但是《左传》的编年体形式打破了这种直线叙事，把它分散到许多年份，中间插入许多其他诸侯国的事迹。一旦从编年体的形式中解放出来，时间就可以被凝缩，各年事件被挤压在一起，十分经济地结束了一个被伍子胥预见到的故事。比如说在《国语·吴语》中，吴国的灭亡自吴王从黄池会盟回来就开始了。越王勾践的大臣告诉勾践时机已经成熟，勾践于是召集军队，遣散了那些需要养家的士兵，然后出击吴国。他三战三胜，包围了吴王居住的楼台。在《吴语》一气呵成的叙事中，根本就看不出这一过程实际上前后花了九年的时间，而且把"复仇叙事"一直贯彻到底：

> 吴王惧，使人行成，曰："昔不谷先委制于越君，君告孤请成，男女服从。孤无奈越之先君何，畏天之不祥，不敢绝祀，许君成，以至于今。今孤不道，得罪于君王，君王以亲辱于孤之敝邑。孤敢请成，男女服为臣御。"越王曰："昔天以越赐吴，而吴不受；今天以吴赐越，孤敢不听天之命，而听君之令乎？"乃不许成。
>
> 因使人告于吴王曰："天以吴赐越，越不敢不受。以民生之不长，王其无死！民生于地上，寓也，其与几何？寡人其达王于甬句东，夫妇三百，唯王所安，以没王年。"

夫差辞曰:"天既降祸于吴国,不在前后,当孤之身,实失宗庙社稷。凡吴土地人民,越既有之矣,孤何以视于天下!"

夫差将死,使人说于子胥曰:"使死者无知,则已矣;若其有知,吾何面目以见员也!"遂自杀。

"活着为了著书，著书为了活着"：
司马迁的工程

　　这是一个永远都没有答案的但仍然十分重要的问题：在写下《史记》的最后一个字、捆上最后一卷竹简之后，司马迁怎样了？在完成《史记》之后，司马迁又是谁？这个问题指向一个我认为在当时还很新的"作者"（authorship）的概念。对于这个没有答案的问题，一种可能的回答是：在完成《史记》的那一刻，司马迁变成了他现在仍然还是的那个"写了《史记》的人"。《汉书·司马迁传》对于他生命中的这一阶段保持了耐人寻味的沉默。我们也许可以把他的《报任安书》视为这一阶段的产物，不过，在这封有名的信里，司马迁谈到他的著作时，口气似乎是"未来完成时"：我们很容易把他的"仆诚已（李善注《文选》作'以'，此处据《汉书》改）著此书"理解为"我将要完成这部书"。但是，无论我们怎样理解这句话的时态——已经完成还是将要完成，它都是以一种回顾的口气说出来的：完成意味着没有遗憾，"虽万被戮，岂有悔哉！"我们把这句话当成对未来的忖度，是因为司马迁谈到他的现状充满了痛苦和悔恨，而《史记》的完成会结束这种痛苦与悔恨的状态。

　　司马迁比大多数生活在他以前的作家都更喜欢为写作这一行为寻找明确的先例。而且，他比任何先贤都更多地谈到写作（也频繁地谈到阅读)。孔子作《春秋》这一典范在他的脑海中明显占据着突出的地位。但是，虽然上古时代后期流传着孔子希望通过《春秋》为后世所知的说法，孔子仍然是"孔子"——圣人，一位比他的著作更伟大的人物。相比之下，司马迁是一个激进意义上的"作者"；在他自己眼中，他的著作是他惟一的存在理由，千秋万世之后，我们只是因为《史记》才知道他，他也只是因为《史记》才引起我们的兴趣。

这部书的写作经历了两代人：司马迁和父亲司马谈。它是一个浩大的工程——查找、阅读资料的困难，以刀、笔在竹简上书写本身的困难，远非有了纸、笔和标准字体的时代所能想象，它改变了写作和一个人的生活之间的关系。这种写作工程，不仅仅是一个人在他的生活中所做的众多事情之一，不是一个人对于他生活中某种临时情境的回答，也不只是写下在书写之前即已存在的思想（如我们想象哲学家的写作那样）。这是一部在其特定的内容被发现、研究和书写之前就已经决定了其目的和意义的著作。这样的工程，与思想家把写作当成保存和传播思想的工具，意义截然不同。

我认为，司马迁是第一个把著述当作"工程"的人。这样的说法，自然会招致反对意见。一方面，当时通行的看法是孔子就是以"完成工程"的方式写作《春秋》的；另一方面，还有诸如《吕氏春秋》这样的集体著述工程，《吕氏春秋》作为一个整体被规划和组织安排的事实使得它成为《史记》的先例。但是，毫无疑问，司马迁和他的著作之间的关系，完全不同于据说是《春秋》作者的孔子和《春秋》的关系，也不同于吕不韦和由他主持编写的《吕氏春秋》的关系。孔子和吕不韦都仅仅把著述视为他们生活的一部分，他们生命的真正重心在别处。司马迁却主要是一个"作者"，他的著作是一个极为具体的实物，他能够想象、也的确想象了它的未来。虽然司马迁不断把自己比作那些在身体遭到残害之后发奋著书的前辈，但是他忽略了一个基本的事实：那些前辈写作，是因为他们遭受了痛苦；司马迁却选择了忍受痛苦，是因为他要继续著书。而且，在接受了宫刑之后，如果不写作，如果没有这个伟大的工程，他就失去了生存下去的理由。

在司马迁为他自己树立的前辈典范——演《易》的周文王，作《春秋》的孔子，赋《离骚》的屈原，写《国语》的左丘明和著兵法的孙子——中，他寻找一种"指向未来"的写作模式。在上古中国的后期（战国、西汉），写作（不是抄写以前的文本）是指向现在的：写作是一种传播的技术，用以影响现世，为作者博取声名。虽然司马迁为自己找来那么多先例，但是据我看来，他第一个激进地提出了一种与时尚相左的观点：他宣称，这是一部仅仅为了未来而存在的著作，既不是用来给当代读者增长知识，也不是为了改善作者的名声。在《报任安书》中，他说他要把此书"藏之名山，传之其人通邑大都"，也就是说，要把它留给一个能够传己书于通邑大都的人（非常特别的措辞）。这部著作的流传和阅读都是作者的身后事，至少是超出了作者的控制范围。这样的话，把我们带回到司马迁所想象的在著作与作者之间存在的独特关系上来。

与据说写作了《春秋》、希望通过《春秋》为后世所知的孔子不同的是，司马迁为自己的书做出了十分具体的计划。在他的想象中，《史记》经历了隐藏、发现、传播这几个过程——与西汉时期"古文"经典在孔子家墙壁夹缝里面的重新发现有着奇异的相似之处。

当司马迁引述他的前辈典范时，曾用过一个十分有趣的词。在《史记·太史公自序》中，上大夫壶遂说："孔子时，上无明君，下不得任用，故作《春秋》，垂空文以断礼义。"在《报任安书》中，司马迁提到左丘明和孙子时说："思垂空文以自见。""空文"是一个特殊的语汇，因为与它相似的"空言""空语"都明显是贬义词，在《史记·日者列传》中，"空文"曾作为贬义词出现过（"饰虚功执空文以罔主上"），意味着"没有基础的言论"。人们对《太史公自序》和《报任安书》中的"空文"做过很多褒义的或者至少是非贬义的解释。这些"文"显然不是"徒劳无功"（"空"的这个意义，《史记》没有用到）的文字，虽然也许在某种意义上是"没有基础"（"空"的另一意义）的。这里，"基础"指在文本里出现并对其文本做出解释的作者和他的参照世界。因此，我想我们应该把"空文"理解为"文字而已"——也就是说没有作者的文字。但是，通过这些文字，以作者身体的缺席为标志，作者的判断却能够在行文中显示，作者从而得以"自见"。

如果这是"空文"的含义，那么，这是一个具有重要文化意义的时刻：它代表了后面有人的文字和后面没有人的文字之间的对立。在《春秋》《国语》和《孙子兵法》这些例子里，"空文"的说法并非对写作的批评；相反，这种说法包含着一种特殊的弥补作为平衡。作者们被置于晦暗的境遇，被流放、疏离；写作正是这种疏离和隐藏起到的作用。他们的著作在他们身后流传，使他们"自见"，向对于他们来说属于缺席的读者呈现他们的面目。那么空文——没有作者的文本——同时也是作者得以再现的媒介。想到司马迁对于身体的摧残、自我毁灭以及内在自我身份的着迷（看看豫让、聂政、侯嬴、左丘明、孙膑），我们不难理解，

"活着为了著书，著书为了活着"：司马迁的工程

为什么在一个人完全地呈现于世界之前，身体必须首先被摧毁。

就连班固似乎也明白在司马迁的个人神话中，生命与写作之间的弥补性平衡。如果我们在《汉书·司马迁传》里面寻找司马迁完成《史记》之后的生活记载，我们一无所得。但是，我们发现了一个典型、简略而含蓄不尽的陈述："迁既死后，其书稍出"——在司马迁身后，他的著作逐渐地出现在世间。

这把我们带到就司马迁与《史记》之间的关系来说应该被提出而又是最难回答的问题之一：这部书和家族的男性后嗣之间是一种什么样的关系？读《自序》和《报任安书》的时候，没有人会不注意到司马迁强烈的家族观念。除了《离骚》中对于祖先家世的宣告之外，很难找到这种来自个人的对于家世的关怀——真找到的时候，往往是在《史记》里面。在后来的中国传统中，把自己放在家庭、家族的背景之下进行定义变得司空见惯，所以，使人很容易忽视这种做法在这一时期的奇特性。

很难说这到底在司马迁遭受宫刑之前就已经是司马家族所特有的自我意识之形态了呢，抑或这是宫刑带来的结果。不过，当一个被阉割的人对自己的家族世系一直追溯到远古、并做出详细的描述时，我们不太可能忽视个中内涵。当这个人声称他的著作并不是为了现世而写，而是为了在未来再现他的时候，这同样应该引起我们的注意。这部书将成就他的"名"，这部书是他父亲工作的继续，也是据说曾经在上古时代负责"世典周史"写作的司马家族世世代代的宏伟目标。延续家族之"名"（姓氏、名声）的工作在司马迁这一代从身体转入文字：所谓"成一家之言"。有意思的是，在司马迁死后，这部巨著的保存，也就是"家族之名"的延续，转到了司马迁外家的手中：据班固记载，是司马迁

的外孙杨恽担负起了"祖述其书"的任务,从此《史记》才得以传扬。"祖述"这个词后来变得很普遍。在《中庸》里,它的意思是"以之为典范","祖"这个字的本来意义——祖宗——被象征性地使用,"以之为祖而继述之"。杨恽所做的,正是把祖述这一词从字面上加以实践——他"继承并弘扬了祖先的著作",于是,祖述的标准含义渐渐变成了公开的宣传。

书与男性后嗣(延续祖宗的姓氏、为祖宗带来光荣)之间的想象性关系本身不能解释为什么司马迁如此独特地理解写作,也不能解释他为什么从未来着眼思考这部著作,但是,它可以成为解释的一部分。

《史记》如今的形态,很大程度上取决于它的资料来源,有些还存在,有些现在已经佚失了。我们不能把《史记》中的一切都归于司马迁的个人体会、个人经验,就像不少后代学者所做的那样。不过,无可否认的是,司马迁常常把对历史的解读和自己紧密地联系在一起。除了这些个人判断和回答之外,司马迁还以如下几种方式,在形式与体例方面,远远地超越了他采取的资料。首先,是《史记》这部著作的著述本身:它的革命性质往往会被满满一书架的正史所埋没。我们要记住,这是一部个人和家族的工程,不是官方钦定的工程。这部书以及它的写作和太史公的官位没有关系——惟一的联系是司马迁可以利用职守之便利查找历史资料。在司马迁生活的时代,"史"并不具备后来——中古、近代——"史家"的意义。是司马迁,通过他非官方的著作,把汉朝的"古文献家"改造成了这么一种研究过去、记述过去的人物。不过,这种改变,就和他的著作一样,都要等到未来才被认可。

司马迁对历史资料所做的第二种形式上的改造是"列传"的

体例。正如司马迁为了某一特殊的目的而重新创造自己的生命,他也同样把"生平"作为占据了这部巨著一半以上篇幅的叙事结构原则(著作的其他部分则以"世家"——也就是"家世"——为重心)。我们如今已经对史书的传记体例过于熟悉,因此,还得做出一番努力才能想象得出司马迁这番自我作古的创举,在当时是多么新颖、多么革命。从史书里面的人物传记,到墓碑上面的碑文,这个传统是直到司马迁的《史记》广为人知之后才开始形成的。上古中国的复仇史诗,特别是历时悠久的吴越之争(其中包含了伍子胥的故事),也许曾经在叙事上把人的执着追求、意志、长期目标和行动紧密联系在一起。但是,是司马迁,找到了一个最适合表达目标与行动之结合的形式。《左传》和《国语》的叙事原则十分不同,它们在讲述那些复仇故事的时候,总是零星分散。《左传》的编年体有臃肿、肥大之嫌,因此,后世的选家和编者往往"断章取义",从头绪纷乱的编年记事中抽取段落或将其重新组合,以造成更接近于《史记》那样的叙事形式。在战国和西汉时期,叙事的统一性、完整性更多的时候是情节、事件的统一与完整。惟有"列传",体现了一个人被种种目标统一起来的生平,传记里面的叙事因素基本上都旨在讲述这些目标的实现,而传记的开头与结尾则分别记叙了此人的祖先与后嗣。这种创举出于一个把自己的生命视为完成某种工程、某种使命的作者,应该不是出乎意料的事情。

　　司马迁惟一没有想到的,就是一部著作会孕育其他的著作,而那些其他著作会多多少少留下祖宗的影子。每次我们看到一套奉《史记》为源头的二十五史,我们都应该想到那位失去了生殖能力的先人,当他把世系从身体转移到文字的时候,开创了一个子孙绵长而杰出的家族。

"一见":读《汉书·李夫人传》

在《汉书·李夫人传》里,被延宕的视觉效果和各种各样的表演交织在一起。言辞应许了,也预示了见面;恍惚迷离的见面最终又化为言辞。在这一文本当中,新与旧的传统也交织在一起:我们看到《楚辞》遗留下来的影子,它的神女飘逸迷人,无法亲近,难以捉摸;我们也看到倡——职业歌手——的世界,她以贩卖欲望的意象为生;我们还有"大人"的叙事,当强烈的情感淹没了他、使他不能自已的时候,他把情感转化为吟咏;在众多场景的幕后,是谨守儒家道德的史官,他罗织种种资料,期望做到著述《春秋》的孔子所实行的"大义微言"。作为一则人物传记,这是一篇十分独特的作品,因为它的大部分篇幅都被期待、尾声、重重叠叠的后果所占据。李夫人的真正生平其实只有寥寥几行而已:现身,得宠,生子,死亡。

人们常常把史家班固(32—92)和他的先驱司马迁进行比较。在近代,这种比较往往对班固不利。司马迁是那种被自己所讲的故事深深感动以致失声痛哭的说书人,但是,深受孔子作《春秋》用含蓄的笔法表示道德判断这一信念的影响,班固献给读者的,却是自我意识很强的历史散文。班固因此十分小心地控制笔下的文字,以求控制读者的理解和反应——而这正是他指责

"一见"：读《汉书·李夫人传》

于李夫人的地方。班固假装让我们看破幻象，这是一种相当别致的劝谏方式，借助暴露虚伪来创造逼真的写实。也许这就是为什么这篇传记大有问题：在层层幻象之下，几乎什么都没有，但是，这些幻象本身却足以在皇权的行使之中产生具体确实的后果。

班固，善于劝谏的史家，是那善于劝谏的大臣的另一表现，他们都希望用劝谏引导帝王走上正路。有时，巧妙的言辞具有说服力；有时，装作根本没有在劝谏的"直言"最有效。李夫人本意想让皇帝照顾她的家人，但是却故作放弃了他们，通过这种办法实现了她的目的。她表面上以直言冒犯龙颜，这种直言在其他情景下也许会被视为道德的典范，但是班固定要把它揭破，告诉我们这只不过是伪装。难怪臣子常常被比作女子，有时是惑人的淫娃荡妇，有时是德行高洁的淑女，被她争宠的同列嫉妒和排挤。正如邹阳（公元前206？—公元前129）在《狱中上梁王书》中所言："故女无美恶，入宫见妒；士无贤不肖，入朝见嫉。"

如果在中国文化传统中，美女和朝臣之间的对等关系如此突出，那么也许还会有交叉。入宫受宠的女子会被朝臣所妒嫉——被自视为道德导师的史官所怨恨。

在《李夫人传》里，班固显示出他作为一个道德家最尖锐、有效的一面。也许正因为他和李夫人是如此相近，这篇传记作品是《汉书》中最优秀的文字之一。班固和李夫人都对权力深感兴趣，都对臣下调控和操纵皇权的能力深感兴趣。对于班固来说，李夫人代表了一个能够与儒士争宠的群体：外戚。正因为他们如此相似，班固对李夫人情不自禁地怀有极大的反感，虽然他并未直接表达过这种反感。外戚与儒士不同之处在于，他们通过激起皇帝的欲望与维持其欲望来获得权力和改变身份、地位（班固自己的祖姑据说曾以德行见赏于皇帝，但是最后还是败在了赵飞燕——一个懂得控制皇帝欲望的女子——手里）。

在这篇传记作品中，班固成了君王欲望的解剖师。汉武帝对李夫人的爱欲不仅延续到她死后，而且延续到自己本人死后——在汉武帝去世之后，李夫人才得到"孝武皇后"的尊号。

儒家史官最基本的责任是"正名"。无论在人间还是在灵界，封号因为定义了一个人的身份与地位而成为"正名"的首要责任。当我们读到《李夫人传》后来的"追上尊号曰孝武皇后"，我们会回忆起传记开宗明义第一句就是"孝武李夫人，本以倡进"，我们发现班固根本无视她死后得到的尊号，仍称之为"夫人"。我们意识到班固这是仅仅把她作为皇帝的宠妃来对待，拒绝把她视为皇后。而随着这一称号而来的传记本身，就是史官对他的道德判断所做的注解与辩护词。

儒士们也许会觉得高兴：史官如此斩截地把这个暴发户放回她应得的位置。不过，从另一角度看来，班固的所作所为只是对得宠者深感妒嫉的又一证明而已：心怀嫉妒的小人有意散布流言蜚语，直到得宠者失去其地位才会罢休。

让我们为李夫人鸣冤叫屈：难道班固不正像一个心怀恶意的进谗者吗？班固对李夫人临死前一幕的记述，尤其是关于李夫人和她姊妹的对话那一段描写，除了宫廷流言，很难想象其资料来源。为了揭露李夫人，我们的史官说得好听一些是在对后世人传播流言，说得难听一些，则是在编故事。在我们阅读他对幻象的精彩解剖时，有必要记住这一点。

"孝武李夫人，本以倡进。"在那个时期，"倡"（艺人）还没有获得它的后起意义。著名的唐传奇《李娃传》模仿了这一开头——"国夫人李娃,长安之倡女也"。但这时"倡"已经指妓女了,李娃的表演才能几乎完全没有被涉及。但是,即使是在班固的时代,"倡"在道德上也相当可疑,而且暗示了卑微的出身。在"倡"与"孝武李夫人"(就更不用提"孝武皇后")之间,横亘着一道文化鸿沟,向我们显示了文本的问题,也显示了在个人与其名位之间,存在着隐隐的道德张力。

除了为皇帝生子,一个得宠的后宫美人还有义务提醒皇帝履行他的君主职责,善于调控和冲淡皇帝们时时难免表现出来的冲动与激情,班固自己的祖姑曾在皇帝后宫一直升到婕妤的位置,在这方面的作为就堪称典范。据说班婕妤曾经拒绝和汉成帝同车共载,因为觉得这种行为不合适。班婕妤得宠了一段时间,但终于被赵飞燕姐妹取而代之,赵氏姐妹非常主动地培养皇帝的激情,而且以无与伦比的残忍参与了宫廷政治的游戏。她们很容易被指斥为邪恶的女人,就像班婕妤很容易得到赞美一样。不过李夫人的情况就比较复杂了,因为她从未做过任何事邀宠或者试图巩固自己的地位。临死之前,她确曾表示希望皇帝照顾她的儿子和兄弟,不过没有任何迹象表明她曾经阴谋陷害过其他妃嫔或者企图立自己的儿子为太子。她既没有功德,也没有恶行。皇帝被一首歌激发起了对她的爱恋,这种爱恋甚至在见到她之前就开始了;一旦开始,这份爱恋就获得了自己的生命。她最大的计谋不过是把自己的脸遮掩起来不给他看到。因此,在这里,史官不能指责她道德的败坏,他只能把幻象的力量揭破给读者,在这种解剖之中,李夫人不过是一个被动的工具而已。

在介绍了李夫人生平扮演的两个角色——倡与宠妃——之

后,传记开始倒叙(以"初"为标志):

> 初,夫人兄延年性知音,善歌舞。武帝爱之。每为新声变曲,闻者莫不感动。

李延年是职业乐师,以音乐才能得到皇帝的宠爱。但是,他所创作的音乐不是所谓得性情之正的雅乐,而是激起儒士怀疑的通俗音乐,"新声变曲"。《礼记·乐记》对乐与礼之间的关系进行了充分的探讨,指出通过礼仪之中必须遵循的角色和位置,礼可以加强社会等级区别与权威。礼本身也蕴涵着过分的危险,这种过分的结果就是人与人的疏离。音乐则带来和谐以平衡礼造成的异化,也就是所谓"乐同"。但是,没有礼的约束与控制,乐会紊乱秩序,打破男女、君臣之间的界限。李延年献上的是没有礼仪伴随的音乐,是新的郑卫之声,既是社会无序的表现,也是造成社会无序的原因。他的音乐果然带来了社会等级界限的混乱:皇帝和众人一样都被音乐感动了,他没有意识到自己作为君主的职责。当君王分享普通人的情感的时候,朝纲就要开始紊乱了。

李延年的歌是流传下来的最早、最可靠的一首五言诗(就算我们认为这首歌的产生离班固的时代比汉武帝的时代更近)。这是一篇极为单纯朴素的作品,它描述了一位神话般的佳人,她的美貌可以倾城倾国。我们可以想象汉朝听众的反应——大概不外乎一个"啊!",也就是说他们会满足于知道这是一个存在于歌曲中的女人。武帝听到的却不仅是艺术,他还听到了广告:他的反应是他想得到这样的一个女人。一个有趣的问题"中介"了他的欲望:"世岂有此人乎?!"他在为歌中的意象寻找一个对应物。"世"可以有几个意思：一种可能是说这样的佳人只存在于过去，那么世就指当时的世代；另一种可能是说这样的佳人大概只属于神仙境界。或者这个问题几乎好像一个感叹句："怎么可能真的有这样的一个人呢！"要是回答是"真的有"，那么武帝自然想要亲眼一见。李延年和他在宫廷里的支持者显然好像明白武帝是什么样的一种听众，因为武帝刚刚发出上述的问题，李延年的妹妹就被推荐给了他。

在这个问题里，我们初次见识到武帝的特殊倾向：他喜欢以感官的经验来证实欲望的意象。武帝的这一嗜好也许有历史材料佐证，而《李夫人传》里重复出现的副主题也可以和围绕着汉武帝产生的一系列传说有关——尤其是他对神仙的追求，以及他与西王母的会见。[1]那些传说中的汉武帝，也同样喜欢以亲身经历来验证他听到的神仙事迹。在临死之前拒绝和汉武帝见面，李夫人有效地压抑了他的欲望。

李延年歌里的"倾城倾国"已经成为描述美女的套话。在他的歌出现以前，还没有什么证据表明曾经有人这么说过。班固时代的读者一定知道这个词其实来自《诗经·大雅·瞻卬》中两句贬低女人的诗："哲夫成城，哲妇倾城。"原诗中的"倾城"和女人的美貌没有什么关系。我们不由怀疑，李延年的"北方有佳人"歌到底是否班固或班固所引用的历史材料的作者模仿当时职业歌手的风格所自造的，并在这首歌里加入了《诗经》的回音？同样重要的是，汉武帝对于《诗经》典故以及典故的道德意义居

---

[1] 康达维（David Knechtges）在《汉武帝的赋》一文中讨论过《李夫人传》与围绕着汉武帝所产生的传说之间的关系。参见《第三届国际辞赋学学术研讨会论文集》（1996年12月），第1—14页。

然置若罔闻。他没有听见歌词内容的深切内涵——女色误国亡身的历史教训,他对于这首歌的欣赏,完全就好像李延年希望的那样,只听到是在歌唱一个美丽绝伦的女人。之后的两千年间,所有的读者对这首歌的理解都和汉武帝一样,班固地下有知,一定魂魄难安。[1]

李延年的妹妹被推荐给武帝之后,"上乃召见之,实妙丽善舞"。这是武帝初"见"李夫人。"实"字表示他不仅仅只是看到了一个美丽的女子,而且他在以感官的经历验证他的期待,结果发现它们是吻合的。史官的叙事随即急转直下,以三言两语带过李夫人的生平:"由是得幸,生一男,是为昌邑哀王。李夫人少而早卒,上怜闵焉,图画其形于甘泉宫。"皇帝要"见"到她的强烈愿望在"图画其形"的举动中得到显现。武帝死后,一种特殊的形式满足了他对于李夫人长久不息的欲望:"以李夫人配食,追上尊号曰孝武皇后。"这就是李夫人从倡到皇后的一生。这时,史官再次诉诸倒叙,以"初,李夫人病笃"来回顾李夫人临死时的事件,一系列故事和文本使得从倡女到皇后的平滑进程变得复杂,给了《李夫人传》一个非常不同的结局。

李夫人病重时,引被蒙面不肯见武帝。当时有太监和宫女在场自然是可能的,但是这件事如何被书写下来、进入宫廷记录、又传到班固的手中,却有些匪夷所思。不过,撇开这一点不谈,我们应该看到,这是用隐藏来刺激欲望的一个好例。在武帝心目中,有一个佳人的形象,这个佳人的形象可以在一个具体的女人

---

[1] "倾国倾城"现在已经成了陈腐的老生常谈,使人很难想象当初在李延年的意旨与其联想性含义之间一定存在过的张力。

身上得到体现，但是也可以比这个具体的女人活得更长久，可以独立于视觉的印证而存在。它可以不需要印证，但是也可以被印证摧毁——如果李夫人拉开被子，现出一张没有经过修饰而且被疾病摧残了的面容。

按照班固的说法，李夫人有求于皇帝，她以延长皇帝欲望的方式达到了目的。武帝三次恳求一见，被她三次拒绝，而这时的武帝，似乎也失去了迫使她服从的权力（对比开始他"召见"她的情景）。我们看到缺礼的音乐带来的后果：在演奏正当的雅乐时，皇帝永远都十分清醒地处在皇帝的地位，但是李延年的新声变曲却使皇帝和所有的"闻者"一样被"感动"。当皇帝不过是一个普通的音乐爱好者时，秩序与等级崩塌毁坏，他也就失去了帝王的权威，他的意志与她的意志变得不相上下。如果他利用帝王的权力强迫一见李夫人，那么，他就等于放弃了他所恋恋不舍的普通的人间感情。他可以凭借君主的特权与她讨价还价——"夫人第一见我，将加赐千金，而予兄弟尊官"——但是来自她自由意志的许可这种感觉比"一见"更珍贵。李夫人依靠隐藏维持了皇帝心目中的形象。我们不要忘记：那个形象初次出现在李延年的"北方有佳人"歌里的时候，是与倾城倾国的"一顾"（一次顾盼之谓）联系在一起的，她的"一顾"正是汉武帝以他的"一见"所寻求的。

皇帝意欲一见的压力，被李夫人精彩的对答所抵制。正如皇帝看不到她已经毁坏的容颜，读者后来知道她的回答实际上是一种漂亮的表层，掩藏了非常不同的动机。就像最耿介的儒士那样，李夫人以"直言"劝谏皇帝。她虽然以被蒙面，却坦诚地告诉皇帝他能够看到的是什么："妾久寝病，形貌毁坏，不可以见帝。"同时她提出一个要求:"愿以王及兄弟为托。"皇帝回答说那么不如:"一见我属托王及兄弟,岂不快哉?"也就是说这会令李夫人感到"痛快"、舒畅。这一次李夫人以礼仪的原则为理由再次拒绝了武帝,她的第二次拒绝,因为并非出于个人的虚荣心,而出于大义,显得更加有力:"妇人貌不修饰,不见君父,妾不敢以燕惰见帝。"这使得武帝不得不以金钱与官爵为诱饵和李夫人讨价还价,因为是出于个人动机行使皇帝的权力,武帝显得更加不堪。李夫人则仅仅答以:"尊官在帝,不在一见。"

因为整个对话完全有可能发生在其他人的面前,所以我们不能排除其历史真实性。如果我们不看到后来李夫人与姊妹的私语,我们完全可以把这番对话视为后宫的典范行为:不仅以礼仪之大义拒绝皇帝的要求,而且提醒皇帝不应该把官爵当成满足私人欲望的工具。"上复言必欲见之,夫人遂转乡歔欷而不复言。"在道德言论不能感动君主的时候,这自然是臣子所惟一能做的了。

从这个角度,我们可以更清楚地看到班固补写李夫人姊妹之间的私语是多么有摧毁力。这番私语就算真的发生过,也是汉武帝在位期间所不可能传出来的。它暴露了李夫人的潜藏动机竟是有意控制皇帝的情感,从而达到她个人的目的。这一叙事的结构本身就告诉读者,史官坚信后宫最美的面庞其实掩藏着不可告人的秘密。"所以不欲见帝者,"李夫人对姊妹说,"乃欲以深托兄弟也。"这里的"乃"意味着"其实"——真正的动机。在美德的面具之后,李夫人深谙控制皇帝心理之道,只有凭借掩藏,她才能保持皇帝心目中她的"平生容貌"。这么做的惟一理由就是要"深托兄弟"——和她对皇帝说的话截然相反。为了向读者显示李夫人成功地操纵了皇权,史官紧接着这段对话便告诉我们:"及夫人卒,上以后礼葬焉。"夫人的兄弟李广利、李延年也都得到了官职。

我们也许愿意相信史官的怀疑。不过,假设在李夫人和皇帝的对答与她的葬礼之间,去掉她和姊妹的私语,而补上一段叙述皇帝如何被她临死前的言行德操所感动、如何记起了自己作为皇帝的职责这样的话,那么以皇后之礼下葬夫人的遗体、封赏其兄弟,就会取得完全不同的意义。史官控制了文本的意义,不容许读者这样来解读李夫人。

《李夫人传》的主题,是表现或再现幻象、欲望以及它们和权力之间危险的纠葛。传记下面所记叙的事件肯定了史官对李夫人的解读,并进一步发展了传记的主题。一个方士声称可以招来李夫人的灵魂,而招魂这一幕诡异地再现了李夫人临死前的情景。汉武帝被李延年的歌声激发的欲望,因为夫人临死的蒙面而长存,开始君主的欲望好像帮助满足了李夫人及其家人的实际目的(至少史官是这样理解的),但是很快它就超越和淹没了这些目的。现在,我们看到另外一位操纵幻象的大师,齐人少翁,许诺说可以为皇帝实现他如此念念不忘的"一见"。织品再次成为必要,这回不是为了蒙面,而是为了招致纤弱易散的鬼魂。少翁设立了两座帷帐,其中一座点燃了灯烛,陈列了酒肉供品。史官的措辞极为严谨不苟:齐少翁"言(声称)能致其神",而汉武帝"遥望见好女如(好像)李夫人之貌"。最令人瞩目的是,在这里皇帝最大的欲望不是要触摸或者拥抱,而是"一见";然而,终于"又不得就视"。

但是他当然可以就视!他不是别人,而是大汉皇帝。他当然可以站起来，径直走到另一座帷帐前。如果那真是李夫人的灵魂，她会逃避——但鬼魂本来就是会消失的；如果那不是李夫人，少翁的骗术将被揭穿。但正如当初他不能强迫李夫人拉开蒙面的被子，如今他也不能破坏招魂术的规则。虽然他渴望一见，但始终只好无能为力地坐视一个捉摸不定的形象，结果自然是更强烈的欲望："上愈益相思悲感。"

这时武帝情不自禁地作歌咏叹了。开始的短诗——"是邪，非邪，立而望之，偏何姗姗其来迟"——表现了捉摸不定时的暂时凝思，最后一行则属于《楚辞》与赋的传统，不是诗行的形式音律，而是诗歌意象的性质。姗姗来迟，似乎是说她的灵魂来到他的身边，但是，她走向他并不是少翁招魂仪式的一部分。李夫人死后，被转化成了《楚辞》传统中的神女。宋玉曾如是描述神女：

> 望余帷而延视兮，若流波之将澜。
> 奋长袖以正衽兮，立踯躅而不安。
> 澹清静其愔嫕兮，性沈详而不烦。
> 时容与以微动兮，志未可乎得原。
> 意似近而既远兮，若将来而复旋。
> 褰余帱而请御兮，愿尽心之惓惓。
> 怀贞亮之洁清兮，卒与我兮相难。

就像《九歌》中的女神那样，宋玉的神女现身与他周旋，有时好像是在走近，却又随即抽身退步，所谓"若将来而复旋"。

汉高祖刘邦即位之后返回故乡，曾在酒宴上慷慨高歌——著名的《大风歌》》。他随即令沛中少年"皆和习之"。他们在歌唱的时候,"高祖乃起舞,慷慨伤怀,泣数行下"(《史记·高祖本纪》)。这里值得注意的不是高祖作歌,而是命少年合唱他所作的歌,在听到他自己的诗歌时,高祖可以享受悲伤涕泣的乐趣。同样,汉武帝把他的短诗交给了乐府,"令乐府诸音家弦歌之",以便一次次体验和享受这一捉摸不定的甜蜜时刻。

虽然我们不知道乐府诸音家的表演是在怎样的条件下进行的,但是很可能是一场半公开的演奏,也就是说,不发生在朝臣毕集的大庭广众之下,而发生在皇帝及其宫廷侍臣的跟前。私下悲悼死去的妃子是一回事,但是这样的行为已经远远超越了个人的哀伤。这是"表现自我":创造一个自我的形象,为自己,也可能同时为别人。武帝对于表现出自己的渴望、悲痛以及在一个死去了的女人任性的灵魂面前无能为力并不感到任何羞惭。[1] 我们也可以相信,他不认为别人听到这首歌时会觉得这有损皇家威仪。如果班固在场,他可能会极力反对——虽然触怒汉武帝未免太不谨慎。在隔开汉武帝与班固的一个半世纪里,皇帝的角色——到底什么符合、什么不符合皇帝的威仪——有了相当大的改变。从班固的角度来看,少翁显然是个江湖骗子,利用皇帝的悲伤和轻信上演了一幕招魂的闹剧,皇帝则全然忘记了君主应有的威严体统。我们被迫透过班固的有色眼镜和他对原始材料的操

---

[1] 我们在这里假设这首歌确是汉武帝所作,和其他宫廷诗歌一起被记录保存了下来。其实重要的不是汉武帝是否为其作者,而在于汉武帝在当时的宫廷演出中可以被描述为一个无能为力的、无奈的情人。也许这首歌和创作它的语境都是武帝死后围绕着他而产生的传说的一部分,不过它被交给乐府诸音师演唱这一细节说明它的资料来源是官方的。

纵来看待这些事件,但是,从"令乐府诸音家弦歌之"这一细节,我们大概能够感到,这些事件在武帝的时代具有十分不同的意义。

我们无法确知《李夫人传》中分为两部分的赋到底是武帝亲笔,还是出于宫廷诗人的手笔。[1] 班固显然认为它们都是武帝所作。赋的第一部分属于《楚辞》传统,这是一个极好的例证,使我们看到《楚辞》传统如何被用来歌咏具体、特殊的真实事件。结果是皇家的浪漫史以及围绕着它产生的种种政治和道德问题(班固的兴趣所在)都被转化成了灵魂之旅,李夫人则成了飘忽的神女,与武帝穿越时空的魂魄进行了一次稍纵即逝的会晤。

《楚辞》情调的赋里记叙的情节,与少翁招魂的一幕并不完全契合:赋谈到一座灵殿,也就是所谓的"新宫",在那里皇帝等待李夫人的魂魄,但是魂魄没有出现("饰新宫以延伫兮,泯不归乎故乡"),于是皇帝在幽暗中伤悼,随即像屈原那样"释舆马于山椒",开始了他的天庭之旅。舆马自此不知去向,下面皆是"精"与"神"的浮游所见:她的存在缥缈恍惚,芬芳袭人,然而他终于得到"一见"("连流视而娥扬"),他为之魂魄飞扬,她却隐藏起面容,"既激感而心逐兮,包红颜而弗明"。他从昏睡中醒来,似乎看到她夹杂在一群神灵之中飘然飞去。此段至此以相思、悲悼结束。

我们不知道为什么班固要把这篇赋收入《李夫人传》,也许是觉得有必要保留君主的作品,也许是要进一步暴露皇帝的痴

---

[1] 关于这篇赋的真实性,请参见康达维的文章(注一),以及他的《帝王与文学:汉武帝》,收入《古代中国的君主政治和文化变迁》(华盛顿大学出版社1994年版),第51—56页。

迷。在班固的时代，《楚辞》的题材仍然在流传，但是越来越被赋予道德的解释（班固自己就曾批评过他觉得属于屈原的道德弱点的地方）。除了把上述的赋理解为对李夫人缠绵欲望的表达之外，班固自然没有别的解读方式。

武帝十分喜欢《楚辞》，《楚辞》在当时长安的宫廷十分流行。不过，虽然《楚辞》在那时已经和屈原联系在一起，历史记载却没有表明时人对《楚辞》的解读具有2世纪王逸赋予《楚辞》的道德政治寓言色彩（王逸的阐释也许正是由于像班固这样的士大夫对屈原的批判才格外有力）。在武帝的宫廷，儒教还不像班固时代那样有势力，武帝用以在宗教上统一帝国的手段不是儒家思想，而是从全国各地招来方士和各种宗教人物，让他们在长安显示身手。他对于神仙的兴趣，后来被视为帝王愚蠢、暧昧的表现，但在另外一个语境之中其实是一种宗教责任。也是在这一语境之中，《楚辞》被引入淮南王的宫廷。

屈原也许是在楚国受到诬枉的大臣，但是在《离骚》里，随着诗意的推移，他毫无疑问地担任了一个国王的角色，纷纷地指挥着车马，排遣一个又一个使者前去"求女"。楚襄王在高唐梦见神女，但是在司马相如的《大人赋》里，是武帝本人翱翔宇宙，周游天庭，获得玉女，超凡入圣。李夫人虽然曾经只是一个妃子，但是她现在变成了《九歌》《神女赋》里面的女神，飘忽不定，将来复旋，武帝对她的无望追求并非不适当的痴迷，而是满足了帝王的一种责任。[1]李夫人给了他一个机会，扮演那个具

---

[1] 这里我们也许可以想到欧洲文艺复兴时期的骑士，他们常常因为他们所爱的女人——不管是真实的还是虚构的——对他们的冷漠而痛哭流涕，但是他们在十四行诗里面表现出来的无能为力、涕泪交流并不影响他们的男子气概。

有重重回音、意味深长的角色。

赋的第二部分是"乱",或曰尾声。不仅音节、韵律和措辞变了,说话人的角色也变了,直接诉诸死者的灵魂,很像后来的祭文。作为女神,李夫人的魂魄"放逸以飞扬",这里,她却离开了光明的世界,进入了黑暗的地府:"去彼昭昭,就冥冥兮。"作为女神的李夫人没有回到"新宫",她必须被追求;这里,李夫人的确来到了"新宫",不再回到她原来的居处了("既下新宫,不复故庭兮")。最有意思的地方是武帝不仅在这里表达了个人的哀悼之情,而且还记叙了她的儿子与亲属的悲伤。这段"乱"辞格外富于家庭气息,特别提到亲戚之间的情分:"仁者不誓,岂约亲兮!"(也就是说,仁者施恩用不着宣誓,而亲眷之间,就更是不必用誓言约束才行惠。)

对死者做出交待是一件重要的事,在这篇"乱"辞中,我们很容易看到另一个仪式性的功能。我们不知道在普通的后宫妃子和那些好似"妻子"的妃子之间存在着什么样的界限,不过既然李夫人是以"后礼"下葬的,那么无疑武帝是以"丈夫"自居了,在"乱"辞里他正是以丈夫的口气对李夫人讲话的:"后宫没有人能和你相比;你的去世令我悲伤;你的兄弟和我们的小儿子都万分难过;你放心,我会照顾好孩子,履行对亲戚的责任"——这些都是死者的灵魂希望知道的。

班固插入李夫人与姊妹的私语,令我们在读到"乱"辞中武帝表示要照顾李夫人的儿子与兄弟时发出讽刺性的微笑:李夫人的计谋果然起作用了。但是,假设没有那段插曲,那么,李夫人临死把儿子和兄弟托付给皇帝,皇帝试图和李夫人"讨价还价",用官爵来交换"一见",李夫人不肯妥协,并提醒皇帝他作为君主的责任——这样的文本，会改变我们对皇帝的"乱"辞所做的解读。"亲戚情分比诺言更重要"这样的陈述表示皇帝接受了李夫人的意见，表示他将要依照义理行事。

班固当然不允许这种解读。他在传记结尾，简洁地交待了李夫人兄弟所犯的罪过以及李氏家族的覆灭，从而证明了他对李夫人所下判断的正确性。在《汉书·外戚传》的下一篇传记里，我们得知李夫人的儿子昌邑哀王早夭。所有的情爱全部成空。皇帝对死者的虔诚许诺，不过是君主痴迷的又一例证而已。我们也不能全怪史官：从武帝到班固的这一个半世纪里，皇亲国戚的擅权曾经导致了一些十分可怕的后果，这对汉朝君臣是十分沉痛的教训。

在这则短小的传记作品中，怀念李夫人的诗赋占据了很多篇幅，最后结以一句简练的"其后李延年弟季坐奸乱后宫，广利降匈奴，家族灭矣"。就好像是西汉的一些宫廷赋：首先尽情地描述过分的行为，随即以突然的逆转作结，提出对过分行为的批评。班固是操纵这种写作技巧的高手，传记结尾的突转给他的批判带来了力量。不是说，李夫人有多么邪恶，而是帝王的激情导致了君权的误用。而帝王的激情随处都与表现（再现）的艺术联系在一起，是那些强有力的幻象引导着皇帝步入歧途。

刘勰与话语机器 *

在这篇文章里,我要探讨的是刘勰在《文心雕龙》里的论点:我认为,刘勰所表达的思想,不是已经成形和固定的,而是一个思辨的过程。这个过程不是单一的:在很多情况下,我们可以看到两个角色在争夺对于论点走向的控制。其中一个角色我们把他叫作"刘勰",一个有着自己的信念、教育背景和常识的人物;另一个角色是骈体文的修辞,我将称之为"话语机器",它根据自己的规则和要求生产话语。虽然刘勰希望两个角色能够达到完美的和谐,虽然现代论者也总是把他们视为一体,如果我们把《文心雕龙》当作对话体来对待,那么,这个文本就会变得更加清晰。我们常常看到话语机器的修辞把某一宣言进行处理,然后,根据可以预测的规则加以发展。我们也常常看到刘勰跟踪这部话语机器的轨迹,纠正他不认同的话语,试图使其符合自己的信念、教育背景和常识。

---

* 本文收入蔡宗奇主编的 *A Chinese Literary Mind: Culture, Creativity, and Rhetoric in Wenxin diaolong* 一书,斯坦福大学出版社 2001 年版。——译者注

利斤的危险

在《文心雕龙·论说》篇的中间部分,刘勰清楚地解释了在这种形式中值得追求的价值,而我们不要忘记,刘勰自己的著作也正是"论说"体:

> 原夫论之为体,所以辨正然否;穷于有数,追于无形,迹坚求通,钩深取极;乃百虑之筌蹄,万事之权衡也。故其义贵圆通,辞忌枝碎,必使心与理合,弥缝莫见其隙;辞共心密,敌人不知所乘,斯其要也。是以论如析薪,贵能破理。斤利者,越理而横断;辞辨者,反义而取通。览文虽巧,而检迹知妄。唯君子能通天下之志,安可以曲论哉。

在论说刘勰对于"论说"的论说时,现代的诠释者总是面临着斧斤太锋利的危险,会"横断"刘勰论说的肌理,把他对于自然过程、语言、心智完全融为一体、和谐无间的美好理想劈得粉碎——即使他预先就想到了要预防"敌人"的袭击。但是刘勰自己提醒我们:在论说里面也许会有孔洞需要"弥缝"(修补错误的常用代称)。当他把比喻从织品转向雕刻,是他自己在担心一把太锋利的斧子会留下横断的痕迹。在《文赋》的序言里,刘勰的前辈陆机曾经提出一个比喻,用手中的斧子劈开斧柄,暗示在论说文中,所要传达的教训应该就包含在传达的手段当中。因此,在讨论《文心雕龙》时,我们应该检视一下刘勰自己在编织和雕刻文本时使用的工具和程序。

在读了上面引述的段落之后,我们看到一个需要弥缝的巨大孔洞。刘勰想到"注释",这种论说的形式由于其内在的特点而和刘勰认为对于"论说"十分重要的直线性论辩的紧密质地形成了直接的对立。"若夫注释为词,解散论体"(《文心雕龙·论说》)——这恰好体现了刘勰刚刚才宣布过的注意事项:"辞忌枝碎。"但是刘勰十分认同注释,意识到它是一个重要的论说形式。他惟一能做的就是把它和其他没有注明的"杂文"属于一体,声称它们都和"论"共有某种较高的统一性:"杂文虽异,总会是同。"(《论说》)

这个小小的插曲,其实标识了贯穿于整个《文心雕龙》的一种程序的特点。在上面引述的段落中,我们可以看到一部"话语机器"的作用:它试图横断纹理,把题目分化为对应的骈体,而支持它的意识形态,即认为自然秩序、论说的语言秩序和心智应该具有一种完美的和谐、统一,在这统一当中,一切事物都是相"通"的(沟通、理解之意)。如果刘勰索性允许话语机器做它的工作,这也许是一种明智之举,但是刘勰也知道,这部机器是有缺陷的,甚至可能是没有头脑的、愚笨的。也许,它就是刘勰所谓的那把太锋利的斧子,它的劈割可以是"虚妄"的。机器生产出的文本会遗漏重要内容,产生错误的或者误导读者的词语,不断地变为"骈拇"。在《文心雕龙》里,刘勰必须常常动手修补机器的产品,而正如上述段落所显示的那样,他总是意识到有什么东西可能会发生偏差。

要想为这一双料过程——生产话语、修补话语——找到一个完美的象喻,我们只要看看他最后一章中对本书的题目所做的解释:

夫文心者，言为文之用心也。昔涓子琴心，王孙巧心，心哉美矣，故用之焉。古来文章，以雕缛成体，岂取邹奭之群言雕龙也。(《序志》)

话语机器把书名分割成两个部分，一个代表了"内"——"心智"，另一个代表了"外"——"技巧"。但是就在他能够以积极的意义提出"雕龙"这一术语之前，他必须赶紧率先消除可能的误解：提到别人运用这一术语的方式，而那显然是指轻浮的雕饰。[1] 骈体的断裂痕迹骤然凸现：

夫文心者，	
言为文之用心也。	术语 A（文心）的重要性
昔涓子琴心，王孙巧心，	
心哉美矣，	使用的先例
故用之焉。	因此我现在也使用它
古来文章，以雕缛成体，	术语 B（雕龙）的重要性
岂取邹奭之群言雕龙也。	其使用先例有不好的联想
	这不是我使用它的原因

刘勰当然不会赞同我用"话语机器"的比喻来解说他的某些论说程序。在对论说的讨论中及别处，刘勰愿意相信语言是足以传达

---

[1] 惟一的另外一种可能性就是我们把"雕龙"在任何情况下都视为贬义词。如果是这样，那么我们就必须把这部著作的标题理解为"文心相对于雕龙"。

("通")事物之序("理")的,而且,语言的合成词及其因子也都与自然范畴完美地对应和契合。富有权威性的古文本往往可以提供片言只语,在这一秩序井然的结构中发挥作用,而这个结构似乎是在为自然画出版图,并不是通过一个传统符号系统来指称自然。把这一结构命名为话语机器是在强调这些话语程序的引发性质,那是刘勰可以操作但是不能完全控制的内在法则。正是在这些矫正和弥补的活动中,我们看到刘勰作为一个和话语机器相分离的批评家的存在。

我们可以在《文心雕龙》的每个章节、每个层次看到这样的活动。在最小的规模上,我们看到不准确的词语被引发,随即被纠正。在第四十九章《程器》中,刘勰对"文士"进行探讨,提出了一系列文士常见的缺点和毛病。他总结说:"文既有之……"(既然在"文"方面这些情况是存在的),而那部毫无头脑的话语机器立刻不假思索地补充道:"武亦宜然。"(《程器》)"武"是"文"的对立面,它是语言中已经变得机械化了的一个历史的偶然。但是刘勰并不想谈论武将本身,更不用提普通的士兵。他在这里想要比较的是文士和活跃于政治生活的人物。为了把他的议论重新纳入轨道,刘勰用一个常见的复合词"将相"把武将和高级文官机智地联系在了一起:"古之将相,疵咎实多。"(《程器》)为了使转折显得平滑自然,他包括了几个军事将领的例子,但是很明显,成功的文吏才是他主要进行比较的概念。

在最大的规模上,话语机器可以引发一个完全没有必要的章节。第四章《正纬》往往被人们所忽视,而这不是没有道理的。刘勰对"纬"没有太多要说的,更没有什么好话。这一章的存在主要是为了给第三章《宗经》提供一个对应物,使它不至于形单影只。话语机器要求字面的骈俪,这样,"纬"自然就成了"经"的补充。

我们在别处,都从未见到过刘勰如此明确地抗拒话语机器。他首先宣布"纬"应该是什么,然后称纬书为"伪",因为它们不是称职的纬。"盖纬之成经,其犹织综,丝麻不杂,布帛乃成;今经正纬奇,倍摘千里,其伪一矣。"(《正纬》)接下去,刘勰又指出纬书其他方面的"伪",常常把"纬"的比喻性质加以字面化。比如说,有些古老的纬书其实是后人伪托的,因为纬线不可能在经线之前:"先纬后经,体乖织综。"(《正纬》)他的结论是:"经足训矣,纬何豫焉。"(《正纬》)这样的结论使我们有经无纬,对引发了这一章节的对称原则本身是一种破坏。刘勰继续在本章之中对纬书加以鞭挞,直到后来才非常不情愿地承认纬书也有其文采,对文还是有用的。最后,他相当疲弱地解释写作这一章节的原因:"前代配经,故详论焉。"(《正纬》)

小心蹞踔的夔!

若夫事或孤立,莫与相偶,是夔之一足,趻踔而行也!(《丽辞》)[1]

---

[1] 在《文心雕龙》第三十四章《章句》中,刘勰以不怎么生动鲜明的语言表达过类似的意思:"若辞失其朋,则羁旅而无友;事乖其次,则飘寓而不安。"

刘勰想象的宇宙常常充满了过分过量的变形：奇异的形体，獭生的赘疣，细节的超额。但是夔是一只不足的怪物。虽然刘勰把写《正纬》的责任推到古人身上，话语机器还是可以自发地产生出不需要的对称。假如我们从一对骈俪的概念中拿走一个的话，我们就会常常发现好像一足之夔的陈述，它们似乎肯定了中国文学理论家一般来说绝对不会讲的话。也就是说，假如我们单独引述其中的一些论点，这些论点会和支持了《文心雕龙》的公认的"真理"发生惊人的冲突。

在第三十一章《情采》的开头，我们看到一句突出的陈述："质待文也。"即使我们恢复这句话的语境（在某些情况下质依靠文而存在），这还是一只单腿跳跃的夔。就像刘勰认为"经足训矣"，这一问题重重的陈述的反面（"文附质也"）其实完全站得住脚，而且，不但毫不奇怪，也是常常被认证的。刘勰对"质待文也"的议论是这样发表出来的：

> 圣贤书辞，总称文章，非采而何？夫水性虚而沦漪结，木体实而花萼振，文附质也。
> 虎豹无文，则鞟同犬羊，犀兕有皮，而色资丹漆，质待文也。（《情采》）

当然不是虎豹具有自然斑纹的皮毛或者以丹漆涂饰的犀牛皮铠甲促使刘勰发表出"质待文也"的议论，而是多亏了他的聪明才使他能够想到这样的例子来证明他的论点，不管这两个例子是多么勉强，又是多么不同。这一有问题的陈述（"质待文"）显然是为了平衡前面较为普通常见的陈述（"文附质"）才被引发出来的。[1]

如果本章没有不断地重复那一平常的论点,也即内在的"情"或"质"应该先于外在的"采"或"文"存在,我们也许还不会觉得如此不安。后来,刘勰再次把"情质"先行的原则和与其相对立的论述放在一起:"昔诗人什篇,为情而造文;辞人赋颂,为文而造情。"(《情采》)在形式上,这一对偶句和本章开始时的陈述是一致的:

在 A 情况下,
外在依附于内在,
夫水性虚而沦漪结,木体实而花萼振,　　文附质也。
昔诗人什篇,　　　　　　　　　　　　　为情而造文。

在 B 情况下,
虎豹无文,则鞟同犬羊,犀兕有皮,
而色资丹漆,　　　　　　　　　　　　　质待文也。
辞人赋颂,　　　　　　　　　　　　　　为文而造情。

形式上的相通在这里掩盖了意义上的深刻差异:前者是互补的,包含了不同的经验范畴;后者则是历史的,也是具有等级差别的,情与文之间的关系和次序都被修辞家的修辞扭曲了。

---

[1] 如果说"文"先于"质"这一问题重重的陈述好像一只独脚的夔和说明它的例子联系在一起,被骈体文的句式套上车辄,那么,它产生出在《丽辞》里面描述的情况:"若两事相配,而优劣不均,是骥在左骖,驽为右服也。"这实在是令人烦恼的驾车方式。

当我在上述例子中谈到形式的相通时,我指的是作者论点的句法与词语排列次序中相对不定性的层次。在表面上,并没有任何修辞的标识明确地分别树木/犀虎的对立以及诗人篇什/辞人赋颂的对立。话语机器就在这一相对不定性的形式层次上运作。但是,为了使一个段落具有充分、全面的意义,必须依靠上下文的语境来提供更多的定语。因此,每个读者都知道,"水性虚"云云这段话的对偶是互补的,而"诗人"云云这段话则描述了某种历史变化,一个理想的境界被扭曲和变形。

在《文心雕龙》话语机器的中心,是"辨"(division——西方修辞传统中一个古老的词语,我相信是对"辨"最好的翻译)。无论"辨"后来意味着什么,它在刘勰的时代指"题目的辨析",也即把一个题目剖析开(像利斧横断肌理那样),使得人们更加清楚地认识它的每个组成部分。现代词语"分析"(analysis)有同样的词源,虽然它的运作是认识论的,不是修辞性的。[1]"辨"则在认识论和修辞性之间游动:它是一种认识论的行为,永远冒着变成仅仅是修辞的危险(假如斧子太锋利)。既然世界的假设秩序和号称阐释它的语言是由对偶的事物和概念构成的,这一话语机器的任务就是剖析其组成部分。在这一方面,它和亚里士多德式话语十分相似:同样植根于自然逻辑之中,而其论辩程序的确就是一个思想的形式,而不仅仅是思想的表达。也就是说,作者并不是试图证实一个先行的命题,而是在分析手头的问题,看看它究竟会产生出什么结果。

---

[1] 也就是说,一个"好的分析"意味着对事物做出正确的分析。好的"辨"也许在修辞效果上十分诱人,但是远远不必符合真实。

但是,"辨"在那个相对不定的形式层次运作。虽然"辨"比亚里士多德式逻辑具有更多语义学的内容,但它只能保证正确地形成一整套论点,而不能保证这套论点具有合理的意义。[1] 因此,话语机器既生产互补型多样性的"辨",也生产有等级差异型多样性的"辨"。也就是说在有些对偶概念中这些概念具备同等价值,共同构成一个完整的"圆";而在另外一些情况下,它们构成等级差异(先与后,常与变,好与坏,高级与低级)。刘勰从来没有直接地探讨过这个问题,但是在很多章节中,我们可以清楚地看到刘勰操纵话语机器,试图平衡互补和等级差异,而这构成了带动讨论发展的一种重要力量。

上面谈到的《情采》问题是个很好的例子。这对互补的概念——文依赖于质、质有待于文——显然是不稳定的,因为第二种说法在传统理论中无法立足。后来,刘勰改变了辨析的条件,再三宣称第一种说法的正确。在一系列精彩的比喻中,情本身成为文学作品的媒介:"五情发而为辞章"(《情采》)——就像声音在音乐里、色彩在视觉图案里一样。随后,刘勰转向过分的藻饰带来的危险,称其为"文辞之变"。这个"变"字,此处翻译为 deviation(偏离),是一个含义深长的词语,建立了一个历史模型:它意味着不能生产出互补之完善("圆")的那种差异。

---

[1] 比如说:"所有的猫都吃草。旧金山是一只猫,所以旧金山吃草。"这里的语法逻辑完全是正确的(虽然内容既不真实也没有意义)。但是因为"辨"比逻辑具有更多的语义内容,所以,它不能生产出这样的句子来。

通与变

在第二十九章《通变》中，互补与等级差异之间的张力得到了最明显的表现。这种张力的起因，部分是由于《周易·系辞传》试图调和这两个相对的词（"通其变"或者"变则通"）。更大的原因是"变"这个字的复杂语源，我们刚刚在"文辞之变，于斯极矣"这句话里面看到过（《情采》）。在文学参考框架中，刘勰不能脱离"变"在《毛诗》"正变"中的意义：在这一情况下，"变"指消极意义上的文学史变化。

刘勰在本章开始时按照《周易》的"通变"意义使用"变"，但他一旦写到文学史中的变的运作，一系列的修辞重构便把他带到了"正变"意义上的变。刘勰首先谈到"体"——一种恒定的形式，在许多可能的具体实践之前就存在，也涵括了许多可能的具体实践。凡是个别的、具体的实践，其多样性被综述为"变"："夫设文之体有常，变文之数无方。"（《通变》）[1]

诸如"文之常体"的恒定因素基本上是永久性的。但是在引用《系辞传》时，刘勰在"变"这个概念中发现了一种不同的持久："文辞气力，通变则久。"（《通变》）在"通与变"中，最重要的就是克服"久"的限度，这在刘勰随后所用的比喻（走马通衢，或者从不竭之水源中汲水——"骋无穷之路、饮不竭之源"）里面看得很清楚。"通"在这里显然处于"变"的次位。下面的植物比喻是关键的："体"就好比草木种类之常，但是任何个别

---

[1] 比较"文辞之变"中"变"的极为不同的含义。

的植物都会依照其环境发生变化。"根干丽土而同性,臭味晞阳而异品矣。"然而,这种有机体发生自然分化和差异的比喻,尽管是一种快乐的想象,却是和人类历史相冲突的。

刘勰在开始时对文学史中之"变"的议论,由于一个往往在最不应该的地方出现的文本问题变得复杂起来。[1] 原文说:"是以九代咏歌,志合文财。"《文心雕龙》的评论者立刻注意到"财"这个字在这里出现是多么不合适,因为它使得上下文语义不相贯通(而且我也要指出这个字在《文心雕龙》的任何其他地方都没有出现过)。许无念认为"财"应作"则",那么这句话的意思就是"情志[的表现]符合文的法则"。我们应该意识到这样的编校完全是猜度性的,不管有多少版本都一致采取了"则"。但是假如许无念是对的,那么,刘勰就是在这里肯定文学从楚国到晋朝连续不断的正确性——而这却是他随后所否定的。刘永济认为"文财"应作"文别"(也就是说:情志相同,而文学之表达有别)。[2] 虽然这种解说并不质疑文学从楚国到晋朝一直拥有的合法性,但是它毕竟为疑问留出来一个空间。因为我们这里面对的是一个无法解决的文本校勘问题,我们对下面一段话要说明的旨意必须存疑:

> 黄歌断竹,质之至也。唐歌在昔,则广于黄世;虞歌卿云,则文于唐时。夏歌雕墙,缛于虞代;商周篇什,丽于夏

---

[1] 也许因为刘勰有时的措辞使抄写者困惑。
[2] 我以为"财"也许是借用的同音字,而不是写错的字。这就产生了同样有问题的"志合文才"[情志与(表现情志的)文学才能相符合]。但这一选择的优势是"文才"这一词语在《文心雕龙》的其他地方出现过(如第四十一章《指瑕》)。

年。至于序志述时,其揆一也。(《通变》)

这些例子把我们从黄帝带到周朝,每个时代,都有某种品质在有所增加。黄帝的《断竹》歌是"质之至";之后,作者提出四个不同的形容词:广、文、缛、丽;而在这些方面,每个朝代都是对前朝的超越。唐尧之广胜于黄帝,虞舜之文则胜于唐尧,夏朝之缛胜过虞舜,商周之丽又胜过夏朝。这样一种从质到文的发展和刘勰的标准文学史叙事相表里,同时隐隐暗示了向颓废进展的轨迹。因此,在最后,刘勰强调使这一组直线发展的变化保持其积极意义,没有坠入颓废的连续性:"至于序志述时,其揆一也。"

暨楚之骚文,矩式周人;汉之赋颂,影写楚世;魏之篇制,顾慕汉风;晋之辞章,瞻望魏采。(《通变》)

这后来的一组例子是从较后的、更为于史有征的朝代取得的。在这组例子里,每个朝代都师法前一个朝代,楚效法周,汉模仿楚,等等(虽然在这里作者没有对每个朝代的特征做进一步的勾勒)。重点在延续性。如果我们在此寻找什么缺失的话,只能是缺乏变化的缺失。

在一种层次上,以上两组例子涵括了"九代",是作者对"通变"的说明。第一组例子描述了从一个时代到另一个时代的"变",结句则强调了它们的连续性("通");第二组例子描述了每一个朝代对前朝的继承,因此证实了"通",但这种连续性只是发生在相邻的词语之间。类似的分期连续性其实在第一组例子的比较结构里有所体现,在某种品质上,每个时代都比前代更为突出(唐歌广于黄世,等等)。而且,在第一组例子里,变动因素构成了一个分明朝向侈丽发展的直线行进过程,这种结果只有在结尾处对统一和继承的肯定中才得到防止。

到现在为止,我们已经看到刘勰通过两组例子对"通变"所做的文学史叙事——但总是呈现在破碎的、交叉的对偶中。在第二组例子里面,他没有做出总结性的评价,而我们本来期待看到这样的结句和上一组例子的结句形成对应。就像刘勰解释他著作的标题那样,一个省略的对仗因素是问题的表征。在A组里面,每个朝代都和前代有差异,但总是有统一和连续("通");在B组里面,每个朝代效法前代,但总是有新"变"。被省略的那个对仗因素——变——的确在从楚到晋的进展过程中出现了,但它的意义却有很大的差异:不是说从楚国到晋朝之间的时代有所"变化",而是说它们代表了对上古的"偏差"——刘勰早先所谓的"文辞之变"(《情采》)。

这个新的模型要求文学史叙事的重写,而刘勰在下面果然给了读者一段长长的骈俪段落。我们看到的不是无穷尽的变化,而是一个对于走下坡路的直线性叙事:从好到坏,从古到"新"。转变就发生在上述两组例子之间的转折点。掂量之下,商和周也许还是比较积极的,但是它们的特性为下面的时代(楚汉)的消极发展奠定了基础。总之,刘勰的文学史观点从"通变"转化成了"正变":

> 搉而论之,则黄唐淳而质,虞夏质而辨,商周丽而雅,楚汉侈而艳,魏晋浅而绮,宋初讹而新。从质及讹,弥近弥

澹。何则？兢今疏古，风末气衰也。(《通变》)

没有一个熟悉《文心雕龙》的人会对这样的陈述感到吃惊。但是，这样的叙述并不是从本章开始时对"通变"的论说发展而来的，而是刘勰个人的"意见"，它不顾"无穷"新变的理论，以另外一种叙事代替了它。

句法的形式上的相通暗示了一个稳定的直线进展，每一阶段都在形式上和前一个阶段相当。但是在那种形式上的相通之中包含着危机和变化的时期。一个关键词，凭了它，差异被掩盖于相同的节拍之下的，是那个天真的连词"而"，有时它连接相似的事物，但更多的时候表示某种语气的转折。在黄帝、唐尧时期，文学作品的风格是"淳而质"的，这些词也许不是绝对的同义词，但是它们至少在语源上有重叠之处：它们之间没有矛盾的张力。类似的契合发生在标志了颓废时代的词语之间：侈近艳，浅近绮。在文学史的开始和结尾处，"而"不过意味着"而且"而已。

如果虞舜和夏朝的文风有一个积极的基础，但是在朝向一个有问题的特性发展，那么，商、周的风格特色是虞舜和夏的镜像，它们有潜在问题的特质被对偶中的第二个词语抑制住了："商周丽而雅。""丽"是那个有问题的词，这一特性很容易变为消极；它也暗示了骈俪，这是从前代的"变"的倾向生发的。[1]这个词语必须被修饰限定，而这正是"雅"的任务（雅具有古典

---

[1] 我们可以试比较扬雄在"诗人之赋丽以则"和"辞人之赋丽以淫"之间指出的差别。他在《诗经》作者和楚汉辞人之间划分的界限正好符合刘勰对于"从昂扬积极的时代到侈丽堕落的时代"这一衰落过程的文学史想象。

的雍容典则）。但这个限定词失败了，于是引发了后世的侈艳。[1]

在上面引述的段落中，刘勰加入了一个九代之外的新时代：刘宋。刘宋文风的特点是"讹而新"。讹意谓舛误，是常常被刘勰用到的一个词。比如说，在"音讹"这样的词语里，"讹"指一个字的本音由于时间的流逝而被读偏了。因此，在脱离了正确的古代标准的意义上，"讹"是和"新"紧密相关的。这是逐渐减弱和稀释的最终阶段：在这一阶段，源头迷失了，"新"占了上风。

这里的措辞很富有暗示性："风末气衰"——风之末、气之衰竭。刘勰其实可以说："文辞之变，于斯极矣。"但是这样的话会让我们想起本章开始的时候作者对通过"变"而达到的"气"之恒久所表达的积极肯定："文辞气力，通变则久。"

虽然这种渐趋衰落的模型在刘勰的著作中出现并不令人惊讶，它和本章标题及开始时所给出的"通变"的模型还是很不同的。"通变"属于《易经》的卦象世界，不仅描述了一卦之中的内在原动力，而且也描述了从一卦转入下一卦的变迁过程。[2]"通变"在《周易》中的含义是微观层次上的直线变化，在宏观层次上的周期变化。在《易》里面，变化并不意味着从起源的退步和衰落。《易经》的通变模型和第一、二套文学史叙事是吻合的，在那里每个时代都和前面的时代相关联。但是它和最后一段文学

---

[1] 对用"而"联系在一起的形容词，我建议做一个试验：假如我们把"而"变成"而不"，看看会发生什么。如果我们说"质而不辨"，那么这不会有什么不妥：区别这两个词语不会产生任何困难。但是假如我们说"淳而不质"，这就有些问题了。同样，"侈而不艳"也会令读者不知所以。也许我们可以努力地在"浅而不绮"之中看出浅与绮的分别，但是，这种分别会非常微妙。

[2] 刘勰是清楚意识到这一点的。在《隐秀》中，他称之为"变互体"。

史叙事中的衰落模型不相契合。

　　刘勰对直线衰落的反应和他对"复古"的呼吁具有形式的基础，但并不具有历史的基础。我的意思是说，衰落感可以附着于起源之后的任何阶段产生，而所复之古也可以是任何早期的阶段。这一点在紧接着上面引文而出现的一段话中看得十分明显。我们要记得，在上面的引文中，刘勰对汉朝的评价是"侈而艳"，这不是刘勰认同和赞美的品质。但是下面他说："今才颖之士，刻意学文，多略汉篇，师范宋集，虽古今备阅，然近附而远疏矣。"（《通变》）除了对于最久远的过去和最贴己的近代，对其他文学史阶段的评价都缺乏稳定性。然而，最久远的过去是无法重获的，最贴己的近代是没有吸引力的。

　　刘勰以对无穷新变的期待开始和结束本章，但是在这里，在刚刚提供了一个极度衰落的叙事模型之后，刘勰并没有提出无限新变的理论，而是想象了一个永远只是偏离正源一步的世界。刘勰写下了一个绝妙的、问题重重的比喻。刘勰的比喻产生出来的问题，往往比它们所能解决的问题要更多。它们都是为了说明论点而举出的例子，通常来自传统的比喻系统（比如说驾车、纺织、雕刻、装饰、植物学知识），向读者征求同意的。但是每个人都同意的那些诱人的比喻常常会使得我们的作者沿着错误的道路跑下去，最终他不得不迫使自己回到主干线上。

　　　　夫青生于蓝，绛生于蒨，虽逾本色，不能复化。（《通变》）

　　在这里，我必须承认，在我的《中国文学思想读本》中，我对这一染色的比喻做了慷慨的解读：我提议说，刘勰用一个无限变化的模型（这种变化总是回到本源，在本源重新开始）代替了直线发展的模型。现在我认为我当初的解释未免过于大方了。[1]

这一比喻来自为"变"提供一个新模型的需要，这个新模型必须脱离衰落的意义。在染色过程中，染料中有一个"本色"会被改变，但是从本色生发出来的第二位颜色不再允许更进一步的变化（不能复化）。这一比喻把过去的原始模型（特别和经书联系在一起）降为苍白的材料（施友忠在他《文心雕龙》的英文译本里甚至把"虽逾本色"——超越了本色的范围——翻译为"比本色更好"）。[2] 而且，这样产生的变化既是预先决定的，也是不可再变的。"变"的这种温和胆怯的面目，和本章开始时提出的"通变无方"之无穷无尽完全不相符合（本章最后，刘勰又回到了"通变无方"的论点）。通过这一染色的比喻，刘勰牺牲了变化的可能性，把空间留给"要靠近源头"的请求。

刘勰的辨析程序——话语机器——构成了相对来说没有个人感情色彩的阐释方式。虽然在意识形态上，话语机器植根于宇宙秩序"高下相须、自然成对"的骈俪对称之中，以及对"概念自有其固定组成因素"的信念之中，但是这种意识形态的基础从根本上说是形式主义的，而不是被任何特别的内容决定的。也就是说，话语机器可以相当容易地生产错误的陈述，或者与人们普遍接受的意见相抵牾的陈述。这是一种非常适合于描述性散文的形式，但常常在发表议论、论证观点时遇到困难。[刘勰并没有做出真正的"论辩"（arguments），他其实只是在描述种种形式和概

---

[1] 见作者译著《中国文学思想读本》（*Readings in Chinese Literary Thought*），哈佛大学出版社1992年版，第227页。
[2] 施译中英对照《文心雕龙》，台北中华书局1970年版，第233页。

念而已。]

在本文开始所举的一系列例子中,作为批评家的刘勰一直都在紧紧跟随话语机器的每一动作,试图纠正话语机器有问题的产品,或者把它们扭转到新的方向。但是,在上面对《通变》的详细探讨中,我们发现与上述情况正好相反:话语机器所生产出来的,是对用于文学的《周易》"通变"概念的精彩的、几乎完美无瑕的详细论述。刘勰虽然对这一概念基本上觉得满意,但是他发现这一详细论述所指向的结论却和他自己的意见或者思想习惯大相径庭。于是,在这里,批评家介入到话语机器的论说之中(以"摧而论之"开始他的干预),从根本上重写了文学史叙事,以求让它符合自己的看法。

比起他同时代的骈文大家的写作来,刘勰的很多章节毫无疑问是笨拙的。他很少能够达到和实现他自己视为美德的"思想和语言完美统一"这一幻象。一部分原因是他所操作的概念本身是很困难的;另外一部分原因,则是由于似乎有两个作者在争夺对文本的控制。

柳枝听到了什么：
《燕台》诗与中唐浪漫文化 *

风光冉冉东西陌，几日娇魂寻不得。
蜜房羽客类芳心，冶叶倡条遍相识。
暖霭辉迟桃树西，高鬟立共桃鬘齐。
雄龙雌凤杳何许，絮乱丝繁天亦迷。
醉起微阳若初曙，映帘梦断闻残语。
愁将铁网罥珊瑚，海阔天翻迷处所。
衣带无情有宽窄，春烟自碧秋霜白。
研丹擘石天不知，愿得天牢锁冤魄。
夹罗委箧单绡起，香肌冷衬琤琤佩。
今日东风自不胜，化作幽光入西海。

我们如何理解一首像《燕台·春》这样的诗，如果就像这样，没有笺注和评论，只有文本和它的英语译文（英译从略——译者注）翻译，尤其在这个特别的例子里，掩藏了一些在中文里面十分明显的语意，主要是词义。比如说第一句诗，"风光"这个词（从字面上看就是"风"与"光"）是春天的一个固定的特质，因此常常

---

* 本文最初发表在《唐代研究》（*Tang Studies*）1995 年第 13 期，第 81—118 页。——译者注

被用作春天气候的代称。但是，如果我们把这个词仅仅翻译成"春季明媚的天气"，就会失去其内在的动感和变幻的光影，而这种动感与光的变幻对我们理解这首诗很关键。在英语里面，我们也根本没有办法处理诗的末句这个双音复合词的重新出现，在此处"风"与"光"被分开，放在对应的位置。英语翻译一方面要牺牲词义，另一方面它又被迫加入中文里面没有的新因素，主要是动作施为者和句法成分。比如说第二句诗，"娇魂"到底是寻觅者的，还是被寻觅者的，在中文里面十分模糊。不过总的来说，中文文本和英语翻译就算在晦涩的性质上有所不同，其晦涩的程度却十分接近。

面对这种晦涩，我们总是诉诸中国丰富的笺释传统。李商隐（813—858）的诗按说有两家宋朝的笺释，但都已经佚失了。在清朝以前，有一小批收录在选集和评论里面的对李商隐某些诗作的笺注和诠释，但是没有对《燕台》诗的解读。最早的、部分存留下来的李商隐诗歌笺评来自明清之际的道源和尚，还有一个叫钱龙惕的文人，后者的评注有一篇写于 1648 年的序言。[1] 1659 年，出现了朱鹤龄更好、更全面的《李义山诗集笺注》。冯浩（1719—1801）1762 年的《玉溪生诗集笺注》得到了最为广泛的使用。在朱鹤龄之后，新的李商隐诗歌注释笺评就基本上持续不断地涌现，直到今天。[2]

---

[1] 道源和钱龙惕的评注被部分保存在清人编纂的李商隐诗歌笺评里面，尤其是朱鹤龄（1606—1683）的。

[2] 本文用到的李商隐诗注释笺评如下：刘学锴和余恕诚编辑的《李商隐诗歌集解》，中华书局 1988 年版，其中包括了清朝和 20 世纪初期所有主要的评注，以及刘与余本人的论断，以下简称《集解》；叶葱奇的《李商隐诗集疏注》，人民文学出版社 1985 年版，以下简称叶疏；周振甫的《李商隐选集》，上海古籍出版社 1986 年版，以下简称周选。我还会提到刘若愚（James J. Y. Liu）的《李商隐的诗：九世纪中国的巴罗克诗人》，芝加哥大学出版社 1969 年版，以下简称刘著。

这些笺释显示了渊博的学问，成为当代李商隐研究的基础。但是它们产生的时期很重要。我们没有一个持续不断的李商隐诗歌笺释传统：最早的笺释评注是在李商隐死后八百年才出现的。清朝的学者虽然渊博，但是他们对唐代文学的理解很大程度上忽略了历史性，也就是说，他们以为学问的性质，对诗歌"含义"的推断，特别是诗歌写作和流传的语境，在八百年前的唐朝和八百年后的清朝没有分别。

对《燕台》诗有一个基本的假设——大多数学者都同意的，就是它们和诗人生活中的某个事件相关。不管参照物是直接的（一次艳情）还是间接的（某种政治情形），学者们认为定有某些事件以及隐藏的动机支配了作者的选词造句。从这些词句，他们又推测出李商隐生平的一些情境，把这些情境作为诠释这组诗的语境。[1]

因为这组诗运用了艳情诗和其他类型诗歌中的传统意象及其联想，我们似不必怀疑很多被推测出来的基本情境都是真实的。但是，如果把这组诗里所有不相连属的细节都连缀成有逻辑性的整体，镶嵌在诗人的生平传记里，这样的努力似乎就不那么令人信服。一个没有解决的问题是：这组诗到底是否指向一个隐藏的情境？这个情境又是否来自诗人本人的生活？

在一篇重要的文章里，现代学者叶嘉莹以《燕台》诗为例，对传统文学批评进行了批判，同时建议了一种研究古典诗歌的新

---

[1] 有一个例外是清朝的程梦星，他说"诗无深意，但艳曲耳"（《集解》第93页）。由此，现代的评论家周振甫得出结论：李商隐在这组诗里描写的不是个人的经历。但是周振甫没有放弃诠释的历史基础，他只不过是认为，这组诗写的是另外一个人的经历。

做法。[1]虽然叶嘉莹因为这组诗的感情强烈程度而不相信它们只源于诗人的浪漫想象,但她也认为在诗人生平中寻找特殊的事件以符合这组诗是不可取的做法。叶教授采取传统学者引述典故来解释诗中词句的方式,以她丰富的学识,在唐诗宋词里面给组诗中的意象找到了相似的用法,从而把这组诗放回到它的上下文语境里面。她的用意是希望读者尽量不要穿凿比附诗人的具体生平事迹。

叶嘉莹在讨论组诗之前,谈到了李商隐的《柳枝诗序》。柳枝是一个洛阳商人的女儿,李商隐的堂兄曾经向柳枝吟诵《燕台》诗,后来,李商隐为柳枝写了一组绝句。叶嘉莹认为,《柳枝诗序》可以帮助我们"透过义山笔下柳枝对《燕台》四诗的赏爱,去看义山自己对《燕台》诗所自许的某种境界"(叶文第151页)。[2]

我对《燕台》诗的论述,范围较叶教授的文章为狭窄,我同意《柳枝诗序》是解读《燕台》诗的合适语境,但是我准备从另一个角度来提出问题。第一个问题,是这样深曲的、显然充满激情的诗歌在公开流传时所处的文化语境,然后,我会回到这篇文章的标题:"柳枝听到了什么?"也就是说,探讨《燕台·春》中

---

[1] 《迦陵论诗丛稿·旧诗新演》,中华书局1984年版,第147—209页。以下简称叶文。海陶玮(James Robert Hightower)把它翻译成英文,题为《李商隐〈燕台〉四首》,发表在 Renditions 杂志1984年第21—22期,第41—49页。

[2] 这里,作者使用的是海陶玮的英语译文,这句英语译文和叶嘉莹教授的原文虽然十分接近,但是重点似略有不同,因此,我尝试把海氏的英译再直译成中文:"[帮助我们]理解李商隐希望他的诗歌所达到的效果,特别是理解他心目中《燕台》诗的理想读者到底是怎样的。"(海译第47页)细心的读者会发现,海氏把叶文中对李商隐自己通过《燕台》诗所表现的理想境界的强调,悄悄转移到了他心目中的"理想读者"上。这两个概念实则存在微妙的差异。——译者注

柳枝听到了什么：《燕台》诗与中唐浪漫文化

意义形成和瓦解的过程。

语　境

9世纪，调情、激情和私情当然早已不是什么新奇的现象。但是，早期的艳情叙事根本无法和9世纪初期出现的罗曼司话语相比——诗（有时附带诗序）、传奇和轶闻记事。这些文字常常提到浪漫文化另一重要的组成部分，那就是流言。[1]在这一时期，香艳世界的公开性和知名度都达到了前所未有的程度。[2]

《燕台》诗所流传的社区分享着对浪漫文本的共同兴趣，尤其是那些有关不幸爱情的故事。听到这样的故事或者读到这样的

---

[1] 在这一语境之中，我们用不着考虑虚构与非虚构叙事之间的差异，因为我们的兴趣不是那些浪漫故事的历史真实性，而是它们的可能性。也就是说，这些故事被视为真实的。

[2] 这里我要对"香艳世界"（demimonde）这个词的使用稍加解释。我以为，姬妾制度对于浪漫文化至关重要。也就是说，这些浪漫关系一般来说包括一段女子仅以一个男子为其性伴侣的时间。这些女子一般是歌舞妓出身，不过也有商人家庭背景的，比如柳枝。男子都是士大夫。虽然在社会高等阶层存在着姬妾成为永久家庭成员的现象，但是在较低的士大夫阶层这些关系更加具有流动性。在某些情况下，姬妾似乎是契约奴婢，可以被交换；但是在多数情况下女子似乎拥有开始和继续一种关系的自由选择权力。在大多数情况下，男子可以休掉女子，但是在一些很重要的少数情况下，比如说下文我引用的李贺诗题所反映的，女子可以离开男子。权力和财富可以使人得到姬妾，但是浪漫文化的存在，有赖于男女双方的情感付出。在成为姬妾之前或之后一个女子的性关系不在考虑之内，但是当她身为某人的姬妾时，性爱的忠实是条件之一。姬妾另有所爱以及一个男子对他人姬妾的爱慕常常得到描写，但是这种情形从来不会出现在士大夫的妻子身上。

诗，人们往往会再添上自己的作品。比如说李贺写过这样的诗：《谢秀才有妾缟练，改从于人，秀才引留之不得，后生感忆，座人制诗嘲谢，贺复继四首》。这是一种团体性的活动：人们听到一个故事，做出判断，每人都提供自己的感想和意见。在唐传奇里面我们常常看到这样的社区团体：《莺莺传》里张生的朋友讲述他的故事，评判他的行为，并且就他的浪漫史创作诗篇。李绅的两首诗还有元稹自己的诗歌独立于这个传奇而存在，都证明这个故事的广泛流传。在《霍小玉传》里，长安城里的年轻人都议论小玉与李益的爱情，同情小玉的不幸，谴责李益的负心。爱情传奇常常以众人讲述和重述这个故事的情景作为终结。故事的文本虽然只出自一个作家之手，但文本只是故事流传的众多方式之一。

  与这些故事紧密相连的是不幸女子的典型形象。在一次酒宴上，李翱看到一个"颜色忧悴"的舞女，后来发现她是一位已故中丞与其爱姬的女儿，在父亲死后遭遇家变而流落于乐部。李翱看出她的"冠盖风仪"，把她嫁给了一个士人。与这个故事同样有趣的是它的流传：侍郎舒元舆听说了这个故事之后，专门从京都寄给李翱一首诗吟咏其事。这首诗以及一篇介绍其产生情境的序言都载于《唐诗纪事》。这篇序言大概没有被寄给李翱，它只是显示了舒元舆的绝句如何与这个故事一起在当时传播。白居易和张仲素都曾吟咏过张愔忠实的侍妾关盼盼，她在燕子楼里守节，魅力不减于当年[1]；同样的性吸引，虽然不那么明显，也存

---

[1] 在浪漫文学里面关盼盼一直被当作极有权势的张建封的爱妾，但实际上她是他的儿子张愔的侍妾。参见朱金城的《白居易集笺注》，上海古籍出版社1988年版，第927—928页。

柳枝听到了什么：《燕台》诗与中唐浪漫文化

在于白居易的长诗《琵琶行》，在其中他对一个"老大嫁作商人妇"的旧日歌姬表示同情。杜牧写过《张好好诗》和《杜秋娘诗》。遗弃的意象来自闺房怨情诗的传统，也成为两性关系描写的一部分，温庭筠的诗就是一个例子。

诗歌对艳情的表现往往使用一套固定的情境和意象，象征手法的运用比率也较纯粹描写男性社会的诗歌为高。有的作品，比如说李贺的《恼公》，十分晦涩。晦涩与欲望之间的这种联系形成了《燕台》诗的风格。

浪漫文化中的另一常见主题是男性的浪子形象，比如说杜牧在诗里如是刻画自己，别人也以浪子目之，温庭筠也一样[1]。9世纪的诗集里面有很多香艳诗篇，充满真实或虚构的欲望，这些诗篇虽然也许来自真实的情境，但它们绝不是任何意义上的"私人写作"：它们是和一大批读者共同分享的。

即使李商隐在《燕台》诗里面表现的是个人的经历（这不太可能），他也是为了一批包括男性与女性在内的读者以及听众而写作的。欲望、情爱，对某一个特别的男子或女子情有独钟都是亘古如斯而且是人类共有的现象，但是"浪漫"的体验却要求特别的行为规则、约定俗成的反应和独特的意象。要是我们一定不肯承认这些规则、反应和意象影响了人们在真实人生里的行为和体验，那就未免太自欺欺人了；浪漫的真正所在确实就是它的种种再现形式的流传。

就《燕台》诗来说，我们很幸运，拥有李商隐亲笔所写下的《柳枝诗序》，提到《燕台》诗在当时的影响，从而为极为晦涩、

---

[1] 特别要注意到段成式所写的一组嘲弄温庭筠的诗。

朦胧的爱情诗在当世的流传和读者接受提供了宝贵的一手资料：

> 柳枝，洛中里娘也。父饶好贾，风波死湖上。其母不念他儿子，独念柳枝。生十七年，涂妆绾髻未尝竟，已复起去。吹叶嚼蕊，调丝擫管，作天海风涛之曲，幽忆怨断之音。居其旁，与其家接，故往来者，闻十年尚相与，疑其醉眠梦物断不娉。余从昆让山，比柳枝居为近。他日春，曾阴，让山下马柳枝南柳下，咏余《燕台》诗。柳枝惊问："谁人有此？谁人为是？"让山谓曰："此吾里中少年叔耳。"柳枝手断长带，结让山为赠叔乞诗。[1]明日，余比马出其巷，柳枝丫鬟毕妆，抱立扇下，风鄣一袖，指曰："若叔是？后三日，邻当去溅裙水上，以博山香待，与郎俱过。"余诺之。会所友有偕当诣京师者，戏盗余卧装以先，不果留。雪中，让山至，且曰："东诸侯取去矣。"明年，让山复东，相背于戏上，因寓诗以墨其故处云。

这个序言的真实性——是否所有的细节都是事实，柳枝的家庭背景和她的性格是否全都精确——不是那么重要，更重要的是当时李商隐能够以真实性作为号召而传播这个故事。"柳枝"是香艳世界里面一个相当普通的名字，不过这里我们瞥到了罕见的城市浪漫文化的一幕。柳枝，一个洛阳商人的女儿，父亲的早亡和母亲的溺爱使她发展出一种充满梦想而又热情洋溢的性格、任

---

[1] 如何理解这个"结"字是个问题。海陶玮和刘若愚都以为柳枝是在长带上打了一个（相思或同心）结，这种解释很诱人，但是语法上行不通，除非有些字从文本里面漏掉了。

性而骄傲不驯的态度。柳枝的形象在很大程度上是浪漫理想化了的,但是我们不可能知道这到底是来自于男性对理想女性的幻想,还是来自于柳枝戏剧化的"自我塑造"。[1]无论怎样,柳枝这一形象的魅力,有很重要的一部分在于她身处浪漫文化意象的魔力之下,在于她那种对于装束打扮与音乐训练的漫不经心的态度。我们听她所作的,是些"天海风涛之曲,幽忆怨断之音"——"幽忆怨断"这四个字所表现出来的,是一个深深沉溺于无望爱情的女人至为艳冶的形象。然而从诗序中,我们知道柳枝在生命的这一阶段还没有爱上哪个人。她还没有一个"忆"和"怨"的对象。她所扮演的是一个浪漫的角色,虽然她的实际经历还没为之提供具体的所指。李商隐的诗在她心中唤起的激情给了她一个机会,使她能够与她扮演的角色合而为一。[2]

《柳枝诗序》的朦胧含糊为我们留下很多猜度不定的余地,但是她显然选择了"相与"(一个含义模糊的词,我们不知道它所意味的异性之间的关系到底亲密到什么程度),而没有改变行为举止,向世人显示她已经准备嫁为人妻。[3]她没有被聘的原因十分引人注目:不是因为她"相与",而是因为她"尚"相与。人们希望她能够从"醉眠"中醒来,但是她却继续"梦物"。"醉

---

[1] 叶嘉莹认为,柳枝是李商隐的理想读者。我同意,但我还是要强调让山的叙述以及一个真实存在于历史之中的柳枝在创造这一形象中扮演的角色。换句话说,李商隐、让山和柳枝三个人都主动地分享了同一种浪漫文化。

[2] 当然了,也许柳枝所忆所怨的是早已弃世的父亲,但是,这种解释不太能够符合诗序塑造的这个十七岁少女的形象。

[3] 刘若愚和海陶玮在翻译《柳枝诗序》中的这句话("闻十年尚相与")时都对"尚相与"三字做了模糊处理,只是称柳枝继续了她的任性行为和随意弹弄乐器而已。其实"相与"的意思是与他人交往。周振甫认为这应该指柳枝的异性朋友,结合上下文来看这是很可能的。

眠梦物"本身即是一个极为艳冶的情色意象,它在《燕台·春》里占据了一个显著的位置。

《燕台》诗流传的第一个例子来自于让山。我们应该注意的是,让山显然可以背诵李商隐这首晦涩的作品。[1] 我们不清楚当时具体的情境如何,让山好像是在柳枝家外面的柳树下面吟诵《燕台》诗的。也许柳枝和让山这样的异性朋友之间亲密、熟悉的来往就是诗序里面所说的"相与"。但看起来让山并不是在借着吟诵这样的香艳诗篇追求或诱惑柳枝。他对《燕台》诗显然极为爱好,而且他预期柳枝会对其产生同样的爱好。《燕台》诗也确实是用文字表达了柳枝在音乐里面表达的那种梦幻迷离的艳冶意境。柳枝的情况是让山告诉给李商隐的,但是在让山吟诵《燕台》诗这个故事里,我们可以看到文本是如何在具有共同兴趣的人们当中流传的。

一个大问题是:柳枝听到了什么?《燕台》诗是如此繁缛晦涩、支离破碎、飘忽不定。柳枝是一个商人家庭的女儿。既然她请求让山代向李商隐乞诗(周振甫认为是写在她的长带上),那么她一定是读书识字的。如果她希望收到的诗是像《燕台》诗那样的,那么她一定相当博学(虽然不一定意味着她熟知古代文本)。在一个类似的情况下,李贺写过一首诗,题为《许公子郑姬歌》,是诗人在一位洛阳贵公子的外室郑姬的府第做客时她请他写的。(这首诗和《燕台》诗以及其他很多浪漫文化中所流传的诗一样,采取了七古的形式。)但是柳枝对李商隐的诗的初次接触不是阅读,而是聆听。

---

[1] 也有一线可能他是手里拿着诗稿朗诵出来的,虽然诗序并没有这么说。

李商隐可以想象柳枝聆听《燕台》诗的反应。对于我们来说，阅读哪怕是附有详细笺注的《燕台》诗（《春》是其中最容易的）也都十分困难。不过聆听的好处是可以听出双关语。比如说，"蜜房羽客"（花心采蜜的蜂）可以很自然地被听成"密房羽客"——幽深密室里面的仙人。[1] 当年李商隐在《柳枝诗序》里面讲述柳枝对《燕台》诗的反应时，他暗示这些诗完全可以被视为香艳的爱情诗。

如果我们把《柳枝诗序》里面所描写的聆听与后来的诠释对比来看，就出现了一些很有趣的问题。我们会问：柳枝是否觉得这些诗抒写了李商隐的个人经历呢？她是否会把这些诗当作他对于某一女子苦恋的表达？

《春》在这一方面不如其他三首明显，因为我们可以把它视为对女子相思的描写。但是，如果柳枝把这些视为个人经历的真实反映，那么她就很容易地把它们看作一场苦恋的记录，而"歌唇一世衔雨看"这样激情洋溢、誓死不渝的诺言（虽然作者当时还很年轻），大概会使得任何准备爱上诗人的少女觉得沮丧。抑或她觉得《燕台》诗里面爱情的意象是超越了任何特殊与具体经历的，就好像她自己曾经以音乐表达过"幽忆怨断"一样？

也许"柳枝听到的"，正是如叶嘉莹提议的那样是李商隐自己在写作《燕台》诗时所自许的某种境界。也许，这样的听众，这样的流传方式——口头的背诵或者纸上的传诵——正是诗人所设想预期的。他不可能想到那些年高而渊博的学者在长达三个半

---

[1] 南朝宫体诗的集大成者梁简文帝萧纲就曾在一首相当香艳的诗《和徐录事咏内人作卧具》中使用过"密房"这个词。

世纪之久的过程中参考了大量资料之后写下的种种笺注、评论、辨析、猜测。而这些学者,当然了,已经读过李商隐一生中写下的所有诗歌,他们洞悉所有他在写作《燕台》诗时还没有写下的诗歌、所有他在写作《燕台》诗时还没有来得及体验过的个人经历。

李商隐当然是博学的,但是我们也可以问一个合法的问题,那就是:他对于他的读者的学识程度有多少期待?多少典故和暗示是他希望读者可以理解的?

李商隐在《柳枝诗序》里告诉我们,读者对这些诗的反应可能是怎样的,以及"应该"是怎样的。柳枝的问题——"谁人有此?"——从字面上来说意味着"谁心中可以有这样的体验?",这些诗被视为诗人情感质素和能力的证明。

柳枝一定听到了一些优美的残片。这些残片触及中国爱情传统里面常见的情境:失去情人或者与情人分离带来的痛苦。《燕台》诗的破碎感象征了激情的无序性,是叙事性的中断,恰似柳枝梳妆未竟便去抚弄乐器的行为本身。我们会在下文的分析中看到:这组诗在形式上有一种连贯性,可以把支离破碎的叙事串在一起,但这种破碎的叙事在很大程度上是因为沉溺于激情而变得心神不定的象征。

柳枝想要结识这组诗的作者,但是她的欲望是通过想得到更多他的诗歌的愿望表达出来的。关于她想得到什么样的诗,我们没有太多疑问。随即李商隐和柳枝就在一幕唐传奇中常见的情境之下相见了:在这样的情景中,女子的出现通常都伴随着充满诱惑性的遮掩。两人订了约会,但是阴差阳错地没有能够成为现实:李商隐的朋友偷走了他的卧具,这种少年人的恶作剧的陈腐程度与可能实现的激情的强烈程度恰好形成了一种对比,结果没有造就两人的浪漫关系,只是再次造就了这样的意象:一个永远失去的女子,一个永远失去了爱人的女子。柳枝被"东诸侯"取去的传说成为又一次无望相思的契机,使得诗人写出更多的诗篇,《柳枝诗序》就正是为了这些诗篇所作的。

这就是诸如《燕台》这样的爱情诗存在的语境:在一种浪漫文化里,情人的形象——无论是期盼中的,是被否认的,还是已经失去的——成为一种价值,被一群通过诗歌、故事、书信、口头叙述进行交流的人所共同分享。实际的性爱行动当然也发生和存在,但它们不是主要的。

对于像柳枝或李商隐这样有可能陷入某一恋爱关系的人来说,中间人所提供的叙述(让山背诵李商隐的诗或者告诉李商隐柳枝的情况)所许诺的是一个人体验激情的能力,不是他或她过去的感情经验。社区群体同样对这种叙述感兴趣,而且就和那些准情人一样,也是诗歌的预期读者。李商隐请让山把他的《柳枝》诗写在柳枝原来的宅子里——但此时柳枝已经离开了,那么,这些诗不是为了柳枝,而是为了洛阳的社区留下来的(他们无疑很想知道事情的结局)。

诗歌在浪漫文化中起到的是十分实际的作用,比如说《莺莺传》里莺莺写给张生的诗:

待月西厢下,迎风户半开。
拂墙花影动,疑是玉人来。

在这篇传奇里,张生立刻懂得了莺莺借此传达的秘密信息:

"张亦微喻其旨。是夕,岁二月旬有四日也〔也就是说,第二天就是十五月圆之夜〕。崔之东有杏花一株,攀援可逾。"

在《霍小玉传》里,小玉的母亲在介绍李益的时候,她引用了类似的两行诗句:

> 遂命酒馔,即令小玉自堂东阁子中而出。生即拜迎。但觉一室之中,若琼林玉树,互相照曜,转盼精彩射人。既而遂坐母侧。母谓曰:"汝尝爱念'开帘风动竹,疑是故人来',即此十郎诗也。尔终日吟想,何如一见?"玉乃低鬟微笑……

霍小玉喜欢这两句诗,不是说它们向她传达了约会的信息或者和她的个人经历有什么关系,它们只不过是给一个从未体验过爱情的少女提供了一种爱情的意象,使她"终日吟想"。对于她来说,这首诗的作者不是一个花花公子,而是一个富有情感的男子,这种品质使得他成为情人的最佳选择。

柳枝听到了什么?

如果篇幅允许的话,当然最好对《燕台》诗四首进行整体分析。[1]虽然有些评论者把四首诗所描写的四季容纳在同一自传性

---

[1] 我在本文里面不准备讨论《燕台》诗命名的问题。燕台可以意谓"使府",不过,叶嘉莹把"燕台"一词的解说和李商隐的生平广义地联系在一起,则未免忽略了一个事实,就是李商隐在写作《燕台》诗时还很年轻,他的很多蕴涵酸辛的生平事件都还没有发生。

叙事中的努力显得勉强，但是在季节变化的描写上，这四首诗确实相互呼应。[1] 篇幅所限，我将只探讨第一首《春》。

四首诗都是七言体，每四句为一节，每节在意义上都是一顿，因此这种形式好像是一系列的七言绝句（不讲平仄）。

纪昀（1724—1805）认为《燕台》不是艳情诗而是政治寓言（《集解》第94页）。但是尽管张采田（1862—1945）极力推求（《集解》第96—97页），多数评论者都倾向于艳情解读。刘学锴和余恕诚否认政治寓言说，但他们的理由是柳枝——一个商人的女儿——不可能理解这样的"微言"，这展现了他们的阶级偏见（《集解》第98页）。与他们的想法相反，我们可以设想像柳枝这样一个和洛阳城里的青年公子以及他们的政治流言接触密切的女子，比起清朝或者现代的学者来说，倒是更有可能敏锐地把握对时事政治的隐晦指述。不过李商隐的诗序向我们表示：他没有觉得柳枝对这组诗的反应不合适，而柳枝的反应显然是充满了浪漫情调的。

冯浩假设了这样一种情境——后来成为最流行的说法：李商隐有一个情人，被某要人夺去，这些爱情诗表达了他的绝望相思。把《燕台》诗和李商隐的其他诗篇连在一起阅读，这一情境被发展成一个更加完整的叙事：这个女子被带到南方去了，但是当诗人于848年从这一区域经过的时候，她已经不在那里了。[2] 刘学锴和余恕诚保持了这种基本的"分离与相思"叙事模式，但是改变了地点和情景。周振甫的解读和冯浩很接近，只不过他认

---

[1] 关于这四首诗的章法有种种说法，参见叶文第48—49页。
[2] 很多论者都想把柳枝和这个情人联系起来，但是冯浩指出这样的解释显然行不通。

为是李商隐爱上了别人的情人。

这些从《燕台》诗和其他被认为有关联的诗篇（比如《河阳》）里面抽取出来的情景，反过来又变成了解释这些诗的基础。新一代评论者往往发展或改变老一代评论者的某些具体观点，但是他们一般来说都保留了最基本的叙事框架。因为他们第一次阅读这组诗的时候是伴随着前人的评论笺注阅读的，所以这种叙事框架被视为理所当然。最引人注目的例子是《春》的视角被想当然地视为男性视角。这首诗被放在由清朝和现代学者所建构起来的一个"李商隐"生平语境中阅读——也就是说，一个有着完整的政治生涯和值得注意的私人生活的男子。

与此相反，柳枝在听到这首诗的时候，心目中完全没有任何作者的生平背景资料。她显然不认识李商隐，不知道李商隐，让山介绍李商隐的时候只说他是自己的堂兄弟而已。李商隐写这些诗的时候还很年轻，他的错综复杂的政治生涯还没有开始，他的很多爱情故事——包括这段和柳枝的没有成功的恋爱——也都还是未来的事。

柳枝的确对诗人本人感兴趣，但是要想"了解"他，她就必须对如何读诗、如何把传统艳情意象联结为有意义的片段具有更加广泛的知识。如我们早先说过的，柳枝似乎没有把《燕台》诗作为年轻诗人恋爱事件的记录，而这组诗的意象使柳枝觉得在诗人的恋爱中扮演一个角色是可能的。

当然了，我们的柳枝是一个虚构。我们对她的了解是第三手的：通过了让山的叙述、李商隐的转述。不过《柳枝诗序》向我们表示：李商隐对他的诗具有这样的听众/读者感到很自然。

必须指出：《燕台》诗出了名地晦涩，不过不是所有诗歌中的晦涩都属于同一类型。《燕台》诗的难读不是由于大量的典故，或者李商隐其他晦涩难解的诗篇里面那种语意的扭曲。《燕台》诗之难读是因为所指的不确定性、句法的模糊和表面上的缺乏连贯性。但是在某一个语言层次上，《燕台》诗，尤其是《春》，一点都不难懂。它们使用了很多普通的复合词，对任何熟悉吟诗或者唱曲的人来说，聆听起来一定是容易听懂的。李商隐的很多咏史诗、咏物诗，要是没有一个书写下来的文本，大概不太可能被听懂，因为它们使用的典故和词语使一个用耳朵听到它们的人难以仅仅通过声音来辨别文字。但是像《春》这样的诗，听起来恐怕就不会有太大的问题：

风光冉冉东西陌，几日娇魂寻不得。
蜜房羽客类芳心，冶叶倡条遍相识。

在这首诗的第一个词"风光"里，柳枝一定听出了季节的标志：任何唐诗的读者或者听者都会借此来帮助决定一首诗的语境。"冉冉"描写出了春天万物逐渐地苏醒、更生，但是，"东西陌"的这一特别走向引人注意，似乎同时暗示了春季某一天的破晓和日光的运程。下一句中的"几日"虽然压制了这种联想，但是下文讲到天晚时从酒醉中醒来以及篇末的日落景象都为这首诗提供了某种时间的框架。同样，此诗倒数第三、四行中谈到换穿夏衣，也起到把春光"冉冉"的进程作一结束的作用。这两个时序框架——一日的进程与一季的运程——不可以在逻辑上得到会合，但是它们的功用是形式的、文字的，而不是逻辑的，就好像第一行第一个词"风光"在篇末被割裂为

"风"与"光"一样。注意季节标志或者时间标志，以及空间的定位，是诗歌读者在非逻辑性的、意象并列的诗歌语言中把握某种顺序的方式之一。

在浪漫爱情诗歌中，性别的标志也很重要。在这一节诗里，我们看到分别可以与男性和女性联系起来的意象，以及"寻而不得"的举动。"娇魂"的"娇"字使其显然成为女性的灵魂。至于"蜜房羽客"——花中的蜜蜂——则暗示了一个到处结识女性（"冶叶倡条"）的男性意象。[1]前面已经说过，柳枝很可能听出"蜜房"与"密房"（幽秘的寝室）的谐音。那么"羽客"一方面是蜜蜂，另一方面也是仙人的代称，而把情人的幽会比作遇仙是很普通的说法。

那么到此为止，造成一个香艳情境的条件——春天、男子、女子、寻觅——都很清楚了，但是这个情境本身却远非清楚，因为一个根本的模糊因素。"几日娇魂寻不得"，既可以是娇魂在寻而不得，也可以是寻而不得娇魂。我们不能确定，是男子在追寻女子，还是女子在追寻男子。这是非常基本的信息，我们却无从获得。在中国诗歌语言里，这种语法的模糊性很常见，但是一般来说可以通过别的途径——比如说标题或者上下文——加以解决。但是在这首诗里，这个谜却始终未曾揭破。读者或听者必须在这里做出一个明确的选择，这首诗的视角是男性的还是女性的？谁在说话？这个选择将影响对这首诗其余部分的理解，听者会在下文听到与这个选择有冲突的新因素。

---

[1] 刘若愚坚持认为"芳心"属于女性，但是"芳心"远远不如"娇魂"更具有特别的性别指认，而且这样一来未免要把"蜜房羽客"视为女性的象征，这是相当不可能的（刘著，第70页）。

这首诗的乐趣之一就在于意义形成的不完整性：我们既无法找到一个恒定的"意义"，在这个前后连贯、逻辑严密的意义的地图上，每一个因素都可以得到确定不移的位置；也不是像叶嘉莹所建议的，一系列优美的意象最终都指向一个朦胧惝恍的诗意情境。理解这样的诗，也许最近似的模型是梦：它提供具有连贯性的片段，但是永远不会达到完满的定义。

受到建构作者生平图像的影响，中国评论者大多把诗中的视角当作一个男子的视角——李商隐本人的视角——追寻迷离惝恍的情人。虽然叶嘉莹放弃了这种与作者生平具体情事联系在一起的解说，也还是认为《燕台》诗是作者遭遇酸辛不幸、幽怨积郁、追求理想境界的象征。

对于柳枝来说，另一种解说——以女性视角为中心的解说——大概却是更为可能的。[1]当然了，诗文里绝不会表现一个女子亲自去四处寻找她的情人，但是这首诗里面女子的形象明确地以"娇魂"出现。在梦中，魂魄可以四处飘荡，寻找自己的情人，那么诗中呈现的正是一个充满"春思"的深闺女子的传统形象。李商隐以李贺作为自己楷模，一首被归于李贺名下的《春怀引》里写道：

宝枕垂云选春梦，钿合碧寒龙脑冻。
阿侯系锦觅周郎，凭仗东风好相送。

春日怀人的女子是一个传统意象，她所怀之人可以出于种

---

[1] 刘若愚是极少数认同此诗女性视角的现代论者之一。

种原因而远离，有时他是在青楼寻欢，和别的女子在一起——也许就是所谓的"冶叶倡条"。如果柳枝在听《燕台》诗时，听到的是这样的暗示，那么她会在下文发现有很多因素可以证实她的猜度。

在历史的这一阶段，诗歌作品描写女子怀人比描写男子思念女子常见得多。有几个较早的例子写男子的相思以及在梦中追寻情人的经验，比如说唐玄宗对杨贵妃的思念就是一例，不过他的激情出于第三人称的描绘，而不是第一人称的自抒情怀。《燕台》组诗的其他三首曾把女性和男性相思的意象混合起来。李商隐在后来也写过很多寻觅飘忽不定的情人的诗篇，包括梦中的追寻，不过，虽然李商隐的评论者十分熟悉这些诗，柳枝却不可能未卜先知。

叶葱奇把《燕台》诗的写作日期定在835年（我个人偏向833年或更早）。我们不知道温庭筠的词具体写在哪年哪月，但是它们很可能大致写于同一时期。这些词常常写到相思的女性，也常常写到她们的梦。如果这种梦寐相思的女性意象在歌曲里面流传的话，那么这很可能就形成了柳枝理解《燕台》诗的语境。

以诗人为中心、以男性追寻飘忽不定的女性为中心的情境，带来迥然不同的阐释。刘学锴和余恕诚在他们的《集解》里面对这一情境进行了如下的解释："四句追忆往昔陌上寻春。娇魂，指所思之女子；蜜房羽客，诗人自指。四句盖谓，春光冉冉而至，春色遍布陌头，我之芳心，似蜜房羽客，冶叶倡条，遍皆相识，独伊人之芳踪，遍寻而不可得。羽客虽指蜂，似亦兼寓己为道流。"（《集解》第82页）这样的理解，为下面把全诗视为对失去爱情的追忆、悼念奠定了基础。

我们不可能确切地知道李商隐在写《燕台·春》的时候对读者做了一些什么样的假定。他希望读者从男性叙事角度理解这首诗，而柳枝在聆听时套入了传统的女性相思的意象，这都不是不可能的。但是我们可以在这里提供一种意见：如果我们假设这首诗是从一个女子的角度出发来写的话，那么，在诠释的时候就会遇到较少的困难。

全诗的头三行规定了背景、人物、情节（对象不明的寻求）。学者们对第四行的解读出现了分野。虽然叶嘉莹认为"冶叶倡条"只是对骀荡春色的极力描写，但是它们毕竟令人联想到"花街柳巷"里面为羽客所寻求的女子们。张采田认为，诗人"平日寻春，冶叶倡条无不相识，未曾见有此人"（《集解》第 94 页）。叶葱奇则暗示此人乃青楼人物，"冶游之人多半和她相识"（叶疏第 572 页）。而后来的意象——女子遥遥不可企及——则说明女子已经离开了歌台舞榭，被他人取去。

如果我们把寻求者视为女性，则显然是她的"娇魂"在梦中四处寻找他——足迹遍布花街柳巷、认得所有"冶叶倡条"的风流郎君——但觅他不得。

> 暖霭辉迟桃树西，高鬟立共桃鬟齐。
> 雄龙雌凤杳何许，絮乱丝繁天亦迷。

这里我们分明看到了女子的身影。认为全诗采取男性角度的评论者对此做出种种解释。朱彝尊提出了显而易见的回答："似值其人。"（《集解》第 82 页）刘学锴、余恕诚认为这是追叙往日初见："意谓当日于晴辉暖霭中相见，桃鬟云髻，相齐相映，今则雄龙雌凤,杳不相即,思念之情,如絮乱丝繁,纷扰迷乱,恐天若有情亦为之迷也。"(《集解》第 82 页)叶葱奇以为,这是诗人在想象女子孑然一身、春情缭乱——也许,她思念的正是诗人自己吧(叶疏第 572 页)。

也许,在这一时刻,柳枝比清朝和现代的学者们多了一些优越的条件:她会特别注意表现时序的时间标志,而这一小节的第一行,就和全诗的第一行一样,都有着一个时间标志。评论者们似乎忽略了任何一个唐朝的读者或听者都会对之十分敏感的时间标记——"辉迟桃树西",时间已经到了后晌了。[1] 这一时刻的背景是第一行中日光沿着"东西陌"的冉冉推进。在这样的解读里面,我们会看到一个清晰的时间推移过程。与时间的推移相应的,是诗中女性梦与醒的交替,她的娇魂先是寻觅在外冶游的情人,现在她从梦中醒来,站在桃树下面。这种解读要求打乱一般人们的正常生活次序:这个女子是昼寝而在下午才起身的。此诗的第三小节会证实这一点。

第二小节里描写的情境显然发生在室外:女子的发髻与桃树的"发髻"——桃叶与桃花——相齐,那么这说明或者桃树很矮小,或者她站在一个平台上。下午的暖霭散发出一种迷离的光芒,诗中"光影模糊"的主题初次出现。而这份光辉奇异地消散于远逝的雄龙雌凤之意象中——"杳",淡入远方——再次暗示了模糊不定的感觉。而雄龙雌凤也旋即被另一种视觉的迷离所取代,那就是漫天飞舞的柳絮游丝。这里的遣词令人想到李贺的名句"天若有情天亦老";柳絮游丝迷漫天空,隐然蕴

---

[1] "迟"是春日的特点:白昼的拉长表示太阳的"迟缓"下来的旅程。

涵着情感痴迷之意。不过当然了,我们也完全可以把这一句诗理解为那站在桃树下的女子眼中,天空因为春日漫舞的游丝风絮而变得模糊不清。

我们虚构的柳枝姑娘会在这一小节中听到些什么呢?她会听到一句标识了时间与空间的诗,随之而来的便是时空的迷离。这样的迷乱,无论是距离造成的,是视线的模糊造成的,还是痴情造成的,对于诗中这一瞬间都十分重要。在下一小节,这份迷将被置入一个语境,被合理地解释,也就是说,它来自昼梦初醒时的瞬间的恍惚:

> 醉起微阳若初曙,映帘梦断闻残语。
> 愁将铁网胃珊瑚,海阔天翻迷处所。

刘学锴和余恕诚试图把这几行解释为诗人在醉梦之中对情人的渴望(《集解》第83页)。叶葱奇虽然以寻觅者为男子,但认为这几句诗是从女性角度写的。

我们虚构的柳枝也许会注意到,就像诗的第一、二小节那样,这一小节是以标识了时间的"光"之意象为开始的。这样的意象为全诗提供了形式上的连贯性,使得听者可以把全诗的不同小节视为对时间推移的次第描写。同时,"醉起"句也给全诗的意境一种合理的解释,使得这首诗不至于成为一系列互不连贯的意象。这句诗向读者证实:诗中有一个昼寝之人,梦魂萦绕于自己的情人,后半晌醒来后,发现日头已经偏低了。从第二小节中,我们得知这下午醒来的人是一位女性,而第一小节中的"娇魂"也指女性的灵魂(梦魂),那么,把第三小节里面的人视为女性似乎是理所当然的。她把下午的阳光误认为黎明的曙光,这样的幻觉有一个合理的解释,也就是醉梦初醒时精神的恍惚。

这一番十分详细的分析,是为了解释本来是读者或听众凭直觉理解的东西:诗中不断重复的固定格式是凸显差异的基础。与柳枝——或者年轻的诗人李商隐自己——十分不同,清朝以及现代的学者会把这些诗句放在李商隐后期诗歌的语境里面加以理解,在那些后来的诗作里面,诗人确实常常以第一人称写作,谈到激情带来的迷乱失措和相思的梦境。因此,从这一角度来说,他们阅读《春》的语境也是直觉性的,虽然这种直觉的语境会创造出需要更多复杂阐释的时空断裂。

第三小节里面也有意象的跳跃:从初醒之后还听到梦中的残语,转换到以铁网捕捉珊瑚。虽然意象不具有连续性(也就是说,铁网珊瑚难以与睡和醒的情境联系起来),但是对于听者来说,很容易把费力捕捉沉落海底的珊瑚视为醒来的人捕捉梦中残语之努力的象征性描写。下面随之而来的广阔空间意象则显示了努力的失败。

柳枝和笺注家们对于第三小节最后三个字"迷处所"的理解一定会出现有趣的差异:对柳枝来说,"迷处所"不见得有什么特别的回声,因为在当代诗歌中这三个字是相当普通的[1];但是清朝和现代的学者们既然假设男性诗人从梦中醒来,却会在其中听到巫山神女与楚襄王的典故(《高唐赋》小序里便使用了"无处所"来描述巫山神女的消逝)。[2] 两种诠释都是"自然"的,这

---

[1] 比如说杜牧《樊川外集》有《送友人归山》一绝句,便使用了同样的词语谈到归隐的友人。参见《樊川诗集注》,中华书局1962年版,第377页。
[2] 朱鹤龄便在笺注里面指出《高唐赋》这一典故。

要看读者的阅读习惯和他阅读的文学语境。

> 衣带无情有宽窄，春烟自碧秋霜白。
> 研丹擘石天不知，愿得天牢锁冤魄。

这里的第一句诗，"衣带无情有宽窄"，是极好的例子，让我们看到传统的阅读对于读者的期待是怎样的：我们不能纯粹从字面意义来理解这句诗，而必须看到特别的词句所能够唤起的意象和主题。提到衣带，在这首诗的语境里，自然会使读者联想起因为相思而消瘦，从而使得衣带变宽松。物的无情，自然会使读者联想到人的有情。那么，最终这句诗的意思不过是说女子（或男子）因相思而憔悴而已。

第二行诗表面看来和上下文没有太大关系，因此引起了笺注家们的种种猜测。诠释传统中时代较早的朱彝尊说：这句诗意味着"景自韶丽，心自悲凉"（《集解》第83页）。很多现代学者都选择了这一听起来显得牵强的说法（周选第64页，叶疏第573页）。这里叶嘉莹的解释十分精彩，她注意到了这行诗和前一句"无情"的联系，指出自然之物对人事的冷漠无情（刘、余二位也如是解说）。

在这里，我们很难猜度"柳枝听见了什么"。但是，我们可以相当自信地推测，这行诗句对于听众应该是容易理解的。如果说她想到了春天之中的"郁郁秋怀"，似乎不太可能。比较可能的是她会听到诗歌中十分常见的因素，在季节的变幻、春烟秋霜的代谢之中听到时间的流逝。

这种解读虽然显得平常，对我们的诗人或者我们的柳枝姑娘都没有什么殊荣,却为我们理解下面的两行提供了一个语境。随着时间的流逝,无情之物都会改变,无论是衣带,还是春烟秋霜,但相思之情却是不会改变的:丹与石可以被擘裂,可以被研损,却总是保持着它们赤与坚的本质。

因为诗中的叙述者是含冤负屈的一方,所以,这一小节的最后一行似乎暗示她或他的灵魂是"冤魄",希望天牢之星宿将之锁住。尽管数位学者都提供了各自的诠释(叶葱奇、刘若愚、叶嘉莹),这里从常识出发的本能反应还是会把冤魄视为被爱者的灵魂,诗中的叙述者希望能够把它牢牢锁住。这是刘、余二位得出的结论(《集解》第84页),虽然他们没有解释被爱者的灵魂何以是"冤魄"。

当然了,我们可以设想出一种情景,说被爱者为某某有力者从诗人那里夺走了之类。但是我们也许还是应该回到最开始的问题:"柳枝听见了什么?"这里,"冤"字也许可以帮助我们在唐朝的诗歌语言和"古代汉语"之间划分某种界限。[1]

古代汉语是一种书面语言,它的语义被一系列在先的使用规范所控制。很多唐诗,包括李商隐自己的很大一部分诗作,都尽量地利用了文言文——古代汉语——的全部资源。但是唐朝的诗歌语言不仅有其特别的语义和语法,而且,它还可以容纳文言文之外的口语用法。虽然很多唐诗确实需要对之进行文本的阅读才能辨认诗人所用的字词,但是很大一部分唐诗是可以依靠聆听来理解的,不必非得有一个书写的文本。唐朝的诗歌语言的确保存

---

[1] 这里的古代汉语指中古发展到晚期的古汉语,与上古汉语(先秦汉语,也许可以延伸到西汉)有所差异。这种差异不是那么精确,这里取其方便。

了很多古老的用法,但它部分上是一种具有特殊体裁风格的口语。[1] 在这个口语／聆听的层面,当代诗歌语言的用法会在决定语义时超越在先的书面语用法。[2] 因此,柳枝——通晓文理但不见得博学多识——也许仅仅听到"迷处所"的字面意义,但是后来的笺注家们眼中所见的是文言文的文本,他们在这个词语里面听到《高唐赋》的回声。无论李商隐个人的意向是怎样的,两种解读都同样自然。

把文言文和诗歌语言对立起来的是这个词:冤魄。在英文翻译里,我选择了清朝与现代学者的理解,以文言文的意义来解读它,也就是说,它显然与"冤魂"一词有相似的含义。清朝与现代的学者无法脱离这种解读,但是柳枝也许在这里听到的是情人话语里面常常出现的一个词:"冤家"。这个词在9世纪已经出现,而且后来简直成了艳情词曲里面极为常见的对情人的称呼。这样的解读使我们可以顺理成章地把这一行诗句理解为"愿把情人的魂魄锁入天牢"。

李商隐既受过经典的教育,又是当时城市浪漫文化的积极参与者。他在这里写下的"冤魄"到底意味着什么呢?我们难以确定。我们也并不真正知道柳枝听到了什么。但是上述的猜度不是不可能的。

---

[1] 一个比较好的比方是英王詹姆士版《圣经》所用的英文:它保留了可以被不识字的人以及那些虽然识字但不博学的人所能理解和使用的古代用法。美国的布道词往往自由地混合了风格极为独特的《圣经》语言和口语。这样一种特殊的语体超越了书面语和口语之间的标准界限。但是,一个相当熟悉詹姆士版《圣经》的人却不一定能够懂得17世纪的英语"文言文"。
[2] 当然了,当代诗歌语言包括了很多可以被追溯到先前文本用法的语汇。

> 夹罗委箧单绡起，香肌冷衬琤琤佩。
> 今日东风自不胜，化作幽光入西海。

这首诗的第一小节模糊了日子的进程和季节的进程，诗的最后一个小节则既把它们清楚地分离了开来，又把它们联系在了一起：时间是春暮——春天之末，也是一日之黄昏。更换衣服是标识季节更改的传统方式，为组诗的下一首"夏"做了准备。第一、二句分明点出一个女子，这更给那些试图从男性角度理解全诗的笺注家带来了问题。刘、余二位认为这是男性诗人在遥想远方的女子，叶嘉莹则引用《离骚》传统来说明这是男性诗人的自喻。如果我们虚构的柳枝从一开始就把诗的主角视为女性的话，那么，她用不着被这些问题所困扰，而可以把注意力集中在第二行诗句中这个相当特别的词组"冷衬"上——冷意应该来自叮当作响的玉佩，透过了刚刚换上的单衣，肌肤的温暖使玉佩更觉寒凉。[1]

在最后两句中，全诗第一行中摹写春日天气的词——风光——被擘为两个骈行的字：东风之风，幽光之光。东风又是春天的一个传统标记，随着季节转换，东风也化为渐渐暗淡的幽光消失了。第一行的"东西"再次出现，分别在东风与西海这两个词里面。当东来的风最终进入西海，它完成了由东到西的环行。从内容的逻辑上来说，结尾这两句不是最令人满意的：似乎响应了女主人公的悲哀情绪，东风终于放弃了它的努力，转化为

---

[1] "冷衬"不是一个常见的组合，单凭倾听，不会辨认得出来。但是，据我所知，在中古汉语里面这两个字都是很特别的音素。冷（读作 loeng）是独一无二的，衬（读作 tsin）是这一音素里面最普通的。

慢慢消逝的日光,把世界留在一片黑暗之中。但是,从形式的结构来看,这个结尾却是极为完美的:从开头的风光冉冉,到下午的微阳,再到最后的黑暗——既是一天光阴的结束,也是春季的完结。

李商隐在想什么?

这个不可能得到解答的问题,是这篇文章在标题里提出来的那个问题的补充。我们已经考虑过《燕台》诗写作的两种可能的语境,这两种语境影响了对《燕台》诗的具体解读。第一种语境是充满激情的诗人在宣泄他对失去的爱或者理想的爱或者他人失去的爱的情愫。这是很多评论家和学者理解这四首诗的前提,也是在读了李商隐后来的诗作之后自然而然形成的。而且,这也是符合后人对唐诗文人文化之理解的一种解读。

第二种语境是形诸文字的浪漫文化、当代的诗歌语言和当代流行的爱欲意象引导了人们所做的解读。在这种语境中,诗人不是在倾吐心声,而是在展现一种情怀。因此,他不必是诗里的中心人物,而我们也已看到《春》的视角很容易被解读为女性的。在这一语境中,李商隐允许他的诗四处传播,参与创造当时的浪漫文化。这是我们为我们虚构的柳枝所建构的解读,而李商隐自己显然很为他的诗能够在这种语境中引起如此强烈的反响而自豪。

在快要结束这篇文章之际,让我提供另外一种可能的语境。

在这个语境里，写诗也是用以展现情怀与显示才华的，但与其说它们是对浪漫文化的参与，不如说更多是为了建构诗人的自我形象。李商隐写作《燕台》诗的时候还很年轻，是在他通过进士考试之前。[1]在《春》这首诗里，李贺，另一个少年才子，对李商隐的影响十分显著。如果年轻的李商隐在他生命的这一阶段把李贺视为他的楷模，那么他也许会把注意力转向李贺最早的作品，也就是当他刚刚开始崭露头角时的作品。李贺十九岁在河南地方应考的时候，以十二个月份为题材写了一组诗。这样以月份或季节为题材的组诗在这一时期几乎没有其他的例子。李商隐是在洛阳写作《燕台》诗的，而李贺也正是于二十五年前在洛阳写下他的组诗《十二月》。在这一语境下，我们是否应该提到，"燕台"二字同时也是唐人对"使府"的代称呢？

《燕台》当然不是应试之作，但是我们的第三种语境提醒我们，这些诗也许曾经在士大夫圈子里面流传，展示年轻诗人的才华，宛如李贺再世。李商隐是否意图征服使府，结果反而征服了柳枝呢？很难相信这样香艳的辞藻会被用来向官宦阶层证实作者的才华，但是我们也知道，至少在某些时候，浪漫的传奇确曾起

---

[1] 叶葱奇把《燕台》和《柳枝》都系于835年。这显然不可能，因为《柳枝诗序》里面分明指出柳枝诗是遇到柳枝后的下一年写的。虽然序言没有清楚地说明李商隐去长安是为了应试，但是李商隐在序言里面自称少年。这虽然是比较模糊的说法，但是序言里面描述的情景似乎不太能够和一个有了职衔的进士相称。李商隐一共应试三次，分别在833年、835年和837年。考虑到他在833年和835年考试失利后所做的旅行，他和柳枝的相遇最有可能发生在833年，当时诗人二十一岁。这时他在太原与洛阳之间往返，最后前往长安应试。如果这样，那么《燕台》诗就是他在同年或前一年写下的。我甚至怀疑这是诗人更早的作品。这不仅可以解决诗人年谱的问题，而且也可以解释同龄朋友偷走诗人卧具的促狭行为。

到过这样的作用。[1]李贺的《十二月》当然不像《燕台》诗这样缠绵悱恻,但是它们被当作应试诗还是相当奇怪的,而且其中充满了孤独女性不胜寒冷、寂寞的意象。也许,是洛阳的文化氛围与别处不同吧。李商隐的《春》特别专注描写暮春,那么这里我们把李贺的《三月》拿来作一个对比:

> 东方风来满眼春,花城柳暗愁杀人。
> 复宫深殿竹风起,新翠舞衿净如水。
> 光风转蕙百余里,暖雾驱云扑天地。
> 军装宫妓扫蛾浅,摇摇锦旗夹城暖。
> 曲水飘香去不归,梨花落尽成秋苑。

虽然两组诗十分不同,但是年轻的李商隐显然在模仿李贺的风格。后来,李商隐逐渐发展出自己独特的诗风,把李贺的影响融入自己的风格样范,千年之后的读者由于了解的是李商隐的全部作品,不免会把《燕台》这样的诗视为李商隐风格的一个方面。但是,在洛阳,在835年或者833年或者更早,《春》会强烈地唤起人们对817年逝世的才子诗人李贺的追忆。也许某些读者还会联想到李贺的《洛姝真珠》:

> 真珠小娘下青廓,洛苑香风飞绰绰。
> 寒鬓斜钗玉燕光,高楼唱月敲悬珰。

---

[1] 当然也有关于年轻诗人把香艳诗作呈给长辈官员而遭斥退的例子。据说崔颢呈给李邕一首诗,首章云:"十五嫁王昌。"被李邕呵斥。参见《唐诗纪事》第二十一卷。

> 兰风桂露洒幽翠，红弦袅云咽深思。
> 花袍白马不归来，浓蛾叠柳香唇醉。
> 金鹅屏风蜀山梦[1]，鸾裾凤带行烟重。
> 八骢笼晃脸差移，日丝繁散曛罗洞。
> 市南曲陌无秋凉，楚腰卫鬓四时芳。
> 玉喉窣窣排空光，牵云曳雪留陆郎。[2]

李贺的诗对于女子怀人情景的描写比《春》更为铺张：真珠好像一个仙女，自天空而降，但是她的情人远行不归，真珠只有借酒消愁，在梦中会见情郎。梦醒后天色已经晚了。最后四行诗比较真珠的寂寥与青楼的热闹，而那位冶游的陆郎，也许就是真珠思念的情人吧。[3]

《春》中大多数因素都在这首诗里面出现了。我们可以想象：对于李贺年轻的追随者李商隐来说，若想展现才华，有什么能比从前辈那里拿来一个场面，然后用更加飘忽的辞藻对之进行重写更好的方式呢？柳枝知道李贺的诗不是不可能的，不过她大概对李商隐更感兴趣，因为李商隐可能成为一个情人。对男性读者来说，李商隐的组诗却无异于对诗歌写作才能的辉煌展示。

---

[1] 蜀山，这里指巫山。在梦中，楚王与巫山神女曾经缱绻云雨。下一句的"行烟"也是对神女行云行雨的暗指，描述真珠在梦中追寻情郎。
[2] 陆郎在这里是冶游少年的代称。
[3] 我们可以把这一情节拿来和《许公子郑姬歌》里受宠女子的际遇比较——这两首诗的背景都是洛阳："自从小蛮来东道，曲里长眉少见人。"也就是说，郑姬的魅力使得青楼女子们都黯然失色、得不到许公子的顾盼了。

多重解读

　　这些不同的解读都是"直觉"式的。也就是说，它们是处在不同历史时期的、特殊阶层的读者的兴趣与知识的直接产物，这些读者都觉得自己和诗人分享着共同的语言或文化背景。但是，这些解读之间存在的差异，使我们注意到所谓"作者意向"这一提法的局限性；此外，解读是具有历史性的，而这种历史性也有其局限性。

　　清朝和现代笺注家们的解读，包含着他们渊博的历史与文学知识。我们提出那个假想的问题——柳枝听到了什么？其实所质疑的是他们是不是知道得太多了。我们理所当然地觉得，我们应该了解一个诗人所有的作品，他的生平，他所生活的时代，这样才能在解读的时候做出某些建筑在历史基础之上的判断。但是，把发生在李商隐生命后期的事件以及他的全部作品拿来，作为解读《燕台》诗的语境，严格地说，是违背时间顺序的舛误。从阅读李商隐后期诗作得到的对于"李商隐"的印象，使得读者很愿意把《春》的叙述角度视为男性，从某种程度上代表了诗人自身。同样，对于"文言文"的精通也使得这些渊博的学者倾向于从以往的文学作品中寻找一个词语的源头，而不是检视它的当代含义。如果我们希望在严格和激进意义上成为历史主义者的话，那么，这将是两个十分明显和严重的问题。我们可以指出清朝以及现代学者其他违背时间顺序的做法，比如说，诗里出现的没有明显标志的时间跳跃，表现诗人对过去的追忆，这种解读在维持一个男性视角时是必要的，但是在830年之前的诗歌写作里却是相当少见的，这样的时间转换直到词的传统里面才成为常见的现象。

这种历史主义解读模式的问题是，它要求读者做出一种很不自然的"忘却"的努力。当我们阅读古代文本时，我们总是排除某一层次的联想和知识。这是应该的，尤其对于在各种欧洲文化传统中浸润的读者来说这种必要性是显而易见的。不过，完美的历史主义解读是一个永远不可能实现的目标。众所周知，我们不可能探知诗人在写作那一时刻的心理，即使我们可以完美地重新构造出诗人所生活的时代的阅读、接受习惯。但就算是对阅读、接受习惯的重构，也还是难以实现的。我们不知道李商隐对于表现男性渴望的爱好是不是在写《春》的时候就已经露出端倪了，但是，通过一个虚构的当代读者／听众柳枝，我们至少可以看到，在当代语境里面是完全可以在《春》这首诗里维持一个女性视角的，这种当代语境是我们尽可能创造出来的——而我们的建构也不是完美无瑕的。

一个李商隐，在浪漫话语的参与者面前把自己呈现为浪漫情人的形象；另一个李商隐，在对于提携后进感兴趣的男性读者群体面前把自己呈现为一个年轻才子、再世李贺的形象。这两个李商隐之间的差异也是十分微妙而有趣的。这个问题涉及李商隐的预期读者。李商隐显然对柳枝的反应采取接受的态度；如果洛阳的显宦看到他的诗之后欣喜赞美，视之为李贺再世，大概李商隐也不会不快的。这两种反应不是不同的解读，而是在不同语境里面、带有不同意义的相似解读。作者的意向是相当多元的东西。我们可以设想，诗人对吸引柳枝这样的读者和对吸引洛阳的显宦应该同样感到快意。

如果我们通读李商隐全集，我们会发现，有时艳情是政治关系的象征，有时艳情就是艳情，但是在大多数情况下我们无从断定。提到作者意旨的问题，其实是谈到预期读者以及他们的兴趣和参照系的另外一种方式。在这里，如果我们把《燕台》乃诗人对自身经验的个人性表达这一解读暂时搁置一边，我们会发现艳情与政治的确可以合而为一。不管目的是浪漫爱情还是升迁，两者有一个共同点：它们都愿意以才华的展现作为诱惑的手段。

最终我们看到的是一种奇异的矛盾：一方面是诗人的匠心刻画，明显的艺术铁腕的控制，以及形式上的严谨结构；另一方面，是对激情之迷乱、无助所做的描写和再现。这一矛盾永远不可以解决，但是我们注意到：这两种相反的倾向实际上是互补的。

唐朝的公众性与文字的艺术

韩愈写过一首短小而得到很多赞誉的诗《雉带箭》。这显然是一首文人幕僚赞美唐朝将军的诗篇,据说是韩愈在徐州的时候为节度使张建封写的。这首诗呈现了一幅布局巧妙的围猎图:

原头火烧静兀兀,野雉畏鹰出复没。
将军欲以巧伏人,盘马弯弓惜不发。
地形渐窄观者多,雉惊弓满劲箭加。
冲人决起百余尺,红翎白镞随倾斜。
将军仰笑军吏贺,五色离披马前堕。

这首诗,以及将军致命的一箭,显然都是社会性的表演。骠悍的将军张建封,绝对不会在围猎的时候失去他的镇定和控制:他非常清楚地意识到他的将领观望的眼睛;韩愈也说得十分明确:他显示技巧的原因是为了"伏人"——使其他人屈服。但是为了成功,为了射出那致命的一箭,张建封必须等待一个最合适的时机。他的等待创造了关注与紧张,这和最后的一箭一样,是这场公开表演的关键组成部分。张建封成了一群观众瞩目的中心,这些观众都围拢来观看那决定性的一刻。"伏"这个字,在上下文之中被翻译为 humble，也恰好可以描绘野雉的表现。它试图飞走、逃避，但最终只落得"伏"在将军的马前，成为一团模糊的血肉。技巧的显示同时也是对控制的显示，是将军对于给他权力与能力杀死野雉的权威的显示。而被将军所自如地控制的，是一种暴烈的能量。

我把这首诗和诗中所描写的行为称为"戏剧化"。这样的称呼自然是违背了历史性的，但是我希望读者可以谅解这一点。戏剧化的行为与戏剧化的描写把时间中的一段单门挑出来，给它一个框架，在这段时间之内结构行为，创造一群观众，控制他们的注意力，借助给予形式赋予人物和事件意义和价值。最重要的，是这样的情境会产生一个表演者，这个表演者，用惠特曼的话来说，就是"既沉浸于游戏之中，又超然游戏之外"。

在这里，行为与再现之间的关系很复杂，也是互相作用的。行动是为了被众人目击，而对于被目击的预期塑造了行为。观众成为必要，即使是想象中的观众。而施为者在预期人们的观看时，也自然要自我表现——也就是说，他要想象他将以什么样子出现在众目睽睽之下。下面我们将要看到，在公众表演中的这种自觉，往往和"聚精会神、忘记了周围观众"这样的说法互相抵消，而这样的"双面性"也就是"既沉浸于游戏之中，又超然游戏之外"了。一方面，张建封盘马弯弓，引弦不发，直等到"地形渐窄观者多"才射出关键的一箭，而这一箭也因为惊慑住了所有的观者（被将军之"巧"所"伏"）才变得完美；另一方面，张建封必须全神贯注，判断野雉的飞动方向，调整自己的角度，抓住最佳时机，才能一箭成功。

文本可以为行为提供样板，也可以确证行为。韩愈的诗，每一字每一句都像猎人的手眼那样精确而有技巧，为我们呈现了完整的一幕，不仅让我们看到那致命的一击，而且描绘了周围先是屏息等待、后来鼓掌喝彩的观众。最后一行令人血冷，然而又极为妩媚，它以视觉意象表现暴力的美学化，在暴力与美的形式之间创造出张力。从某种角度看来，这首诗给读者带来的乐趣好似一张纪念性的快照，同时，它也意在流传。这是对张建封作为军事统帅的能力和勇猛的公开广告，而公众性的基本构成部分就是对其周围观众的再现。

这首诗提出了一系列具有内在联系的问题：戏剧化的自觉，对公开表演的着迷，这种表演和暴力、死亡、丧失之间的特别关系，以及文本在公开这些表演中起到的作用。这一系列问题不仅存在于唐朝，但是它们在唐朝格外清晰突出。唐朝的君主、贵族、士大夫阶层对毫不含蓄的公开表演、展示怀有强烈的爱好，后来的朝代对这些表演与展示或是觉得过分夸张、刺目，或是觉得它们的天真十分可贵。其实，李白到底有没有在大醉酩酊之际对玄宗无礼，或者张绪到底有没有用头发写字，都是无关紧要的：这些是符合唐人口味的唐朝的故事，给我们呈现了唐人的爱好与时尚。玄宗的舞马、驯象，还有一队队善于男装骑射的宫女，都不仅仅是为了满足他个人的欣赏口味，而且还是公开的表演。正像司马光指出的："非徒娱己，亦以夸人。"当安禄山的军队攻占长安以后，安禄山所颁布的命令之一就是把那些受过良好训练的表演者——无论是兽还是人——运到自己所在的东都洛阳。这同样也不是为了一己的娱乐，而是具有政治目的的公开展示。对于安禄山来说，统治的合法性一部分意味着以合适的战利品所上演的政治戏剧。

我们甚至可以说,这个王朝本身就是以一场演出开始的——更准确地说,一场优秀的演出取代了王朝建立时所常见的纯粹的暴力。这场演出就和将军射雉一样,展示了对力量的控制和收放的自如。李世民是北方武人家族一个强悍、精明的后裔。从近代的历史来看,他清楚地了解一个心软的人或者出于迂腐的道德考虑而做事犹豫不决的人不能成大事。在他父亲统治下的朝廷,已经形成反对他的势力,在这种情形下,他很清楚应该怎么办。在玄武门事变中,他亲自率领部下杀死了自己的哥哥、皇太子李建成,以及弟弟齐王李元吉,随即逼迫父亲唐高祖李渊退位,禅位于己。李世民做了皇帝之后,尽量改写了唐朝建立的历史,把唐高祖的功绩尽量抹杀,相反把自己的功绩尽量放大。后来,他成了儒家明君的典范,死后被称为唐太宗。

这样的宫廷政变在中国封建历史上并不是绝无仅有的——我们会立刻想到夺取侄儿皇位的明成祖朱棣的例子。朱棣的篡位被激烈地反对,而朱棣所实行的残暴镇压政策显示了他内在的不安。他是一个篡位者,虽然也许是一个不错的皇帝,但他是作为篡位者被后人记住的。

但是我们并不知道是否有人曾对李世民的篡位有所抗议。从道德的角度来看,李世民的篡位比朱棣的篡位更值得谴责,因为他不仅杀死了两个亲兄弟,而且还逼迫自己的父亲退位。在很大程度上,这样平滑的篡位,而且很快就从人们的心目中消失,要归功于7世纪初期政治集团的性质。但是我们也不要忘记,李世民的成功也是通过他把自己表现为模范的儒家明君圣主来实现的。李世民的统治十分温和,总是谦虚地聆听和接受贤臣的意见。"贞观之治"的著名形象,后来在《贞观政要》中被重新创造，是唐代政治演出的光辉序幕。太宗为自己塑造出一个强有力的文化形象，在一群精心挑选出来的亲密大臣面前"扮演"他的皇帝角色。就像张建封弯弓射雉一样，这是在观众面前表现出来的得到完美控制和掌握的权力。就像韩愈一样，史臣和文人也要为一个更大的观众群再现这种君臣遇合的奇迹。就像在韩愈的诗里那样，这些作品中描写政治演出的主角都不是孤单的，而是和观众在一起。这样的对表演的再现——包括行为、语境、观众的接受与反应——是唐朝文学文本的一个特点。有时语境和接受都在文本之中得到再现，无论是以含蓄的还是明显的方式；有时则在文本之外，作为关于文本的轶事被讲述出来。

现在，留给我们的，就都只是这些文本的再现了。我们不可能知道政治与社会演出的主角的感情、心理状态。很容易假定这些表演都是纯粹功利性的，是为了达到某种政治目的。但是，我认为，这样的假定未免低估了在唐代社会角色需要公开展示和表现、需要大众的认可和目击的程度。让我们假设，太宗希望自己被"视为"某种类型的人物和君主；关于"虚伪"的问题，关于一个人和他的"角色"的问题，在唐代的文本中不是什么重要的主题——一直到末代我们才看到人们对这些问题的关怀。在唐代，在"是"某种君主和"被视为"某种君主之间不存在重大的区别。这样的欲望——"被视为"某种人物——需要别人来为自己证实。它是一个社会事件，一种互惠的关系：贤臣承认明君，明君也承认贤臣。

在太宗的例子里，对他在"贞观之治"这一阶段和臣下的关系的表现与他早年的精明、残酷和晚年的意气消沉形成了鲜明的对比。也许,"儒家"士大夫对太宗极为认可的原因之一,不是因为这位君主多么愿意聆听他们的意见,而是因为他积极地表现出对他们的尊敬,表现对他们的承认和肯定的追求,这使得他们感到自己的重要。

在唐代话语的各个层次,都在发生这种表现结构——中央是表演者,四周环绕着观众。关键在于观众的中介:就像希腊戏剧中的合唱队,他们向一个更大的社区扮演他们自己的角色,给出合适的反应。在我们自己的世界,这种形式的残留痕迹可以从所谓"情景喜剧"的观众席发出的笑声看出来。不知何以然,这种对现场观众的中介的再现显得十分必要。对其进行思索,我们意识到观众席传来的笑声应该是具有"异化效果"的:它应该破除戏剧表演的真实感。但其实不然。它变得很自然,很令人放心,作为一种艺术形式,回旋于我们和表演之间。

当我们一旦开始在唐代文学中寻找作为中介的观众,我们就会惊讶地发现他们的存在是多么普遍。比如说 8 世纪初期王翰所写的著名的《凉州词》:

葡萄美酒夜光杯,欲饮琵琶马上催。
醉卧沙场君莫笑,古来征战几人回?

这和 6 世纪、7 世纪边塞诗中感官色彩浓烈的意象相差很远。在边塞服役的辛苦被戏剧化地描写为在酣饮中"忘我"的意愿。说话的人痛饮忘形,企图不去想他在诗的最后一行里宣讲出来的事实。在中亚的杯子里,饮着中亚的美酒,倾听着中亚的音乐,做出遗忘一切的手势,他却必须提示读者他想要忘记的东西:在中亚边疆可能遇到的死亡。

诗中的在场观众亲眼看见和验证了这戏剧化的表现,他们被包括在这首诗的文本里:"君莫笑"——大家不要笑话我吧!观众席上传来的笑声在被禁止的时候得到显现(喜剧演员可以借着告诉观众不要笑而引起笑声)。但是,在这里,我们可以清楚地看到我们的主角在表演中如何看待他自己:"君莫笑"的请求本身承认了他可以从外界的角度看到自己的面貌。王翰创造了一个内在、一个外在:他笔下的主角一方面宣称自己是多么沉浸于眼前的情境,多么不顾一切地饮酒;另一方面他还是可以跳出自身,从外界的角度看到自己的样子。虽然两首诗相当不同,但从某种意义上来说这种情境和张建封的射猎具有形式上的相似:它们都是社会性的表演,一方面是完全的沉浸,一方面是通过周围观者的眼睛看出来的自觉意识。它们都涉及死亡的危险。

我们下面可以检视一个十分不同的情境,我个人在唐小说中最喜欢的段落之一。在《霍小玉传》中,霍小玉被她的情人李益抛弃了。李益曾许诺说,一旦做官到任就派人来接她,但是他的母亲为他定了一门亲事,李益不再给小玉写信了。小玉尽量搜求李益的下落,后来李益虽然回到长安,却对小玉避而不见。小玉伤心至极,缠绵病榻,就快要死了。

小说内部的观众包括长安城中知道小玉、为她抱不平的年轻人,其中之一——一个黄衫客——终于为小玉带来了李益。听说李益就在外面,小玉从病榻上起身,更衣而出,面对她负心的情人:

> 遂与生相见,含怒凝视,不复有言。赢质娇姿,如不胜

致,时复掩袂,返顾李生,感物伤人,坐皆歔欷。顷之,有酒肴数十盘,自外而来。一座惊视,遽问其故,悉是豪士之所致也。因遂陈设,相就而坐。

玉乃转身侧面,斜视生良久,遂举杯酒酬地曰:"我为女子,薄命如斯。君是丈夫,负心若此。韶颜稚齿,饮恨而终。慈母在堂,不能供养。绮罗弦管,从此永休。徵痛黄泉,皆君所致。李君李君,今当永诀。我死之后,必为厉鬼。使君妻妾,终日不安。"乃引左手握生臂,掷杯于地,长恸号哭数声而绝。母乃举尸,置于生怀,令唤之,遂不复苏矣。

这是非常戏剧化的一幕,小玉责骂了她的情人,然后浪漫动人地死去了。令我们思索的,是小玉之死的延宕:黄衫豪客送来酒食,为"一座"提供了一席酒宴,这样,观众就可以安坐下来,一面吃喝,一面歔欷,聆听小玉的慷慨陈词,观看她哀婉的死亡。

小说内部,丰盛的酒食和歔欷的观众的在场并不破坏这幕情景的真实感和可信性。展示是必须依靠观看才存在的。这里,就像在唐代文本中的其他情形一样,表面上亲密而私人化的东西需要公众和观者。要想"为爱而死",女主角需要演出她的死亡;她需要目击者的肯定与歔欷。

文字的艺术可以为两种目的服务:它既是公众性的媒介,也可以是演出本身。唐代赞美半公开性的口才与雄辩,从霍小玉临死前的演说,到崔莺莺给张生的信、政论文,再到诗歌写作的社会场合。

也许最能表现唐人对公众表演的需要的地方是关于书画的文

本。关于书画有很多技术性的论文，但是当唐代作家想谈论艺术体验的时候，他们倾向于描写一种极为戏剧性的公开作书或作画的经历，而他们对艺术成品的惊叹赞美和对于书画家的表演的惊叹赞美是一致的。我们可以把8世纪作家符载的《观张员外画松石序》（约公元750年）视为典型：

> 尚书祠部郎张璪字文通。丹青之下，抱不世绝伦之妙。居长安中，好事者卿大臣既迫精诚，乃持权衡尺度之迹，输在贵室，他人不得诬妄而睹者也。
>
> 居无何，谪官为武陵郡司马，官闲无事，士君子往往获其宝焉。
>
> 荆州从事监察御史陆澧陈宴宇下，华轩沉沉，尊俎静嘉。庭篁霁景，疏爽可爱。公天纵之姿，欻然有所诣，暴请霜素，愿为奇踪。主人奋裾，呜呼相和。是时座客声闻士凡二十四人，在其左右，皆岑立注视而观之。
>
> 员外居中，箕坐鼓气，神机始发。其骇人也，若流电激空，惊飙戾天，摧挫斡掣，㧱霍瞥列。毫飞墨喷，捽掌如裂，离合惝恍，忽生怪状。及其终也，则松鳞皴，石巉岩，水湛湛，云窈眇。投笔而起，为之四顾，若雷雨之澄霁，见万物之情性。
>
> 观夫张公之艺非画也，真道也。当其有事，已知夫遗去机巧，意冥玄化，而物在灵府，不在耳目。故得于心，应于手，孤姿绝状，触毫而出，气交冲漠，与神为徒。[1]

---

〔1〕 俞剑华编著：《中国画论类编》，香港中华书局1973年版，第20页。

一幅画，作为艺术品，是艺术创造活动留下的"迹"。艺术创造却不仅仅是艺术家独自劳动的产物，而是在一群享用酒食的观众面前公开表演的结构。主人是合作者：他为大师设置好了舞台。作者告诉我们当地士大夫很想"获得"张璪的画，而"获得"的手段便是设计这样的舞台。在这个舞台上，我们看到画家的全神贯注和他高度风格化的自觉。

表演的规则常常包括对社会角色的超越：太宗扮演温和可亲、善于自我批评的君主；玄宗的宫女男装骑射；王翰躺在沙漠中大醉；身为客人的画家可以不拘小节，就像李白在玄宗面前作诗时那样受到一定的宽容。《天宝遗事》中记载了一个李白的故事：

> 李白于便殿对明皇撰诏诰。时十月大寒，笔冻莫能书字。帝敕宫嫔十人，侍于李白左右，令各执牙笔呵之，遂取而书其诏。其受圣眷如此！

虽然我们基本可以肯定这是不足凭信的，但是这则小小的轶事还是向我们显示了人们如何把某种平常的活动——草诏——化为一个"情境"，一个可以被传颂的故事。

艺术家、酒宴之前的表演者、幕僚和自由精神之间的区分，在颜真卿对著名的怪才张志和的记载中变得越发模糊了：

> 大历九年（按：即公元774年）秋八月，讯真卿于湖州。前御史李崿以缣帐请焉。俄挥洒横抴而纤纩霏拂，乱抢而攒毫雷驰。须臾之间，千变万化，蓬壶仿佛而隐见，天水微茫而昭

合。观者如堵,轰然愕眙。在座六十余人,元真命各言爵里、纪年、名字、第行,于其下作两句题目,命酒以蕉叶书之,援翰立成,潜皆属对,举席骇叹。竟陵子因命画工图而次焉。真卿以舴艋既敝,请命更之。答曰:"傥惠渔舟,愿以为浮家泛宅,沿溯江湖之上,往来苕霅之间,野夫之幸也。"[1]

现代读者也许会觉得,在戏剧性的绘画表演和"属对""作两句题目"之间似乎存在着某种不调和,因为前者被我们视为高级的艺术创造活动,而后者却好似文字游戏。但是,在唐朝的语境里面,两者都是才能的显现。张志和在颜真卿的碑铭里和在别处都被当成一个自由不羁的人物,对外表的浮华和公众的赏鉴不屑一顾。这种不屑一顾如果保持在一定的范围之中,会增加他作为社会商品的价值。他是一个被雇用的表演者,他知道他应该表现得好像根本不是受到雇用的。张志和作为绘画表演者的价值和碑铭中提到的"画工"(专业画师)——被雇来生产商品的人——形成有趣的对比。画工必须创造出纪念这一社会事件的画作,在他的画作上,每一个人都在场,每一个人的身份都被张志和的"两句题目"标识出来。

我们不清楚颜真卿是在什么时候把"艋"送给张志和的,但是文本的叙述次序暗示这是对张志和的报酬。画工有工薪;士族的绘画表演者也得到礼物,作为对张志和的独特才能和人格的承认。这份报酬的特殊性质——一只小船——使张志和可以继续他的"浪迹"。在对服务的报偿和对自由精神的赞美之间,我们很难划分一条截然的界限。

---

[1] 《浪迹先生玄真子张志和碑铭》。

这里没有真正的死亡。但是，在才能的表演与得到承认的时刻结束之后，颜真卿关于张志和的碑铭也就结束了。从此，"浪迹先生玄真子"张志和消逝于烟水之中。

我们可以来看一下唐代文学中关于绘画表演的最著名的篇章之一——杜甫的《丹青引》。因为出自诗圣杜甫的手笔，所以，它不是对社会性表演的简单的再现，但是，这种社会性表演的结构还是历历可见：

丹青引赠曹将军霸

将军魏武之子孙，于今为庶为清门。
英雄割据虽已矣，文采风流今尚存。
学书初学卫夫人，但恨无过王右军。
丹青不知老将至，富贵于我如浮云。

开元之中常引见，承恩数上南薰殿。
凌烟功臣少颜色，将军下笔开生面。
良相头上进贤冠，猛将腰间大羽箭。
褒公鄂公毛发动，英姿飒爽来酣战。
先帝御马玉花骢，画工如山貌不同。
是日牵来赤墀下，迥立阊阖生长风。
诏谓将军拂绢素，意匠惨淡经营中。
斯须九重真龙出，一洗万古凡马空。

玉花却在御榻上，榻上庭前屹相向。

> 至尊含笑催赐金,圉人太仆皆惆怅。
> 弟子韩幹早入室,亦能画马穷殊相。
> 幹惟画肉不画骨,忍使骅骝气凋丧。[1]
>
> 将军善画盖有神,必逢佳士亦写真。
> 即今漂泊干戈际,屡貌寻常行路人。
> 穷涂反遭俗眼白,世上未有如公贫。
> 但看古来盛名下,终日坎壈缠其身。

在这篇文章里,不可能详尽地探讨这首诗丰富的内容。简单地说,我们在诗中看到对于谱系与继承问题的关怀,而继承者永远只能接受到祖先或者师长所拥有的品质的一半。魏武帝曹操是既文亦武的,然而他的子孙曹霸却只继承了他的"文采风流"的一面。同样,曹霸画马是既画其骨也画其肉的,但是他所谓的学生韩幹却"画肉不画骨"。这首诗不断游戏于"名"与"实"之间的关系:曹霸的名字本来就"霸气"十足,又拥有"将军"的头衔,然而细究却只是一个"文采风流"的文士所得到的名誉职称而已。他服务于玄宗:这位皇帝并不像他的祖先那样拥有大唐创业时的文臣武将,他所有的不过是他们的肖像。而玄宗甚至还想把他最爱的骏马转化为一幅画。在杜甫眼中,这个安史之乱爆发前的世界充满了虚名、头衔和对现实的再现——而对"武"的再现归根结底还只是"文"而已。

全诗的焦点集中于艺术表演的时刻。前面的一切都是为这一

---

[1] 虽然杜甫对曹霸的称赞高于韩幹,但韩幹还是被公认为唐代最善于画马的画家。

时刻所做的准备，后面的一切都是零落凋丧，画家本人漂泊到一个倾圮的帝国的边缘，而他所画的对象也远不如前了。在诗中，作家为先帝——玄宗皇帝——作画有两种不同的机缘，与颜真卿所记载的张志和的绘画表演以及随后的画工作画这两种情境相似，只不过在曹霸的情况中，顺序是颠倒过来的，也就是说，曹霸先是为玄宗充当"画工"，修补凌烟阁上的功臣像，他的才能就是使这些"少颜色"的功臣重新别开生面。这为他下面的绘画表演做了准备，在那个辉煌的时刻，皇帝最珍爱的骏马的生命与精神都被转移到了一幅画上。

舞台布景都设置好了，观众也聚齐了。但是这里我们并不是只有一个中心，而是有三个中心：曹霸，伟大的画家；玉花骢，了不起的骏马；玄宗，一切的中心。其中有两条龙（皇帝和御马），一个画龙者。焦点首先落在玉花骢身上：它站在堂前阶下，英姿潇洒，虎虎生风。皇帝随即颁旨，令曹霸作画。这时出现了片刻的停顿，就好像张建封弯弓欲射之前的停顿一样："意匠惨淡经营中。"

这不是自然而然的创造，而是经营与表现的剧场。经营是一个短暂的过程，而表现却是迅疾的，因为"须臾"之间，画就完成了。展现在人们面前的不是"表现"或"再现"，而被视为"宝物"，一条"真龙"：不仅把所有关于马的画都比了下去，而且，把所有的真马也比了下去，"一洗万古凡马空"。这正是那能够使得唐代创业功臣重开生面的艺术，也是一种危险的艺术——因为在这种艺术当中，表现或再现代替了现实。

诗人告诉我们：现在"玉花却在御榻上"了。画里马篡夺了真马的名字。下面的时刻是艺术表现的一个辉煌时刻：两匹马，都叫作玉花骢，相互傲然地睥睨对方。杜甫把唐朝关于艺术创作的陈腐比喻——艺术家剽窃造物或者凝固了自然——照字面实用了。但是当然只有一匹马是"真"的,而它也就从诗中消失了。皇帝含笑颁赏,酬劳画家。这里诗人对社会表演的物质报酬毫不讳言。下面我们看到对一批特别的现场观众的描写:这些观众是平时豢养玉花骢的"圉人太仆"们,而他们的反应则是"惆怅"。这些观众没有鼓掌叫好,没有惊喜赞叹,因为他们意识到在这一辉煌的艺术表现的时刻里有"死亡"的阴影:绘画代替了实物,而实物才是他们的"经营"对象。杜甫知道:这位皇帝,唐玄宗,将为他对幻象的热爱付出惨痛的代价。

杜甫对重要的文化形式有一种独特的意识。他的诗往往并不参与这些形式,但却把它们当成写作的题目,怀着一种反讽态度分析它们,而这种反讽态度使得诗人能够既沉浸游戏之中也超然于游戏之外。在下面的诗中,我们看到在现场观众面前进行的两次表演:第二次表演是这首诗本身,其公众性、社会性不逊于第一次表演,嘲笑自己的失败,同时仍然歌颂冒险的精神。

醉为马坠诸公携酒相看

甫也诸侯老宾客,罢酒酣歌拓金戟。
骑马忽忆少年时,散蹄迸落瞿塘石。
白帝城门水云外,低身直下八千尺。
粉堞电转紫游缰,东得平冈出天壁。
江村野堂争入眼,垂鞭亸鞚凌紫陌。

向来皓首惊万人,自倚红颜能骑射。

安知决臆追风足，朱汗骖驔犹喷玉。
不虞一蹶终损伤，人生快意多所辱。
职当忧戚伏衾枕，况乃迟暮加烦促。

朋知来问腆我颜，杖藜强起依童仆。
语尽还成开口笑，提携别扫清溪曲。
酒肉如山又一时，初筵哀丝动豪竹。
共指西日不相贷，喧呼且覆杯中渌。
何必走马来为问，君不见，嵇康养生被杀戮。

在第一次宴饮的时候，诗人杜甫准备向朋友们炫耀一下他骑马的技术。但是，我们看到的是一个喝醉的张建封：他张弓搭箭，引弦而射，结果没有射中目标。因为酒醉，诗人对自己骑马的技术产生幻觉；不过他很快就被马掀了下来，得意的驰骋化为一场羞辱。就像在我们前面谈到过的文本中那样，他心目中有一种自我形象：当他纵身上马的时候，他恍然觉得自己还是当年那个骑术娴熟的青年——或者当年自认为骑术娴熟的青年。结果，他不仅要承受身体的痛苦（提醒他在那个自我形象和这个年老体衰的自己之间存在的鸿沟），而且还在朋友面前公开地丢面子，被迫通过朋友们的眼睛注视自己。

当朋友们来看望他时，我们目睹了一个有趣的瞬间。一方面，在朋友的安慰之言中有真心的关怀；另一方面，也对诗人一瘸一拐的狼狈形象发出被压制下去的微笑。通过想象中的朋友的眼睛看自己，老杜知道他是一副什么样子。用诗里的话来说，"人生快意多所辱"。在老杜和朋友一起大笑出来的时候，这种紧张性终于消失了:他们都认识到了这一时刻的滑稽。

这一时刻成为第二场宴饮、第二次酒醉的契机,这时,杜甫拿出了他的诗篇(至少这是诗题显示出来的)。这首诗不仅叙述了第一次酒宴,而且还描述了本身的写作机缘,显示了诗人写作的技术,而他的诗艺也可以包含对于骑马技术的拙劣所作的描写。即使是在诗人承认他的羞辱的时候,他也还是告诉了我们在幻象破灭之前他所感到的兴奋与快意:

粉堞电转紫游缰,东得平冈出天壁。
江村野堂争入眼,垂鞭嚲鞚凌紫陌。

在诗的最后,他感谢朋友的关心,同时赞美这样的冒险——身体的、精神的;他提到小心谨慎也难免遭受意想不到的挫折和失败,比如孜孜养生而终遭杀戮的嵇康。

比起像张建封这样的人物,杜甫的卷入和超越更加深刻:他可以看到自己在他人眼中的形象,即使那个形象对他的自我形象意味着嘲弄,但他还是可以享受对这种虚幻的自我形象的沉溺。

我们永远不会知道唐朝"到底"是什么样的。我们所能知道的,是唐朝人在文本中再现自己的方式,而这种再现模式与后代十分不同。存在于中国之想象中的唐朝也许从来没有在文本再现之外作为社会现实而存在过——虽然这些文本再现本身也构成了社会现实,但是我们可以清楚地看到想象中的唐朝如何通过它的文本再现被生产出来。

在本文即将结束的时候,我要回到太宗,看看在他的政治剧场里上演的又一幕戏剧,向我们展示唐代的政治舞台对后代来说可以显得多么疯狂。根据这个故事,太宗曾经允许一批死囚回家探亲,然后在行刑之前回来。到行刑的时候,每一个人都如期出现了,太宗赦免了所有人。这是唐代政治舞台的极致——虽然最可靠的唐代史料并没有记录这样的事情。但这个传说的存在本身比它的真实性更重要。在这场仁慈和赦免的双料戏剧中,观众和主角更加密切地联系在了一起。我们几乎可以想象在太宗颁布赦免令的时候囚徒们鼓掌欢呼的情景。他们回来,是为了做皇帝之仁慈的戏剧化表演的观众。归根结底,这只发生于一个历史故事中。我认为这是一个很精彩的故事,它对于一个半封建的朝代是很合适的。这是一个关于给予尊敬而接受者没有辜负这种尊敬的故事。这是对上古的豫让故事的集体重演——人以普通人待我,我则表现为普通人;知伯以国士待我,我则表现为国士。正如赵襄子可以宽恕豫让的行刺,太宗也可以宽恕那些以尊严回报他的人。

这是一个精彩的故事,当然也很可疑。在前面,我们情不自禁想把张志和的故事视为含蓄的商业交换;在这里,我们也忍不住把这个表面上关于太宗的道德影响的故事视为太宗的一种精明的企图,以造成其道德影响的表象。它的唐代风味引起了下一个朝代中一个聪明人的恼怒,这位作者似乎看透了仁慈掩盖下的虚伪。因此,伟大的宋代作家欧阳修写下了他的《纵囚论》:

> 信义行于君子,而刑戮施于小人。刑入于死者,乃罪大恶极,此又小人之尤甚者也。宁以义死,不苟幸生,而视死如归,此又君子之尤难者也。

> 方唐太宗之六年，录大辟囚三百余人，纵使还家，约其自归以就死。是以君子之难能，期小人之尤者以必能也。其囚及期，而卒自归无后者，是君子之所难，而小人之所易也。此岂近于人情哉。
>
> 或曰：罪大恶极，诚小人矣，及施恩德以临之，可使变而为君子，盖恩德入人之深，而移人之速，有如是者矣。曰：太宗之为此，所以求此名也。然安知夫纵之去也，不意其必来以冀免，所以纵之乎？又安知被纵而去也，不意其自归而必获免，所以复来乎？
>
> 夫意其必来而纵之，是上贼下之情也；意其必免而复来，是下贼上之心也。吾见上下交相贼以成此名也，乌有所谓施恩德与夫知信义者哉。不然，太宗施恩于天下，于兹六年矣，不能使小人不为极恶大罪，而一日之恩，能使视死如归而存信义，此又不通之论也。
>
> 然则何为而可。曰：纵而来归，杀之无赦；而又纵之，而又来，则可知为恩德之致尔。然此必无之事也。若夫纵而来归而赦之，可偶一为之尔，若屡为之，则杀人者皆不死，是可为天下之常法乎？不可为常者，其圣人之法乎？是以尧舜三王之治，必本于人情，不立异以为高，不逆情以干誉。

欧阳修就和我们一样，他看透了表象。太宗和他的囚徒是同谋：每一方都在利用另一方的需要和期待。太宗赐予他们生命，交换仁慈的美名。但是欧阳修属于一个不同的时代，在这个时代，表象是可疑的，而社会性表演的自觉性则已经变成了一种功利主义的动机，人们认为这种功利主义的动机是惟一值得了解的事实。太宗也许的确知道欧阳修认为他已经知道的，死囚也许的确预料到了欧阳修认为他们已经预料到的。不过，就像张建封全神贯注地沉浸于那关键的、完美的一射那样，如期回来的囚徒也许还同时体验了对于皇恩的惊异、赞美和拜服，而太宗在施恩的时候，也确实证实了人们认为他所具有的帝王之仁。

苦吟的诗学

时间大概是 1796 年,根据中国旧时的计算方法年满五十岁的广东诗人黎简(1748—1799),作了一首五言律诗,题名《苦吟》:

> 巷庐都逼仄,云日代晴阴。
> 雨过青春暝,庭凉绿意深。
> 病从衣带眼,老迫著书心。
> 灯火篱花影,玲珑照苦吟。

这首诗,完美地体现了和它的主题联系在一起的品质。在下面的讨论中,我们会分析这首诗背后的历史——不只是它对前人的借鉴,而且主要是谈到这首诗和它的主题所蕴涵的价值观念。这是一首关于写诗——特别是关于苦吟——的诗。苦吟本来意谓"苦涩的吟唱",但是到了黎简的时代,苦吟早已成为花时费力进行诗歌创作的代名词。在本文中,我们将首先检视黎简的诗,随后再讨论围绕着在创作上面花费时间和精力产生出来的一些问题,最后,我们再来回顾一下"苦吟"这个词的历史:"苦吟"意义的演变,是这首诗所表现的价值观念的形成历史中一个基本的组成部分。

就和很多18世纪的文人一样，黎简基本上是一个"职业文人"，虽然在士族阶层，这样的职业性是被礼金或者任职这样薄薄的面纱所掩盖着的。黎简的祖父是国子监生，吃的是皇粮；黎简的父亲则是一个米商。黎简自己既没有追随祖父的足印，也没有像父亲那样经营米行。他选择做一个"诗人"，一个艺术家，一个有怪癖的人物，被称为"狂"，遂自称"狂简"。他年轻时，曾经在邻省旅行过，但是很快就回到了广东，从此"足不逾岭"。作为"狂简"，他在18世纪后期由许多地方诗歌圈子组成的网络里获得了相当的名誉。这个由地方诗歌圈子构成的错综复杂的网络，大半是由宦游的官员所维持的，他们四处结交有才华的地方作者，然后再四处为之扬名。黎简也是一个书法家和画家，这些一技之长，都可以转化为谋生的手段。他作为一个才华横溢的狂士的名声，给他带来了塾师的职位，也给他带来卖文卖画的机会，使他得以养家糊口。我们要记得黎简是以"笔墨"谋生的，但是如果被人视为一个"职业作者"的话，却又恰好会破坏他借以谋生的名声。解决这个矛盾，是"花时间作诗"这个问题的核心。

如果我们把上面的诗当成诗人对自己借以谋生的手艺所做的广告，那就未免太唐突了，而且也没有必要。同时，我们却也应该意识到，诗人在这里塑造的自我形象，是有补于他的半职业诗人的形象的。其他的诗人——处于更优裕境地的诗人——可以享受闲暇，并在这样的闲暇中写作，但黎简却似乎把他的闲暇"花费"在了作诗以及能够带来作诗灵感的观察上。对他人看来好像是"休闲"的活动，对黎简来说是严肃的、需要专心一致进行的"工作"。

这首诗并没有直接地宣称黎简把整整一天时间都花在苦吟上面——虽然我们可以把结尾两句理解为直到日暮燃烛，诗人仍然在苦苦吟哦。这首诗清楚地标明了时间的进程：从气候变幻的白日直到黄昏。诗人注意到白昼光与影的转化，到了晚上，晴阴则被灯火的人工效果所代替，玲珑地投射下篱笆的影子：这里，光与影的变化不再由时间的进程来表现，而在一个单独的瞬间表现出来。诗的结尾可以予人丰富的联想：比如说，日尽继之以烛，正是"何不秉烛游"的意境，虽然这里将要继续下去的不是作乐，而是苦吟。"玲珑照苦吟"令人想到李白《玉阶怨》中的"玲珑望秋月"——都是把玲珑放在五言诗句的开头，且都是修饰动词，但诗人没有举头望月，只在灯火照耀下埋首吟诗。

"苦吟"的题目为我们提供了全诗发生的语境：诗句从动到静，最后停止在一幅快照上，令我们看到仍在进行的吟诗过程。可以说，全诗结束于继续的吟诗。苦吟基本上是属于听觉的行动（诗人出声地吟哦），于是，在一首完全诉诸视觉的诗歌里，我们进展到这样一个最后的意象：烛光照耀在一个声音上，诗人似乎成了隐形的中介。或者，我们假设诗人没有吟哦，而是在执笔书写，那么我们会得到一个更加奇特的意象：光与影的玲珑投射在白纸黑字上。

任何同时代的读者，都会认出这首诗的章法来自杜甫——另一位同样为光与影的变幻感到魅惑的诗人。杜甫的影响在这首诗的第五、六两行格外清晰。这两句诗离开当前的情景，把诗人的整个生命放在当下的语境之中。诗人在憔悴下去，衣带变得越来越宽：诗的主题再次映入，诗人不仅花费时间和精力在苦吟上，他耗费的简直是自己的身体健康。下面一句更为奇特："老迫著书心"——这个"迫",是逼迫、压迫、强迫:他必须写作,而这种压力是自知自觉的。[1]在一日光阴的流逝和诗人生命的流逝之间,发生了明显的重叠,但是,诗的最后一句,却把死亡的降临凝固在继续苦吟的意象之中。在一首被认为是贾岛所作的五言绝句里,我们会再回到这个"强迫性"的意象:诗人觉得被一种力量驱使着,要在死亡来临之前写出完美的诗句。从这个苦吟的过程产生的诗句,是一种富有自我反省精神的照耀——照亮了诗人殚精竭虑苦苦吟诗的行为本身。

一位把一天的时光、毕生的时光,都花费在了吟诗上面的诗人,是那个"职业诗人"的秘密双身。"职业诗人"必须得到经济的援助,否则他可就真的要在一种十分实际的意义上憔悴掉了。消费的意象比比皆是。

时与力

中国诗通常比较短小,而且,和许多其他诗歌传统的格律要求比较起来,形式方面的挑战不算太多。因此,这产生了一个简单然而有趣的问题:需要花费多少时间和精力写一首诗?"时间"和"精力"是这一问题中两个分开的但是相互有关联的成分。有两种极端的回答,一则是"快而容易",一则是"缓慢而

---

[1] 如果背景里面出现一首具体的杜诗,那么一定是其中有句云"名岂文章著"的《旅夜书怀》。

吃力"。

把这两个回答首先视为形式上的对立是有用的,因为围绕着两个对立的词,聚集起不同的、变动的价值与意义。中国文学传统显然偏爱作文的快速与轻松,虽然人们对这种美德的解释各自不同:诗人的速度可以显示出他的才气——所谓倚马可待、操笔立成;速度或许是自然天成的结果,揭示出诗人内在的人格;速度或许得之于"神助",柏拉图笔下的伊翁所谓的"烟士披里纯";还有最后的一点,也是中国文学传统最心爱的一点,写作的速度也许是紧接着一段长期的思考或研究而来,这种"慢—快"的节奏一般来说产生的都是杰作。

所有对快速、轻松的写作所做的阐释,都已经事先假定那位能够如此的诗人是出类拔萃、非比寻常之辈。也就是说,速度和轻松的好处,是放在一个大多数人都写得缓慢、吃力这样的背景之下提出来的。但是在这里,我想举出几个文本,证明在写作上面花时费力之佳。

唐朝以前,在篇幅较长、显示学识的文体比如赋上耗费时间和精力无疑是非常富于积极意义的美德;虽然不是占主导地位的美德,但是至少和所谓的捷才是并驾齐驱的。但是,诗这一文体被"感应"的动力所支配,直到8世纪,在"感"与"应"(或者,最初的"应"之后的修改)之间,苦吟与思索的潜在过程才成为文学批评注意的对象。[1]特别是在9世纪,我们开始看到欧洲传统中十分熟悉的文学"意向性":早期的诗人也许想要通过作诗来表达别离的悲伤,但是在9世纪,我们开始看到诗人们宣

---

[1] 拙作《中国中古时代的结束》对此有详细论述。

称他们的意向是作诗。"苦吟"就是在这个背景之下凸显出来的。

　　修改诗作和"苦吟"这个词的意义变迁有密切的关系。这是研究语义历史的一个好例子,我们看到一个词在开始的时候只是偶尔被人使用,而且使用范围比较宽泛,比如说苦吟可以指蝉鸣;在一个很短的历史时期之内,它已经被转化为诗歌写作的通用代名词。苦吟当然指谓诗人在写作的时候投入的程度,但是在9世纪的语境当中,这个词本身并没有花费时间的意思。花费时间是"苦吟"的潜在可能性,被归于贾岛名下的这首五言绝句完美地体现了这一点:

> 二句三年得,一吟双泪流。
> 知音如不赏,归卧故山秋。[1]

　　这里,我们看到某种好似经济宣言的文字,诗人对时间和精力的投资予以精确的计算,而诗人对数字的玩弄(二句=三年)则简直好像是他交给知音的一份账单了。诗人所做的美学承诺,不过是说把很多的东西压缩至很少,而花费很多时间既意味着一个人从事的活动是多么重要,也意味着很多的关怀、在意。一吟双泪流,在表面的语义层次上,不过是说诗人哭了(倘使一吟只得"单泪"倒是怪事了);但是,这种数字的游戏同时也向读者暗示,把多凝缩为少,会在阅读的过程中带来更多。我们下面将要看到,这首绝句提出了一个问题,这个问题对时间和精力的投

---

[1] 这首绝句最早出现在魏泰的《临汉隐居诗话》里面(《宋诗话全编》第一卷,第214页)。

资至关重要：时间和精力的投入是否会产生更好的诗歌？到底是欣赏最后的产品本身呢，还是欣赏为了生产它而投入的力气？

在谈到这些问题之前，我们也许可以看一看和这首很可能是伪托的绝句联系在一起的那著名的"二句"——并不是特别催人泪下的：

> 独行潭底影，数息树边身。

那么为什么诗人在吟诵这两句诗的时候会流泪呢？"苦吟"这个词的重量也许提供了答案："苦"已经和诗的题目、诗人的心情脱离开来，被转移到诗人为写诗而付出的努力上了。这种转移的性质，与诗人的意向性已经从抒情或应景转移到写诗本身是一样的。诗人的眼泪只能是美学意义上的眼泪，是为了诗句的完美和达到这种完美付出的努力而流的。同样，知音欣赏的，不是最初促使诗人写下这些诗句的心情，而是诗人遣词造句的成功。苦吟之苦，不属于诗人所表现的情景，或者写诗时的心境，而属于诗句的写作过程。

显然，精力的消耗是一种令人苦恼的投资：知音也许不能欣赏诗人的努力——在贾岛的绝句里这一点是作为未知数提出来的。如果我们把经济的比喻延伸到美学的领域，价值非常需要一个"买主"——一个赏识的人。但是，在相反的价值系统里面写出的诗——无论出于才气、强烈的情感还是神助——对赏识的需要都不像在此处这样明显。诗话里面的贾岛需要一个知音赏识他花在两句诗上的三年时间，实际上这是在做广告。倘使没有人赏识这两句诗的价值，那么诗人的苦心经营就是无价值的，诗人会归家闲卧——与"数息树边身"的休息恰好形成了饶有意味的对照。

回到开始提出的问题：到底时间和精力的耗费会不会产生好诗呢？比较显而易见的简单回答是"当然"。不断的修改导向完美，这一点最好地表现在米开朗琪罗的隽语里："完美，是经过一系列的恶心才最终达到的。"

研究者们常常把修改诗作的主题追溯到杜甫，杜甫曾数次写到改诗的经历。但是到了宋朝，我们看到针对改诗产生的议论：

> 诗最难事也。吾于他文不知蹇涩，惟作诗甚苦。悲吟累日，仅能成篇，初读时未见可羞处，姑置之；明日取读，瑕疵百出，辄复悲吟累日，反复改正，比之前时，稍稍有加焉。复数日取出读之，疵病复出。凡如此数日，方敢示人，然终不能奇。李贺母责贺曰：是儿必欲呕出心乃已。非过论也。今之君子，动辄千百言，略不经意，真可责哉。[1]

对于为什么贾岛竟会在这两句诗上花掉三年的时间，这可以算作一个回答。但是，在宋人的版本里，没有我们在贾岛绝句里面看到的那种对完美的自信：唐子西只达到敢于把诗句"示人"的阶段，离贾岛对自己的诗句眼泪汪汪的欣赏还差得很远。

唐子西并不觉得自己是个天才。他宣称，辛苦的修改和自我审视批评的能力只不过使他最终得以超越那些动辄千百言、略不经意的"君子"而已。这对于在写诗上面花时间不是一个有力的

---

[1] 《唐子西语录》，引自《诗人玉屑》。此段不见于《历代诗话》所收的《唐子西语录》。

辩护，但是从某种意义上来说这是对贾岛绝句的最方便的诠释。更有趣味的是宣称在写诗上面花费时间和精力本身就是一种价值，与最后成品的完美没有关系。我们应该想到我们的时代所谓的"劳动价值"——比如说，一块手工生产的织品比机器生产的织品更昂贵。如果我们把价值赋予手工织品，那不是说它一定比机器织品"做得更精致"（现在机器制造的地毯已经可以模仿当年手工制造的羊毛地毯上由天然染色料造成的色彩的变幻了）；我们把价值赋予人力本身，赋予人工花费的时间，以及个人所掌握的技艺。我们的审美价值观念也有所调节，以诠释产品中所投入的劳动价值。我们把耗费了许多手工与人力生产出来的织品视为更美的。一、对于消费者来说，价值已经脱离了产品的客观品质，被赋予在产品之中投入的人力，被转移到内在于产品之中的美学价值上；二、美学价值等于商业价值。

我们大概也会偏爱一块由经济上比较宽裕、把织造视为一种事业的人生产出来的织品，胜过——比如说——一家菲律宾血汗工厂的工人手工制造的产物。我们也许还会发现前者"是"更美的。市场价值、劳动价值和美学价值纠结在了一起。这把我们带到姜夔，一个处于职业写作者边缘的词人。从形式上来说，填词比写诗困难，但也还没有困难到这样的程度：

> 绍熙辛亥除夕，余别石湖归吴兴，雪后夜过垂虹尝赋诗云：笠泽茫茫雁影微，玉峰重叠护云衣。长桥寂寞春寒夜，只有诗人一舸归。后五年冬，复与俞商卿、张平甫、铦朴翁自封禺同载诣梁溪，道经吴松，山寒天迥，云浪四合，中夕相呼步垂虹，星斗下垂，错综渔火，朔吹凛凛，卮酒不能支。朴翁以

衾自缠,犹相与行吟。因赋此阕,盖过旬涂稿乃定。朴翁咎余无益,然意所耽不能自已也。平甫、商卿、朴翁皆工于诗,所出奇诡。予亦强追逐之。此行既归,各得五十余解。[1]

在文学体裁之间,好像存在着某种"兑换率",定义了投入于诗与词的相对"劳动价值"。一首词相对于在场的每个人分别写作的五十多首绝句。绝句是"得"来的,就好像是说,它们都是当场完成的,而那首词在刚刚写出来的时候只不过是初稿,后来又经过了十余天的修改才宣告完成。它虽然来自一时的兴致,却不是一时一刻的产物。

朴翁评论说,投入到这首词里面的时间和精力完全是"无益"的。这个益,是增益之益,也是利益之益——一个经济词汇,是在处理原材料的过程中赋予它们的价值。把朴翁的话包括在这个序言里面非常有意思,因为它为姜夔创造了一块空间,使得他可以宣称时间和精力的投入纯粹是出于不能遏止的热情,是一个手艺人对于手艺的精益求精的追求,与有益无益没有什么关系,亦不是以投入多少时间和精力来衡量产品价值的工匠作风。此举相当意味深长,也显得充满矛盾:诗歌由于精力与能量的投资而增进了价值,但是它本身却没有从投资中受益。如果打一个不完全精确的比喻,可以想到股票:因为有人愿意赋予其价值而增值,而不是因为在股票的价值与发行股票的公司的价值的客观估价之间具有任何简单的对应关系。

---

[1] 姜夔:《庆宫春·序》。参见 Lin Shuen-fu 在 *The Transformation of the Chinese Lyrical Tradition*(Princeton, 1978)一书中对此的论述,第 146—148 页。

主张一种独立于能够在产品之中辨认出来的价值而存在的额外价值对姜夔来说特别合适，因为他受到贵人的庇护和赞助，而往往以填词报答之。这种交换的汇率常常在他的序言里面出现，比如说，他为湖中"仙姥"写了一首"满江红"，于是得到一帆顺风；在"暗香""疏影"这两首词的序言中，他表示以两曲新声来报答范成大对他一个月的款待："止既月，石湖授简索句，且征新声。"范成大把一张白纸递给姜夔的情形，恐怕很难让人不联想到一纸账单。[1]

把姜夔的许多词序放在一起，我们可以清楚地看到一个交换系统的运作。有时，像在"满江红"序言里，他宣称创作过程很快（虽然是在经过了很长的对于某一技术难点的思索之后）；有时他对创作过程的长度保持沉默；有时一首词明显是花费了时间和精力的结果。但是一般来说，他暗示他的词具有交换价值，与那些一夜之间作出来的五十多首诗十分不同。从上面所引的序言中，我们看到：价值来自时间和精力，被洗除了低级工匠嫌疑的时间和精力——这种时间和精力是艺术家的激情带来的结果，是纯粹为了投入而投入的。

苦 吟

花费时间作诗，其中有一种经济的运作，这种运作在早期的

---

[1] 姜夔之前，词也常常被用于商业性质的交换，比如说一个妓女在和柳永同赴阳台之前会要他为自己写一首新词。而柳永的很多词也确实是十分个体化的"广告词"。

发展是缓慢的,经历了一个世纪的漫长过程。这个漫长的过程,我们在这个特别的词"苦吟"的发展历史里面可以看得十分清楚。有时我们必须把苦吟照字面意义解释为"苦涩的歌吟",但是在这个词的中间发展阶段,它已经变成了"苦心作诗"。[1]这个词的历史是一个很好的例子,向我们显示了词义的演变,而且,当"苦吟"赢得一层被人广为接受的新含义时,它是随着围绕诗歌发生变化的价值一起变化的。通过这个词的意义的改变,我们可以看到一些更大的价值在发生变化。

8世纪初期,郭震写了一首题为《蛩》的绝句,使我们得以看到"苦吟"最早的用法:

愁杀离家未达人,一声声到枕前闻。
苦吟莫向朱门里,满耳笙歌不听君。

"苦吟"在8世纪还很少见,这表示它还不是固定词组。蛩的"苦吟"("苦涩的吟唱")显然成为诗人的镜像,他被排除在豪族朱门外,远离家庭,客居他乡,"苦"是他的经历的质地,既存在于昆虫的鸣叫之中,也存在于诗人的歌吟之中。蟋蟀与蝉的鸣声从未完全脱离于"苦吟"的境地,孟郊(751—814),第一个赋予苦吟以特殊意义的诗人,把自己的诗歌比喻为"寒蝉"。

在8世纪末期,当苦吟和孟郊以及诗歌写作联系在一起的时候,"苦"成为诗人感情的质地,体现在诗人吟哦的声音与字句之中。在《孟生诗》里,韩愈赞美因为怀才不遇而深为痛苦的孟

---

[1] 杜牧曾说,"某苦心为诗"。《樊川文集》,第242页。

郊，也赞美那份痛苦的感人力量：

> 清宵静相对，发白聆苦吟。

虽然我们不确定两首诗孰前孰后，韩愈对"苦吟"一词的使用也许来自孟郊关于进士考试失利最沉痛的诗之一《夜感自遣》：

> 夜学晓未休，苦吟神鬼愁。
> 如何不自闲，心与身为仇。
> 死辱片时痛，生辱长年羞。
> 青桂无直枝，碧江思旧游。

就像在很多中国古诗里那样，这里存在着一些基本的不确定性：我们不知道苦吟到底是指夜学本身呢，还是他对夜学抒发的感慨，不知道他夜学的对象是诗歌创作呢（进士考试是要考作诗的，如此，则其夜学也就是苦吟了），还是对经典的修习——朗读经典也可以被称作苦吟。我们也不知道苦吟之苦到底是考试失利（如诗的后半所明示的）的结果，还是由于夜学的努力。这些不确定，其实也是因为我们不想犯时代错误而造成的；对于9世纪的作家们来说，孟郊完美地代表了吟诗成癖的诗人，苦吟自然是努力修改诗稿的意思。逐渐地，人们对孟郊献身诗歌的注意远远超过了对他政途失意的意识。

9世纪早期，苦吟的词义仍然保持着一定程度的宽泛性（比如说可以把一个人因背负太湖石的呻吟描写为苦吟），但是这个词已经主要与吟诗联系在一起了。这是一个属于听觉的词，因此

朱庆馀在接近萧关的时候,因担心引起兵卒的注意而压抑自己的苦吟(《望萧关》[1]):

> 暂来戎马地,不敢苦吟诗。

尽管当时身处不测之地,"苦"似乎并非源于个人的痛苦经历。相反,"苦"似乎是吟咏的性质,一种——我们下面将要看到——动静颇大的性质。

如果孟郊的苦吟和夜学联系在一起,那么,因为专心作诗而到晓不寐将成为苦吟引起的另一种联想,不仅对于1796年的黎简来说是如此,对于将近一千年前的朱庆馀也是如此。在一首题为《送马秀才》的诗里,朱庆馀赞誉道:

> 清貌不识睡,见来尝苦吟。

有时,也会产生令人发笑的情景,比如说诗人因为耽于苦吟而使邻居头痛,就像刘得仁《夏日即事》里面描述的:

> 到晓改诗句,四邻嫌苦吟。
> 中宵横北斗,夏木隐栖禽。
> 天地先秋肃,轩窗映月深。
> 幽庭多此景,惟恐曙光侵。

---

[1] 此诗或称为李昌符所作。

这里我们显然已经越过了苦吟意义中的一道疆域：不像孟郊那样困扰于身心的交战，在此诗中我们看到诗人热爱改诗至晓，惟一的担心就是黎明的到来。苦吟的声音仍然是很大的，不过仅仅令四邻厌倦，而不至于愁鬼神。诗人把写诗当成一种需要精益求精的手艺，惟一的"苦"来自为了修改而付出的努力。遗憾的是我们不能精确地判断刘得仁的诗写在哪一年（很可能不早于9世纪30年代），不过"苦吟"这个词已经很明显地从个人的经历转移到诗艺上了。

在为李商隐的诗给出具体创作年代的时候我们应当十分谨慎，但是一些可以大概确定创作年代的诗向我们证实，到了9世纪中期，苦吟已经从个人痛苦经历转到对诗艺的苦心经营。李商隐的《西溪》提供了一个很好的范例：

> 近郭西溪好，谁堪共酒壶？
> 苦吟防柳恽，多泪怯杨朱。
> 野鹤随君子，寒松揖大夫。
> 天涯常病意，岑寂胜欢娱。

虽然这不是一首快乐的诗，它却肯定了一种安静然而颇为坚决的满足，与孟郊"神鬼愁"的苦吟相当不同。苦吟与6世纪初期的诗人柳恽联系在一起，虽然柳恽以其精工的对偶句知名，而不以任何个人的"痛苦"知名。杨朱临歧洒泪：因为人生道路的不确定而洒泪与苦吟正好形成对比，因为苦吟是对诗艺的耽溺。

在9世纪，"苦吟"一词的日益流行，伴随着诗人自觉意识的增强。诗人常常在诗作中描述吟诗的过程，就像我们在黎简的诗里仍然能够见到的那样。把作诗的过程本身嵌入一首诗有着很长的历史，但是在阅读9世纪诗歌的时候，我们很难不意识到诗人作诗的意象获得了一种新的重要性。

苦吟可以把诗人作为一个有声的存在嵌入诗境之中，比如刘沧的《寓居寄友人》：

> 雨余虚馆竹阴清，独坐书窗轸旅情。
> 芳草衡门无马迹，古槐深巷有蝉声。
> 夕阳云尽嵩峰出，远岸烟消洛水平。
> 今夜南原赏佳景，月高风定苦吟生。

就像在很多其他用到"苦吟"的9世纪中期诗作里那样，这里几乎难以找到对于深重痛苦的暗示，更不用说像孟郊那样的苦涩了。诗中精巧的对联本身也许可以和苦吟联系在一起，最终指向今夜的"苦吟"——但是并非源于心情的烦闷，而源于对佳景的欣赏。诗人似乎在从远处观照自己（也许包括他的朋友，如果我们把此诗视为一纸邀请的话），当月亮升高、风声消歇的时候，他作为一个有声的存在出现在诗歌的地平线上。

吟诗到晓不寐，可以显示对诗歌的激情是如何征服了睡魔，不过夜吟并不能够排除把白昼也花在吟诗上面的可能。充满了激情的9世纪诗人总是在吟诗的，比如赵嘏在《遣兴》二首之一里所写的：

> 溪花入夏渐稀疏，雨气如秋麦熟初。
> 终日苦吟人不会，海边兄弟久无书。

虽然"人不会",诗人仍然专心一意地苦吟。如果我们转入经济学的模式——花费的劳动必须得到奖励,那么,这首绝句便代表了一个重要的时刻:为了避免被指责为诗匠,不管是否有人赏识或领会,还是要付出同样的努力——这一点变得非常关键。不过,任何富有鉴赏力的人都自然会明白苦吟的价值。苦吟寻求赏识,被一个比刘得仁的四邻远为高明的人物的赏识。赵嘏尽可以不顾他人的领会而一直苦吟下去,但是,如果没有希望得到任何人的理解,花费在吟诗上的时间会变成没有意义的浪费,就像贾岛在《秋暮》里说的:

默默空朝夕,苦吟谁喜闻。

韩愈显然欣赏孟郊的苦吟,并成为他的赞助者,但是,欣赏这种"苦"的能力不是普遍的。

在此之前的一个半世纪里,诗人不断把他们的诗作呈给尊长,希望得到他们的支持。苦吟诗人也在寻找赏识,但是这种寻求已经在很大程度上是非政治化的了(虽然如我们下面将要看到的,它将以新的方式重新回到政治)。前面所引的贾岛绝句,其真实性虽然值得怀疑,下面的这首诗《戏赠友人》却是一个更值得依赖的文本:

一日不作诗,心源如废井。
笔砚为辘轳,吟咏作縻绠。
朝来重汲引,依旧得清冷。
书赠同怀人,词中多苦辛。

虽然贾岛没有使用"苦吟"这个词,但是结句的苦辛属于同一词根:友人见到的不是诗人经受的痛苦,而是他付出的努力。这首诗在寻求一个同怀人,一个可以赏识这种苦辛的人。这里,政治生涯的保护人和支持者被一个由理解写诗的代价的人所组成的社区代替了。

贾岛是韩愈、孟郊的晚辈,继他们之后崛起的年轻一代诗人。"苦吟"这一词正在演变之中。很明显,无人"喜"闻苦吟和"苦"的质地有关系。但是在下面的绝句《三月晦日赠刘评事》里,诗人还是可以邀请一个朋友来和仍然在苦吟的诗人一起共享春天的最后一天:

> 三月正当三十日,风光别我苦吟身。
> 共君今夜不须睡,未到晓钟犹是春。

虽然苦吟与不寐的关系不是直接和明显的,这两个概念还是在一起出现了,诗人要到晓不眠,品味失去春天的经验。

在 9 世纪,诗人们不断扩大诗歌的门庭。当苦吟成为思考诗歌的常见方式后,它加入了天道的运程。在 9 世纪后期,李咸用如此结束他的诗《赠来进士鹏》:

> 此际苦吟力,分将造化功。

同时出现的一种想法,是诗人应该把他的全部生命都献给诗歌。许棠(822—?)借用了王维《酬张少府》中的诗句"晚年惟好静,万事不关心",写出这样的句子:

> 万事不关心，终朝但苦吟。

明显十分痛苦的"苦吟"已经成为诗人生活中惟一的乐趣了。

在9世纪，苦吟逐渐变成了对诗艺的耽溺，包括花费时间，花费精力。这种绝对的投入成为事业，与僧侣的生涯具有明显的对应关系。不过，僧人自有一个供养他们的机构，诗人却需要一个支持者、保护人。僧人为他们的供养者提供功德，祈求福祉；诗人为他们的供养者生产诗歌——应该是精彩的诗歌，因为投入了很多的时间和精力。在这一点上，诗人已经接近职业化的边缘了。

9世纪末期，我们可以在杜荀鹤的诗《投李大夫》里，清楚地看到这个"新"诗人的形象：

> 自小僻于诗，篇篇恨不奇。
> 苦吟无暇日，华发有多时。
> 进取门难见，升沉命未知。
> 秋风夜来急，还恐到京迟。

在这里，沉溺诗艺的诗人同时也是为自己的产品做广告的半职业作家。杜荀鹤宣称他对诗艺的专心、投入占据了所有的时间：本来是闲暇之时从事的活动，现在是他的"工作"。一方面，我们固然可以把这种专心作诗的形象追溯到李商隐写的《李贺小传》（杜荀鹤的华发也的确映照着李贺早生的白发）；另一方面，这里的苦吟是一种宣言，而不是从诗人的行为得出的结论。更重要的，是紧接着这一宣言，诗人在诗的下半部分很清楚地对李大夫表示出了自己的希望与要求。

虽然考验一个人作诗的能力是进士考试的一部分,通过考试的幸运者就应该全力投入公务,起草文件,或者处理粮食运输之类。在某些时候,他还是要应景作诗,但是国家的俸禄不是专门供他作诗的。[1] 如果李大夫决定给杜荀鹤一个机会,他将要供养的人——据诗意进行推测——是一个把所有时间都花费在作诗上,除此之外一无所能的人。但是,杜荀鹤可以在一首自荐的诗中把自己描述为这样的形象,这一事实本身就已说明:花费在写诗上的时间和精力,作为个人的癖好,是具有某种价值的。

---

[1] 我们想到杨知温的故事。据说,在王仙芝兵临城下的时候,他仍然忙于吟诗。参见 Denis Twitchett 主编的《剑桥中国史》第三卷,第一部分,第 736 页。

享乐的困难 *

"娱乐"这个词在英语里面已经是一个相当模糊的范畴：它包括了许多非常不同的享乐活动。这些活动在中国文化中的对应物也很丰富多样，虽然它们的分类略有不同。在欧洲的古典传统中，一批"观众"（audience）集体观看各种演出（show），一直是一个引起严肃兴趣的话题。得知潘西俄斯被酒神的信徒撕成碎片给听众带来的乐趣究竟属于什么性质，的确是一个很好的问题。中国当然自古就有"演出"，但是戏剧直到相当晚才进入文字书写传统（最早的文本大概来自13世纪），又直到17世纪晚期，才开始出现十分严肃的对于观看戏剧演出的反思。《楚辞》（公元前3世纪？）中的《九歌》具有温和的"后设戏剧"性质，因为它们本身组成了它们所描写的宗教表演的一部分。但是，就像早期传统中很多其他材料那样，阐释者把这些文本视为在特定环境下写作的第一人称抒情诗。

有一种娱乐形式的确抓住了人们的文字想象力，那就是

---

* 本文发表在巴黎大学出版的杂志《远东远西》1998年第20期，第9—30页。——译者注

观看歌舞演出。这常常成为诗歌吟咏的对象。歌舞诗并不是孤立的,它们是所谓"酒宴主题"的一部分,比如说饮酒、游戏,甚至包括两性的媾合。唐朝的歌舞妓不仅提供舞乐表演,也可能和观众中的一位发生性关系。到了后来,"妓"已经变成妓女的通称了。

本文将把这一主题引入唐代,并把重点放在唐代。但这是一个很大的题目。这些强调感官享受的娱乐进入宋朝,我们可以在词的传统以及围绕生活的这一方面所产生的丰富的趣闻轶事中清楚地看到这一点。同时它们也给没有妓乐的文人聚会形成了负面的背景,这种文人聚会成为一个重要的场合,使文人们得以严肃地思考"快乐"的性质。

享乐,似乎是一项令人不安的事业。乐趣难以获得,难以维持,而且,如果享受得太多,还相当危险。就像在古典传统和欧洲传统的很多酒宴诗歌里面那样,在中国文学传统中,对享乐的召唤听起来往往具有不祥的意味,这使我们不由得会感到奇怪:参加宴饮的客人怎样才能把欢乐与绝望分开。约公元前8世纪至公元前7世纪的《诗经·唐风·山有枢》,用威胁的方式来敦促人们作乐:

> 山有枢,隰有榆。
> 子有衣裳,弗曳弗娄。
> 子有车马,弗驰弗驱。
> 宛其死矣,他人是愉。

> 山有栲，隰有杻。
> 子有廷内，弗洒弗埽。
> 子有钟鼓，弗鼓弗考。
> 宛其死矣，他人是保。

> 山有漆，隰有栗。
> 子有酒食，何不日鼓瑟？
> 且以喜乐，且以永日。
> 宛其死矣，他人入室。

乐趣的享受要求一个人花费以往积累起来的东西，以往的收藏——花费一个人以前靠了节省花费而贮存起来的所有物。在上面的诗里，我们听到诗人威胁那些积攒了很多的人们：如果现在你不肯享受你的所有，那么自有别一个人来享受。若想永久地拥有，一个人必得消费。这是一个似乎自相矛盾的真理。然而，如果诗中的人听从了歌者的劝告，举办起一个盛大的酒宴，他欢乐的背景却会是地府的幽冥，还有他人享受自己的家产的影像——他们将乘着他的车马，进入他的宅第，穿起他的衣裳，享用他的酒食。这到底是真正的乐趣呢，还是富有竞争性的消费——在丧失的威胁下，牢牢地抓住自己所有的一切？

让我们想象一下酒宴的主人，也许，在美妙的音乐和酒精的作用下，他确然开始沉醉，能够真的享乐了。那么，我们大概可以为他歌唱排在《山有枢》前面的诗《蟋蟀》：

> 蟋蟀在堂，岁聿其莫。

> 今我不乐，岁月其除。
> 无已大康，职思其居。
> 好乐无荒，良士瞿瞿。

在《山有枢》中敦促听众享乐的歌者，现在又警告他不要走得太远。享乐者发现自己陷入一种困境：一方面是在禁欲和节俭中浪费生命，另一方面纵情宴乐又会导致毁废。

对享乐的怂恿和阻止，在《诗经·唐风》的这两首诗中得到了戏剧化的表现。这样的观念和《礼记·乐记》中对礼仪和情感的乌托邦式理论具有密切的关系：

> 人生而静，天之性也；感于物而动，性之欲也。物至知知，然后好恶形焉。好恶无节于内，知诱于外，不能反躬，天理灭矣。夫物之感人无穷，而人之好恶无节，则是物至而人化物也。人化物也者，灭天理而穷人欲者也。……是故先王之制礼乐，人为之节。衰麻哭泣，所以节丧纪也；钟鼓干戚，所以和安乐也；婚姻冠笄，所以别男女也；射乡食飨，所以正交接也。礼节民心，乐和民声，政以行之，刑以防之：礼乐刑政，四达而不悖，则王道备矣。
>
> 乐者为同，礼者为异，同则相亲，异则相敬。乐胜则流，礼胜则离。合情饰貌者，礼乐之事也。

这不是上古中国关于人类情感的惟一理论，但它往往以不同的形式出现，可以说是传播最广泛的。人的情感，一旦被发动，很容易趋于极端，而这样的极端常常和丧失自我联系在一起（也就是说,被不断的刺激之张力所影响,结果失去了思考的能力)。因此,"节"是必要的,这样"情"可以得到一种令人满意的限制,不致流于过分。《乐记》中"乐"与"礼"这一双对立互补的概念为我们提供了"节"。当音乐把听众团结在一起,因此使人们面临丧失自我、泯灭区别的危险时,礼仪的施行和分派给每个人的角色保存了人与人之间的差异。

如果我们在这一语境中阅读《蟋蟀》,我们就会看到被作乐的召唤发动起来的"情",也会看到歌者谆谆的告诫之中蕴涵的节制:保持个人社会角色的分别,这也就是"礼"的社会性表现了。

在儒家的理想中,均衡而有节制地表达出来的感情使每个人都满意,而社会也就从而达到和谐。但是,在兴奋与限制相交替的过程中,我们很难不看到潜在的不稳定因素。通往放纵过分的路上,"节制"的出现是一种干扰和中断。在汉赋里,这样的情形一次次地反复出现:胃口先是被吊起来,然后突然被压制下去。

我们可以阅读一下东汉作者傅毅(?—90)在《舞赋》里面的描写。赋的主人公是传说中的古代辩士宋玉,在赋的开头,他劝说审慎的楚王举行一场盛大的歌舞表演:"楚襄王既游云梦,使宋玉赋高唐之事。将置酒宴饮,谓宋玉曰:'寡人欲觞群臣,何以娱之?'玉曰:'臣闻歌以咏言,舞以尽意。是以论其诗,不如听其声;听其声,不如察其形。激楚结风,阳阿之舞,材人之穷观,天下之至妙,噫,可以进乎?'王曰:'其如郑何?'"这里令楚王感到不安的是"郑卫之声":儒家传统所严厉禁止的"靡靡之音"。宋玉举了儒家传统所称扬的、富于道德性的歌舞为例来安慰楚王,最后他提出一个奇特的说法:"郑卫之乐,所以娱密坐、接欢欣也。余日怡荡,非以风民也,其何害哉?"

通过宋玉的嘴,傅毅开辟了一个危险的空间,这个空间被称为"余日"——闲暇。对于儒者来说,帝王的音乐具有至高的重要性,它具有教化臣民的道德影响力。郑卫之声在一个统治清明的君主政体里面没有自己的位置——除了作为反面教材之外:人们把这样的音乐和郑、卫两个诸侯国荒淫无道的历史联系在一起,郑、卫的灭亡则显示了不道德音乐造成的恶果。对于宋玉来说,对这种音乐的沉迷如果能够被安全地限制在一段叫作"余日"的短暂时间里面,那么就没有任何问题。在这段时间里,音乐不会泄露出去,腐蚀百姓。

这段时间以它的疆域有效地终止了沉迷的轨迹。在下面正式开始的赋里,宋玉对舞蹈的描述越来越激动人心,最终我们只看见裙裳的旋涡和舞女迷人的横波。大约在赋进行到四分之三的时候,演出突然停止,楚王的客人被送回家去。客人在黑暗的街道上匆匆地走过——也许,他们的急迫来自被挑逗起来而没有得到满足的欲望吧。

这个虚构的角色(宋玉)以他的"余日"概念为我们提供了一个小小的异端邪说。君主是永远都在履行职务之中的。周公,所有执政者的模范,据说曾经吐哺握发,迎接贤者。这个常常被人称引的故事意思是说对于一个君主,不存在处理政务、履行职责之外的时间。同理,探讨音乐的儒家士大夫也不可以建议说,在某段时间里,君主的音乐是无关紧要的。只有当"闲暇"的概念诞生时,我们才有真正完全意义上的"娱乐",这和具有道德意义的仪式性演出没有关系。

这样一种为"乐趣"所保存起来的空间,其内在是十分不稳定的。道德家们总是希望重新占有这一空间,让它隶属于君主的职责;每当君主的享乐达到某种强度的时候,他们就会按照规矩表示抗议。不过,他们对于这一空间感到的不安也许是建立在明见之上的,因为这一空间的疆域总是面临崩溃的危险,乐趣会流溢出来,淹没黑夜,一直持续到早晨。

这是一个很大的题目,也即在中国士大夫传统中"狂欢节"或者艺术之独立空间的不可能性。狂欢节在时间中的地位就好像是艺术在空间中的地位(甚至语言与音乐这样的时间性艺术也可能被带到某种形式的舞台上,把现实社会中可以被接受的东西和可以发生于艺术中的东西区别开来)。不是说,这些被限制的空间从来都不会被超越——比如说,一位观众可以爱上一个演员,但是这样的逾越往往是一种出乎人们意料的想入非非(比方说假设我表示我想要拥抱博物馆里面的一尊美女塑像)。当先锋派艺术家从舞台走进观众席,或者从观众席走上舞台,这样的举动会使得人们更加意识到两者的界限。这样的疆域不是一直都存在的,但是在过去的几个世纪之中,它们逐渐变得丰厚和固定了。随着艺术的空间被划分出来,狂欢节及其变形也必得有一个清晰的、为社区所公认的开始和结束——因为,不能一直都是仲夏夜。

没有这些得到社会文化准许的、可以尽情放纵的时间和空间,就只能对秩序的瓦解过程存在一种绝对的制止,或者充满张力的暂停,或者某种形式的转移,比如回忆或者做梦。[1] 在这样

---

[1] 到了 16 世纪后期,剧作家汤显祖的时代,我们会在汤显祖的剧作里面看到,梦境显然成了得到保证与许可的放纵的时空。在《牡丹亭》里,杜丽娘在梦中或者作为鬼魂都可以享受到性的自由。但是《牡丹亭》有一半以上的内容是讲述她如何在家庭与社会中解决爱情婚姻问题的。梦中的激情在现实社会中的确会引起麻烦。

的话语中,结束成为一个根本因素:无论是自控的决心,酒宴的中止,还是情侣的分张。

寿命短暂的梁朝、陈朝以及隋朝的末代帝王,在他们的统治中都面临严重的政治问题,这些问题和他们是否花了太多时间沉湎酒色没有太大的关系。其实,他们倒真的不如尽情享受,因为他们缺少的是政治天才,而不是生活上的节制。前者不像后者是可以仅仅靠道德意志就能实现的。对于唐朝初年的历史学家来说,这几个唐朝之前的朝代在百年之间的相继覆灭都是末代帝王的纵情享乐导致的(而且往往毁在王朝创始者的第二代统治者手中)。这些君王似乎逾越了享乐的限度:他们"走得太远了"。

唐太宗李世民(627—649 年在位)是唐朝的第二代天子。他的登基,是依靠杀死两个兄弟(其中之一是皇太子)和逼迫父亲退位实现的。随即他下令重写唐代创业的历史,特别把他个人的功绩放大。但是他希望成为一个模范的儒家君主,极力显示他对欲望的节制。太宗的焦虑是有理由的,不是因为他杀死兄弟或者对父亲的不孝,而是因为在唐朝之前的三个朝代之中,有两个朝代都是灭亡在第二代君主的手里。史臣解释说:这是因为那些第二代君主太淫逸放纵的缘故。

李世民留下的作品比任何其他唐朝君主都多。在他的作品中,我们常常可以看到他对他的所有进行骄傲的赞美,也看到他对乐趣的节制所做的称颂,在这两者之间,存在着一种十分不安的相互作用。在这方面,他的组诗《帝京篇》及其序言显得十分意味深长。这组诗以帝王在"余日"中的享乐作为开始,而这些乐趣在和一些更加极端的选择进行比较时显得十分令人满足:"谁还需要 X 呢!"诗人说(这个 X 是一个"走得太远"的事例)。最后,这一天的闲暇以出游和宴饮结束,自然还有宫女的歌舞表演。在第九首诗中描写的舞蹈标志了危险的端点,在这里他十分容易陷入那种使得前朝的第二代君主覆灭的淫逸放纵。因此,在组诗的第九、十首里面,李世民及时中止了享乐,表示要实行更多的节制。

帝京篇十首并序

予以万机之暇,游息艺文。观列代之皇王,考当时之行事,轩昊舜禹之上,信无间然矣。至于秦皇、周穆、汉武、魏明,峻宇雕墙,穷侈极丽。征税殚于宇宙,辙迹遍于天下;九州无以称其求,江海不能赡其欲。覆亡颠沛,不亦宜乎?予追踪百王之末,驰心千载之下,慷慨怀古,想彼哲人。庶以尧舜之风,荡秦汉之弊;用咸英之曲,变烂漫之音:求之人情,不为难矣。故观文教于六经,阅武功于七德,台榭取其避燥湿,金石尚其谐神人,皆节之于中和,不系之于淫放。故沟洫可悦,何必江海之滨乎?麟阁可玩,何必两陵之间乎?忠良可接,何必海上神仙乎?丰镐可游,何必瑶池之上乎?释实求华,以人从欲,乱于大道,君子耻之。故述《帝京篇》以明雅志云尔。

其 一

秦川雄帝宅,函谷壮皇居。
绮殿千寻起,离宫百雉余。
连甍遥接汉,飞观迥凌虚。
云日隐层阙,风烟出绮疏。

其 二

岩廊罢机务,崇文[1]聊驻辇。
玉匣启龙图[2],金绳披凤篆[3]。
韦编[4]断仍续,缥帙舒还卷。
对此乃淹留,欹案观坟典。

其 三

移步出词林,停舆欣武宴。
雕弓写明月,骏马疑流电。
惊雁落虚弦[5],啼猿悲急箭[6],
阅赏诚多美,于兹乃忘倦。

李世民的序言充满天子的自觉,把上古圣君的美德和声名与那些荒淫帝王的行为进行对比。在他心目中,过度放纵是王朝覆灭的根源,作为"追踪百王之末"的一代君王,他发誓要"节之于中和"。同时,他居住在中国有史以来最宏伟的首都和宫殿之中,所以,强烈的骄傲与节俭的手势发生了冲突。

第一首诗描写了皇宫的壮丽——"连甍遥接汉,飞观迥凌

---

[1] 崇文,崇文观,魏明帝设置的文学机构。这里代指唐朝的类似部门。
[2] 龙图,即"河图"的别称。据说在伏羲时黄河有龙跃出,背负河图,伏羲据此画成八卦。代指罕见的古代典籍。
[3] 金绳,封禅时用来编、缠玉简。凤篆,字体作鸟迹的篆书。
[4] 韦编,以熟牛皮串联起来的书简。
[5] 虚弦,《搜神记》中神射手更嬴拉空弦击落大雁的典故。
[6] 这个故事也见于《搜神记》。据说楚王曾命弓箭手射白猿,白猿毫不惊惶地把来的箭接在手中。但当神射手养由基出现,白猿便开始抱木而嚎。

虚"。在第二首诗里，起首第一行，李世民便小心地为他的享乐划出一个清楚的范围："岩廊罢机务。"也就是说，在这首诗里和其他八首诗里描写的活动都属于"余日"，是在他处理完了政务之后发生的。他现在需要调控这种闲暇。

在《论语》里面，孔子为如何安排这样的闲暇时间提供了一个合适的样本：在"志于道，据于德，依于仁"之后，一个人可以"游于艺"。"游"强烈地暗示一种比较闲适的活动，和先前所列举的道德责任形成对比。虽然孔子对"艺"的理解和李世民十分不同，但是通过观书，通过对古代典籍表示兴趣，大唐天子以实际行动表现了他对儒家规范的崇奉。

夸耀皇家图书馆的藏书，昭示了李世民对"文"的支持。避免放纵过度的最好办法莫过于维持平衡，所以，在下面的诗里，他转向"文"的反面——"武"，赞美皇家卫士的军事演习。

其 四

鸣笳临乐馆，眺听欢芳节。
急管韵朱弦，清歌凝白雪。
彩凤肃来仪，玄鹤纷成列。
去兹郑卫声，雅音方可悦。

赞美过文治与武备之后，李世民欣赏了一次音乐表演。在这里，我们第一次看到宫廷的燕乐被诗人以否定的方式定义，也就是说，它们是以被排除在外的东西所定义的。这体现了序言的主题：君主的道德依靠拒绝淫逸的享乐得到成就。太宗在这首诗的结尾说了他用不着说的话。不是说他只是简单地欣赏演奏的音乐，而必须特意强调雅乐"的确"令人愉悦，"郑卫之声"应该被祛除。李世民的出身，是一个强硬的北方将领，在他年轻的时候，他无疑有很多机会听到可以被当时人称为"郑卫之声"的通俗音乐。现在，为了扮演好儒家君主的角色，他必须学会喜欢一种比起通俗音乐来可能相当沉闷的音乐。后来，我们将看到一场更有问题的音乐表演。

其　五

芳辰追逸趣，禁苑信多奇。
桥形通汉上，峰势接云危。
烟霞交隐映，花鸟自参差。
何如肆辙迹，万里赏瑶池[1]。

其　六

飞盖去芳园，兰桡游翠渚。
萍间日彩乱，荷处香风举。
桂楫满中川，弦歌振长屿。
岂必汾河曲，方为欢宴所[2]。

其　七

落日双阙昏，回舆九重暮。

---

[1] 瑶池，传说昆仑山上仙人西王母所居。西王母曾在此以酒宴款待周穆王，作歌为乐。瑶池往往代表种种过分的举动：无论是巡游太远，太执着于求仙，还是太多地追求感官享乐。这里太宗是在强调长安园囿的优越性。
[2] 汉武帝在汾河宴饮奏乐的典故。

长烟散初碧，皎月澄轻素。
搴幌玩琴书，开轩引云雾。
斜汉耿层阁，清风摇玉树。

　　这三首诗描写了皇帝的出游以及出游归来后的夜晚。在每首诗里，诗歌语言都把一个微型世界描绘得美丽非常，因此，李世民可以宣称他用不着像周穆王或者汉武帝那样远行。第七首诗结尾处的"玉树"应该就是槐树，然而，它们在他的宫廷和视野中的出现，一定唤醒了他对近代荒淫亡国的君主的联想。

　　583年到589年在位的陈后主陈叔宝曾经写过一首歌：《玉树后庭花》。陈叔宝的放纵并不表现为远游，而表现在对后宫声色的沉溺，对"机务"的忽略。陈后主的享乐生活冲破了闲暇的界限，据说被完美地体现在这首歌里。据说当朝臣听到这首歌的时候，他们都流泪了，因为知道王朝将要灭亡。"玉树"在李世民诗中的出现十分合适，因为它引入了下面的两首关于宴饮和后宫歌舞的诗。

　　　其　八
欢乐难再逢，芳辰良可惜。
玉酒泛云罍，兰殽陈绮席。
千钟合尧禹，百兽谐金石[1]。
得志重寸阴，忘怀轻尺璧[2]。

---

[1]　夔是舜帝的乐官，奏乐时百兽率舞。
[2]　语出《淮南子·原道》："故圣人不贵尺之璧，而重寸之阴：时难得而易失也。"

享乐的困难

其 九

建章欢赏夕，二八[1]尽妖妍。
罗绮昭阳殿，芬芳玳瑁筵。
佩移星正动，扇掩月初圆。
无劳上悬圃[2]，即此对神仙。

其八、其九两首诗把这一天的欢乐带到高潮。关于宴饮的诗，就像从《诗经》以来所有关于宴饮的诗一样，提出欢乐难再、珍惜良辰。酒宴上的音乐是如此美妙，就连百兽也"率舞"了；下面的诗则过渡到后宫佳丽的舞蹈，她们婉媚的姿态吸引了天子的注意。他再次强调：这样的欢乐，可以使人无悔地放弃远方的仙境。但是，他的宣告和以前的相比，出现了一个小小的却十分重要的不同：在这里，不是说他周围环境中较为节制的乐事使古代君王享受的奢侈变得没有必要了，而是说，悬圃的神仙境界就在眼前。那么，现在，天子的享乐必须终止了。

其 十

以兹游观极，悠然独长想。
披卷览前踪，抚躬寻既往。
望古茅茨约，瞻今兰殿广。
人道恶高危，虚心戒盈荡。
奉天竭诚敬，临民思惠养。

---

〔1〕 《左传·襄公十一年》："女乐二八。"这里"二八"当指宫女舞乐队人数（十六人），非年龄之谓。
〔2〕 悬圃在昆仑山，神仙所居。

>纳善察忠谏，明科慎刑赏。
>六五诚难继，四三非易仰[1]。
>广待淳化敷，方嗣云亭[2]响。

孔子建议说：在处理好严肃的道德问题之后，可以"游于艺"。在他的闲暇时间当中，李世民可以说已经游玩和尽情地欣赏了他所能欣赏的一切，至少来到了一个迫使他反思的边缘。他把当前的辉煌和古代帝王的简朴进行比较，意识到应该远离放纵的生活方式。组诗以一系列对于居安思危、成俭败奢的认识和誓言结束。

李世民的《帝京篇》很难算得上是唐诗的什么高潮，不过，它的确把帝王的焦虑戏剧化地呈现给了读者。通过这些诗篇，以及在无数的公开场合，李世民昭示了帝王的自我控制和他在纳谏方面的从善如流。王朝没有在第二代君王的统治下灭亡。然而，后来的君主缺少李世民的敏锐，没有把他们的自控进行公开的展示。那些在宫廷之中宴饮享乐的君主很容易让公众感到怀疑，觉得他们大概"走得太远了"。

755年12月，在李世民写下上述诗篇的一个多世纪之后，天尚未破晓，杜甫便已从京城出发，前往长安北面的奉先县看望他的家人。时局不是很好：从种种公开的迹象以及宫廷传言来看，大唐天子李隆基，后来被称为玄宗的，宠爱他的妃子杨玉环，杨妃的堂兄杨国忠被封为宰相，其他家族成员，无论男女，分别在

---

[1] "六五"当指远古先王的音乐（《六茎》《五英》之类），参见《汉书·礼乐志》。"四三"：远古四个朝代（虞、夏、商、周）、三位圣君（禹、汤、文王）。

[2] 云云、亭亭，泰山脚下二山名，古时封禅之所。

享乐的困难

政府担任要职或者在后宫出入频繁。而杨国忠和当时镇守东北的将领安禄山私人关系恶劣。黎明时分，杜甫途经骊山行宫，这里的温泉水在长安严寒的冬天为王室带来了很多舒适与安慰：

> 凌晨过骊山，御榻在嵽嵲。
> 蚩尤塞寒空，蹴踏崖谷滑。
> 瑶池气郁律，羽林相摩戛。
> 君臣留欢娱，乐动殷胶葛。
> 赐浴皆长缨，与宴非短褐。
> 彤庭所分帛，本自寒女出。
> 鞭挞其夫家，聚敛贡城阙。
> 圣人筐篚恩，实欲邦国活。
> 臣如忽至理，君岂弃此物。
> 多士盈朝廷，仁者宜战栗。
> 况闻内金盘，尽在卫霍室。
> 中堂舞神仙，烟雾蒙玉质。
> 暖客貂鼠裘，悲管逐清瑟。
> 劝客驼蹄羹，霜橙压香橘。
> 朱门酒肉臭，路有冻死骨。
> 荣枯咫尺异，惆怅难再述。

天子被不祥的征象以及羽林军的卫士所环绕，和他的朝臣一起享乐。杜甫似乎听到了远方传来的音乐，而这音乐是通宵作乐的迹象。

　　天子的沉迷意味着"私"：皇帝的权力与财富都落入了外戚，

也就是杨氏家族的手中。而外戚们也在纵情享受：朱门之外是被盘剥到极点的百姓，以血汗供养了朱门之内如神仙一般轻歌曼舞的女乐。我们曾经见到过类似的情形：正是在这个时候，宋玉和楚王结束了酒宴；也是在这样的时候，玄宗的高祖唐太宗李世民以道德反思中止了享乐。但是玄宗似乎逾越了享乐的界限：他的宴饮与音乐从夜里持续到了早晨。

我们也应该在此稍作停留。杜甫是怎么知道这一点的呢？这当然已经是布满长安的流言。参加过类似宴饮的贵客自然也会加以谈论。关于玄宗奢侈放纵的故事在安史之乱后成为人们喜欢的话题。在一首写于安史之乱前的诗中，我们看到杜甫对玄宗的奢侈淫逸所做的直接见证。在这些故事里面，无疑有真实的成分：与太宗当年极力夸示他的节制相反，玄宗极力夸示他的威权。但这些故事就像所有关于宫廷内部骄奢淫逸、勾心斗角的故事一样，具有自己的生命。人们喜欢那些"讲述帝王之死的悲哀故事"，喜欢想象是怎样的豪奢导致了他们的败亡。

玄宗是怎样从唐朝最成功的统治者变成了它的掘墓人？当时的通俗故事要我们相信一个怎样的解释？我们可以预见到答案：缺乏节制，不能把握闲暇的界限，迟眠宴起的愿望。

> 开元中，泰阶平，四海无事。玄宗在位岁久，倦于旰食宵衣，政无大小，始委于丞相，稍深居游宴，以声色自娱。

9世纪初期，陈鸿的《长恨歌传》是这样开头的。《长恨歌传》讲述了玄宗和杨贵妃的爱情故事。我们应该对玄宗感到一些同情。在安史之乱发生之前，玄宗已经在位四十多年了。四十多年来,他每天都要上早朝,而早朝意味着他要在凌晨三点钟左右起床,穿戴好天子的冠冕朝服。这很容易消耗一个人的精力,尤其当这个人已经步入晚年。如果他很晚才用晚餐的话,那么他自然会苦于睡眠不足。但是,如果一个君王没有在早朝时出现,那么一般来说,人们不会认为这只是一个老人厌倦了在半夜时分起床,而会怀疑他一定是经历了一个不眠之夜:先是宴饮与歌舞,后来则是芙蓉帐内的荒淫。

那节制自己的帝王得到了贤君的声名与政治上的成功,那放松了节制的帝王则付出失去王国的代价。这是对于君王的教训,读者也许会说这对一般的百姓并不适用:他们尽可以响应纵情享乐的召唤,沉溺宴饮,如果天色已晚,就"秉烛而游"。我们在汉乐府诗和"古诗十九首"里面都会听到对享乐的召唤,比如说这首《西门行》:

> 出西门,步念之:
> 今日不作乐,当待何时?
> 夫为乐,为乐当及时。
> 何能坐愁怫郁,当复待来兹?
> 饮醇酒,炙肥牛,
> 请呼心所欢,可用解愁忧。
> 人生不满百,常怀千岁忧。
> 昼短而夜长,何不秉烛游?
> 自非仙人王子乔,计会寿命难与期。
> 人寿非金石,年命安可期?
> 贪财爱惜费,但为后世嗤。

但那是比较纯朴的时代。当我们进入 9 世纪时，摧毁了帝王的纵情享乐也被诗人们分享。正是为了抵制这种对欲望的沉溺，最终我们看到新儒家所宣扬的比较平淡的快乐。皇帝后宫的作用之一，是吸引皇帝广布恩泽，避免专宠一人，因为这样的"私"或者威胁皇权，或者会施于外戚。这正是玄宗面临的危险，就像白居易在《长恨歌》里面所说的："后宫佳丽三千人，三千宠爱在一身。"这种强烈而专注的激情具有很大的魅力，它既可以发生在帝王身上，也可以很容易地发生于黎庶。对于李商隐来说，这种专注的激情可以针对歌舞的瞬间产生。《燕台》组诗的第三首《秋》是这样结尾的：

歌唇一世衔雨看，可惜馨香手中故。

这两行诗句表现了一种对于歌曲的奇异的视觉经历：好像诗人要一直凝视进歌者的心中，而一生一世就可以这样度过——含泪的双眼专注地凝视歌者的嘴唇。另一首诗《碧城》以类似的愿望结束：诗人表示希望终生凝望舞女的美妙姿态，为了怕她像身轻的赵飞燕那样被狂风吹去，将用一只透明的水晶盘护持她：

若是晓珠明又定，一生长对水晶盘。

这是极为有力的意象，它昭示了诗人对沉迷的欲望，但同时也暗示了欲望之不可能实现。诗人尽可以终生凝望歌者的嘴唇，但是那伸出的手，穿过空间，却只拾取到一缕在掌心故去的馨香。太阳——黎明之珠——不会永远静静地悬挂在天上，时间不会静

享乐的困难

止，凝望因为水晶盘的隔离而不可企及的舞蹈，也不会持续一生一世。[1]

在这个语境之中，我们可以看一看李商隐最著名的诗之一，一首《无题》诗——不是"没有题目"，而是"没有为之命名"，暗示诗人写作的情境或是太私人化，或是问题重重，所以没有给出标题：

>昨夜星辰昨夜风，画楼西畔桂堂东。
>身无彩凤双飞翼，心有灵犀一点通。
>隔座送钩春酒暖，分曹射覆蜡灯红。
>嗟余听鼓应官去，走马兰台类转蓬。

宋玉安慰楚王说，在"余日"可以尽情观赏舞乐。当演出结束，楚王可以把客人遣散回家。对于李商隐来说，却有一种突如其来的声音结束了他的夜宴，那是早朝的鼓声，催促他履行为官的职责。

这是一首艳情诗。就像在楚王宫廷观看舞乐的经历一样，它描写的是一种没有得到满足的欲望。这既不是充分的感官享受，也不是康德所论述的那种既投入又保持心理距离的特殊审美经验。在这首诗里，诗人感到吸引，但是使他节制自己的力量和吸引魅惑他的力量同等强大，因此，他处于两种相反的力量之间的

---

[1] 宋乐史《杨太真外传》载唐玄宗读《汉成帝内传》，中有"成帝获飞燕，身轻欲不胜风，恐其飘翥，帝为造水晶盘，令宫人掌之而歌舞"云云。作者谓以水晶盘掌飞燕而歌舞者，非指作掌上舞也，乃以水晶盘屏遮飞燕，俾风不得吹之也。——译者注

243

平衡点，就仿佛那观望歌唇的一生，需要外在的召唤——比如说早晨的鼓声——来破坏这种富有魔力的静止。欲望与节制之间的平衡很像"礼乐"之间的平衡，但是在这里它远远没有达到令人满意的有节制的抒发。这一夜的经历并没有真的得到限制：如果诗人的沉迷没有被鼓声中断，似乎还会一直持续下去；而且，这正是为什么他在回忆与诗歌之中重新回到昨夜。正如诗的第一行所告诉我们的，这不是一首即景诗，而是一首回忆过去经历的诗。

诗的第一、二行给了我们背景：很特别的背景，因为把时间框架定于"昨夜"，这就使得全诗具有"回顾"的结构。中国古典诗歌在题目和文本中常常十分精确地标出写作的场合。这首诗也以标出一个特别的场合作为开始，但是至于其中具体的时间、地点却只能是猜测了。从形式的因素来说，它暗示了某种特别的情境，但是诗人却又隐晦这一情境，似乎在说："我有一个重要的秘密，但是我不会告诉你。"似乎应该有另外一个人完全了解诗人的所指，即使她（？）等到多年之后才读到这首诗。因此，在诗的第一联，诗人创造出一个非常私人化的时空，而当他把这首诗给朋友们阅读或者当这首诗被收在诗人全集中的时候，他可以唤起别人对他曲笔隐晦的事实的注意。

在第二联中，我们得知虽然身体不能得到满足，不能肌肤相亲，但是心却可以相"通"（这个"通"，是"通天犀"之通，是沟通之通，也是私通之通）。这里，我们几乎不需要知道笺注家们所特意指出的事实——犀牛角可以用作春药——就能够完全地欣赏诗句的多重含义。中通的犀角是情人之间沟通的象征，而犀角当然也富有性的意味，至少在文艺想象中，如果不是社会的现实。而凤凰的对舞也是比喻，虽然这种可能是以否定的形式写出的。

同时进行的合与分也在游戏中得到呈现,不管是男女一起玩的游戏,还是女子玩而男子观看。"藏钩"是饮宴时的游戏,输者往往要罚酒。"隔座"(也即在场的人分为两方)再次展现了沟通与分隔的情景,而输家所饮的春酒不仅温暖了饮者的身体,也使得人们放松了节制。

"射覆",也就是"猜测被覆盖之物"的意思,和"藏钩"类似,也一语双关。参加游戏者再次被分为两队,这不仅是"分隔"的象喻,而且似乎特定的游戏参加者知道所覆的谜底,而把其他游戏者排除在外。

这一夜的活动,对于情人来说,只是一次又一次地在重演他们对彼此的渴望和他们之间的隔离:既不可能有进展,也没有退出,只有不断地重复,直到鼓声把这魔咒击破。这里"蓬"的意象值得注意:蓬或者又称卷蓬、飘蓬,是常常被风吹卷而去的一种植物,诗人用转蓬作比喻,表示他的离去不是自愿的,是没有办法的。不言而喻,他希望昨夜充满张力的平衡能够继续下去。而当他以"昨夜"开始全诗的时候,他也确实是在回忆中重复和继续了"昨夜"的经历。

我希望读者注意到:这首诗的模式本身也是一种重复,而这一模式是针对读者的。读者被吸引,又被摈除于了解之外,需要"射覆"。

如果普通的情人困扰于不能实现的欲望,那么那些因为享乐太过、失去王国的君主又该如何呢?李商隐对这样的君主感到强烈的兴趣,一次次地在诗中描写他们,我们对此不会感到奇怪。当然了,把这些诗篇解读为李商隐对淫逸放纵的批判,是十分简单、容易而平常的。但是李商隐把那些君主面对的诱惑以如此清晰诱人的笔墨描绘出来,这简直让我们难以判断诗人到底站在哪一方。

李商隐最喜欢提到的一个荒淫君主是北齐的末代皇帝,这个皇帝有一位宠爱的妃子:冯小怜。根据传说,当北周的军队侵略北齐,攻占了平阳之后,一封紧急军事情报被送到了当时正在围猎的北齐皇帝手中。皇帝准备回京,但是小怜请求再猎一围。皇帝同意了。两个月之后,北周大军攻下了北齐的首都晋阳。

还有几个典故可以帮助读者理解这两首诗:绝美的女子往往被称为"倾城倾国"——倾倒与倾覆城与国;当吴王夫差听信谗言,大臣伍子胥预言说荆棘终将长满吴王的宫廷。

北齐二首

其 一

一笑相倾国便亡,何劳荆棘始堪伤?
小怜玉体横陈夜,已报周师入晋阳。

其 二

巧笑知堪敌万机,倾城最在着戎衣。
晋阳已陷休回顾,更请君王猎一围。[1]

第一首诗以小怜的微笑和玉体对抗史臣对政治后果的理解。小怜的笑容使后主对她倾倒,而从此王朝就注定了覆灭的命运:

---

[1] 我同意周振甫在《李商隐选集》(上海古籍出版社 1986 年版)中表达的观点:"晋阳"当是"平阳"之误(第 298 页)。

没有必要等待,没有必要让事件慢慢地开展,一个王朝的历史全部集中在他的目光注射在她的身体上的那一瞬间了。这首诗从这里得到了它撼人的力量:一个关于王朝倾覆的庞大叙事与君王凝视小怜玉体的深情目光针锋相对;后者更沉重,倾倒了天平。

在第二首诗里,我们看到战争的意象。"敌",是匹敌,也是与之为敌。处理"万机"构成了一个君王的政治资本,但是美人的巧笑是它的敌人,可以击败它。因此,美人戎装是最适宜的,而小怜的戎装自然是由于她参加了围猎。

也许,我们应该按照这个字的绝对意义来理解"敌"。她的身体,她的继续围猎的要求,都是在一个王朝覆灭的背景下出现的,而且,比王朝的覆灭具有更加强大的吸引力。这里有某种东西,比荒淫的君主与明智的大臣之间的对立要深刻得多。道德家、政治家和史臣,还有像李世民这样懂得自我节制的贤君,住在一个"万机"纷扰的世界,每一个行动都会产生一系列的后果。但是与此同时,有一种召唤具有同样的,甚至似乎更诱人的力量,那就是:生活在现时。就像小怜所说的,不要回顾过去吧——也不要忧虑未来。沉浸于身体的享乐或者激动人心的围猎,是逃脱充满百虑与"万机"的生活的一条出路。

当晨鼓响起,召唤李商隐,他离开了。但是,他也可以怀着轻蔑与赞美,想象那些为了现下的欢乐而忘记了其他一切的君王。

醉　归[*]

作为乐府和唐朝歌曲传统的一部分，早期的词常常把传统的诗歌情境加以变化、增益。这些传统诗歌情境由一系列复杂的意象和叙事因素组成，其中最常见的一个情境，便是一个女子一夜无眠，等待丈夫回家。丈夫的所在是这一叙事中的变动因素，它可以影响这个女子相思的风味。比如说，他可以在旅途中奔波，可以在守边，或者，也可以在风月场中寻欢。这最后的一种可能性与另一个传统的乐府诗情境——公子王孙在都城作乐——是相关的，而这一情境又总是吸取了宴饮诗的意象和主题。在这里，我们看到中国古典文学中的类型和情境相互交织和重叠，形成了一个错综复杂的整体。

对一个传统情境进行变化的方式之一，是设计可能产生的后果或者下一步情形该当如何——在女子等待丈夫回家这种情况下，当她喝醉的丈夫真回来了之后，又该怎样呢？这样的曲子的确有一个自己的传统，这个传统从9世纪到10世纪之间开始，在民间文学里面持续，而且常常在白话文学中出现。在这一传统中可以大概判断写作年代的曲词里面，我们现有的一个最早的文

---

[*] 本文是作者未发表著作《未成词话》的一部分。——译者注

醉 归

本是下面这首《怨春闺》^[1]：

> 好天良夜，
> 〇月碧霄高挂。
> 羞对文鸾^[2]，
> 泪湿红罗帊。
> 时敛愁眉，
> 恨君颠困，
> 夜夜归来，
> 红烛长流^[3]云榭。
>
> 夜久更深，
> 罗帐虚薰兰麝。
> 频频出户，
> 迎取嘶嘶马。
> 含笑觑，轻轻骂，
> 把衣挦扯。
> 叵耐金枝^[4]，
> 扶入水精帘下。

---

[1] 包含这一文本的手抄本可以追溯到 850 年。参见任半塘编著的《敦煌歌辞总编》（上海古籍出版社 1987 年版），第 334 页。
[2] 文鸾，这里指镜子。文鸾所引起的联想是伴侣和情人。
[3] "流"同"留"。参见项楚《敦煌歌辞总编汇补》（巴蜀书社 2000 年版），第 4 页。
[4] 金枝，"金枝玉叶"之谓。

这首曲子词最重要的特征之一,也是我们可以在这一传统的其他变形中发现的特征之一,是它的上半阕呈现了一个典型的"闺怨"情境,而在下半阕,却以对丈夫醉归的具体描写为这一司空见惯的情境赋予了一层反讽意味,从而将之复杂化了。这一变化给读者带来的乐趣,在很大程度上是由于在那闪光的诗歌语言的表面之下,透露了一丝人性的真实:这是对闺怨诗的一种戏仿。诗歌之中女子的浪漫相思,在这里因为她哭笑不得的表情、她的"轻轻骂"、她对大醉的丈夫的扶掖而变得"真实"了。传统的角色在这里发生了倒置,因为通常总是被描写得弱不禁风的女子在这里必须安排、处置无力行动的男人。而且,在财富和地位的面具下面——即使他是唐王室的"金枝玉叶",我们看到一个普通人,一个喝得酩酊大醉的男子,跌跌撞撞地扑进了水精帘。在唐朝充斥着诗歌意象的世界里,反讽和对表面现象的不信任悄悄地、幽默地透露出来。

一旦女子相思的传统形象被丈夫的醉归这一因素赋予了一种叙事层面,我们就开始看到在不同的诗篇中她对丈夫醉归的不同反应。在上面引述的曲词里,妻子似乎还是比较宽容的。但人们对富于颠覆性的"实话"怀有一种饥渴,这种饥渴很难被这样的逆来顺受所满足。夫妻之间的争吵是另一种显而易见的可能性,我们可以在下面的这首《渔歌子》里面看到范例:

绣帘前,美人睡。
厅前猧子频频吠。
雅奴卜[1],玉郎至,

---

[1] 任半塘认为原本的"卜"应作"白",项楚则力辩"卜"无误(第5—6页),可从。

> 扶下骅骝沈醉。
> 出屏帏，整云髻。
> 莺啼湿尽相思泪。
> 共别人好，
> 说我不是，
> 得莫辜天负地。

在这首词里，和《怨春闺》不同，上下两半阕没有被用来在形式上展现女子相思的诗歌世界和男人毫无浪漫可言的醉归之间的对比。这两种基本的因素被分散在上下两半阕之中。但是，这种根本性的对比被保存在下半阕，妻子迎出来，整理睡觉时蓬松的发髻（表示秩序的手势），流出诗意的眼泪，但随即对丈夫做出极为口语化的责骂。"高雅"的诗歌意象，在别处是可以定义一首诗的整个世界的，而在这里只是被用来作为家庭矛盾中的一些符号而已。[1]在这首词的第二行，我们还看到另一个小小的细节，也显示了从传统的"高雅"诗歌世界的脱离：当丈夫不在的时候，妻子睡着了。

---

[1] 高雅或高级的文学传统是权威性的文学传统，它依靠排除（排除不合适的语言、情境、情绪）来维持自己。它宣称可以完好地表现或再现现实世界。一旦某种低俗的或者白话的因素侵入，或者做出相反的再现——以"真实"的身份呈现，恰恰因为它此前是被掩盖、被排除的，那么，高雅或高级文学传统的权威就会溃灭，而且溃灭得惊人地容易。这基本上是西方文学传统中所谓"滑稽讽刺"（burlesque）或者"滑稽模仿"（travesty）的对应物。戏剧，因为角色众多，所以比抒情诗更容易涵括"高雅"与"低俗"的观点并赋予它们同等的权威性。词被转化为一种高雅的文学形式的任务之一就是重新阐明被排除在外的因素和被包括在内的因素。但是，在不同的"语言"之间发生的对抗和各种形式的妥协一直是词的传统中最富有活力的层面之一。

在另一首《南歌子》中，诗人以女子的讲述来描写类似的情境，当歌女演唱这首词的时候，她可以把整个情境十分戏剧化地表现出来：

> 悔嫁风流婿，
> 风流无凭准，
> 攀花折柳得人憎。
> 夜夜归来沉醉，
> 千声唤不醒。
>
> 回觑帘前月，
> 鸳鸯帐里灯，
> 分明照见负心人。
> 问道些须心事，
> 摇头道不曾。

在这段独白之中，女子相思的"诗意"形象完全没有显现。她是非常恼怒的：她的感情既不是怨，也不是恨，而是更加强烈的"憎"。这个女子没有流泪。在《怨春闺》里，没有什么是需要被"看透"的，但是在这首词里面对谎言揭穿的象征性描写是十分明显的。

一个情境的复杂化需要更多情节上的发展或者不同的解答。在上面的《渔歌子》和《南歌子》里，丈夫拒不承认他眠花宿柳的行径。在韦庄的一首《天仙子》里，女子的责问被省略掉了，而这首词是以一个借口结尾的：

醉 归

> 深夜归来长酩酊，
> 扶入流苏犹未醒，
> 醺醺酒气麝兰和[1]。
> 惊睡觉[2]，
> 笑呵呵，
> 长道人生能几何。

相对比较简单的敦煌曲词使我们可以更清楚地认识到韦庄对这一情境的处理是很微妙的。在《渔歌子》和《南歌子》中，夫妻的抵牾和丈夫负疚的抵赖在韦庄的词里面变成了两种同等合理的价值之间的对立（这种合理性是在唐诗的语境中而言的）。在前面所引的两首词里，只有妻子的怨恨才具有合理性。但是，在这里，诗人诉诸宴饮诗"对酒当歌，人生几何"的传统，而这样的做法使得丈夫的行为得到辩护——虽然同时这种行为被诗人以讽刺和幽默的笔墨所描绘，因此其合理性被减到只余一层淡淡的影子。外面的男子世界逾越了流苏的屏障，侵入了内在的女性世界。

这种混合的结果对于两套传统"诗歌世界"的价值系统都具有很大的破坏力，但是它们的撞击，它们的被讽刺和颠覆最终是使听众感到满意的。在帏幔环绕的床上，在女子的面前，

---

[1] 麝兰的香气在这里暗示他刚刚是和另一个女人在一起的。比如说在韦庄的一首《浣溪沙·绿树藏莺莺正啼》里面讲到一个喝醉了酒骑马回家的男人："满身兰麝醉如泥。"

[2] 如果我们假设是一个使女把他扶上床的，那么这里突然惊醒的也许是他的妻子，就像在薛昭蕴的《醉公子》里那样。

酩酊大醉的诗意境界和支持这种境界的价值观念（比如说像李白的《将进酒》里面描述的）突然从另一种角度显示了不同的面貌。与宴饮诗中的豪放形象不同，我们看到了一个男人在酒醒之后的可笑的狼狈。在《怨春闺》中，酒醉的丈夫仍然保持着某种魅力，他的妻子见他回家，虽然怨他说他，但同时也忍不住"含笑"，而且还是出来迎接他。[1] 在《渔歌子》和《南歌子》中，男人也还足以引起嫉妒和伤心。但是在韦庄的词里，这个醉醺醺酒气冲天的丈夫只是可笑而令人厌烦的，没有什么魅力或者尊严。

两种不同价值系统的撞击对于闺怨诗中的女子形象的破坏力比较小。不过，她也还是失去了很多诗意，失去了对辜负了她的丈夫感到的悲伤和怨怒给她带来的尊严，以及她的希望和幻想。在因为他的缺席而导致的想象中，他应该是英俊潇洒的；她等到夜深，也许睡着了，也许在做梦（这也是闺怨诗中常见的主题）；但这时传来一阵喧声，她睁开眼，梦中情人的幻象消失了，她看见的是一个酒气冲天、夹缠不清、一点魅力都没有的男人，身上还带着别的女人留下的香味，既不能够和她做爱，而且还嘟囔着诗里面的陈词滥调。最糟糕的是，正如这首词的第一行和最后一行所告诉我们的，这是他的常态。这实在是一种可笑的情景，想来一定会使得曲词的听众发出笑声；但是这种喜剧具有特殊的风味，它和幻灭是联系在一起的。"人生能几何？"这是"古诗十九首"里面常见的句子，在汉魏及后来的诗歌中不断地重复。这样的句子鼓励我们抓住现时，饮酒作乐。这是人类所

---

[1] 女子的气恼、怨恨被感情或情欲所软化一直是通俗歌曲里面一个非常重要的主题。

要面对的永恒的真实,不会因为它是一句陈词滥调就失去它的力量。但是我们也要注意当这句诗被放在一个喝醉的丈夫口中的时候所发生的变化。它变成了镶嵌在具体情境中的言论。它突然之间成了反讽的对象,而我们也可以从中跳出来,从外部检视它。它不再是一个普遍真理,而成了丈夫在外夜饮的借口——它仍然是真实的,但是在这一具体语境中却变得可笑了,也失去了一些价值。男人的宴饮与女子的深闺,这两个富有"诗意"的世界与最后对古诗的引用(一行诗现在变成了口语意义上的一句话),都被加上了引号,它们作为欲望的意象、幻想、梦境或者人物心目中的借口被写出来,而这些人物在传统的诗歌世界之外有他们自己的生活。

当我们进入五代,两个世界之间的撞击,两种语言之间的撞击,富有魅力的外表和毫无诗意可言的内在情绪之间的冲突,都得到了越来越明显的表现。传统的"诗意"境界被颠覆和嘲弄。在《花间集》薛昭蕴的词《醉公子》中,上下两半阕之间的对照被用来表现这种撞击。在一个世纪之前的《怨春闺》中,作者使用了同样的技巧,但是如果我们把这两首词做一个比较,就会发现在后者之中对立多么突出。两个世界之间的冲突不能再被含笑的责备所解决,爱意消失了。

> 慢绾青丝发,光砑吴绫袜。
> 床上小薰笼,韶州新退红。
>
> 叵耐无端处,捻得从头污。
> 恼得眼慵开,问人闲事来。

上半阕中对闺房的描写格外精细，器物精致，秩序严整而光洁。在敦煌《渔歌子》里，当妻子整理云鬟出来迎接大醉的丈夫时，我们可以预料他要遇到麻烦了。薛词的上半阕所描绘的，则是女性家庭秩序的一种极致，男人在这里完全不得其所。男人所说的话——也许是类似"人生能几何"这样的借口——没有被写出来，仅仅以"闲事"出之。在这里，两个世界之间的区分是绝对的。但是，为了回应男人的侵入，下半阕中女子的声音还是不免要对那个低俗的男性世界发言，而且要采取它的语言。

我们可以把薛昭蕴词里面性别以及"文体"的差异与也许是《醉公子》这一词牌的原始曲词做一个对比，这是8世纪中期教坊演奏的歌曲之一。[1]这首词的来源资料很晚，是宋朝陈模的《怀古录》，但不一定不可靠。如果下面引述的这首词是《醉公子》的原始曲词的话，那么，它让我们看到一个非常宽容地描写出来的醉公子原型，前面列举的词都是这一原型的变形：

> 门外猧儿吠，知是萧郎至。
> 划袜下香阶，冤家今夜醉。
>
> 扶得入罗帷，不肯脱罗衣。
> 醉则从他醉，还胜独睡时。

不管女子的反应是宽容，是嫉妒和生气，还是厌恶，在所有

---

[1] 任半塘认为这首词属于声诗。参见《唐声诗》，第230—233页。

这些早期的"醉公子"词里,我们都能看到人性的复杂。进入五代,随着词的文学性越来越强,修饰越来越多,越来越得体,这一点,在从女子的直接反应到注意事物外表的转变中,可以看得尤为明显。大醉的丈夫毫无诗意地,甚至反诗意地归来,被重新赋予了诗情画意。比如尹鹗的《醉公子》:

> 暮烟笼藓砌,戟门犹未闭。
> 尽日醉寻春,归来月满衣。
>
> 离鞍偎绣袂,坠巾花乱缀。
> 何处恼佳人?檀痕衣上新。

这里有不少值得懊恼的因素,但是没有人吵闹。伤心或者宽容都被得体地压抑在表面之下。我们看到引起注意的表面征象,也看到两人关系的历史以及情愫的标记——衣服上口红的痕迹和佳人对之凝视的目光。但是没有不体面的酒气,只有月光映照下的男性的身体。《栩庄漫记》[1]赞美了这首词对醉归情境的处理,而对薛昭蕴的词则只表示轻蔑[2]。文雅的词的价值在悄悄形成,所有不得体的因素都会被逐渐删除。至少在顾敻的《醉公子》里面,丈夫的归来完全不见了,我们又回到了闺怨诗的传统,看到的只是女子一夜无眠,思念缺席的男人。

"不得体"的因素也许会在高雅的文学传统中消失,但是它

---

[1] 参见《花间集》,第 475 页引文。
[2] 同上书,第 169 页。

继续保留在通俗曲词的传统中,因此我们在明朝的民歌"挂枝儿"里,还能看到大醉丈夫的归来:

> 俏冤家夜深归,
> 吃得烂醉。
> 似这般倒着头和衣睡,
> 枉了奴对孤灯守了三更多天气。
> 仔细想一想,
> 他醉的时节稀;
> 就是抱了烂醉的冤家,
> 强似独睡在孤衾里。

"乱曰"之一:

让我们从一个男人的角度来考虑一下这个问题。生命确实短暂。他没有在外寻花问柳,只是在月光下喝了一个大醉而已。当然他应该早点回家,但是,这实在是一个太美的夜晚。等到他终于步履蹒跚地走回家去,已经没有人把他扶上床了,甚至没有人给他开门!在这个当口,我们看到最著名的宋词之一——苏轼的《临江仙》:

> 夜饮东坡醒复醉,
> 归来仿佛三更。
> 家童鼻息已雷鸣,
> 敲门都不应,

醉 归

倚杖听江声。

长恨此身非我有,
何时忘却营营?
夜阑风静縠纹平。
小舟从此逝,
江海寄余生。

"乱曰"之二:

或者让我们考虑另外的一个角度。假如等待和盼望的结果是一个大醉的丈夫,她下一步该怎么办?尹鹗写过一首《菩萨蛮》:

陇云暗合秋天白,
俯窗独坐窥烟陌。
楼际角重吹,
黄昏方醉归。

荒唐难共语,
明日还应去。
上马出门时,
金鞭莫与伊。

这样的盘算——上马出门时,金鞭莫与伊——在不同的情境当中游动。它不仅可以是对未来行为的计划,也可以作为对过去行为的追悔出现。比如说柳永最著名的词之一《定风波》：

> 自春来，惨绿愁红，
> 芳心是事可可。
> 日上花梢，
> 莺穿柳带，
> 犹压香衾卧。
> 暖酥消，腻云亸，
> 终日厌厌倦梳裹。
> 无那，
> 恨薄情一去，
> 音信无个。
>
> 早知恁么，
> 悔当初，
> 不把雕鞍锁，
> 向鸡窗，
> 只与蛮笺象管，
> 拘束教吟课。
> 镇相随，莫抛躲，
> 针线闲拈伴伊坐。
> 和我，
> 免使年少，
> 光阴虚过。

乐府与词的情境构成同一个社区，这个社区由相互关联的"家庭"组成。每一个主题都可以被重写，被变形，被发展，被复杂化，与其他主题交织在一起，或者与其他次主题进行交换。正是在这个社区构成的语境当中，个体的文本才得到它们的意义：有时，是对某一主题的新奇的处理，一个新的出发点；或者，在主题因素十分常见的时候，这种熟悉的题材促使人们注意作品的风格。

只是一首诗[*]

在论诗的当间,让我们且暂停一下,想一想到底为什么要论诗,为什么以这么长的篇幅,带着这样的严肃,谈论诗歌。到底是怎样的心痒难熬,致使我们不能够沉默地阅读?所有这些花费在讲说和评论上的时间,就算不能用来做一些有用的事情吧,至少也可以用来重读旧的作品,阅读新的作品。然而,摆在面前的事实是,人们的确感到一种谈论诗歌的必要,而且,所有伟大的文明,在到达某一阶段的时候,都会做同样的事:知道这一点,可以感到一些安慰。既然诗歌本身常常需要一个人为之辩护,那么,以散文的形式对于诗歌进行论说,是比写诗还要值得怀疑的行为,也需要为之提供一个因由。辩护词很自然地涌入我们的脑海,而且随之而来的是进行更多论说的必要。我们可以开列出一系列堂皇的理由:传授脆弱的阅读艺术,以不断的再解读保存传统,等等。

这都是言之成理的事实,不过,它们是掩盖真相的事实:我们可以接受这些理由,但它们还是不能够解释这种十分特别的、

---

[*] 本文节录自作者所著《传统中国诗歌与诗学:世界的征象》(美国威斯康星大学出版社 1985 年版)一书,第 143—162 页。——译者注

论说诗歌的激情。史莱格尔,为诗人代言的评论家,说得较近真实。他认为,归根结底,还是诗人和读者所共有的,某种内在于人性的社会性在作祟。

> 爱需要爱的回应。说实话,对于诗人来说,哪怕只是流于表面的、戏谑的交流,也是好的,也是富有教育意义的。他是一个社会的生物。和诗人们,和有诗意的人们谈论诗歌,总是有着极大的吸引力。[1]

写诗,是一种消遣,因为对人生情深意长,所以下笔不能自休。这种充满感情的饶舌,千百年来在不断地繁殖,谈说产生了诗歌,而诗歌又产生了谈说。当任何读者在一个文本里面听到一个活生生的声音时,关于诗的评论便无可避免地诞生了,因为这个读者既然发现有人在对他说话,那么,便自然会感到一种人类所共有的行动,情不自禁地要对这个声音做出回答。

就算是在最好的情形下,这也是一种问题重重的、令人难堪的多情——一种隔着数个世纪进行的对话。诗人们几乎是可以忍受的,我们十分不情愿地准许他们随便发言,但是我们向全世界宣布这种特权只有少数人才可以享受——也许,关于诗人是多么奇怪而孤独的生物这样的故事都只是编来遏制人类开口发言的行动,是为了把音量控制在合适的高度的。但是那些以散文的形式回应诗人的文字——我们不可以太欣赏这样的东西,除非迫不得

---

[1] 弗莱德里希·冯·史莱格尔:《关于诗的对话与文学格言》,恩斯特·贝勒与罗曼·司图克合译,费城大学园出版社 1968 年版,第 55 页。

已，我们不可以加入这种谈笑，如果非加入不可，也得具有合法的论坛所赋予的权威。

为了回应一个文本，我们需要一种语境。漫谈、争辩和善意的嘲弄都是不许可的。我们构想出冠冕堂皇的使命，向公众保证：所有的回应都是为了一个严肃的目的——比如说阐明某种思想，揭示某种深意，建立某种诗歌理论，或者解释某个诗人的作品的某一方面。诗歌评论需要一件权威性的外衣，隐藏其真正兴趣的本来面目。

在中国传统里，另有一种被称为"诗话"的论诗模式，它令人感到很振奋，因为它是散漫而不下结论的。也许，有几位十分严肃的大人先生，会把他们的笔记按照大致的时间顺序做一番编排，但是总的来说，诗话呈现的是对作者想到的任何文本、任何文学话题所做的随意评论。其他文学体裁供人发表目的性明确的议论，但是"诗话"的作者可以对所谓的系统显示绝对的轻蔑。诗话这一形式的杂乱无章是相当任性的，但是对后代读者来说它具有一种特别的美学魅力——这种美学魅力正在于文本与其评论之间密切无间的自发性遇合。这一形式对于作者在阅读诗歌时感到的乐趣毫不惭愧，也许正是因此，后人在阅读诗话本身时才会觉得乐趣无穷。于是，诗话的读者也许会把原始诗歌文本及其诗话评论都收入自己所写的诗话。九个世纪以来，人们或者争论诗话中发表的意见，或者赞同。虽然我们时而会听到有人抱怨说众声喧哗得太厉害了，但是这些抱怨无非是为这番喧哗吵闹增添了一些新的声音而已。

我们的传统希望保护自己的读者，不受到无缘无故的话语的干扰。我想，我恐怕不可以仅仅因为自己想评论一首诗就评论一首诗。我必须找到一个理由——宣称这首诗的重要性,强调它是如何地被忽略了,或者揭示这首诗所蕴涵的真理,因为这种真理向来被遮蔽了。我没有诗话作者所享受的自由自在。于是我反叛了:这些限制令人太难忍受。随之而来的,只是一首诗而已。但是作为反叛,我在秘密地遵循着我所反抗的法则,建议说讨论一首诗是为了向人们显示:讨论一首诗用不着非得为了什么。

这只是一首诗,但是我惊讶地发现,这首诗和我关于没有观点的观点十分契合:它是源于文字的文字,针对更早的一首诗而写的诗,而那首更早的诗,又是针对一首更早的诗而写的。这首诗的作者是宋朝诗人黄庭坚(1045—1105),诗题解释了写诗的机缘:

> 湖口人李正臣蓄异石九峰,东坡先生名曰壶中九华,并为作诗。后八年,自海外归湖口,石已为好事者所取,乃和前篇诗以为笑实。建中靖国元年四月十六日(1101)。明年当崇宁之元,五月二十日,庭坚系舟湖口。李正臣持此诗来,石既不可复见,东坡亦下世矣。感叹不足,因次前韵。

> 有人夜半持山去,顿觉浮岚暖翠空。
> 试问安排华屋处,何如零落乱云中。
> 能回赵璧人安在,已入南柯梦不通。
> 赖有霜钟难席卷,袖椎来听响玲珑。

也许这只是一首诗而已,但显而易见,它也是两个文人优雅的交谈,它建立在我们不熟悉的所指上。一对相知的朋友,有着多年的交情,即使其中一个朋友已经去世了,他们之间的友谊仍然在继续发展着,变得越来越丰厚——这样的朋友相赠的诗篇,会使用一种特殊的私人语言,不仅仅体现在他们共享的所指上,而且还体现在只消微微点到便能够彼此领悟的能力上。虽然写得精湛、圆熟,把那些处在友谊圈子之外的人都排除在外,这样的一首诗还是具有一种亲密性。又因为这首诗毕竟是面对公众的,它会把任何一个能够看透其精湛圆熟的外表的读者拉入那个魔圈。黄庭坚的诗呈现出两副面孔:它在情深意长的内里与措辞优雅、意定神闲的外表之间,保持了微妙的平衡。

这首想入非非、令人破颜的诗,记述了一个大诗人之死,而这个大诗人同时也是作者十分亲密的友人。在其生前,苏轼曾希望得到一块形状奇异的怪石。当他从南方回来之后,这块石头却已经落入他人之手。不久,苏轼自己也去世了,人石俱亡,留给黄庭坚的,只是一首关于石头的诗。对物的依恋以及丧失——比如一块奇石,一个人的生命,一个朋友——使得黄庭坚喟然叹息。当悲哀过于深厚,就会流露在诗歌之中,也即《诗大序》所谓的"嗟叹之不足,故咏歌之"。诗歌是"充沛的感情自然的流溢",不依靠回忆或者思考;因为感情的强度到达极致的时候,只有一首诗才能宣泄。

但是这里自然流溢出来的是什么呢?是文雅而机智的才华,一系列的典故,以及步苏轼原诗之韵、对其原诗所作的针锋相对的应答。黄庭坚的声音和任何高级文明中最练达的声音一样,是一个复杂的、高度自觉的声音,一个以精致的玩笑开始了一曲挽歌的声音:"有人夜半持山去。"

这里的"有人",是指那位得到了苏轼所钟爱的"壶中九华"

的收藏家。能够把一座九华山席卷而去的人当真称得上是一个"有力者",一个泰坦式的巨人。但是,我们知道这座石山的真正尺寸,因此我们知道"持山"所需的力量乃是一种幻象,是被诗人看透和嘲戏的。在受到珍视的石头、被偷走的山峰和一个逝去的生命之间,存在着一种复杂的关系。我们生活在变化之中,即使是最持久的东西也在不知不觉地迁移。我们也许对很多事物心存眷恋,依依不舍,但是它们的不稳固性会暴露,就像我们发现所谓的"山"只不过是一块可以席卷而去的石头那样。黄庭坚的诗句出自《庄子》中一个著名的段落:

> 夫大块载我以形,劳我以生,佚我以老,息我以死。故善吾生者,乃所以善吾死也。夫藏舟于壑,藏山于泽……然而夜半有力者负之而走,昧者不知也。[1]

有力者,在这里可以指大壑之中奔流的涧水,挟走了蒙昧的人藏在那里的小船。但同时这三个字也指一个"有力的人",一个隐秘的窃贼和敌手,身具大力,不仅可以劫走小船,而且甚至可以把隐藏着小船的山泽一起负之而走——虽然那也许只不过是一座微型的"壶中九华"。

现在我们再来读一遍黄庭坚的诗句,这次我们应该知道,该把重音放在哪一个字上了:有人夜半持山去。

山去了,船也去了:这只船,曾经载着苏轼到达湖口,又载着他前往放逐地海南,最后载着他回到湖口,却发现他钟爱的那

---

[1] 《庄子·大宗师》。

座山已经消失了。终于,船和船上的人也一起消失了,没有人知道他们去了哪里。

"大化"的伟力是非人的,然而诗人把它比喻为一个人世的窃贼,在这样机巧的比喻之中,蕴涵着责备与一丝愤怒。在《庄子·大宗师》中被负之而去的小舟是一个生命,而且,还是一个亲密朋友的生命。不仅如此,就连山本身也被劫走了,这简直是双倍的欺凌与侵犯,何况那座山还是密友的爱物。奇石与密友的丧失紧紧地联系在了一起,偷走前者的,因为他具有持山之力,自然也成了第二起劫案的嫌犯。但是在典故背后,《庄子》告诫我们不要恋恋于物,要接受自然之变化。苏轼自己知道这一点,他在诗中可以对石的丧失发出笑声。那么,诗人,把你的愤怒掩盖起来吧:把它变成巧智。

我们甚至可以想象苏轼回到湖口,前往李正臣家探视他的九华山:他满意地看到浮云暖霭环绕遮蔽着石峰。但是他突然惊讶地意识到在浮云暖霭之后竟然什么都没有,石峰原来只是一个幻象:顿觉浮岚暖翠空。

这是另一层反讽,对人类的蒙昧发出的又一个微笑。如果苏轼没有看得太仔细,如果他自己本来没有打算要持山而去,他本来可以满足地停留在浮云暖霭所创造的幻境里,欣赏隐藏起石峰的翠岚。但是他离得太近,看得太仔细,以他那双受过佛教学说训练的慧眼,他看破了表面的幻象,"觉"出了内里之"空"虚。佛理给我们看到色界所隐藏的空——生命与山峰,我们在蒙昧中执着追求、恋恋不舍的东西,都不过是色界的幻象而已。这一领悟成为苏轼第二首"壶中九华"诗的写作机缘,黄庭坚告诉我们它是写来"以为笑实"的。苏轼可以大笑自己的迷误,但是黄庭坚却必须努力地博取哪怕是一个淡然的微笑——在写作这首诗的时候，要做到机智、巧妙是很不容易的。

幻象层层叠出，精致而奇异：雾霭笼罩的山峰，看上去和内中空空如也的雾霭没有什么区别；山本来也并不是山，只是一块被称为山的石头——一切都是空的，正和浮岚暖翠之空相同。而苏轼，观看这幅奇景的人，也已消失不见，化为空无。黄庭坚在他的想象中看到一个虚幻的苏轼，这个虚幻的苏轼在观看笼罩在烟雾之中的虚幻的九华山，而九华山根本就不在那里，而且，也根本不是真正的九华，甚至不是一座"山"。太多的幻象是恐怖的，那么，把它变成一个游戏吧，带着微笑来想象苏轼发现他的失误时该有多么惊讶。

幻象迁徙不定，犹如事物中心的虚空之上雾霭的游移。祸福的转化，表面上的高低迁移，同样也只是富于欺骗性的虚空。一个诗人被放逐到了荒远之地，这在表面上是充满羞辱的惩罚；"零落"到处于天涯海角的海南岛，他毕竟还是生存了下来。后来，他遇赦返回；再后来，他去世了。一块石头被留在别人的书斋或庭园，后来，被一位热情的收藏家席卷而去，安放在自己家中。我们可以问问石头：它对自己的好运有何感想呢？

> 试问安排华屋处，何如零落乱云中。

石头的沉思或者沉默，让我们隐隐感觉到：它对自己的升迁以及我们的问题都是漠不关心的。我们本来希望通过这个问题，听到石头对"零落乱云"这种自然状态的偏爱。我们需要一个能够满足我们的对比，帮助我们相信苏轼在荒远的海南，他的政治生涯的最低点，要比在华屋安居时快乐得多；他被召回之后不久就去世了，何况他回来之后才发现他钟爱的石头被人取走了。但是我们的想法也许是错误的，而这个对比的确成立：苏轼像他的石头一样，表现出一种坚忍的漠然：当他发现石头被人取走之后，他只是写诗"以为笑实"而已。

苏轼和他的"壶中九华"不断形成平行对照：他们分享着因为"觉空"而产生的平静，并分别进入大化的洪炉。是黄庭坚，对密友的去世感到怨恨，是他，躲在文字的机巧之中，希望他的朋友能够重生。他设想过其他的可能性，其他的结局——比如说，苏轼得到他所钟爱的石头。如果是那样的话，苏轼就会进入一个微观宇宙，在小小的九华山上成为仙人，远离人世的无常变化与危险，"零落"于微细的乱云之中。黄庭坚知道，在壶中世界里，这样的事情是会发生的。

在东汉时代，有一个叫费长房的人，他担任的职务是市场管理者（市掾）。一天下午，市集结束的时候，他注意到一个卖药的老翁跳进药铺门口悬挂着的一只大壶中，就此消失了。费长房大惊，第二天就去拜访老人，老人意识到费长房已经窥破了他身为谪仙人的秘密，于是邀请费长房和他一起跳进壶中，在那里，费长房发现了一个辉煌、灿烂的世界，"玉堂严丽，旨酒甘肴盈衍其中"。[1]

一个世界，哪怕是微型的，也十分沉重。费长房发现他的从人没有一个可以举得起老翁的酒壶，只有一个"有力者"才能做

---

[1] 范晔：《后汉书·方术列传》，中华书局1965年版，第2743—2744页。

到这一点——卖药的神仙老翁自己。但是居然有人把苏轼的壶中九华轻轻带走了,把它安排在华屋之中。这个壶中虽然没有严丽的玉堂,但是却有一座烟雾朦胧的山峰,在那里,苏轼本来是可以"零落"乱云野渡,避开红尘世界中的升迁荣辱的。但是有一个贪婪的收藏家劫走了九华山,苏轼错过了他的机缘,现在,苏轼自己也长逝了。在黄庭坚的想象里,展开了一系列繁复的图景:生与死、辉煌与荒芜、幻象与虚空。

壶中九华本是苏轼的心爱。这块石头不仅带有神仙境界的氛围,而且它的微细使苏轼显得庞大无比,这种角度的转换在苏轼的流放生活中曾经给他带来很大的安慰:在岭南绵延不绝的巨大山脉之下,苏轼感到了自己的渺小。刚刚离开湖口作南下之行的时候,苏轼面对南方大地的崇山峻岭,写下了他关于壶中九华的第一首诗:

> 湖口人李正臣蓄异石九峰,玲珑宛转,若窗棂然。予欲以百金买之,与仇池石为偶,方南迁未暇也。名之曰壶中九华,且以诗纪之。

> 清溪电转失云峰,梦里犹惊翠扫空。
> 五岭莫愁千嶂外,九华今在一壶中。
> 天池水落层层见,玉女窗明处处通。
> 念我仇池太孤绝,百金归买碧玲珑。[1]

---

[1] 《苏轼诗集》,中华书局1982年版,第2047—2048页。

在放逐的旅途中，苏轼眷眷地回忆起"壶中九华"，一座微型的乌托邦王国，无意之间被发现，又很快失去了，就像武陵渔人的桃花源那样。在苏轼的第一行诗句里，我们可以听到桃花源诗作的回声。但是这种比喻是不祥的：一旦离开桃花源，幸运的发现者就再也回不去了。就像王维所描述的：

> 出洞无论隔山水，辞家终拟长游衍。
> 自谓经过旧不迷，安知峰壑今来变。
> 当时只记入山深，青溪几曲到云林。
> 春来遍是桃花水，不辨仙源何处寻。[1]

苏轼用典之中流露出来的预感成了现实：当他回来寻找他的"壶中九华"时，他已经永远地失去它了。

在放逐的旅途中，苏轼可以凭借梦想与记忆触摸他心爱的异石；当他回到湖口，凝视着暖翠浮岚，他可以想象石头依然隐藏在其中。他安慰自己说：桃花源是不会消逝的。但是，桃花源的典故带来的威胁毕竟成真了，苏轼的安慰是徒劳的：壶中九华不见了。

变化是由某种不可企及的力量所促成的，人类的自由在于调整视角和价值观。当你渴望一样东西的时候，小会变成大，一块石头当真有了一座山峰的体积，而且上面还有"天池"与"玉女峰"——大自然的崇山峻岭所实有的名字。但是，在这些辉煌的名字与一块小小的石头之间存在的不协调提醒我们：角度的变换

---

[1] 《桃源行》，《王右丞集笺注》，香港中华书局1975年版，第98—99页。

实在只是一种有意为之的游戏式行为而已，在眼界的开阔下，隐藏着一丝嘲弄的微笑。

石头变成山峰，是发生于私人世界之中的现象；"山峰"本身也是私人的——是可以被买走的一件商品。诗人准备让它给一样"太孤绝"的物事做伴，也就是一块被称为"仇池石"的石头，放在被称为"仇池"的铜盆水里，仇，是"伴侣"的意思。就像黄庭坚的诗里那样，想入非非的机巧伴随着平衡了一种秘密的强烈——在苏轼的情况里，是欲望的强烈。

苏轼也许想把石头带走，但是不幸别人也有同样的想法。苏轼可以把石头化为山峰，化为想象中的桃花源仙境，但是其他的变化——其他那些粉碎了诗人最珍贵的愿望的变化——也同样是可能的。思想的自由是反应的自由，是对于这个并不在意我们之有无的世界进行阐释的自由。因此，苏轼没有能力阻止异石的消逝，但是他却具有把九座小小的山峰视为奔腾的马群的想象力。他珍爱壶中九华，因此他把它小小的缺席看作巨大的缺席，仿佛广袤无垠的冀北平原失去了它的骏马。他用不成比例的夸张手法来嘲笑自己的失落——他要从此归去，居于光荣而恒久的寂寞，就像陶渊明或者冯衍（敬通）那样，但是两手空空，没有能给他的仇池石带来一位石侣：

予昔作壶中九华诗，其后八年，复过湖口，则石已为好事者取去，乃和前韵以自解云。

江边阵马走千峰，问讯方知冀北空。
尤物已随清梦断，真形犹在画图中。

> 归来晚岁同元亮，却扫何人伴敬通？
> 赖有铜盆修石供，仇池玉色自璁珑。[1]

黄庭坚，在他冗长的诗题里，告诉我们说苏轼的诗是"以为笑实"的。也许的确如此，但是，这笑容里面蕴涵着隐痛，随着诗的开展，诗人的机智、巧辩渐渐变得严肃起来。在从前的一首诗里，苏轼曾经有效地运用过这一奇异的比喻：

> 船上看山如走马，倏忽过去数百群。[2]

这个比喻依靠河水的奔流创造出山峰移动的幻觉。然而在这首关于"壶中九华"的诗里，凝望着云雾围裹的虚空，诗人机智的比喻散发出落寞的气息。

苏轼为他的诗提供了不少注解：他必须对我们解释自己，否则他担心我们会错过诗中的用典。在第三行下他自注："刘梦得（按：即刘禹锡，772—842）以九华为造物一尤物。"在第四行下他自注"道藏有五岳真形图"。但是最能揭示他内心世界的是最后一行下面的注解："家有铜盆，贮仇池石，正绿色，有洞穴达背。予又尝以怪石供佛印师，作《怪石供》一篇。"既然"壶中九华"已经失去了，那么就讲述仇池石的故事吧，骄傲地告诉读者仇池石的好处，把注意力从真正的诗题——那块被他人取走的石头——转移开来。

---

[1]《苏轼诗集》，第 2454 页。
[2]《江上看山》，《苏轼诗集》，第 16—17 页。

这首诗，在一系列几乎是杂乱、无序的解说下面，有一种执着的重复：诗人不断地谈到孤独，谈到空虚、结束、断裂的交往、无人相"伴"，谈到仇池石的形单影只。他想到"放弃"与"捐献"：仇池石可以成为对佛的供养，而佛的世界提醒我们一切物的占有终归是空。一块诗人所珍爱的石头被他人取走了；同样，另一块怪石曾被诗人当成对佛家弟子的供养而捐献出去了；现在，还剩下一块异石可供失去。对于丧失以及丧失带来的恐惧，诗人的反应是放弃。

苏轼的这首诗十分不稳定，也很不自在：诗人显然失去了控制。但是黄庭坚更在乎的，不是诗人技巧的工拙，而是苏轼的感情世界。最触动黄庭坚的，使他情不自禁提笔回应的，也许正是这首诗快乐安然的表面之下隐藏的尴尬与落寞。

苏轼的两首诗和黄庭坚的诗都在第三联中运用了一对典故，但是黄庭坚的用典具有完全不同的质地：

能回赵璧人安在？已入南柯梦不通。

把失去的玉璧重新夺回的人已经逝去了，这个人便是生活在战国时期的赵国人蔺相如。在战国时期，赵惠王得到了一块稀世之宝：和氏璧。秦王听说之后，提出以十五座城池来交换这块玉璧。惠王怀疑秦王的诚意，可是秦国不但强大，而且残忍，赵王知道倘使赵国不把玉璧交出来，秦国是一定会报复的。在这种困境之中，蔺相如主动请行，要把玉璧带往秦国，他说：或者为赵国赢得十五座城池，或者完璧归赵。到秦国以后，蔺相如意识到秦王根本没有给赵国十五城的意思，于是通过一系列的机智安排,他终于把和氏璧安全地送回了赵国。

"壶中九华"现在成了赵国的和氏璧:原本对石头尺寸的夸大现在演变成对石头价值的夸大。但是苏轼,那位可能收复失璧的蔺相如,却已经不在了。他去了哪里呢?"南柯",蚂蚁的王国。在唐人李公佐的传奇小说里面,一个人在梦中来到南柯国,在那里度过了整整一生的时光,出将入相,升迁浮沉。待他醒来,才发现这一生只不过是一场短暂的白日梦而已。南柯国,乃是院子里一棵大树上的蚂蚁窝。

苏轼没有死,只是在做梦:他没有在死亡中得到安宁,却来到了梦中的南柯,继续忍受在世时所熟知的命运的捉弄。苏轼失去了"壶中九华"许诺给他的长生不老,却来到另一处微型的国土,在那里重复人世的奔波。南柯的典故是不是对黄庭坚暗示苏轼还会从梦中醒来呢?黄庭坚不可能知道答案,因为再没有梦可以进入苏轼的这一个梦境了。

黄庭坚几乎不能再掩饰他的愤怒:大化的庞然伟力,在《庄子》故事里面劫走了壑舟,此刻却现身为一个"收藏家",这个收藏家俨然是那位贪得无厌的秦王,一个毁约者,劫夺一切宝贝的窃贼。后来接掌秦国的,是统一了中国的秦始皇:他不仅吞并了赵国,而且兼并了其他五个诸侯国。他的野心,用西汉作家贾谊的话来说,就是要"席卷天下"[1]——就好像一个人把庭园里的一块异石席卷而去一样。而蔺相如、苏轼皆已矣——两个智慧足以胜过这样的并吞者的人。

秦国可以出击,赵国可以陷落,但是,杜甫说:"国破山河

---

[1] 贾谊:《过秦论》。

在。"[1] 为了与那位席卷"壶中九华"的收藏家抗争，黄庭坚转向一座真正的山：石钟山。这座山与世长存：不能被带走，不能被改变。它发出的回响在彭蠡湖口振荡，提醒收藏家们和未来的秦始皇们：这一块有趣的石头是不能够被永远占有的。

后来，秦王派兵攻打赵国。在长平，赵国的军队在早期中国历史上最可怕的一次战争中覆灭了。当秦军进攻到赵国的首都邯郸城下的时候，赵王向魏国求救。和赵王有婚姻之亲的魏王派遣了一支军队，但是秦国警告魏国不要轻举妄动。魏军在边界停了下来。

魏王的弟弟，信陵君无忌，不想眼看着邯郸沦陷，他带着自己的门客前往赵国，准备和赵国同归于尽。这时一位老先生侯嬴为他想出一条计策，也就是盗来可以调遣魏军的虎符，骗取魏军统帅的信任，从而援救赵国。但是这个计策有一样不妥之处，那就是魏军的统帅晋鄙也许会不服从公子无忌的调遣。为了预防万一，无忌带去了一位名叫朱亥的力士，朱亥则在袖子里面藏了一支铁锥。虽然见到了虎符，但是晋鄙果然还是拒绝出兵，这时，朱亥的铁锥派上了用场。无忌终于带领魏军，解了邯郸之围。[2]

袖子里带着铁锥的黄庭坚，成了解救邯郸之围的英雄：不是靠杀死魏国的将军，而是靠敲击石钟山，使它发出回声。山石的回声证实了山的稳固，但是回声本身，就像所有的钟声一样，却是"空"的——没有形体，没有质地，提醒沉浸在红尘世界的人

---

[1] 杜甫：《春望》。
[2] 《史记》，中华书局1959年版，第2377—2382页。

们：色即是空。这敲击是一个暴力与愤怒的手势，英雄的手势，纪念的手势，标志万物皆"空"的手势；同时，它也是一个夸张的手势，它的夸张减轻了它的严肃性。这支巨大的铁锥在敲击山峰的时候，没有发出轰然巨响，而是发出了玲珑的叮当声：好像是在检验一块玉璧的质地和价值。在象喻的层次，这也是不朽的文学作品发出的声音；这玲珑的回声，证明一部伟大的作品，可以像玉石一样珍贵、永恒：

赖有霜钟难席卷，袖椎来听响玲珑。

既然我已经向读者保证这"只是一首诗"而已，那么，在谈到其他事情的时候，我会十分小心。这首诗自己充满解读的可能，令人眩惑，但是，当我们把这首诗镶嵌在其他问题里面的时候，它就开始具有固定的"意义"了。我们可以轻易地从这首诗出发，谈到宋诗，谈到黄庭坚，谈到律诗，谈到价值相对性的主题，谈到挽歌，谈到一系列有趣而重要的话题。但是，假如我们这样做，这首诗的不确定性和复杂性就会在一个确定的作用、目的和上下文语境中固定下来了。

这是一个道德选择。一方面，明确的作用与目的或者一套预定的问题在某种根本意义上损害了对艺术的经验，而受到"作用"的威胁，诗歌的声音就会沉默。在《列子》里面，有一个故事，讲述一个喜爱海鸥的年轻人，他每天都去海上和海鸥一起玩耍，而海鸥见到他，也都飞集在他身旁。有一天，年轻人的父亲要求他带回几只海鸥来，让他也能玩一玩，这一天，海鸥见到年轻人却只在空中飞舞，再也不肯下来了。[1]我怀疑诗也很像海鸥：它们不肯和那些怀有某种动机的人来往，因为动机辜负了它们的好意。另一方面，我们在阅读诗歌的时候，需要了解那些大的语境，没有那些语境，诗歌的声音就没有回音。用一首诗为例，来描述宋诗的特点，是把这首诗屈服于某种作用和目的，而这样的做法是危险的；但是，对"想象的宋朝"具有丰富、透彻的了解却会对我们阅读黄庭坚的诗甚有帮助。为创造一个"想象的宋朝"，我们也许不得不驱使一些羞怯的诗篇。但即使是《列子》中那个关于无机的故事也还是有一个动机。

这只是一首诗而已。我们不会把它系在某个重要的观点上以致把它吓跑，但是我们也许可以试着把某些比较大的问题带到它身边来。这样的问题应该大而灵活。人为的语境对我们的阅读往往没有什么帮助，因为它们是"类型"而不是"问题"，已经成了套话，往往不假思索，脱口而出。比如说，人们常说宋诗有一种愉悦而随意的风味，而这种形象很容易被套在黄庭坚这首诗上，那么，我们就可以说：诗人是在用机智的诗艺来拒绝哀伤。在很大程度上，这种愉悦的形象是宋朝诗人们自己创造出来的，但是我们必须小心，不要太相信这种表面的形象了。人类喜欢为自己塑造新的形象，但是人性不像形象与朝代那样容易变迁。宋人一点都不比唐人更缺少激情与深情，但是宋朝的作家对感情的强烈觉得不安。他们受到情感力量的驱使，这是所有其他时代的人都要经历的命运，但是，他们十分清楚地意识到他们是被驱使

---

[1]《列子·黄帝篇》。

的，急切地渴望一种能够帮助他们超越这种驱使的人生态度。很多人变得喜欢嘲讽，对他们不得不经历的、令人震动不安的经验和情感发出笑声。

  在黄庭坚的这首诗里，笑声是脆弱、易碎的。反讽以复杂而精致的形式表达出来，这种形式破坏了任何单一的情感所具有的危险的单纯。责备、愤怒，蕴涵着暴力的英雄主义精神，都隐藏在机智的技巧和笑声之下，而镶嵌着机巧和笑声的框架，则是对于红尘世界的"空虚"本质的惆怅意识。"色即是空"的观念，本来许诺说会给人带来哲学的安慰，但是对生命乃是梦幻的确知却无法解释黄庭坚感情的强度。这是一首以调笑去世好友的痴心为开始的诗，然而却以对无情谋杀的夸张回音作为尾声，这回音化为奇异而狂乱的钟声。这首诗说了太多的东西，表现了太多不同的态度，最终没有留下任何的结论。但是，我们并不要求它下一个结论：归根结底，这只是一首诗。

"那皇帝一席,也不愿再做了":
《桃花扇》中求"真"

　　戏中之戏,表演中的表演,是世界各地戏剧传统中一个重要的资源,被用来探索"艺术"的疆界,表现或指示关于"真"这一概念的某种第二位领域。人们发现,在每个领域中,都可以看到敌对阵营巨大而隐秘的存在:在被视为"真"的领域,有艺术性的巧妙表演;而"真"的原则却又往往在艺术性的巧妙表演的伪装下实行——虽然在这第二种情况里,"完全是表演的表演"这样的"双重否定"到底意味着它是真诚的呢,还是构成了第三种情形呢,仍是不清楚的。我们到处都可以看到这样双重甚至三重的"间谍"。

　　戏剧本身就是真实世界存在的保证:我们知道演员们终将下台卸妆,观众也终将回到一个并非公共舞台的空间。剧场发生于有界线、有疆域的空间之中,发生于固定的时间阶段之内,这样的空间与时间的界线应该已经定义了什么是以及什么不是舞台艺术。但是,剧场以其表现或曰再现侵染了现实世界,很快,社会上便也出现了它的"角色",它的"小丑",它的"悲剧"。社会,甚至整个"天地",都变成了一个大舞台,一个戏剧世界;而"不做戏"[not acting,与"无为"(non-action)令人烦恼地近似]则简直成了常常被放在所有"搬演"之前或之后的一种虚拟的混沌状态。而就连戏剧艺术对现实生活的渗入本身也可以搬上舞台，成为戏剧艺术表现的对象——比如说，在这部伟大的清朝传奇《桃花扇》中。

我把戏剧艺术和"真实"世界之间的关系比喻为一种政治斗争，好像战国时代两个一心想要颠覆和征服对方的敌国。《桃花扇》的故事其实也的确发生在这样的一个战争故事框架之中，发生在一个非常明确地戏剧化的王朝——南明小朝廷——正在崩溃的疆域之内。在这一语境中，艺术与现实之间的对抗的确变得政治化起来——这是一场针对合法性和合法性的定义而进行的斗争。头戴皇冠，是否就意味着戴皇冠者是皇帝？或者，这顶皇冠只不过是舞台道具而已？

我们且来看看《桃花扇》里面不甚出名的一折戏：第三十七出《劫宝》。这出戏的背景是明朝将领黄得功的营地。黄得功忠实地执行了腐败的南明小朝廷的命令，刚刚击败了另一明朝将领左良玉。左良玉虽然忠勇，但他不像黄得功那样无条件地服从，他带领着军队进逼南京，要除掉朝廷里两个奸恶的权臣马士英、阮大铖。因为服从了腐败朝廷的调遣和左良玉作战，黄得功以及另外两个将军离开了原来的驻扎地点，致使淮南不守，使清兵有机可乘。清兵遂渡过淮河，屠戮扬州，一路无阻地向南京进军。听到这个消息之后，弘光皇帝带领着他的小朝廷和许多南京士大夫逃离了南明的首都。

弘光皇帝不过是为马士英、阮大铖操纵的木偶，他的臣下们很快就纷纷遗弃了他。当他寻求保护的时候，人们假装不认识他。他骑马上场（当然是一匹象征的马），身边只有一个太监韩赞周跟随（而这个太监在他的戏剧服装下应该不缺少任何身体器官）。当他来到黄得功的营地时，他命太监叫开营门，宣布皇帝陛下驾到，但是看门的军卒不肯相信。弘光皇帝回答说："你唤黄得功来，便知真假。"这个"真假"，正是对于弘光皇帝来说至为重要的关键。

这里我们必须提供一点背景材料：弘光皇帝原本是福王，按照明王室的世系排列，根本没有机会入承大统，他之所以做了皇帝，只不过是因为有人承认他是皇帝。在一场由马士英、阮大铖一手导演的可笑的闹剧中，他们把一系列百官职名抄写在一张劝进表上送给福王，随后，马、阮以及他们所能找来的文武官员便一致"迎驾"，就这样，福王成了天子。黄得功就是当初"承认"了福王的明朝武将之一。

在《劫宝》中，黄得功确实从营地跑了出来，认了皇帝，同时把失职的文臣武将一番大骂："负国恩，一班相，一班将！"弘光则说："事到今日，后悔无及，只望你保护朕躬。"

黄得功的回答很有意思：他向皇帝指出，当初皇帝在京都里"深居宫中"的时候，他愿意效命；但是现在皇帝只身出逃，则未免使自己进退两难。按照弘光皇帝的说法，现在他惟一在乎的便是天子自身（朕躬）的安全。但是，黄得功无法在政治结构之外运作，而天子应该居于这个政治结构的中心，赋予它权威。现在，"朕躬"还是可以被承认，但是没有一个政体结构发号施令，天子便无非只是"朕躬"而已，或者，就像这出戏的题目所暗示的，一个"宝贝"。

这时，弘光说出一句成为这篇文章标题的话："寡人只要苟全性命，那皇帝一席，也不愿再做了。"在这场政治演出即将崩溃的边缘，产生出丰富的反讽。弘光使用的是帝王的专称——

"寡人",因此,他表达的愿望也就带上了帝王的权威,由"愿望"成为"命令"。但是他所说的话,却是不愿再"做"皇帝了。弘光在"反承认"自己,他这样做,其实是在放弃那使他有权受到保护、有权把愿望变成命令的东西本身。"一席"在清朝已经意味着"一个职位"或"一个位子",但是正如"社会角色"这样的词语,它昭示了人("躬")与其社会作用的分离。而且,弘光不承认自己的皇帝地位,也就等于在剥夺黄得功的合法性和权威:黄得功不再是"最后一个忠诚的武将",他成了一支乱军的首领。

这里,一个最显而易见的回答是:"王朝已经崩溃了,我保护你的惟一理由,我的权威的惟一来源,不过是因为你是皇帝而已。现在既然你不肯做皇帝了,那么就算了吧!"但是我们面对的情形,使得舞台上的人们不可能脱下戏装,做回他们自己("躬"),哪怕是为了救命也不行。我们后来会看到,这在其他角色身上的确是发生了的。一旦被"承认"为皇帝,一个皇帝只有在另外一个皇帝(或者另外一套政权系统)代替他的时候才能够退位或者被废黜。如果皇帝站起身来,从政治舞台上走下去,整个政治和社会角色的结构便都会立刻轰然倒塌。因此,皇帝必须以皇帝的身份逊位。这时,黄得功还不肯放弃,他劝说弘光:"天下者祖宗之天下,圣上如何弃得?"黄得功仍然称弘光为圣上,而只要他还被称为圣上,可怜的朱由崧就必须继续做弘光皇帝。比起其他可以改换角色的人物,皇帝发现"人"与"角色"之间强迫的一致性。试图变成一个不是皇帝的"人"而没有成功,弘光只好回到他倒霉的皇帝角色,回答说:"弃与不弃,只在将军了。"角色的决定是交互的:如果弘光还是要做皇帝,那么黄得功也还是要做忠心王室的将军。黄得功果然信誓旦旦,而弘光的反应是擦去脸上的眼泪,说道:"不料将军倒是一个忠臣。"我相信弘光一定是因为被感动了才泪流满面,但是,有一种小小的、顽皮的诱惑,引得我们想也许弘光的哭泣是出于烦恼和绝望——因为被迫继续把皇帝一席做下去。

在这个时刻,我们可以暂时停下来做一番思考。每个人——无论是剧本的读者,还是戏院的观众——都知道弘光是一个无能的、自私的、腐败权力的玩偶,不管这知识来自史书,还是来自《桃花扇》的前三十余折。人们也知道,黄得功是一个冲动而缺乏头脑的将领,他的盲目与傲慢导致史可法联合明朝防御战线计划的失败,而他对南京朝廷的愚忠毁掉了另一位忠义的将军左良玉。从某种意义上来说,黄得功对南明小朝廷的覆灭比任何人都要负更大的责任。在君臣的对话中,有一种角色的单纯性:"明朝最后一个皇帝"与他的"最后一个忠诚的将军"。同时,读者和观众知道扮演这两个角色的人物并不胜任他们的角色:他们只是屈服于对话的逻辑而已。在人物和人物扮演的角色之间出现了空隙。这里我们谈到的不是虚伪或者对社会传统的尊从——那种类型的"表演"在《桃花扇》中也得到了表现。我们在这里所说的,是当一个人被视为某一特定角色时,他会被这一角色所吞噬,这既不是戏剧化的表演,也不是"真实"的,而是两者之间的分界线在模糊与消失。

君臣的对话不是现实主义的:它是被彼此承认对方的角色这一过程所决定的。弘光承认黄得功是一个"忠臣",他说:"不料将军倒是一个忠臣。"我们倒想知道:假如他没有"料到"黄是忠臣的话,为什么还要投奔黄得功,寻求他的保护。这个"不料",其实只是弘光对黄的角色的一种承认和认可。

这时,黄得功劝弘光进帐休息,随后独自在舞台上反思自己在历史中的位置:"明朝三百年国运,争此一时;十五省皇图,归此片土。"这个和"英雄形象"颇有距离的人物在想象中把自己当成了历史传奇中可能的主角。他对自己当前位置的想象正好与他单独在舞台上的地位对应。但是孔尚任很少允许这样的戏剧化表演持续太长的时间,他总是会对之进行反讽,使观众看到这种自我沉溺的局限。于是,黄得功的副将田雄上场,提醒他的元帅"北兵渡江,人人投顺",在此时此刻此地拥戴明朝的皇帝不是什么好事。田雄的措辞很重要,他说:"这位皇帝不像享福之器。"他称弘光为"这位皇帝","这位"这样的指示代词在特指之中暗示了普遍性,与黄得功心目中"惟一的圣上"这一概念形成反差。而了解这一历史阶段的观众或读者都知道:很快,南方就出现了好几位"明朝皇帝"。

黄得功对田雄的现实想法报以斥责,但这时又有两个明朝将领上场,恭贺黄得功"得了宝贝"。对他们来说,弘光是一件商品,可以换来满清的高官厚禄。黄得功自然大怒,和他们动起手来。田雄趁机射伤了黄得功的腿,并把皇帝从内室背了出来(皇帝则咬了他一口),扔在那两位将领的脚下,以一个送货人的口气,说了一句难忘的台词:"皇帝一枚奉送!"

在语言学的层面上,我们碰到一个有趣的问题:"皇帝"该用什么样的量词?弘光自己提供了一种可能:"一席",但后来却被称为"一枚"。他的君王身份现在既不真,也不假;他既没"做"皇帝,也不"是"皇帝。他被舞台上的众人"承认"为皇帝,但他只是一件皇家商品而已。

"那皇帝一席，也不愿再做了"：《桃花扇》中求"真"

我们可以从很多不同的角度来思考"表演"。一种角度是从"自觉"出发。"自觉"意味着知道自己处于众目睽睽之下，既是认知的主体，也是被认知的客体，向"完全投入"滑行。另一种角度，是从时间、地点和观众反应出发来定义表演。表演定于八点开始，舞台是表演发生的地点，台下将坐着一批要求演员们遵守时间和地点约束的观众。演员不可以在七点半的时候在化妆室里面开始表演，也不能走下台，到一个人们听不见他说话的地方进行表演。他的表演，有赖于观众承认他扮演的角色，也有赖于其他演员回应他扮演的角色。这些必要的条件使表演必然依赖情境和时间的前提。即使这个演员突然停止了独白，走下舞台，他也不会被视为一个"人"，而只会被视为一个正在进行另一层次的表演的"演员"。正如他没有观众的认可、时间与地点的前提就无法表演一样，他也不能不表演。

在《桃花扇》里，我们常常可以看到这样的过程：剧中人物因为剧中的其他人对他们表达的期待与认可而被迫进入角色，进行表演。剧中无数专业演出的场面和专业表演者在社会里流动的场面模糊了舞台和社会／政治世界之间的界线——这是剧中得到明显凸现的一个普通的概念（"当年真是戏，今日戏如真"[1]）。在16世纪后期和17世纪初期，真与假之间的对立在人们的思想中占据了突出的地位，就像半个世纪后的《红楼梦》那样，《桃花扇》属于把这种传统对立复杂化——甚至可以说加以解构——的一个大的思想运动的一部分。在上面引述的诗句中，"假"被"戏"代替，"是"字标志了真假之间对立的崩溃，而如今真假之

---

[1] 参见《加二十一出·孤吟》。

间的对立则重新被"如"这个字所建立,两句诗描述了从一个时期到另一个时期之间的政治变迁。下面的诗句则提供了第三种位置:"两度旁观者,天留冷眼人。"[1]

剧中的角色有忠有奸,有英雄,也有小人。如果弘光"不想再做皇帝",那么在传奇开始时,我们看得很分明:小人不想做小人,而如果没有女主角的激励,我们的男主角也不太能够胜任他的角色。我们初次看到阮大铖的时候,他是个机会主义者,但是还没有奸恶到家,他很希望南京的士大夫能够接受他。虽然他曾和明末的权奸魏忠贤有关联,他力辩他是为了保护东林党人才这么做的。但是对阮大铖的自我辩护,既没有人进行调查检视,也从没有人对之进行反驳。他只是在丁祭的时候被痛打(第三出《哄丁》),后来又一而再、再而三地被自视极高的复社成员们羞辱。人们把他当成一个无可救药的奸恶小人来对待,而他也就真的变成了一个传统的舞台小人,没有深度和复杂性,最后就像所有的坏蛋一样必然遭到覆灭的下场。

戏剧内部发生的角色分派,还要数我们的男主角和女主角分别接受他们的角色为最精彩。在《传歌》一出中,杨文骢来看望他的旧交——秦淮名妓李贞丽。随后,他们一起来到贞丽"假女"的妆楼。贞丽的养女刚刚长成,尚未梳栊。在她妆楼的墙上,挂满了名人题赠的诗篇,赞誉她的美丽;还有一幅蓝瑛画的拳石,杨文骢遂在旁边点缀了几笔幽兰,顺便请教少女的字号以便落款。少女答以"年幼无号",贞丽则请杨文骢帮她起个名字,杨文骢取"兰有国香"之意,为她取名"香君"。这个"号"就

---

[1] 参见《加二十一出·孤吟》。

成了少女的"艺名"。虽然她可能另有儿时的小名,那个小名是我们所不知道的;从这时起,她就是李香君。

在无名少女得到名字之后,杨文骢询问她的"技艺若何",李贞丽回答说她一直在学习汤显祖的"四梦"。这时她的老师苏昆生到,于是杨文骢有机会观看香君在苏的指导下练习演唱《牡丹亭》。香君唱道:

> 原来姹紫嫣红开遍,
> 似这般都付与断井残垣。
> 良辰美景奈何天……
> (净)错了,错了,"美"字一板,"奈"字一板,
> 不可连下去。另来另来!
> 良辰美景奈何天,
> 赏心乐事谁家院?
> 朝飞暮卷,云霞翠轩,
> 雨丝风片,
> (净)又不是了,"丝"字是务头,要在嗓子内唱。
> 雨丝风片,烟波画船,
> 锦屏人忒看得这韶光贱。
> (净)妙!妙!是的狠了,往下来。
> 遍青山啼红了杜鹃,
> 荼蘼外烟丝醉软。
> 牡丹虽好,他春归怎占得先?
> (净)这句略生些,再来一遍。
> 牡丹虽好,他春归怎占得先?

闲凝盼,

生生燕语明如翦,

呖呖莺声溜的圆。

(净)好!好!又完一折了。

在这里,中国戏剧传统中最艳丽、最热烈的唱段之一,被作为技术性的表演练习而呈现出来。与无数把自己的感情和《牡丹亭》的女主角杜丽娘融为一体、把杜丽娘这一艺术形象视为自己"真"性情的体现的少女观众或读者们截然相反,这里我们看到一个刚刚及笄的少女先是获得了自己的名字,然后把"杜丽娘"当作一个在技术上有相当难度的戏剧角色进行表演。她惟一显示出来的个性就是羞涩:不愿意在客人面前练唱。她的养母则反驳道:"好傻话!我们门户人家,舞袖歌裙,吃饭庄屯。你不肯学歌,闲着做甚?"李贞丽把表演理解为表演,但是香君则不然。虽然我们看到她学习唱旦角的技术性练习过程,她很快就"变成了"传奇剧的浪漫女主人公。她是一个"旦"(女主角)在表演一个"旦"。这个少女是一片空白,被她的角色填充起来,没有怀疑,没有其他的视角,也没有微妙而丰富的多重层次。她无法"突破角色",因此,她迫使身边的其他人——一般来说具有多重视角和丰富层次的人物——也只好扮演他们应该扮演的角色。

在香君练习过《牡丹亭》之后,杨文骢提出青年才子侯方域是香君的佳配。侯方域被介绍给香君,果然对香君一见钟情,于是下一步就安排两人"成亲"。他们的成亲当然只是婚礼的一种表演,因为它并不意味着真正的婚姻嫁娶。就像名妓郑妥娘提醒他们的,"俺院中规矩,不兴拜堂"(即向天地、祖先礼拜)——

在真正的婚礼上,正是"拜堂"这一仪式保证了婚姻的有效性。但香君却把他们的婚礼看得十分郑重,她对"合法妻子"这一角色的投入,使得他们的"成亲"的确变成了真正意义上的婚姻。

这里牵涉到经济的问题。侯方域囊中羞涩,而"成亲"需要一大笔钱置办妆奁酒席。上文提到的阮大铖,因为急于取得南京士大夫的好感,接受了杨文骢的提议,为其代出这笔梳栊之资,等到成亲次日,再由杨文骢道破个中秘密,那么,侯方域自然会感激阮大铖而代为在自己的朋友们面前转圜。在好几层意义上,杨文骢都担任了剧中男女主角从相遇到"成亲"的"中间人"。

成亲次日,杨文骢来访,恭喜新人,李香君提出了一个显而易见的问题:既然杨文骢自己也不是大富之人,又不是侯方域的至亲好友,为什么会如此慷慨出资帮衬?侯方域好像自己从来都没有想到过这个问题似的,也附和着香君提出这个问题。杨文骢这才揭破了妆奁的秘密,他说:阮大铖受到了很大的误解,他希望侯方域可以帮他分辩冤枉:

> (末)圆老当日曾游赵梦白之门,原是吾辈。后来结交魏党,只为救护东林,不料魏党一败,东林反与之水火。今日复社诸生,倡论攻击,大肆殴辱,岂非操同室之戈乎?圆老故交虽多,因其形迹可疑,亦无人代为分辩。每日向天大哭,说道:"同类相残,伤心惨目,非河南侯君,不能救我。"所以今日谆谆纳交。
>
> (生)原来如此。俺看圆海情辞迫切,亦觉可怜。就便真是魏党,悔过来归,亦不可绝之太甚,况罪有可原乎。定生、次尾,皆我至交,明日相见,即为分解。

(末)果然如此,吾党之幸也。

到她开口提问为止,李香君在前几折戏当中一直很少讲话。她似乎是一个非常温柔、腼腆的少女,没有什么个性。但是,当她听到侯、杨二人的对话之后,她开始"拔簪脱衣",痛斥阮大铖。侯方域本来由于接受了阮的礼物而处于尴尬的局面,而且甚至准备妥协了;李贞丽则先是因为丰盛的妆奁而满心欢喜,后来震惊于香君的举动(说得难听点,就是扔掉了她的卖身钱)。但是现在情人和养母突然发现他们面对的是一个浪漫女主角。侯方域被香君一席话说得不好意思起来,立刻改变了他的态度,表示和阮大铖势不两立;做娘的则心疼不已,不断提醒香君东西可惜。但是李香君不为所动,妆奁到底被原封退回了。

为了要做男主角/英雄,侯方域必须和"丑角/小人"对立。但是在这一幕里,我们看到男主角很有可能和丑角妥协,而如果他这么做了,丑角也不一定就变成后来那样奸恶的小人。

李香君继续把其他人迫入角色。阮大铖受到妆奁被退回的羞辱,恼羞成怒,陷害侯方域,赞成马士英把香君嫁给某权臣做妾。香君扮演起守节妻子的角色,坚决不肯"再嫁",以头撞地,鲜血溅红了诗扇。她的养母李贞丽只好充当了自我牺牲的母亲,装作是李香君,被轿子抬走了。

下一出戏,杨文骢看望卧病的香君,把她鲜血溅红的扇子点染成了桃花——桃花成为象征了鲜血与艺术的意象,这部传奇的题目。扇子本是侯方域在成亲时送给香君的礼物,也是他们的亲事留下来的惟一实物。这个被鲜血溅污的扇面,是定情的礼物和信义的象征,被杨文骢的折枝桃花增加了新的意义层面。后来,

"那皇帝一席,也不愿再做了":《桃花扇》中求"真"

香君的戏曲教师苏昆生前去寻找侯方域,香君遂托苏昆生把扇子带去作为家书。这是《桃花扇》中又一个精彩的时刻:在侯方域逃离南京到他收到桃花扇之间,有十五折戏的间隔。在这十五折戏里,侯出现过数次,但没有一次提到过香君。当然了,他面临的问题十分严重——明朝的军队在他身边纷纷崩溃,但是他对浪漫情节的完全忽视也还是相当引人注目的。但是,一旦苏昆生带着桃花扇找到他,把香君的守节告诉他,他便再次被迫进入"情人"的角色,即刻赶回南京寻找香君。

《桃花扇》明确地消解了社会/政治行为与表演之间的界线,不断试图划分出某种非表演的位置。在中国的角色系统里面表现一个不是登台表演的位置不是一件容易的事情。如果表演占据了舞台,那么非表演的领域必须在表演空间之前、之后、之下、之外发生。而这些区别本身又必须在舞台上进行。我们看到了李香君的例子:她在学会那个变成了她的身份的女主人公角色之前,多多少少是一片空白;她完全沉浸于这个角色之中,而这种女主人公的角色在中国的戏剧传统中尽人皆知是十分戏剧化的。但是,在这个角色之外,她并没有属于自己的身份来把这个角色陪衬为一种表演。我们必须得出一个令人不安的结论,也就是她也代表了"真"的一种。她在全剧结尾"悟道",随即就消失了,显然回到了她在全剧开始时的空白状态。

正如在英国伊丽莎白时代的戏剧里面那样,低等的配角往往会提供另一种同样令人不安的"真":这种"真"向观众暴露了主角们的艺术性。在第三出戏《哄丁》里面,南京士大夫祭祀孔子,阮大铖悄悄来到,被人们认出之后,被视为对祭礼的干扰而遭到驱逐。这本来只是比较简单而不大有意思的一出戏,但是因为有开场的时候"坛户"（管理庙宇、安排祭奠的人家）们的插科打诨而变得意义丰富了。两个坛户对祭礼所需的祭品做出喜剧性的评论，对他们得到揩油的机会感到庆幸。就像很多其他折子里面的配角那样，他们的在场突出了神圣祭礼的物质基础，为观众提供了一个不同的角度，使祭礼不至于变得层次单一、压倒一切。他们的功用就和苏昆生打断香君演唱《牡丹亭》一样，都是为了以"表演之外"的、极为实际的观点和声音使得观众或读者看清楚"表演"只是"表演"。

描写成亲的《眠香》（第六出）一场，也有这样的闹剧性配角来为表演提供一个"物质现实"的框架。这些配角的猥亵插话为男女主角的浪漫爱情唱段加上标点，这在婚礼上是很传统的；但是这出戏以清客张某（净扮）和妓女郑妥娘（丑扮）的"现钱交易"（张出十文钱与郑过夜）结束，提醒观众或读者这场婚礼发生在妓院之中，以及所谓"妆奁"的真实性质。

下一出戏开场，是次日清晨，一个下人"掇马桶上"，同时念出一首打油诗，提醒我们妓院里面父系血统的混杂，也提醒我们这种"成亲"和真正的婚礼之间的区别：

（杂扮保儿掇马桶上）
龟尿龟尿，撒出小龟；
鳖血鳖血，变成小鳖。
龟尿鳖血，看不分别；
鳖血龟尿，说不清白。
看不分别，混了亲爹；
说不清白，混了亲伯。

"那皇帝一席,也不愿再做了":《桃花扇》中求"真"

这插科打诨的闹剧丑角穿场而过,提醒我们注意夜晚身体的排泄物、玷污的床单,在充满山盟海誓的爱情唱段的剧场背后,是妓院中精血的混乱、芜杂。就像大多数对"真"的建构一样,这是一个"否定"的步骤,依靠暴露那隐藏在情人幻象之下的东西(床下面的马桶)来巩固自己的真实。

为"真"划出一个空间的第三种方式是离开舞台。南京是明朝在南方的都城,有一整套行政部门、官员、建筑,所有构成朝廷和政府的因素都齐备,除了一个皇帝之外。在北京陷落之前,南京是一个空空的朝廷舞台背景,现在由于王朝的危机,这个空空如也的舞台得到一个福王来演出皇帝的角色。福王是一个喜欢看戏的皇帝,他对表演很感兴趣。他不太在意他所扮演的角色的细节:他的军队正在崩溃,而他的"真正"兴趣在于组织宫廷剧。

要结束"演戏",表现一种非演戏的状态,孔尚任安排他笔下的角色一个个改换衣装、离开南京舞台。他们的起程以一些演员拒绝再做演员开始:在第二十四出《骂筵》中,弘光传旨,搜求秦淮一带的著名歌妓,表演戏目。其中最著名的歌妓之一卞玉京道装打扮上场,唱了一段精彩的独白,表示她的真性情是多么怨恨使她沦落为歌妓的命运:

> 家住蕊珠宫,
> 恨无端业海风,
> 把人轻向烟花送。
> 喉尖唱肿,
> 裙腰舞松,

一生魂在巫山洞。

其间穿插一段念白,解释自己"今日为何这般打扮"。这是一个很好的问题:"打扮"(一个戏园用词)起来,是为了呈现那个真实的自我。她离开南京,是为了入山去做女道士——而她声称自己本来就已经"是"一个女道士(天上一个清净的"蕊珠仙子")了。下一个离开的是曲子清客丁继之,他当着自己两个朋友的面换上道服("二位看俺打扮罢,道人醒了扬州梦")。再下一个离开的是张薇,他改换了自己的官员打扮,携带着因出版复社成员的书籍而犯事的书贩蔡益所一起逃走了。随着清兵的临近,人们纷纷逃离南京:香君和出亡的宫廷嫔妃们一起离宫,侯方域则趁着监狱大开也逃出去了。所有的人都在"归山"(第三十出标题)。

最后几出戏的背景,是深山道观。这向我们清楚地表示,对非表演的表现再次成为表演。《桃花扇》的最后一出戏《入道》揭破这对情人之间的牵缠只是表演——现在不可以再继续下去了,因为他们已经离开了适合于情人的舞台。在讲堂之下,他们认出彼此,于是开始咏唱铭心刻骨的爱情,但法师张薇拒绝承认他们是情人,他的拒绝终于打破了爱情的魔咒。

情人相认的场面非常戏剧化,这已经埋伏下了后面的反讽。在舞台一侧,我们看到跟随在女道士卞玉京身旁的李香君,仍然在希望着与侯方域重逢;丁继之从舞台的另一侧上场,后面跟着侯方域,也还在寻找李香君,但是已经开始了解"世外有仙缘"。张薇继续讲道:

(外拍案介)
你们两廊善众,

> 要把尘心抛尽,
> 才求得向上机缘;
> 若带一点俗情,
> 免不了轮回千遍。

但这时发生了无可避免的场面:李香君和侯方域彼此隔着一个舞台看见了对方,他们奔向彼此,开始一支爱情的咏叹调——很明显,他们没有听张薇的讲道。就在他们抚摸着桃花扇、表白对彼此的爱情的时候,张薇大怒下坛,声言清净道场不容痴男怨女,从他们手中夺过桃花扇——无疑使所有知道这把扇子历史的人大惊失色——将其撕得粉碎。这把扇子,上面以诗句、血痕、绘画记载了两人的爱情,被毁灭了,它的毁灭标志了爱情梦幻的破灭。但它同时也是一样舞台道具,每次演出,都会有一把新的。

就连在这时,李香君和侯方域还是不能醒悟。他们属于一个不同的、更传统的剧目,他们知道这样的一出戏剧应该如何结束:他们表白爱情,引见彼此的朋友,感谢所有帮助他们团聚的人。张薇再次打断他们,提醒他们身在何处,侯方域回答说:"从来男女室家,人之大伦,离合悲欢,情有所钟,先生如何管的?"这是典型的儒家教书先生的口气,是对浪漫爱情传奇的陈腐的辩护。如果早些时候,弘光不能成功地放弃他自己的皇帝角色。这里,张薇则成功地取消了他们的情人身份:

> (外怒介)
> 呵呸!两个痴虫!你看国在哪里?家在哪里?
> 君在哪里?父在哪里?偏是这点花月情根,

割他不断么?

【北水仙子】堪叹你儿女娇,
不管那桑海变,
艳词淫语太絮叨,
将锦片前程,
牵衣握手神前告。
怎知道姻缘簿久已勾销。
翅楞楞鸳鸯梦醒好开交,
碎纷纷团圆宝镜不坚牢,
羞答答当场弄丑惹的旁人笑,
明荡荡大路劝你早奔逃。

  这里的高潮,是揭示情人的表演只不过是表演("当场弄丑"),而悟道的可能则代表了非表演的稳定状态。情侣悟道之后,随即换装下场了。

  虽然《入道》极力把"山"作为超越了表演,也超越了表演所蕴涵的丰富反讽的终极地点,但是,整出戏都是《桃花扇》全剧中最戏剧化的一折:无论是追荐崇祯皇帝的法事,还是祭祀将士亡魂,昭示善恶报应,这都是仪式,是对剧中人物的仪式化定位。在某种意义上说,这个世界是"真实"的,但它只是一种真实而已,还有很多种彼此之间非常不同的真实——这种种真实的惟一相同之处,就在于它们是"假"的否定。

  毫无疑问,《桃花扇》的最后一出戏在一个层次上传达了这部传奇的主题思想:悟道之"真"把假象和幻象从舞台上清除掉了。但是，这不是"真实"——使舞台成其为舞台的那个台下世界——意义上的"真"。在向剧中情侣解说他心目中的"真"的时候，张薇给他们看那个具有更加深刻的否定意义的"真"："你看国在哪里？家在哪里？君在哪里？父在哪里？"

在本文开始时，我提到戏剧表演和"真"之间的对立好比敌国之间的政治性争斗。把这种对立借南明和清朝之间的战争加以表现不是无缘无故的。这里蕴涵着一个寓言。孔尚任非常清楚，对"真"的表现——尤其在舞台上——也就意味着对"真"的颠覆：表演只能表现表演而已。在整部剧中，清兵都是一个否定性的存在：他们不断南下，击败军队，屠戮扬州，而且事实上把演员们从南京的舞台上赶了下去。人们不时提到他们，以谨慎、低调的措辞，但他们总是在那里的，他们注定了要结束这出戏，结束它所有的繁复的艺术性。"真实"世界是有效的、严肃的、致命的。

而整部《桃花扇》都是放在清朝的"真实"世界的框架中，作为康熙二十三年（1684）的一场戏剧演出而表现的（剧本真正完成于1699年）：在全剧卷首，《试一出·先声》里，一个九十七岁的老赞礼（主持祭祀仪式的官员）上场，赞美清朝统治下出现的祥瑞，夸说在太平园看到一本新出传奇《桃花扇》，完全写的是"实事实人"。

最后，我准备讨论一下全剧之中问题最多的场景之一：第二十五出《选优》。在这一出戏里，表演只是表演而已，是皇帝下令指定的。在某种意义上，这是"真"的另一种表现——也许是"真"的倒置，因为歌妓/女演员以其本来的歌妓/女演员身份出现,她的表演是奉命而行,她的身体也可以供男性观众取乐。这种"职业真实"的标志是重复——为第二个男人演唱杜丽娘的角色(虽然剧中没有明说,但是也可能成为另一个男人——天子——的新宠)。同样,弘光扮演演员,比扮演皇帝要自在得多。

马士英和阮大铖在第二十四出里面派人挑选歌妓、乐工,以便为热衷看戏的皇帝表演阮大铖的传奇名作《燕子笺》。一旦演员进宫,他们就成了内庭供奉,结束了他们在宫廷之外的职业生涯。前面提到过,这促使妓女卞玉京、清客丁继之逃离南京,隐入深山。李香君的养母李贞丽也在被征之列,但因为她代香君嫁人去了,现在香君只好假扮李贞丽入宫。入宫之前,先被马、阮验看,这时,香君唱出一曲《江儿水》诉说其惨痛遭遇,马士英、阮大铖都为之感动——直到他们意识到原来他们自己就是李香君痛斥的对象。只因为要送入内庭,李香君才幸免于难,但是阮大铖决定分派她扮演丑角,报复她的不逊。

《选优》开场的时候,我们看到两个歌妓和两个男乐师在一起插科打诨,相互斗嘴,谈论他们由串戏而可能得到的天子"宠眷",比较同性爱("南风")和异性爱到底哪个更有吸引力:他们期待的宠眷显然是指性爱的。这时阮大铖上场,命众人把李香君带上来——香君这时仍然被视为李贞丽。众人下场之后弘光上场,他厌倦了"做皇帝",想以做戏自娱。他告诉阮大铖他"有一桩心事",阮大铖多方猜测——是担心清兵南下?是担心军队边防?是担心藩王谋反?这些都是对一个君王的焦虑的合理解释。但回答是:弘光担心的是《燕子笺》的角色尚未选定,恐怕耽误了元宵灯节的上演。

在这种讽刺之下,我们要看到:对于弘光来说,"皇帝"是一个角色,他扮演得并不自在,因此,这对他意味着"假"——既是造作,也是"虚假"。他真正的热情是针对"做戏"表现出来的,这里我们第一次看到弘光没有虚伪地扮演一个角色,而是真心快乐地欣赏着戏剧表演。他在观看众人串了一折《燕子笺》后满心欢喜,竟至加入到众人的行列中充当鼓手打了一回十番。这样,扮演皇帝的演员变成了一个扮演"扮演演员的皇帝"的演员。

李香君这时已经上场。因为这只是演习而已,中国戏园避免了一场危机:到底该怎么样表现一个"旦"扮演面涂白粉的丑角?当然,在假想的层次,表现角色的误扮是容易的:旦在台上是以旦角的面目出现的,无论谁建议让她扮演丑,都是在误读角色类型之中变化的局限(只有李渔才能实现这样的一种转换)。

弘光也许不是个能干的皇帝,但是他至少在一个领域里面可以担当起"正名"的任务:他只要看到一个旦,就有眼力认出她来。此出戏开始时十分清楚地把皇帝对看戏的喜爱和皇帝的性宠爱联系在一起,而弘光把李香君从丑角的命运中拯救出来,其取舍标准不是她的演技,而是她的相貌:"那个年小歌妓,美丽非常,派做丑角,太屈他了。"在弘光眼里,她属于"歌妓"之列,歌妓既要具备专业特长,演唱的技艺,也为客人提供性服务。在这里,我们应该想到李香君曾经付出多么大的努力和代价忠实于侯方域,做一个守节的烈妇——这是正旦扮演的角色——而不是做一个歌妓(这也许是她台下的身份)。扮演忠贞的妻子只能有一次,第二次再接受这个角色,她就变成纯粹的"歌妓"了。在扮演贞妇的时候,这部传奇的题目"桃花扇"起到了关键的作用：这是侯方域给她的定情物，成亲的信物，上面写着他的诗，染着她为了维护节操而流的鲜血，被杨文骢画成了桃花。画完之后，李香君称这幅桃花是她的写照，托苏昆生捎给侯方域，以重新建立他们在天地巨变中几乎被遗忘了的"婚姻"关系。那么，我们该如何阐释香君面对弘光时的这一幕情景呢：

> （看旦介）那个年小歌妓，美丽非常，
> 派做丑角，太屈他了。
> （问介）你这个年小歌妓，既没学《燕子笺》，
> 可曾学些别的么？
> （旦）学过《牡丹亭》。
> （小生）这也好了，你便唱来。
> （旦羞不唱介）
> （小生）看他粉面发红，像是腼腆，赏他一柄
> 桃花宫扇，遮掩春色。
> （杂掷红扇与旦介）（旦持扇唱介）
> 【懒画眉】为甚的玉真重溯武陵源，
> 也只为水点花飞在眼前。
> 是他天公不费买花钱，
> 则咱人心上有啼红怨。
> 咳！
> 辜负了春三二月天。

听了之后，弘光大喜，决定派她做正旦。正像皇帝的"性趣"是不可避免的那样，他的要求——学唱《燕子笺》——也是她不能

拒绝的。这部传奇是弘光的心爱,但却是李香君所鄙薄的。

也许最引人注目的重复是第二把"桃花扇":它凭空出现,暗示了桃花和李香君的"粉面"之间的相似(正如第一把桃花扇也曾有此比喻一样)。但是第一把扇子是李香君和侯方域的爱情历史的层层记载,这种历史是在李香君对"节妇"身份的维持中积累起来的。第二把扇子却只是一个复制品,没有历史,没有故事,没有过去。弘光说香君"像是腼腆"。她是一个歌妓,属于一个表面化的世界,真情在这里不是问题,所有的交易都在表面化的层次进行,而这些浮表是被公认为具有职业性的。

李香君对唱段的选择也很引人注意,这是她在剧中第二次演唱《牡丹亭》。第一次演唱的段子出自《惊梦》,当时,女主角杜丽娘在花园游玩,即将在梦中和柳梦梅云雨缱绻。第二次演唱的段子出自《寻梦》,在这出戏里,杜丽娘于次日回到花园。花园被描述为"武陵源"(也就是桃花源),在戏曲传统中,这既可以是性爱缠绵的场所,也可以是远离人世的退隐之地。两种类型的桃花源都在《桃花扇》中出现过,后者终于代替了前者。但是在此处,在《牡丹亭》的语境之中,在李香君这里的演唱中,桃花源都指的是性爱的乐园。

李香君,扮演杜丽娘的一朵"名花",在这里以"重回旧地者"的身份演唱。弘光皇帝很可能在"天公不费买花钱"的唱词中听出来了一点幽怨,而李香君一方面可以作为节妇自伤自嗟她的命运和天子对臣民的绝对威权,另一方面,这里无疑提出了一个对一种既脆弱又短暂的商品拒绝支付报酬的问题。如果"羞"可以被视为要求被人"鉴赏"的艺术姿态,那么追求佳人的重复表演也要求讨价还价和协商。在她第一次演唱《牡丹亭》时(还有在她初次被"梳栊"时),李香君都只是一个"雏妓"和徒弟,但是这里——我们别忘记她是在扮演她的养母,那个非常有生意头脑的李贞丽——李香君显示了她对唱段作为商品的掌握。

对任何《桃花扇》全本的读者来说,这简直都是对李香君的诬蔑:的确,在这出戏结尾,她独自留在舞台上,感叹自己被锁在深宫不得自由的命运。镶嵌在全剧开始时作为无名少女的空白和全剧结束时悟道之空白的框架之中,她既不变化,也不突破自己的角色。但是在这里,面对一个扮演绝对权力掌握者的演员,她面临重复戏剧演出和性爱行为的问题。在这里,有那么短短的一会儿工夫,旦真变成了一个"旦";弘光指着她说:"看此歌妓,声容俱佳,岂可长材短用?还派做正旦罢。"

在这部传奇提出的很多种"真"里面,这也许是"真"的倒置。李香君是想要做节妇的"旦",而她如此完全地投入角色,以致她简直"像是"真正的节妇了。但是在此处,在重复的边缘,而且即将演出被分派给她的角色,她几乎变成了一个真正的"旦",一个身为女演员的女演员。

微　尘

开始的话：作者承认他觉得无聊，并寻求药方

这个浮动不定的学术讨论会具有令人肃然起敬的题目与历史，是一项严肃的工程。[1] 因此，当我受命提交论文之后，就开始严肃地履行我的职责。在针对"当代"以及它给人文学术界带来的后果写下长达三页的理论性探讨之后，我终于把自己搞得十分无聊，再也继续不下去了。我不太谦虚地觉得我的立论相当不错，也很新颖，我可以预见它的逻辑发展。一篇短小的论文被完成了，但是我失去了兴趣，立论就这样逐渐地淡出了。在反思中，我意识到了欠缺的是什么东西：是一个文本，一首诗，那是能够抓住我的兴趣、为思路充当一根纤维的东西。

"细读文本"（close reading）不像有些人想的那样是众多文学批评和理论立场之一种。它其实是一种话语的形式，就像纯理论也是一种话语形式那样。虽然选择细读文本本身和选择纯理论不

---

[1] 本文可谓"赋得人文学科国际学术讨论会"，盖作者在 1998 年参加第五届人文学科国际学术讨论会时提交的论文。本届讨论会的主题是"习俗与创新"。讨论会每次都在不同的城市举行，故云"浮动不定"。——译者注

同，算不上一个立场，但还是有其理论内涵。而且，任何理论立场都可以通过细读文本实现（或者被挑战，或者产生细致入微的差别）。

偏爱文本细读，是对我选择的这一特殊的人文学科的职业毫不羞愧地表示敬意，也就是说，做一个研究文学的学者，而不假装做一个哲学家而又不受哲学学科严格规则的制约。无论我对一个文本所做的议论是好是坏，读者至少可以读到文本，引起对文本的注意。文本细读可以变成对话，这个对话与回应其他的批评家、理论家十分不同：在后一种情况里，一个人不管是对某一立场表示不同意见，还是提出重大的修改（如果完全同意就会摧毁这种对话），对于自己来说都意味着具有既得利益（vested interest）。但是，在解读文学文本时这样的问题并不存在，尤其当这个文本以前的解读历史不给人很多压力时。当然了，我们总是带着自己的议程、自己的立场来进行解读的。但是，在那些精彩的文学阐释里，似乎常常发生出乎意料的事，而一个慧心深思的读者，往往不是借文本表达自己的立场，而是要"对付"那出乎意料的东西。所有事先决定的"议程"都可以出轨，或者改变方向。

我不反对理论探讨、历史语境、新历史主义、政治立场或者仅仅作笺注——只要我有一个好的文本。文本是一个学者和世界及外因会面之处，是历史与思想的交界点。

出于荣誉感，我还得再做一个告白：我常常被"命题作文"，而每当我考虑要写什么的时候，一个特定的文本就会进入脑海。在很多情况下，我不清楚为什么这一文本在脑海里盘旋不去。最后终于被写出来的文章，变成了一个把这一表面上看来风马牛不相及的暗喻逐渐归化的过程。最明显的例子就是在写这篇文章的时候，一个毫不相干的文本，一首 6 世纪初期的小诗，随着我的夏日阅读自动地来到我的笔下。

一首诗

刘孝绰，和咏歌人偏得日照

> 独明花里翠，偏光粉上津。
> 屡将歌罢扇，回拂影中尘。

在讨论这首小诗之前，请容我先简要地回顾一下这一时期的文学理论背景。与刘孝绰基本属于同一时代的钟嵘在探讨"意"和表现的问题的时候，用了两个意义相反的词："深"与"浮"。[1]"深"指蕴涵在文字里面的深邃命意，如果文字对命意的表达都是"比"与"兴"，那么命意就会被埋藏在文字的表层之下。当比兴占统治地位的时候，文字表达在实现之前就已经全部植于作者的意向之中，文本中的一切最终指向作者隐含的命意。在钟嵘的心目中，另一种可能性是"赋"，不假修饰的文字表达，然而赋的倾向是"浮"，因为它没有植根于任何"深"意之中，它是开放性的，对偶然事件、对它自身所遭遇到的理解，

---

[1] 参见钟嵘《诗品》序："若专用比兴，患在意深，意深则辞踬；若但用赋体，患在意浮，意浮则文散。"——译者注

都来者不拒,并不被任何先行的内在动机所过滤和制约。钟嵘宣扬的,是两者的中和:既不要太"深"地植根,以致寸步难行(因为太强烈的关怀往往被作者用各种比兴之意象执着地重复不已),也不要过于漂浮不定。钟嵘觉得细节的繁缛是"浮"带来的恶果,但是,我几乎可以确定他会觉得刘孝绰的绝句是"浮"到极端的体现,因为这个文本虽则短小,却"毫不严肃"。

自6世纪以来,中国的文学批评家无不对这样的小诗深恶痛绝,百般诟詈,其激烈程度,与这首诗表面上的无害无辜完全不成比例。不过,我们也不能对这些批评家过于重视,因为与此同时,很多中国诗人都在继续写作这种"浮"诗。对这种诗篇的强烈敌意——认为它们导致了王朝的覆灭——只能使得我们感到奇怪:这样的诗歌到底造成了什么样的威胁?也许,归根结底,它们并没有那么邪恶。

在这首小诗里,诗人之"弄"(游戏),同于歌者之"弄"(这种"弄",并没有希腊词"游戏"的哲学内涵)。"浮"的概念是准确的,因为这里我们看到的是一种偶然,是日光笼罩下的一个片段的时空,为我们呈现了一个无故的手势。而阳光中的微尘确乎是"浮"尘,拂尘的动作似乎很有目的性,但是一无用处,只是游戏而已。这里的扇子是歌者的道具,本是用来辅助表演的(也许她唱的是一首爱情歌曲——同样也是游戏文字),不过准确地说,现在它只是"歌罢扇"——已经完成了它的主要使命的扇子。

这首诗里面的能指都在漂浮。绝句的第一行描绘了花间的翠羽,但是我们从题目已经猜到这里大概没有什么真正的翠鸟。在不同的语境中,我们也许还会把"翠"视为花间新发的绿叶,但是此处我们知道诗人说的一定是翠鸟的羽毛,歌者的头饰。这一线阳光为我们照亮了已经脱离它们原始性质和功用的物件。比方说，如果一样东西属于"器"的范畴，这东西"是什么"就要以它的用途来定义。那么，扇子是什么呢？它是用以驱散炎热的器具。但是在这首绝句里，虽然歌者在日照下汗津细细，她却拿手中的扇子派了别的用场；一来作为她歌唱的道具，二来拂去飘浮的微尘。这些用处都是次等的，都是对于目的性的戏弄，不是扇子本来的功能。轻汗浸湿了歌者扑在脸上的粉——又一样装饰品，微尘的对应物。

当时的读者在看到这首诗时，大概不会不想到汉朝的班婕妤。一首关于扇子的诗被系在她的名下，在这首诗里，扇子是美人的象征：在炎热的夏天受到珍视，但是失宠于秋日的凉风。

> 新裂齐纨素，鲜洁如霜雪。
> 裁为合欢扇，团团似明月。
> 出入君怀袖，动摇微风发。
> 常恐秋节至，凉飙夺炎热。
> 弃捐箧笥中，恩情中道绝。

这里的扇子既是象征，又确实以它的本来功用见知于诗人。这也就是"比"，拿钟嵘的话来说，文字的表达具有深度，因为它被作者深藏的用意所控制，一字一句都犹如这把象征性的扇子那样具有目的性。没有任何漂浮不定的东西。批评家们对之赞叹不已。而且在6世纪初期，常出现以班婕妤为题材的乐府诗——说不定我们的歌者刚刚唱的就是呢。

但是，在刘孝绰的绝句里，我们既看不到班婕妤据称是真实的幽怨，也看不到歌者表演出来的幽怨：扇子所派的用场相当地软弱无力，相当地想入非非。这是很有挑战意味的游戏：甚至不是像所说的那样是假作严肃的游戏，而是毫不掩饰地赞美生命中的偶然，一个没有前因后果的、充满随意性的时刻，这种时刻的情趣和美丽。道德感强烈的批评家们对这样的诗深深不以为然，他们往往把它和"艳情"（或称色欲）联系在一起——但是这里根本没有男女爱欲的表现，也没有我们在班婕妤怨诗里发现的那种对感情承诺的追求。这首小诗所表现的艳情，其实不过是对于事物富有声色之美的外表尽情的投入，这种投入无意得到结果，不期求圆满完成：这是一种漂浮无根的艳情。

就像 Paul Rouzer 曾经指出过的，这样的诗歌表现出一种窥视癖（voyeurism）。歌女不仅被笼罩在阳光下，而且也被笼罩在诗人关注的目光下。但是，就连"窥视癖"的范畴也必须被重新划分：一边是那种深入的、颇涉下流的偷看者（the Peeping Tom），一边则是浮动的、只作短暂逗留的视线，游戏于感官的欲望，而不沉溺其中。

也许，在这个佛教大行的时代，这首诗有其佛学的层面：日影中的微尘，感官世界能够玷污素衣的红尘。其实，富有声色之美的外表，包括激情和色欲，甚至包括钟嵘认为给了诗歌以基础的那些所谓"严肃"的事情，都不过是幻象，是空虚。也许，这些浮动的意象更接近真理。

严肃起来

读者大概终于忍不住要发问了：可是这与人文学科、与它的制度和机构的现状到底有什么关系呢？我的论文按理应该"意深"——牢牢地植根于一个大家共同关心的题目和重大的文化问题之中。相反，它却好像远远地偏离了航向。我想我得抛锚把它固定下来。

刘孝绰的绝句来到我的脑海，也许是因为我在考虑我们的"严肃"精神，我们对人文学科的"危机"没完没了的探讨，我们对人文学科在当今世界的用处感到的焦虑。这首诗是一种小小的抵制，是对严肃精神的批判。我们可以从这里更进一步，同时不让这些严肃的目标把我们从这个游戏性的文本引开得太远。

钟嵘在过分的"深"里看出一个问题：

若专用比兴，患在意深，意深则辞踬。

"踬"——失足绊倒——是步履遇到障碍的体现。一切文字都是能指。如果泥足于深意之中，一个作者就不可能到达任何地方，只有不断重复。

直到近年以来，大学就和其他社会机构一样，保持了极大的历史惯性，并把这种惯性作为普遍接受的情形。人文话语也是一种机构，也曾同样如此。变化当然还是在不断发生，有过许多十分充满张力的、自我意识很强的阶段。但是我们不应低估这句对于机构形态的通行解释："这就是一贯如此的行事方法。"机构的性质就是接受已存的传统。人文学科以前对文化、道德教育有很多泛泛的、很少被详细考察的虔诚信仰，但是却从未没完没了地担心它们为什么要存在，它们对什么样的社会目标起到了服务作用，是否在朝着一个正确的方向前进（它们不是没有担心过，但只是有时为之，而且程度温和）。它们以一种宽泛的眼光看待自己，也就是说，它们认为自己帮助了一个年轻人为即将进入成人社会生活做出准备。作为一个不假思索的陈述，这其实是宣告了它们在社会精英生活的一系列阶段中占有的一席之地。

我们生活在一个批判的时代（不管这些批判思想提出的问题和采取的形式多么富有惯性、多么容易预见）。当我们回顾一下第二次世界大战前的大学，我们可以看到它的教育与社会形态在生产精英的过程中扮演了一个重要角色，就与我们能看到较老的人文话语曾经灌输和强调了诸如殖民主义、性别与社会等级差别这些曾占统治地位的社会价值观念是一样的。时到如今，我们对于现存的机构和话语形式（仍然在为生产精英服务）所进行的是同样严肃的批判性审视。19 世纪末到 20 世纪初之间的大学当然也富有批判精神，但是现在有所不同的是那种对于历史惯性的认可消失了，那种把某些形式有效地隐藏在"这就是一贯如此的行事方法"这句话后面的习惯精神，已经不见了。

这种惯性其实非常有创造力：它提供了使得改革和革命成为可能的阻力。没有这种有效的阻力，在批判性考察和改革的支持下，"变化"就只不过是一种时尚的改变而已。我常常听到学者们讨论文学批评领域的下一个"转折"将会是什么：这种预言的热衷来自追求时髦的欲望，并非出自面对一个真正的问题感到的急迫，而真正的问题只通过抵制和阻力表达自己。在这样的批评过程中，真正的文化问题、理论问题被触及，收获是不言而喻的，但同时，找到一个值得探讨的问题的欲望本身超越了任何具体的发现而成为当务之急。如此追求不断的批判、不断的变化，意味着每种变化的形式自身都没有意义，我们拥有的，是一种激进的稳定。

批判的行为（在广大的文化意义上，同时也适用于机构、机构的形式，比如说人文学科领域的机构形态）使变化得以不断地发生。有很多因素来解释为什么会有这样一种巨大的文化变迁：比方说"二战"之后扩张过度的学术生产，导致了学术机构的压力，这种压力迫使人们不断努力寻找新的批评反思对象（包括上一代人和同时代人）——虽然这种压力本身是我们抗拒批评反思的习惯之一。我们的学术文化有点像中国农民使用土地：总是把充满渴望的目光投向最后一丛树林。

我当然不是在充满怀旧情绪地建议回到过去——我不提出任何建议，因为任何建议都是不可能的。[1] 但是这个不断批判的文化本身就应该受到批评的审视。文化批评的所有形式都在故作严肃，一起认定应该有所为，或者，当批评的对象存在于过去，就一起认定不应该再有所为。这种批评形式指示了什么是更好的路线。批评家似乎充满关怀——我说"似乎"，是把他们究竟是否

---

[1] 我已经注意到，每次当我提出一些过去的时刻存在十分严重的问题但同时也有一些好的、有用的、我们现在已经没有了的文化形态时，我都会被指责为怀旧——即使我特别强调利益大于损失，也还是无济于事。带有批判心态的读者完全听不到我对过去的批评，只听到过去比现在好的那一部分。而真正怀旧的批评家同意这种比较，但又完全忽略了对过去的批评那一部分。我认为，这种情形的反复出现说明当前我们的文化政治中存在一个重要的问题，不同派别之间的鸿沟深到他们当中的任何一方都看不到其他可能性的程度。对于激进派来说，任何对当代文化的批判都是可以接受的，但是除了一点，那就是诉诸过去，虽然这种过去往往是幻想出来的。过去和现在，都同样有可怕的失误，也有很好的东西。每一个收获同时也意味着损失。如果一定要我做出一个政治选择，我会毫不犹豫地肯定收获大于损失，但假如我们不能在肯定此点的时候也意识到有一些重要的东西已经不可弥补地、必要地失去了，那么我们就是在隐瞒我们文化上的消费，将来迟早要面对我们现在掩盖起来的问题。

真的充满关怀这一问题姑且置而不论。这就是存在于机构制度化之中的问题,在形式上生产"严肃"——包括严肃的批评。我们永远不知道,一个批评家对当前的文化现象做出批判性的分析,是不是因为除了有助于他在学术机构里面的晋升之外还对他个人十分重要,或者,仅仅只是他获得职位名誉的手段。不过,当然了,我们永远也不可能分清楚这两种动机。我们已经失去了惯性的阻力,使批评行为保持其必要性的深度。

歌妓说:"我爱你,我这次是心口如一。"但是花了钱的听者永远不知道歌妓是否心口如一,抑或她只是明白如果她这么说,她的职业生涯就会更加成功。我们自然可以假设——而且有充足的理论基础——这是一个不成其为问题的问题,永远也没有肯定的答案。但是这个问题在话语中其实十分重要:这就是为什么仅仅说"我爱你"是不够的,还必须加上一句"我是心口如一的"。对于歌者/批评家来说,"我是心口如一的"采取了争辩、怨怒等一系列修辞表征,力图雄辩地证实其严肃性。即使我们不知道批评家是否真的严肃,"看起来"严肃(这当然也包括了"确乎严肃"的可能)本身便具有价值。

我们回到日照下的歌者。假设班婕妤在写下以扇子立言的怨诗时真的"心口如一",而不是在进行一种镶嵌在社会语境之中的表演。[1] 刘孝绰的歌者演唱的是类似的诗篇,而且大概十分真

---

[1] 富有反讽意味的是,虽然在整个古典时期,甚至对现代的许多学者来说这首往往被系于班婕妤名下的诗都是"真情实感、心口如一"的典型例证,但是此诗作者纯属于虚。很久之前,曾经一度,人们"心口如一",从那之后,就很难说了。但是这种对于曾经一度、人们的确"心口如一"的信念本身,成了后来世界持续而重要的组成部分。

诚。我们都喜欢具有"严肃意义"的表演，也被真诚的表现所感动，但是刘孝绰的诗却选择了"歌罢"之后的瞬间。我们被迫看到扇子作为象征性意象的严肃性被掏空，被化作纯粹的玩具。

扇　子

　　扇子是风的人工制造者。"风"在中国文学批评的传统中是一个具有丰富含义的词。"风"是《诗经》前半部分的总称：那些来自各个诸侯国、"系一人之本"的诗篇，针对当前的文化情境而产生的感情的"自然表达"。"风"又意味着"影响"：歌者通过激发听众的道德情感而教化他们。"风"（讽）有时被翻译为"讽刺"，但是"讽劝"——间接的批评——也许更合适。批评是间接的，因为它被寄托在某种具体的意象里：动机是幽深的。

　　刘孝绰笔下的歌姬所拿的扇子引起了一阵微风，吹拂着阳光里的尘土。在这阵人工的微风停止以后，阳光仍然充满浮尘。

再次谈到严肃的问题

　　我承认，我试图显示琐细之物的严肃性，从而好像那些解读儿童游戏之重要性的心理学家一样，伤害了游戏本身。但是就算是在严肃的领域里,"偶然"和"无缘无故、毫无来由"这样的概念仍然难以被我们完全地控制和操纵,它智胜诸如班婕妤那样的"怨苦叙事",或者当代文化批评不断许诺的道德改革计划,甚至歌妓或批评家们通过痛苦与关怀的表演得到荣升的计划。钟嵘知道得很清楚:这些计划的问题在于它们把遭遇的一切全部转化成了自身的一部分,任何新东西都成为我们已经熟知和同意的东西,被没完没了进行重复的象征或者表达工具。

在这种模式里,任何创新都成为不断探察罪行(或者左倾,或者右倾,或者只是不正确的态度)的手段。我们和我们的世界处于不断寻找失误和偏差的批判眼光之下。[1]当我们发现和揭露错误的时候,发现者自己在这种行为中得到了清洗和解脱。在这一方面,比如说英伦三岛的非国教徒(non-Conformist)就用不着屈居于那些对类似刘孝绰绝句这样的诗横加挑剔的中国批评家之下,我们也用不着绞尽脑汁才在其他文化里找到同样的激情。这里我们不得不引用塞缪尔·巴特勒(Samuel Butler)的诗句:

> 呼唤火焰与利剑,还有荒芜。
> 进行一次彻底而神圣的革新,
> 把它不断地进行下去,
> 现在,将来,直到永恒,
> 好像宗教这东西被创造出来,
> 就是为了被没完没了地修正。

---

[1] 我承认我们的法律缔造者具有弥补此点的天才。不过社会上的实际情形却是:在没有发现任何真凭实据之前,"无罪的假设"(presumed innocence)这一律条从不是美国社会的常态——"有罪的假设"才是。

巴特勒写下这几行诗句的时候，本是为了嘲讽和调侃。但是如果我们把"宗教"一词换成别的概念，那么批判过程就很容易得到我们的认可而不是蔑视。

我把自己驱入一个角落，
在这个角落里面很难宣传任何东西，
不过我还是准备一试

我是按照其字面意义理解大学（university）这个词的。[1]大学应该是产生新事物、新思想的空间。任何宣称其笼罩一切、极权独裁地位的意识形态都必然失败，哪怕只是因为它没有在内部包含对自己的否定（这一貌似简单的理论公式有十分具体、现实和惊人的表现）。同理，当代把不断的变化作为极权叙事的努力，因为类似的原因而注定失败：缺少徘徊。大学只有在成为矛盾的载体时才能实现它自己（虽然这会排除统一，统一却可以作为一种可能性存在）。狐狸和刺猬必须躺在一起，这比狮子和羊羔躺在一起困难得多。

人文学科机构被批判和代替的机器驱使着，我们都被捆绑在这台机器上，虽然我们早已经忘记了它是为何以及如何制造的。就算我们把批判的武器对准它自身，我们还是不能摆脱操作这台

---

[1] 英语"大学"（university）包括了宇宙（universe）和普遍（universal）在内，也就是说包容和涵括一切。——译者注

机器和被它操作——因为它就是一个机构，一个制度，具有机构和制度的全部惯性，虽然这种惯性就是声称反对惯性。在机器之外和机器的边缘，是知识界里的卢德派分子（Luddites）[1]，在充满希望地倾听工厂内部发出的任何不满的噪音。在工厂里面，我们制造"进步"。

严肃是值得的。我在这里变得严肃起来，以完成我当下的职责。但是我们应该意识到严肃的局限：严肃倾向于重复，因为新事物变成不过是现存关怀的象征或者证明材料而已。因为我们的社区把严肃看得太过严肃，赋予它太多的价值，纯粹的严肃往往和为自我利益服务的严肃混在一起，难以分清。

但是一座大学里的人文学科领域应该是开放的，关怀而不沉溺于我们已知的教训。它应该是一个存在着意料之外的事物的空间。

我们再次回到日照下的歌妓。她刚刚演唱过一首富有激情的歌曲，现在她淡漠地退到一边。阳光正好照在她身上，她流汗了。在阳光中她看到浮动的微尘——每一粒都属于这个红尘世界，也是这个红尘世界的象征，她以手中的扇子去拂尘，知道这没有用，它们还会继续存在。那个偶然性的、没有前因后果的游戏行为，是上天赋予人类的礼物，在其中我们看到某种新的东西——也是没有意义的东西。

---

[1] 卢德派指英国 19 世纪初以捣毁机器等为手段反对工业化的运动成员。——译者注

过去的终结：
民国初年对文学史的重写[*]

引　子

本文的观点只不过是对于一个博大领域进行的初步探索。对这个领域做详尽的研究讨论既限于文章的篇幅，也非我个人能力所及；它需要的是一个浩大的文学社会学工程，其中包括探讨在中华民国和后来的共和国学校系统里，文学是如何被作为一门学科建立起来的。关于"五四"学者对文学教育的辩论我们掌握了充分的资料，但是，新一代的教师被培养出来的具体过程，以及"五四"时期对文学过去的诠释怎么样变成了标准的教学内容，这才是我要提出的种种问题的关键所在。

我在文中谈到的是一些个例，但是实际上每一个时期、每一种文学体裁、每一位作家都有其自身的批评历史和作品编选历史，它们是带着这些历史进入民国的。在每个所举的例子里，我们都会看到，民国的作品编选者和文学史家总是要和文学过去之

---

[*] 本文发表于《中国学术》2001年总第5辑。本文英语版收入 Milena Doleželová-Velingerová 和 Oldřnch Král 编辑的 *The Appropriation of Cultural Capital*，哈佛大学出版社2001年版，第167—192页。——译者注

每一个组成部分的固定传统进行一番较量。如果从社会学角度对文学进行研究，那么可以在作品选集的编辑与出版、文学批评的阵营以及版本发行量这些方面找到相当丰富的研究资料。对任何关于文学的新"故事"做总结，都不能够脱离大量的具体个例。

这里要谈的一个中心问题是民国时期对"传统中国"的盖棺论定。时间距今越近，古典文学的作品选就越发呈现出一致性，这种一致性得到一个标准文学史的支持，使得人们对文学过去的基本发展脉络可以得出相当统一的结论。这种统一性的倾向在认为自己是在保存"传统"的人们身上尤其显著，好像这"传统"是某种一旦达成便亘古未变的协议。近时在中国古典文化的很多领域里，人们都做了许多重新评判，但是古典文学——这里指用文言创作的文学作品——却似乎已经变成了"传统"文化的偶像。

当然了，优秀的学者和学生对此深有察觉，他们知道，古代中国的历史充满了不同的见解和不断变化的各种视角。但是一谈到古典文学，人们却对于"经典"的一成不变性怀有极大的信心。"我们为什么不读那些名篇？"我的学生们常常这么问我。我则指出，我们阅读的这些诗，在某一历史时期曾被认为是特别重要的，而同学认为是名篇的作品则是到了民国初年（或是到了清朝——尤其是唐诗）才被编选进各种选集和受到赞颂的。然而，这些"名篇"却几乎魔术般地成了"传统"的象征！对它们的地位提出怀疑，或是把它们的地位放在具体历史情境之中进行探讨，变得十分困难。从某种程度上说，对这些诗篇的深厚感情和坚定信仰往往来自童年的学习，但是同时，它也意味着把"过去"涂抹上防腐的油膏，做成一具木乃伊。这个涂抹了油膏的过去，乃是"五四"一代的学者一手造成的。[1]

宣告革命

"五四"是中国文化史上第二个重要的日期，第一个则是民国的创立。这两个事件在时间上极为接近，因此完全可以模糊成一个——我们可以简单地称之为"大写日期"（the Date），它是把时间划分成"××前"与"××后"的一种方式。[2] 希伯来人有自己的"大写日期"（不过这个日期只有"以后"，没有"以前"），罗马人有自己的"大写日期"，基督教徒和穆斯林也都各有各的"大写日期"。在众多的文化舶来品中，中国吸收了"大写日期"这个概念，凭此创造出了"前现代中国"（premodern China）或者"传统中国"种种不同的说法。不过是弹指一挥之前，人们还觉得自己是生活在"大清王朝"；在那个"大写日期"之后，他们发现，原来自己以前生活的时代叫作"传统中国""封建中国"或者"古代中国"！从那个日期之前延续下来

---

[1] 我必须在此声明：我不是在攻击"五四"学者，也不是想借着批评"五四"学者来反衬传统文学批评的好处。但是，为了把"五四"学者和迄今为止一直被他们视为理所当然的价值判断重新放回到其特殊的历史情境里进行考察（historicize），我们需要保持一种心理的距离，一种幽默的反讽态度。

[2] "大写日期"指的是在文化史上非常重要的日期。因为它的重要性，人们往往以它为坐标，来衡度这个"大写日期""之前"和"之后"的时间与这些人为规定的时间段里发生的事件。比如说，希伯来人的"大写日期"便是上帝之创造世界万物，故此这个日期只有其后，没有以前。——译者注

的习俗变得过时了。人们可以对中国进行革新，或者也可以保存"传统"；不管这两种选择之间的区别如何重要，两者都是那个"大写日期"的产物。

根据这个日期——也就是"五四"——的精彩构想，年轻的知识分子有了一样借以诠释文化史和文学史的工具。如果中国的文化过去是一个沉重的包袱，那么这便是宣布过去已经终结的手段。站在"现代"的门槛里面，我们可以宣称自己对过去的理解是从一个全新的角度出发的。那些在疆界的这一边继续用传统方式写作的人们成了老朽守旧派，和现代世界格格不入，而且他们的作品，因为不合时宜，简直就算不得数。鲁迅的旧体诗似乎是他"真正的"文学作品的附庸，而不是它们的一部分。古典文学体裁的作品在20世纪二三十年代仍然有人写，有人看，有人欣赏，但是却变得无关紧要。直到现在也还是如此。

"五四"的学者们和前辈的学者一样博学，但是在他们自己的眼里，他们是第一批真正的学者——第一批把过去当作对象进行"研究"的人。在一本发表于1927年的著作《研究中国文学的新途径》里，郑振铎为埋头于传统的文学研究的传统学者作了一系列近乎讽刺漫画的肖像。比如说肖像的第一幅：

> 浓密的绿荫底下，放了一张藤榻，一个不衫不履的文人，倚在榻上，微声地呻唔着一部诗集，那也许是李太白集，那也许是王右丞集，看得被沉浸在诗的美境中了；头上的太阳的小金光，从小叶片的间隙中向下映眼窥望着，微飔轻便地由他身旁呼地一声溜了过去，他都不觉得，他受感动，他受感动得自然而然地生了一种说不出的灵感，一种至

高无上的灵感,他在心底轻轻呼了一口气道:"真好呀,太白的这首诗!"

于是他反复地讽诵着。如此的可算是在研究李太白或王右丞么?不,那是鉴赏,不是研究。[1]

郑振铎说得对:在"前现代"(premodern)世界里,文学和文学史从来不曾成为郑氏所意指的那种"研究"的对象。郑氏在这里使用的语言风格,是白话小说式的中文。那场革命创造出来一个被束之高阁的过去,也带来了语言革命:人们都辨认得出,哪些语体是属于过去的。"文言"就属于过去,国语或曰白话则属于现代。因此,古代白话文学的历史成了导向现代的文学史叙事的一部分。

白话被普遍认为是活生生的口语,与僵死的、不自然的文言(从过去继承下来、被强制性地灌输给学校里念书的孩子)正好相反。但是如果我们好好看一看郑氏的那段话,我们会发现:它和口语的最主要的联系不过就是人们可以听得懂它——但是,除了做公众演讲或者授课,没有人在日常生活中真这样说话。惟一最能代表口语的反倒是那一句被作者所嘲讽的:"真好呀,太白的这首诗!"这段话的语言风格,与其说接近人们真正使用的口语,还不如说更接近《儒林外史》所代表的语言风格。因此,从另一个角度看来,并没有什么语言革命或者现代对古典的胜利;事实上白话小说所用的书面语已经有一段很长的历史,现在不过被扩展到新的文学体裁——诗歌、戏剧,还有最主要的,散文。

---

[1] 郑振铎:《研究中国文学的新途径》,香港龙门书店1969年版,第1页。

一个已经建立的语言体系扩张其应用体裁是一个重要现象,但是这种现象并没有"革命"到足以产生一个"大写日期"的程度。那个革命性的大写日期本身是一种履行性话语[1](performative utterance),而且,还是相当成功的履行性话语。

白话小说的语言扩展到其他那些原本把它排斥在外的文体也许的确产生了重大的影响,但是这些影响不一定和文化革命家们所宣称的目的是一致的。古典白话小说所使用的白话不是中性的语言媒介,而是讲述一个情节丰富、刻画生动的故事之手段,一种叙事性语言。那么,用白话写作的批评性文字在阐释作品意义的时候,总是把作品的意义当成是一个故事、一个叙事结构的一部分,这也就无足为奇了。而用文言写作的传统文学批评,均衡了判断和比较,其复杂的、非叙事性的结构与白话文学批评实在大相径庭。

无论革命,还是激进的变革时期,都被迫讲述一个新的故事来阐释历史,都要重写过去,以使得这个现在显得顺理成章,无可避免。但是,同样一种对过去的描述在革命时期的人看来也许是自然而然,在远离了革命时期的人看来却可能好像是出于某种强烈动机而有意为之的建构。站在20世纪末叶回头看,这样的动机似乎看得格外分明。在他们写的文学史里,在他们的批评文章里,在他们编选的作品集里,"五四"知识分子们有效地重写了中国古典文学史来为他们的目的服务。由于传统文学经典具有的分量,重写文言文学史比重写白话文

---

[1] "履行性话语"指一旦出口就使得所说的话成为"现实"的一种特殊话语:言说本身造成行动的发生。——译者注

学史要难得多。但他们还是成功了——大概远远出乎他们的意料。当初他们所做的判断堪称大胆,到了今天却往往已经成为老生常谈。这在很大程度上应该归功于大众出版业的发达,使得他们的著作得到大量发行;也应该归功于他们编选的作品在学校系统内的广泛应用。同时,还因为他们讲述的故事是相当精彩的。

在他们所写的文学史里,他们必须讲述这样一个故事:这个故事应该得出古典文学已然宣告终止的结论。这个结论控制了历史的结构。在这里,值得指出的是,由于这种具有履行性质的对现代性的宣告,现在与过去之间出现了一些简单基本的对立。这种差异首先反映在"文学"概念本身:在清朝,文学是一个由不同文学体裁组成的大的群体。古典散文和诗歌这两种"高雅"文学体裁依然保持着它们在传统上的特权地位,但是很多其他文学体裁的地位也都在提高。[1] 从6世纪的《文心雕龙》到清末写作的最早的文学史,据我所知还没有一部著作是把文学当作一个整体来进行处理的。[2] 同样,中国的书面语由一大批松散地处于

---

[1] 清朝以来,传奇和杂剧虽然总的来说仍被排除在"四部"之外,但是已经很明显地获得了"高级文学体裁"的地位。在17世纪,人们已经大谈白话小说的严肃性,到了19世纪,《红楼梦》热这种现象使得小说的严肃性已经成为无可否认的事实。非正式书信集和选集都受到读者的欢迎;而继《聊斋志异》的成功后,无数效尤的文言小说集纷纷出笼。

[2] 不用说是没有文学史包括白话文学体裁在内的,同时,也没有把不同的文言体裁当作一个整体进行研究的著述。刘熙载的《艺概》大概算得一个例外,因为里面把诗、文、赋、词、曲、书法还有儒家经典分门别类进行批评。但是,没有人把这些相互关联的文艺的纤维组成一幅完整的布匹。一部古文选集里不会收录骈文,反之亦然。某个作家的全集里可以收录他写的词,但是包括众多作家作品在内的选集就不太会把诗和词混在一起,更不用说曲了。

"雅"(这个"雅"所包括的形式多种多样,主要是博学的显示)与"俗"之间的语符组成。[1]不同的语符和不同的体裁及价值联系在一起,但是,在清朝的时候,还没有截然不同的文言和白话的区分,这种区分是"五四"知识分子的发明。虽然晚明和早清的文人赞美使用"通俗"语符的文学形式之充满活力,而桐城派则格外珍惜他们所写的古文的精醇,但这些不同的语符从来都没有直接的矛盾冲突:它们占据的是不同的文学体裁之神龛。书面语和文学体裁是紧密相连的:墓志铭永远不能用宾白的形式来写,也没有人用骈体文写私人日记。这些文体和它们特有的语符好似一个个星座,划出一系列可能性的范畴。"五四"知识分子有时把"文言"和"白话"比作拉丁文和欧洲各国的"白话"语言,但是这两者其实是极为不同的:中国的文言和白话之间没有拉丁文和欧洲各国语言之间那样清晰的分界线;中国的书面语言从根本上是一种语言,只不过其中各种语符之间有着复杂的区分层面而已。[2]

以上的勾勒,是为了引起读者注意:清朝中期的情形和我们如今对中国文学史的思考方式之间存在着深刻差别。首先,我们

---

[1] 高古的文风、华丽的骈体和纯粹的"古文"风格都是"高雅"的语符,但又彼此截然不同。单讲"文言"和"白话"之间的简单对立关系,会使得种种不同的书面白话之中的重要区别还有种种代表博学的语符之间的差异都泯灭了。

[2] 参见胡适:《白话文学史》上卷,商务印书馆1934年版,第5—6页。中国文言与白话的这种情景确实和罗马帝国晚期及中世纪古典拉丁文与鄙俗拉丁文之间的区别存在某种相似之处,但是,到但丁写下《俗语之雄辩》时,拉丁文和"白话"之间已经划出了清楚的界线。在文艺复兴时期,有时这两者会混在一起使用,这种文体被称作"半文半白式"(macaronic),它是一种别具一格的独特形式,具有滑稽的色彩,主要突出"混合两种截然不同的东西"这个概念。

现在有了中国"文学"的历史和选集，也就是说，现在的书籍和学校里面教授的课程把以前从未混杂在一起的文本都放在了一起。一部六朝文学的选集可以包括诗歌、志怪、《世说新语》里的轶事，以及骈体文书信。[1] 这样一种对于文学史的建构容许我们讲述这样的一个故事："低俗"的文学体裁和语言符号不断在和"高雅"的文学体裁、语言符号进行较量、竞争，有时被打败，有时又取胜。[2] 革命的结果，是产生了"我们"和"他们"、"现代"和"传统"，而在书写文学史的方面，传统的多样性和复杂性也被简化成了二元对立。"五四"文学史家的最大成就，乃是勾画出了一条白话文学与永远都处在垂死状态中的"正统"文学不断较量的发展线索；白话文学永远都在上升期。走笔至此，我希望读者注意到，这样的文学史恰好符合我在上文做出的结论：它把"五四"作家们自己的地位放在了文学史发展的一个顶峰。

郑振铎1932年版的《插图本中国文学史》包含了一系列对其划分的中国文学发展三阶段的"鸟瞰"（题为"古代""中世"及"近代文学鸟瞰"，分别为本书第一章、第十三章和第五十六章）。第一个阶段自上古起，至晋朝佛教之引入止，除了综述各种文体这一现象之外，对于一个清朝的读者来说应该是不会引起

---

[1] 在《插图本中国文学史》（北京朴社1932年版）序言里，郑振铎批评早时的中国文学史不够全面，正是因为它们摒弃了从变文到诸宫调到弹词和宝卷的白话文学传统。这个白话传统的收入使得讲述一个直线性"进展"的故事成为可能。

[2] 在古典文学批评中，我们如今视为竞争的文体往往被称作补充性文体。因此词是"诗余"，而曲是"词余"。至"五四"时期的文学史，则以明"传奇"接替元"杂剧"，忽视了文人杂剧是从明一直写入清的。时而也有关于近似文体之间相互影响的评论，但不是文学史叙事的主流。

惊讶的；第二个阶段跨越十二个世纪，下至1522年，这一阶段的"鸟瞰"提到诗歌和古文运动，但是大部分篇幅都贡献给了变文、词、白话小说的勃兴和演唱文学。郑氏觉得很多文体都产生于外来的影响。"近代文学鸟瞰"的范围是从1522年起，至1918年"五四"运动前止，在这一章里郑氏完全抛开文言文学不谈，而把注意力集中在白话文学上。据他所言，这个白话文学传统直接引向"五四"运动，最后，在一个十分具有"五四"特色的段落里，他说中国已从沉睡中醒来，正在用双手"擦着眼"。于是，几次大开大阖之间，郑氏讲述了一个关于文言文学如何被"活的"文学征服，并终于在最后的阶段变得无关紧要的故事。[1]

虽然郑振铎对文学史的判断没有都作数——比如说变文和诸宫调没有成为当代的古典文学作品选集中必备的经典，但是他的"鸟瞰"和现在人们研究学习的内容相当吻合。这种情形实在非常不一般，尤其是因为这个文学史大半是他的一家之言，在很多领域常常是挑战性地忽略传统的文学口味。在宋诗和北宋的古文之后，文言文学仅仅在苟延残喘，基本上被视为白话文学革命一个苍白的抗争对象而已。

遵照西方（有时是中国本土原产）的历史主义，"五四"学者在重写文学史的时候，常常把文学的过去视为文体的一系列兴衰互替。在某一阶段，某一种文体是合宜的，到了另一个阶段，另一种新的文体就蓬勃兴起了。一种文体的好时候一旦成为过去，这种文体的生命就结束了。"过去"对于现在来说，不再好

---

[1] 在该书的具体章节里面郑氏更多地谈到文言文学，但是在"中世文学"卷，大量章节是关于白话文学的，近代文学卷有关于文言文学的寥寥几个章节，主要是从文学理论角度写的。

像在清朝时那样,是种种可能性的储藏库,而成了一堆死物的谱系。很多"五四"学者意识到,这种对过去的独特理解方式本身就是从中国文学思想的库藏里取来的,是对晚明所盛行的文学思想的一个激进化了的再版。[1]

胡适的《白话文学史》于1928年首次出版,但是建立在他1921年应教育部之邀、在第三届"国语讲习所"所作的一系列公共讲演的基础上。在这本书里,胡适对这个历史主义问题和新发明的"白话文学"在其中扮演的角色进行了有趣的说明:

> 前天有个学生来问我道:"西洋每一个时代有一个时代的文学;一个时代的文学总代表那一个时代的精神。何以我们中国的文学不能代表时代呢?何以姚鼐的文章和韩愈的文章没有什么时代的差别呢?"我回答道:"你自己错读了文学史,所以你觉得中国文学不代表时代了。其实你看的'文学史'只是'古文传统史'。在那'古文传统史'上,作文的只会模仿韩柳欧苏,作诗的只会模仿李杜苏黄:一代模仿一代,人人只想做肖子肖孙,自然不能代表时代的变迁了……[2]

---

[1] 明末有一股文学史思潮,认为文学史是一系列刚健有力的白话文学形式对于正统文学形式的更替,我不想低估"五四"学者对此思潮的借鉴程度。但是这种思潮只不过是晚明众多文学理论之中的一种,它被"五四"学者单挑出来,而"五四"学者们通过自己的努力,把晚明对于白话文学的提倡超拔到了如今的崇高地位。

[2] 胡适:《白话文学史》上卷,商务印书馆1934年版,第3页,"引子"。很难不注意到,在提出这一重要论点的时候,胡适采用了最古老、最有权威的文学形式之一:先生和弟子的对话。

不出所料：胡适随即暗示这个学生应该去看清朝的白话小说，而不是桐城派古文。

这里有几点值得注意。首先，古典文学因为模拟先人的缘故被视为非历史性的或者僵死不变的。清朝学者所构造的文学累积变化的模型（也即文学因新形式的不断加入而不断成长）被一个直线性发展的模型所代替（直线性发展的反面就是停滞不动或重复）。根据这个新的模型，写作文学史，以及在一个较为深广的意义上建立文学和历史之间的某种联系，都需要白话文学，作为创新和变化的代表，对抗文言文学之停滞。其实，传统文学批评一直都在探讨文学代表时代的方式，而且非常强烈地意识到各个历史时期的不同。但是，胡适的学生没有考虑这个本土传统，而是举"西洋"为例，问道："我们为什么没有他们所有的？"这样的问题就使得胡适可以回答："我们当然有！"并随之揭示古文传统带有欺骗性的面纱下面那个"活的"历史。现代文学史家因此被放在一个富有特权的地位回顾过去，而过去的文学史家却普遍被认为看不到真正重要的东西是什么。这个富有特权的位置也就是郑振铎氏所说的"研究"——和传统的"欣赏"形成对立。最后，这种革命性的运动好像是发生在家庭之中：不好的作家反而是"肖子"，那么以此推论，胡适和他的"五四"同辈朋友就自然都是令儒家祖先大为头痛的不肖子孙了。聪明的胡适意识到他的逻辑推理当中存在的漏洞，于是在大骂"肖子"之后，他又引入了另一个提问者，质问他说如果真的如他所言存在一个悠久的白话文学传统，随着时代的变化而变化，代表了时代的精神，那么为什么我们还需要一个"国语文学的运动"呢？为什么不索性"听其自然"呢？胡适回答说,有两种不同的进化:一种是自然的进化,另一种是人力促成的进化,而这就叫作革命。自然的进化(他称之为演化)是缓慢而且"不经济的,难保不退化的",而革命既符合自然进程,而且能干脆利索地完成任务,不至于拖泥带水。而对于上述的质问,也许最重要的反驳就是:不是每个人都能认识到代表一个时代的真正的文学是什么——事实上,只有极少数的人具有如此慧眼:

> 这一千多年的白话文学史,只有自然的演进,没有有意的革命;没有人明明白白地喊道:"你瞧!这是活文学,那是死文学,这是真文学,那是假文学。"因为没有这种有意的鼓吹。[1]

这一论述的历史精确性实在令人吃惊地成问题:胡适所谓姗姗来迟的大声疾呼其实正是李贽在"童心说"里谈到的。不过,撇开这个不提,胡适在另一个意义上也有他的道理:李贽尽管说的是同样的话,但是他毕竟没有用白话说。

这里,重要的是看到胡适没有留任何余地来容纳多种多样有关文学和文学史的意见。清朝的文学世界对各种偏好都是开敞的:有人喜欢小说,有人偏爱传奇剧,有人则爱好杂剧;有人热衷于骈体文,又有人是笔记的追随者。而胡适告诉我们:正如只有一个总的文学的种类,同样也只有一种文学史,在这个文学史里面,只要仔细留心,就会看到其中不言自明的价值观。好的文

---

[1] 胡适:《白话文学史》上卷,商务印书馆1934年版,第6页。

本是那些显示了白话成就的文本,而坏的文本则是那些"古典"的。总而言之,胡适是在宣告文学判断的正统所在,他的宣言的规模远非那些颤颤巍巍的桐城派批评家所能企及。归根结底,桐城派批评家只是在规定什么才算好的古文,而胡适却在为整个中国文学制定金科玉律。

这回到我前面谈到的一个观察结论:现代人编选的古典文学选集,以及现代对古典文学所做的价值判断,全都相当惊人地相似。我希望如下的陈述听起来不至于太乖僻:在中国文化的进程里,"五四"学者和批评家们对传统的判断代表了一个新的正统传统的产生,而这种正统传统的规模前所未有的宏大。它和古典传统的结束及其盖棺论定紧密相关。古典传统现在已经成为中国文化的"遗产",不再是中国文化的媒介了。学校系统将要教授大的意义上的文学,而不是少数几个经过选择的高雅文学体裁。老师们会告诉学生什么是好的、进步的,什么是坏的、落后的。既然学生们将是"五四"的肖子——还有肖女,那么在这场革命的基础上,一个新的正统经典传统就此诞生。

我感兴趣的还不是文学史的创造本身,而是不同文体的历史是如何与新的文学史写作规划以及民国早期的古典文学编选工作进行挂钩的。[1]这种挂钩很不容易,因为在每个时期,每种文体不仅带来了一个属于自己的独特历史,而且还带来了这种历史的不同的重量。民国的文选编辑者可以自己创造出元散

---

[1] 在1991年的一个讨论会上,已故的马斯敦·安德森(Marston Anderson)发表了一篇关于中国文学史之形成的精彩论文。

曲的经典，但如果是唐诗，已经有了自己的经典传统的，他们就必得想法子对付这一"经典"的惰性。当胡适谈到模仿性的诗歌写作时，他举出"李杜苏黄"这几个名字——其中李白和杜甫都已如此深入经典传统，他们是不容易被拔除的。这是真正的经典。但是，是否把苏轼和黄庭坚包括在内则是诗歌研究中一个一直持续不止的辩论题目，并不像胡适所暗示的那样是毫无疑问的、亘古不变的价值判断。"五四"学者面临的任务，是把以前很少互相关联的许多不同的文学史，融合成一个正统的文学史大叙事。

个　案

写作新的文学史，需要大规模地重新评判无数以往的个别作家和作品，需要新的名家名作，提出新的辩论，并和从前的价值判断进行协商。而且，也需要新的文学作品选集和新的评点注解，以使得这些新的价值判断变得"不言自明"（和他们的前辈一样，"五四"批评家们非常依赖于这样的陈述：他们的新判断都是超越了历史、不言自明的；尤其在他们的这种情况里，他们暗示说人们一旦清除了旧日的偏见这种障眼物，就会自然而然地认识到他们所做的这些价值判断的正确性）。把"过去"变成"现在"背后的故事，与其说作为学术理论是有趣的，还不如说它的有趣更清楚地表现在当时发生在文学股市的巨大变化之中。因为篇幅所限，我们不能对此做详细描绘，让我们在此只讨论以下几个例子:关于"起源"的叙述,对某个个体作家的重新评价,对某一历史时期最重要作家名单的激进修改,以及创造新的阶段文学体裁。每个题目都值得专文论述,因此,下面的探讨不过是区区速写而已。

既然有关文学之过去的叙事讲述了一个关于勃兴的白话文学战胜古典文言文学的故事,那么就应该指出这番激烈的较量是从什么时候开始的。胡适的《国语文学史》以及修改后的《白话文学史》,开宗明义的第一章都题为:"古文是如何死的?"胡适的论点综述如下:由于封建王朝大一统的缘故,政府需要一种"通语"来统一各地不同的方言,也需要培养训练一批熟习这种"通语"的官员。这种"通语"就是文言。[1]随即胡适举公孙弘在公元前2世纪末年上给汉武帝的一道奏章为例,在奏章里公孙弘抱怨说地方官员不能理解皇帝诏书律令的文雅措辞——在胡适看来,这是一个明显的证据,说明古文因为罕有人解,所以在那时已经死了。这一叙述在一个大叙事里面奠基性的角色,比起其可疑的内涵和精确程度来说自然重要得多。一旦有一个死掉的古文,白话就诞生了:在汉朝皇宫大内所演唱的楚歌里,在民谣里,尤其是在乐府里。这一关于汉诗的叙述,在早期文学批评里,在可以上溯到晚明甚至明朝中叶复古派关于诗歌活力的理论里,都可以发现其端倪。但是胡适为它增加了一个戏剧化的矛盾斗争结构——在这个矛盾当中,对手的角色总是由官吏阶层扮演,根据封建集权政府的需要所形成。

胡适所讲的当然不是惟一的一个有关白话文学起源的故事。

---

[1] 据我所知,胡适好像没有意识到"国语"也正是这样的一种通语。

如早些时候指出的,郑振铎把白话文学的起源和晋朝时佛教的引进以及外族文化的影响联系在一起。郑振铎的"版本"不像胡适的那样以戏剧化的矛盾斗争作为其根本结构,它承认古文和古诗与白话文体一样在唐朝有新的变化。郑氏常常对古典文言作品——甚至1522年之后的"近代"作品——表示出相当的宽容,但是他的主要注意力集中在白话文体上,使得古典文言传统被逐渐遮蔽、消减,最后变得无足轻重。而且,自始至终,他一直在用疾病、死亡和黑暗这样的比喻式语言,来反衬从他对白话文学的描写里不断发射出来的光明与活力。

虽然在近世的文学史和文学选集里汉朝的乐府风谣保持了它们作为白话文学之源起的重要性,但是胡适关于古文何时死亡的定期和郑振铎氏有关佛教对文学之重大影响的论述都没有得到延续。比较近期的文学史基本上都给予唐宋白话文学一个附属性地位,而把白话文学的中心放在元、明、清。这种观点已经完全被接受并被视为理所当然,正因为如此,我想我们应该记得它的历史性——它是从《插图本中国文学史》开始的。

在其他领域,对古代文学的经典陈述也被修正了:闻一多没有写出他所计划要写的文学史,但是他收在《神话与诗》里面的文章为古代文学的起源安排了一个神话与宗教的背景,这是和传统的儒家学说完全背道而驰的。这样的理论在现代文学研究里面留下了它的踪迹。在大学中文教材里,比如说在中华书局1962年出版、由北京大学中文系编选的《先秦文学史参考资料》里,第一个章节就是"神话"(全部来源于上古时代末叶的记载)。闻一多和其他民国的神话学家对中国文学源起所做的描述,是与关于其他文化的起源的概念更为相符的。

* * *

汉及六朝诗歌的经典内容是经典当中最稳定的部分之一——比唐诗经典要稳定得多。这种稳定性一方面来说是因为年代久远,另一方面来说也是由于文本的存留已经显示出了早期编选者取舍的痕迹。明朝中叶的复古派代表了中国文学史上重新对过去进行价值判断的一个重要时期:他们是最早唤起人们对曹操的诗歌予以注意的,而且,他们也是最早培养起对古拙的早期乐府和汉诗的欣赏口味的。无名氏的乐府诗歌对于"五四"时期的文学史显然十分重要,而且乐府研究正是在此时产生了极大的发展,最著名的例子就是闻一多的《乐府诗笺》。除了像陶渊明这样的文化英雄以外,完全可以根据文人作家显示了多少乐府诗歌的影响来重新评估他们的文学地位。

这把我们引到鲍照(约414—466)。在6世纪早期钟嵘的《诗品》里,鲍照(和陶渊明一样)仅仅被列为中品,他在同一时期所编辑的《文选》里命运还算不错,《文选》收了他的八首乐府(但是没有一首是现代人所熟知的名作《拟行路难》)。无疑鲍照的乐府对李白产生了重大影响,而且杜甫也曾以"俊逸"来描述鲍照的诗。但是,在唐朝,鲍照模拟谢灵运所作的山水诗也拥有同样多的读者,也同样具有相当的影响力。到了清朝,让我们举一个例子来说明当时的口味:王士禛(1634—1711)的《古诗选》是在18和19世纪都一直保持着一定影响的古诗选本,后来经过有名的桐城派学者方东树(1772—1851)详细评注之后又被再次印行。这个选本里面,一共收录了鲍照的三十九首诗,其中只有四首是乐府,而这四首乐府没有包括一首《拟行路难》。[1]朱自清(1898—1948)的《十四家诗钞》(在朱氏讲义稿的基础上编辑整理出来)选了鲍照的十首诗,其中七首是乐府,乐府里五首是《拟行路难》。让我们追溯当代学术传统对鲍诗的编选历史:余冠英很有影响的《汉魏六朝诗选》(人民文学出版社1958年初版,后来多次再版)收录了鲍照的十七首诗,其中有十一首乐府,乐府里有六首和朱氏选本重合;北京大学编选、中华书局1962年出版的《魏晋南北朝文学史参考资料》收录了二十首鲍诗,其中十三首是乐府,六首是对3世纪各种诗歌风格的拟作(如《拟古》),只有一首是当代风格的;林庚、冯沅君《中国历代诗歌选》1981年由人民文学出版社出版,十一首鲍诗里有九首乐府;程千帆、沈祖《古诗今选》(1983年由上海古籍出版社出版)里面的八首鲍诗全是乐府,其中五首是《拟行路难》,而在同一选本里,鲍照上一代诗人里的泰斗谢灵运只有四首诗入选。我举上述选本为例,是因为它们都由著名的学者编选、重要的出版社出版,印刷量也都相当大。换句话说,如今,它们就是经典。

我们可以继续为鲍照和许多其他作家开列统计数字,但是我们还应该问一问:什么样的文学史意识形态导致了这样的变化?这里不能不接着引述胡适的话:

> 当时的最大诗人不是谢与颜,乃是鲍照。鲍照是一个

---

[1] 沈德潜(1673—1769)的《古诗源》对鲍照乐府的选录比较全面,其中包括八首《拟行路难》。我们确实常常可以为现代选文内容找到古代编选的先例,但是,"前现代"选集和现代选集截然不同的是,"前现代"选集在欣赏趣味和价值判断方面表现出了极大的多样性。

> 有绝高天才的人；他二十岁时作《行路难》十八首，才气纵横，上无古人，下开百代。他的成就应该很大。可惜他生在那个纤弱的时代，矮人队里不容长人出头，他终于不能不压抑他的天才，不能不委屈牵就当时文学界的风尚。[1]

胡适继续这样论述下去，指出鲍照诗歌的"俗"为他的同时代人所轻视，而鲍照又如何被当时的民歌所影响。这是胡适文学史里一个熟悉的故事：自然的天才和能量是如何与"通俗"文学联盟，又是如何被高雅正统的文学趣味所压抑。在鲍照的诗作里面，有相当大的一部分是雕饰繁复的山水诗，显示出了谢灵运对他的影响。胡适对此的解释是：青年人的生机与活力在那个腐朽时代的社会高压下被磨灭了，不得不服从于当时的风尚。这样的解释，只要我们对鲍诗详细地进行一番学术考察，就未免站不住脚。

胡适举了很多例诗，包括很多现代文选里常常收录的篇章。如果一个青年读者以前只读过王士禛编选的文本，他读胡适的文学史就会根本不知所云。这部新的文学史需要新的选集来确证里面的评判。

在《插图本中国文学史》里，郑振铎提供了一个比胡适的文学史更加全面，也不那么盛气凌人的文学史叙事，但是，其中重新评估的主要线索依然是再清楚不过的。谢灵运没有被完全摈斥，但是郑氏举了谢的一些最缺乏雕琢的诗篇作为积极的

---

[1] 胡适：《白话文学史》上卷，商务印书馆1934年版，第115页。

例子,来显示对于谢的传统评价之所以能立足,乃是因为谢并不像早期的评论家所说的那样完全是以"富艳"为特色的。和胡适一样,对于郑振铎来说鲍照是一个"真实的有天才的作家",他对后来的影响"远过于颜、谢"。[1]郑氏接着引述钟嵘的评语,而钟嵘对鲍照诗风"不避危仄"(暗示其修辞不免晦涩)颇有微词。郑氏随即从鲍照作品中(尤其从《拟行路难》中)举出一系列诗句为例,反问鲍诗又何尝有什么"危仄"!我们应该注意:郑振铎在这里完全没有考虑占了鲍诗中相当大一部分比例的作品——这部分诗作的风格就是可以和钟嵘的评语挂钩的,而且直到清朝还一直被编选在古诗选集中。郑振铎只引用鲍照的乐府和个别几首挑选出来的诗为例,以支持鲍照清新自然这一形象。现代批评家们宣称自己是优秀的判官——靠的是控制佐证。

而现代批评家们的对手则是修辞雕琢的高雅精英文人之写作风格。为了把鲍照变成"清新自然"的正面代表,胡适和郑振铎都对鲍照的一大部分诗作避而不谈。至于谢灵运,胡适贬斥了他的文学地位,郑振铎则引用谢的那些可以和新的价值判断相符合的诗句来保持他的传统地位。他们两人都铺陈了一个关于乐府和大众趣味的大叙事,在其中,鲍照代表了短短的一段辉煌。胡与郑的评判被一致保存在过去六十年来出版的文学选集的评点介绍里,而这些选集都无一例外地把注意力放在鲍照的乐府上面,因此确证了那些评判。鲍照的低微出身和名位不显以及他对高雅的

---

[1] 郑振铎:《插图本中国文学史》,北京朴社1932年版,第185页。这句话用在颜延之身上是对的,但是用在谢灵运身上就错了。

精英文人文化的抵制都会被提到，他的乐府诗的优异成就也总是被确认，批评家们一致赞扬他的诗风通俗自然，也不忘认可他的活力与"浪漫主义"。

方东树在《古诗选》中鲍照诗选的前面写了很长的评介。他的批评步骤和"五四"学者的批评步骤之间存在着极为醒目的差别。方东树开始的观察是胡适、郑振铎都会同意的。他指出，鲍照的诗有一种"气"，可以一洗西晋诗人之靡弱。然后方氏引述王士禛的判断，说鲍照优于颜延之，和谢灵运则称得上并驾齐驱。但他紧接着说，鲍诗的好处在于他对文字的雕琢（"字句讲求"），这种雕琢被他的"逸气"赋予了生命力，因此他得以避免其他人在雕琢文字时所犯的呆板平钝等毛病。鲍照的独创性得到承认，但其独创性不是得自"天才"，而是得自"字字炼"，得自其"去陈言之法尤严"。方氏接下去还讲了很多，对于鲍照与前辈诗人的关系和他对后代的影响发表了详细的论述。[1]

方东树十分清楚地意识到鲍照在诗歌史中相对于其同时代人以及前辈和后代的位置，但是他的评述不是一个直线性的"文学史"大叙事的一部分，更不是一个有关较量和斗争的

---

[1] 郑氏在对鲍照的评介里，也用到"陈言俱去"四字（其原文为："他的五言诸作也风格遒上，陈言俱去，如……"），显而易见化用了方东树，但是郑氏的化用有一点值得注意：方东树的论断所强调的，是鲍照作诗具有严格的法度，即所谓"匠"心——艺术家需要对手中的艺术品进行有意的控制，不能仅凭天才。方评里面紧接的下文就是"只是一熟字不用"，足以说明鲍照作诗之自觉的程度。但郑振铎却把这一论断转化成了一个过于简单的对"事实"的陈述：鲍诗里面没有陈言。而没有陈言则很可能只是诗人的"天才"而非精雕细刻的结果。所以，虽然字句有重合之处，方东树的原旨却被完全埋没了。——译者注

故事。方东树对鲍照的理解建立在一群属于同一"家族"的作家的作品上，这些作家在与彼此的关系当中找到自己的个体身份，进行他们的诗歌写作。胡适把鲍照描写成一个被社会的压力摧残了的年轻天才，而方东树的鲍照却是一个在各种形式里非常自觉地运用他的技巧的诗人。比较方东树和"五四"学者，不是为了判断孰优孰劣，而是为了更为清楚地展示"五四"批评家们非常叙事化的、常常带有争论口气和斗争结构的文学史。

*　*　*

宋词则为我们提供了一个很好的例子，让我们看到整整一个时代的形象是如何被完全改变的——这个时代就是南宋。在清朝，有不同的词派倡导不同的美学价值，也各自拥有完全不同的词作经典。有些人如王国维强烈支持北宋小令，但是，也许大多数清朝读者偏爱周邦彦和南宋词。因此，在1873年，周济的《宋四家词选》被出版。宋词四大家是周邦彦、辛弃疾、王沂孙和吴文英。但这绝不是任何一个现代的学生所熟悉的经典作家名单。我们可以比较三个不同的民国词选：朱孝臧1924年的《宋词三百首》代表了词家的传统（唐圭璋在1947年对之进行笺注）；胡适1927年的《词选》则全然符合"五四"的传统；胡云翼1962年的《宋词选》基于1937年的《宋名家词选》，代表了对"五四"样板的发挥。共和国成立以后出版的选集在选材取舍方面都基本上追随胡云翼的选本。

三个选本对北宋词的取舍是相似的。[1]但是等我们进入南宋,情况就大不一样了:

词人	朱孝臧	胡适	胡云翼
张孝祥	2	0	8
朱敦儒	0	30	9
陆游	1	21	11
辛弃疾	12	46	40
刘过	1	6	7
姜夔	16	9	10
史达祖	9	7	2
刘克庄	4	16	12
吴文英	25	1	4
王沂孙	6	3	3

胡适和胡云翼的选本的确包括了南宋婉约派传统的一些代表作,但是却把它减少到无足轻重的地步。就像鲍照诗在现代选集里面的命运一样,一个作家的面目可以完全被入选作品的取舍改变。现代选家主要收录鲍照乐府,把鲍诗一向被人称道的一个方面变成鲍照诗歌的主要品质。在收录吴文英词的时候,胡适对吴

---

[1] 柳永的例子很说明问题。毫无疑问,柳永是宋朝最"白"的词人。他的词不但"白",而且真的特别通俗。按说他应该是所有对白话文学史感兴趣者的宠儿。不幸的是,他的词大多是关于酒席宴饮、青楼艳情的——根本没有"五四"作家所需要的那种严肃性。在《国语文学史》里,胡适征引了一些,赞扬柳永对白话的使用;但是在他的《词选》里,胡适却指出柳永"风格不高"——完全呼应了传统评论家对柳永的批评!

氏的介绍大半是批判。胡适尤其举出一首代表了吴氏风格的繁复慢词为例,对之大加轻蔑;他选的吴词则是一首比较直截了当的小令。胡云翼也在介绍里面批评吴氏,然后收选了一首慢词,三首比较轻盈的小令。

为了填补贬斥南宋婉约传统之后留下的文学史空白,一组向来很少被阅读和重视的词人——诸如朱敦儒、陆游、刘过和刘克庄——被晋升,围绕着辛弃疾构成了一个"家族",确证了辛氏在这一传统中惟一的突出地位。

清朝词家和词选当中,有关价值的论争是很激烈的。周济在他的宋朝"四大家"里面包括了豪放和婉约两个传统,但是摈斥历来非常受到赞美的姜夔,却是词学辩论里一个有意为之的行动。既然对词人的品评如此灵活多变,"五四"一代学者自然可以如他们的前辈一样对南宋词进行自己的价值判断。但是,问题在于他们的判断并非基于词学传统内部的辩论,而是基于对整个文学史的价值观。他们的价值观,表现在选集的评注里,对入选作品的取舍里,并且一直统治着文学教材。[1]

在胡适1928年的《国语文学史》里,被很多词的爱好者认为是词人中"集大成者"的吴文英,就像在《词选》中一样,受

---

[1] 不过,我们要看到,20世纪中后期的词学,比起古典文学的其他领域,被正统化的程度远远为小。这是由于一批优秀的词学学者,代表了一个从清朝以来多多少少没有被中断的传统。在他们任教的学校里,在他们的学生当中,对南宋词的介绍对于一个"前现代"读者不会是完全陌生的。像《全宋词》的编者夏承焘、唐圭璋这样的学者,对于承继了"五四"传统对南宋词进行的编选和评介,是一种非常重要的"反动"。还应该指出的是,词的写作,比任何其他古典文体的写作,其"严肃性"都得到更长久的承认:"清"或"近代"词选常常收录从晚明一直到20世纪30年代末期的词人作品。

到了胡适严厉的批判。[1]郑振铎的评价较为平允，表达藐视也稍为含蓄一些。据郑氏所言，只要你不理会吴文英的"深晦"之辞，也不对他责望过甚，那么他还算是"过得去"，但是他"不是有很多的诗才的"。[2]至于王沂孙，周济的"四大家"之一，郑氏仅仅用了一行半的篇幅来描述，而这一行半里还有差不多整整一行是在介绍他的名、字、号、家乡和作品集的名称。随即郑氏引了一首王词。在这里，以一向惯用的手法，郑氏依靠他给予一个作家或一种形式的注意之多寡来传达新的价值判断。"数量"可以比内容之"取舍"更有效地改变读者对一个作家的文学地位的认识。

* * *

"五四"对于"前现代"文学史评判所做的最醒目的改变之一，是发明了我们今天所知的"元散曲"这一文体。虽然这是一个白话文体，它和戏剧与小说不同的是：它被放在一个从诗到词直接发展而来的传统之中。[3]现在，散曲已经被完全"系统化"

---

[1] 《国语文学史》，上海新月书店1928年版，第183—185页。胡适的《白话文学史》只出版了上卷，截止到唐朝。《国语文学史》的讲义虽然不如《白话文学史》丰满，但是截止到宋。

[2] 郑振铎：《插图本中国文学史》，北京朴社1932年版，第590页。

[3] 早时的"唐诗、宋词、元曲"这一序列里的"曲"通常指的是戏剧。把"戏剧"与"抒情诗"截然分成两个范畴是西方文体系统而非中国文体系统的惯例。一旦"戏剧"被分入另外一个领域，"词"就需要一个抒情性的继承者。如郑振铎氏所指出的，词属于"诗坛"。

了：在选集、文学史以及随之而来的文学教科书里。过去二十年里的无数散曲选集,在散曲家的选择、他们的作品收录的数量以及散曲本身的取舍方面,都显示出了惊人的相似。[1]这一散曲"经典"的形成最早不超过20世纪30年代。

在清朝,散曲一直是属于几个专家的形式(通俗戏曲唱词的集子除外——它们可能接触到更多的读者群)。虽然很难确知其详,但是从元诗结集出版的情况看来,元诗比散曲更有读者市场。[2]此外,虽然在清朝"元曲"一词已经司空见惯("曲"主要指戏曲),戏曲中分离出来的唱段,也即散曲,并不是主要和元朝联系在一起的,而是和元朝与明朝联系在一起的。任何对散曲感兴趣的人更有可能阅读康海、李开先、冯惟敏,而不是阅读关汉卿——关氏的散曲从未单独出版过。"五四"一代把元曲变成了元朝惟一的或最伟大的诗歌形式,认为其那"充满生命力"的白话文体代替了已然腐朽的宋词。在大多数散曲选集里,明散曲更为丰富的世界不是被省略,就是仅仅以很小的篇幅出现。

当王易,一位传统学者,写作《词曲史》的时候(序言成于1927年),"曲"是戏曲的意思;对散曲的介绍只占据了几页而已

---

[1] 因为这些选集常常是作为教科书编辑的,所以它们相当一致地排除了涉及男女性爱,有时堪称色情的散曲作品——这样的散曲在全部散曲作品中其实占了相当一部分比重。

[2] 考虑到"前现代"时期文体的严格分类,比较是困难的。元诗相当广为人知,也常常在诗话里得到评论。不用说存留下来的元诗比元散曲要多得多。中华书局出版的清朝标准的元诗选本《元诗选》,共有四千五百多页。而元散曲全编,也是由中华书局印行的大字版,还不足一千九百页。当然,页数和卷数并不是质量的证明,但是它却暗示了生产的数量以及作品保存后面显示的价值判断。

（元词则得到了相当细致的探讨）。元散曲在 1930 年随着任中敏的《散曲丛刊》（中华书局出版）而重现（或者首次出现）在历史里。在这部丛书里，元明选集都被重新印行，现在我们所有的散曲就是从这些选集里面被编选出来的。[1]同年，任中敏出版了《元曲三百首》，这是最早意在编辑代表性的元曲的选本（作为选本标题，"三百首"有很大的暗示性）。[2]1934 年，元散曲的第一部历史出版了。[3]

民国初年，人们对于早期白话文学的重新发现和再版显示出极大兴趣。郑振铎把新近重版的古典文学著作大量用在他的《插图本中国文学史》（1932）里，不是仅仅一带而过，而是作为各个不同历史时期最重要的文学——其引用的速度和轻松的程度都是相当惊人的。仅仅数十年以前才被一小部分学者所知或重新发现的文学作品，现在被提升到了代表中国文学主流的地位。下面是郑振铎关于散曲章节的开头：

> 当金、元的时候，我们的诗坛，忽然现出一株奇葩来，把恹恹无生气的"诗"坛的活动，[4]重新注入新的活力，使之照射出万丈的光芒，有若长久的阴霾之后，云端忽射下几缕黄金色的太阳光；有若经过了严冬之后，第一阵的东风，吹拂得青草微绿，柳眼将开。其清新愉快的风度，是读者之

---

[1] 1927 年，任中敏已经出版了《元人散曲三种》。
[2] 我们可以想到朱孝臧 1924 年出版的《宋词三百首》。
[3] 梁乙真：《元明散曲小史》。
[4] 古典文学传统在诗、词、曲之间划分了严格的界线。这里，郑振铎是在用西方抒情诗歌意义上的"诗"。这句话里，第一个"诗"是西方意义上的诗；第二个"诗"加了引号，因为郑振铎要使读者明白他在专指恹恹待毙的中国古典诗。

立刻便会感到的。这株奇葩,便是所谓"散曲"。[1]

我引用这段五彩缤纷的话是为了提醒读者注意郑氏所做的文学史判断。与唐诗的"名篇"相反,文学史家在讨论散曲时,不用和已经树立的品味较量,只消用大自然的模型来做引证——用不言自明的光明、温暖和活力这些形象。从明朝初期到1930年之间几乎没有人阅读元散曲这一事实,在此完全烟消云散。只要睁开眼睛看一看,我们就会立刻看到元散曲是多么新鲜、多么充满活力。在热情洋溢地赞美完了诗坛新生命之后,郑振铎随即把元散曲和宋朝白话文学传统联系起来——元散曲"在暗地里已是滋生得很久了"。

在这里,令人惊异的是文学史的判断纯粹变成了意识形态之意志的体现。除了"活力"这一标准之外——而活力不过是一个有着很多价值标准的传统中的一个文风意义上的价值标准而已,很难论证元散曲能为诗歌读者提供一个丰富的世界。元散曲是轻量级的,它风趣幽默,给人带来乐趣,但是这些乐趣,虽然不可否认,却毕竟是透明的和表面化的。按照中国文学的评判标准来说,它实在没有什么。但最重要的是,为了支持他的文学史叙事,郑振铎不得不摒弃现存散曲的很大一部分。重要的是要记住:郑振铎没有一个从前辈接收过来的经典,他只有现成的一堆原材料——任中敏重印的早期选本。郑氏必须排除掉那些选本里一大批歌诵性爱、时涉猥亵的作品。他也必须排除掉过度雕琢的

---

[1] 郑振铎:《插图本中国文学史》,北京朴社1932年版,第727页。郑振铎对任中敏的依赖可以从他的注脚里面看出来。

青楼的产物,排除掉大量集合诗句而成的曲子以及对早期曲子的重写,还有用戏曲的名字编成的曲子。很多元散曲恰好代表了郑氏所深恶痛绝、常常批判的"文字游戏"。从任中敏《散曲丛刊》的原材料里,郑氏"构建"了元散曲,而关汉卿则是这一文体的"大诗人"。

散曲的经典通过压抑大量不同的现存散曲而被创造,通过历史主义的"更新换代"的法则而产生:一个新的形式必须出现,来代替一个旧的形式。在表现上,这个新的形式必须比旧的形式更好,而旧的形式则一定是"恹恹无生气的"。[1]

结　语

"五四"一代人对古典文学史进行重新诠释的程度,已经成为一个不再受到任何疑问的标准,它告诉我们说,"过去"真的已经结束了。几个传统型的学者还在,但是他们的著作远远不如那些追随"五四"传统的批评家们那样具有广大的权威性。近时的文章开始探索那些被"五四"文学史摒弃在外的领域,但是做这样的题目,作者们常常是用了道歉的语气,或者作为纯粹的学术研究来进行,并不宣称具有与"五四"批评家们的判断背道而

---

[1] 郑振铎在把散曲传统延伸到明朝这一方面没有那么成功。他在《插图本中国文学史》里就明散曲写了一个长长的章节,企图给散曲一个完整的生命周期,就像诗和词那样有始有终。但是,没有一个现成经典传统的停滞僵化作为背景,则除了受到意识形态青睐的起源和初期的繁荣之外,其他都不能引起太大兴趣。

驰的重要内在价值。而且在这些领域里,学术界对于研究新的、没有人碰过的东西的要求,往往压倒了一个学者想做重大研究的欲望。

虽然"五四"一代的古典文学批评家们所做的价值判断和他们创立的新的正统至今为止一直保持着惊人的一致,我却认为,他们的立场在如今的意义和在当时的意义是完全不同的。在19世纪二三十年代,他们的观点和当时还很强大的传统文学形成了一种富有张力的关系。当胡云翼的词选首次出版的时候,一个对词感兴趣的读者可以很容易地在书店里面找到清朝的选本,甚至同时代人编选的符合清朝读者欣赏口味的选本。胡氏许多评述的论战性口气是很明显的。现在的读者还是可以走进书店,买到一本中华书局再版的胡云翼选本,同时也可以找到成打的对胡氏选本略加增删的其他选本。词的例子是特别有趣的,因为清朝的词选和20世纪初叶代表了与"五四"批评家口味迥异的选本至今仍然可以买到,所以,如果只看参考书目,我们会觉得这里存在着对"五四"正统的挑战。但是,如果我们在现实当中看看这一违背了"五四"传统的别种传统,我们会发现这些书一般来说都是小字印行的,使用的是繁体字,要不然就是没有评注,要不然就是没有简短的传统评介。大多数学生以及读者大众都受到简体字的局限,或者越来越多地依赖于白话注解和翻译,这给了学术界一种权力来塑造中国的过去,也控制了大众与这个过去的接触。在教室里,还有对于那些没有上过中文系但是对古典文学感兴趣的读者,这个过去是被"五四"一代的欣赏口味这一中介所极大地调剂的。

在19世纪二三十年代,重新阐释过去是一个正在进行中的事件。它和当时还很强大的古典传统是相辅相成的。现在,对手已经死了,"五四"一代人对过去的重新阐释已经把传统连根拔除了。但是,因为"五四"知识分子们的价值观和他们的斗争性叙事如此紧密地联系在一起,我们不免想知道:当最大的敌人死掉了之后,还剩下什么?

把过去国有化：
全球主义、国家和传统文化的命运 *

今天我讲演的主题是在当前全球主义化的文化氛围中传统文化的命运，塑造了对它的解读的力量，以及它在未来面临的种种可能。在20世纪，我们常常考虑的是如何"保存"传统文化。然而，当它变成一个被"保存"的东西的时候，传统文化已经被深刻地改变了。传统文化常常成为怀念的对象，而且在很大程度上，是学校系统的专利。我认为，"保存"本身改变了一系列的文化文本、实体和具体实践，而了解这一点对我们十分重要。在现代之前，每一个伟大的非西方文化，包括中国在内，都是一个多元的、处于不断变动之中的媒介，人们通过这个媒介思想与行动。但是，当它被保存起来的时候，一个原本活跃的媒介僵化了，成了一个固定的思考对象。即使我们郑重其事地对待这样的文化，这样的做法在今天的世界不仅是一种自由的选择，是许多可能的选择之一种，而且还是相当堂吉诃德似的事业。这些文化再也不可能像以前那样，对人们的想象力做出排除一切其他关怀的要求了。

也许，在现代社会，人们对传统文化的认识所发生的最深刻

---

* 本文为作者1999年5月在香港科技大学所做的演讲。——译者注

的改变,就是它已经成为民族国家的想象的继承物。研究传统文学或文化意味着研究"自己的"或"他人的"遗产,这个"自己"和"他人"是以国家为界限的。对传统文学和文化的国有化发生于非西方民族国家的形成过程当中,在这些民族国家里,文化教育在发展公共教育系统中扮演了一个重要的角色。今天,传统文化仍然在扮演着同样的角色,只不过是以不同的方式,因为今天的民族国家正在被重新定义、建构。

如果我们想理解传统文化演变成了什么样子、将要演变成什么样子,我们必须把它放在一个全球文化的语境当中进行检视,同时也要审视当代民族国家文化在这个正在发展的全球文化之中起到的作用。在我讲到传统文化之前,让我先来探讨一下当代民族国家文化和当代全球文化之间的关系。

今年[1]2月份的《世界日报》刊登了一篇关于"台湾文学经典"的报道,在这篇报道里,来自中国台湾和美国的知名学者对台湾文学经典做出了最终的选择。我想,没有人会误解这一行为在文化政治中的重大意义——报道本身其实对其意义直言不讳,也就是说,台湾文化与大陆文化具有明显区别,占据一席独特的文化地位。在这一宣言中,有几个非常有意思的方面值得考虑:第一,虽然台湾文化运动一般来说包括对"台语"的宣扬,几乎所有入选台湾文学经典的作品都是以华语写下的;第二,这是一系列并不追求历史层次的经典,所有入选的作家或者仍然在世,或者刚刚去世不久。但是也许最引人注目的是这一台湾文学经典里面包括的作家,有不少是在美国生活过的——比如说张爱玲,

---

[1] 指1999年。——译者注

虽然她的作品大量在台湾出版和发行，但她个人对于台湾最多是一个访客而已。

这一评选活动不仅体现了当代文化的政治性，同时也代表了一种对于民族国家的极为特殊的后现代眷恋——语言和疆域的界限日益变得模糊，而生活在台湾的大陆移民及其本土支持者渴望和本土的被统治者认同，移民和流动居民都在试图定义他们留在后面的社区。

这一奇特的文化情境还有一个组成因素，那就是，我读到这些文章，是因为在我访问充满冰雪，被农田、树木和奶牛场所包围的纽约州汉密尔顿小城时，《世界日报》和《人民日报》一起，被邮递到生活在这个小城的一个很小的中国人社区。当《世界日报》和《人民日报》海外版被塞进同一个坐落在美国乡村公路旁边的信箱里面，紧紧地拥挤在一起的时候，它们简直成了后现代文化的象征。政治归属以及生死搏斗，不知不觉地，被消费者的需要和一个对政治漠不关心的分配、发送的技术系统所代替了。

我们要问的是，对于民族国家的欲望——人们认为这个民族国家应该有自己的文化，还有自己的文学经典——到底意味着什么？我想，我们完全可以问一问：民族国家到底是否存在？也许民族国家一直都是怀旧性质的，一直都在试图把一个想象中的人民和地域的统一机构化，并坚持说这种统一是过去的传承。流放、移民和留学生一直在民族国家的形成之中起到中心作用，因为他们可以沉浸在不受到现实干扰的怀旧情绪里面。民族国家并没有在后现代世界消失，但是，它只是一个更加复杂的政治、经济和文化游戏中的因素之一而已。

一个区域如果成为了一个民族国家，会带来什么好处呢？一个不假思索的，也颇为玩世不恭的回答是：大学和研究所里大概会出现更多的系别、专业、职位和饭碗了。当我们倾听研究生们讨论他们的未来工作机会时，我们就会意识到，对学术研究的热情和所谓的稻粱之谋是多么紧密地联系在一起的。但是，如果我们超越这种比较玩世不恭的回答，我们会发现有关当代世界之中民族国家文化结构的某种更加深刻的道理，那也就是在一个国际结构之中，对表现或再现自我特色的要求。

这里我要暂时把话题岔开到一个似乎比较奇怪的对象上去：美国的购物中心。在美国，每个大的购物中心都设有一个所谓的"食廊"，一般来说由半打到一打以上的小快餐厅组成，这些小快餐厅或者呈半圆形排列，或者分成两排，中间则有一块空地，摆设桌椅供人们就餐。我相信中国香港的购物中心也有类似的食廊，虽然我不确定它们的结构和美国的是否相同。在这些快餐厅里，总是会有一家中餐厅，一家日餐厅，一个比萨饼店（供应通心粉以及其他意大利式食物），一家希腊餐厅，一家东欧熟食店，还常常有一家印度餐厅或其他种类的近东餐厅。和这些餐厅混合在一起的是一系列美式快餐店，一家卖汉堡，一家卖热狗，一家卖汤和沙拉，一家卖比较高级的三明治。

这些快餐店的营业执照是由拥有购物中心的大企业发放的，因此，这种特殊的烹调版图在任何真正的食廊建立之前就已经以想象的蓝图形式存在了。也就是说，餐馆的搭配是人工计划的结果，而不是自然而然形成的。这种预先计划的结构有一些值得注意的特点：避免重复同一种类的餐馆，就此避免在同一种类的餐馆之间常常发生的内部竞争。比方说，如果有两家中餐馆或者两家热狗店的话，一定会有一家比另一家更好。请大家原谅我的比喻,不过,每一个快餐店都具有一个想象出来的民族国家的内部统一性。每一个快餐店都代表着一种烹调风格,而在这个公共空间里,所有的竞争都从内部竞争被转移为得到认可的烹调种类之间的竞争。也许,在食廊建立之前,有四五家中餐馆都曾投标,但是,有一个特定的购物中心,到底哪一家中餐馆最终得以代表中餐是购物中心的企业拥有者的选择。对于饥饿的购物者来说,就餐的选择变成了对烹调种类的选择;吃什么的问题首先变成了吃哪一种类型的食物的问题。

一旦选定了一个国家的烹调风格,消费者就可以在食谱上选定一道菜式。这里发生了一个很有意思的现象:我们知道,在每个国家的食谱上,都有一系列十分平常的菜式,很多食物极为普遍,甚至是到处都有的;但与此同时,也有一些食物,是其他国家的人不愿意尝试的。一方面我还从未看到过在哪一个购物中心食廊的中餐厅卖过米粥,或者卖中国北方人家里吃的一种"胡子饼"(和美国的煎饼十分类似,都是用鸡蛋和面粉烙成的);另一方面我也从未看到过在哪一个购物中心食廊的中餐厅卖过麻辣肚丝。被选来代表国家烹调的食品既不能太家常,也不能太富有异国情调:它们必须处于一个令人感到舒适的"差异"边缘地带之中。它们必须具有足以被食客辨认出来的和本土食物的不同,这样才能对其发源地的烹调具有代表性;但是它们也必须能够为国际口味所接受。如果我们用一个比喻来描述的话,购物中心食廊里面的不同国家的食品风格必须是"具有可译性的烹调风格"。

至此,我希望大家对于食廊和国际文化的某些方面之间的类似已经看得比较清楚了。从食廊,我们可以想到美国的大学。

大学里面不同的文学系和地域研究专业也构成了一个能够代表全球的版图，不但在系别的层次上是如此，在个体教师的职位层次上也是如此。大学里面的行政结构就好像是购物中心的拥有者，他们决定哪些文化和哪些领域需要得到代表。在某种意义上，我们是我们所教授和代表的文化的宣传者，与其他的系别竞争学生，也争取学校行政部门的支持——我承认，当选择学习中文的学生比选择学习德语或法语的学生人数更多的时候，我们都是十分欣慰的。学生们是消费者，他们进行选择；大学行政部门根据消费者选择和爱好的潮流相应地做出调整（虽然调整的速度很缓慢）。

但是，在这一层次上，国际文化系统要比食廊复杂得多了。那些身处国际文化在学术界的代表性架构中的大学教授们，往往来自他们代表的国家，或者和他们代表的国家的当代文化领域具有密切的关系。我在前面提过，被选择代表"台湾文学经典"的作家之中，有不少人曾经或现在是美国大学里教授中国文学或语言的教师；我也用不着提醒大家，有多少知名的中国知识分子和作家在美国大学系统拥有一个据点。而这不仅是中国一个国家的情况，也是许多其他国家、其他文化所共同面临的情况。国家文化与这些跨国机构发生重叠。除了教书的职位，还有访问学者、客座教师、翻译和奖项，等等，它们在当代国家文化和美国学术界、出版界之间创造出一种奇特的交流关系，美国的学术界和出版界因此不再完全是国家文化的一个组成部分，而变成了某种众多国家文化的讨论会或者大货仓。直白地讲，作为一个文化界人物，某种程度上的国际名声基本上可以保证在美国大学教书或者讲座的一纸邀请函，至于是哪一所大学发出的邀请则又帮助构成了特权和荣耀的等级差别。反之，在国际上得到承认（这个"国际"常常和美国大学制度分不开），又可以在故土赢得美誉，这种名誉以国家文化作为本土的基础。有些文化人物拒绝这样的邀请，但是很多并不然，而那些接受了邀请的便参与了一个国际文化结构而不仅仅是纯粹国家文化结构的建立。在这一方面，美国不是惟一的，从19世纪末到第二次世界大战之间，巴黎多少起到了同样的作用。在将来，同样的情形还会发生在其他地方——比如说香港。

这里有一个很难回答的问题，在一个相互竞争的国家文化构成的全球结构里，"被代表"的动机在多大程度上影响了国家文化？在国家文化之中，那种食廊里面"令人舒适的差异"在多大程度上给人带来既得的利益？我不是说，这是当代国家文化里面惟一具有影响力的因素，但这是一种新的因素，新的力量，会带来十分特别的后果。

由谁或者由什么代表国家文化，这个概念意味着中间人的产生——通过中间人，国家文化内部的多元性可以得到过滤，人们可以决定到底哪些作家的哪些作品可以作为最有代表性的东西出口到国外。让我转到我喜欢的话题之一——诺贝尔文学奖。诺贝尔文学奖是国际文化机构的有力象征：在这个机构里，每个国家文化选择一位代表，参加一场可以带来许多光荣和特权的国际竞赛。由谁来每年选择中国的代表？在多大程度上，这一选择，甚至被选择的写作本身，受到想象中的委员会选择标准的影响？

我正在进入一个危险的领域，因为当我描述国际文化的运作机制时，我曾经被指斥为传统文学的代言人、现当代文学的敌人。我惟一的回答就是：这种想法是错误的。我所做的，只不过是试图理解当代全球文化的运作机制，以及它如何影响了国家文化。中国只是许多例子之一。虽然在当代国际文化中，存在着我们觉得十分令人不安的权力结构，我并不认为传统文学是一个解答。那既是不可能的，也不是我们所要的。我们必须生活在我们所拥有的现实世界里，我们也必须了解它运作的方式，而不是成为文化价值这种庞大力量的工具。

我们可以举一个例子进行说明。现在旧体诗写作在中国仍然存在，而且写的人相当多。但我想我们可以说它们基本上和当代中国文艺界没有太大关系。在很多方式上，旧体诗和新诗标志着个人或地区文化与公共或国家文化之间的疆域。一个纯粹假想的问题是，如果一个旧体诗作者被推荐给诺贝尔奖委员会的话，会发生什么？诺贝尔奖委员会恐怕根本不知道该如何对待这样的诗作，或者，如果他们万一选择了一位以传统诗歌形式写作的诗人，他们选择的是这种诗歌形式的异国情调，而不是由于这些作品的杰出。这样的诗作，好比文学的肚丝。诺贝尔文学奖是颁发给翻译文学的，要参与这一国际游戏，必须遵守游戏的国际规则。每个人似乎都同意这些规则，但是实际上这些规则是从一个中心加诸所有人的，是来自"他方"的。奥林匹克运动会就是一个很好的比喻。同样，以联合国或者其他国际组织做比喻也是同样精确的。

只要一个作家想代表一个国家文化，那么，他或她就必须按照这些规则行事。诺贝尔文学奖最有意思的后果之一是把获奖作品立刻翻译成许多不同的语言。这不是说，人们突然地，也是偶然地，发现了捷克诗歌的美，而是由于人们很想知道"国际标准"是什么。

在全球性的文化系统中,文化产品多多少少是可以替代的。虽然仍然存在地方市场,但是地方市场往往和国际市场没有特别显著的差别。

假如"翻译"这个词可以按照它的字面意义和比喻意义理解,那么,在一个国际文化系统里面运作,必须宣称自己的产品是"可译的",也就是说,宣称一个文本可以从一种文化或者一种语言转移到另一种文化或者另一种语言而不会给它带来根本的损失。当然我们总是可以指出在"原文"里面存在的更加微妙的文本因素,但是如果我们说:那使得原文如此宝贵的最重要的东西在翻译中丧失了,那么出口就变成了不可能的。再次用直白的话来说:假如我们把一部中国小说家的作品送到诺贝尔文学奖评选委员会,告诉他们说这部作品最重要的东西在翻译过程中失去了,这基本上等于是在取消这部作品的获奖资格。

我以为,当代的国家文化处于一个国际运作系统之内,在这个系统里面,既有一个本土市场,也有一个国际市场。本土市场最好的产品被送到国际市场参加竞争,而本土市场和国际市场的融合深刻地影响了本土文化生产。送到国际市场(奖品、翻译、大学文学课程讲义)的作品宣称它们代表了国家文化,就像食廊里卖的食品那样,它们必须占据一个标志差异的边缘空间:不能太缺乏国家色彩,也不能太富有国家色彩。

在这个新的、复杂的全球性文化系统里,传统文化占据着什么地位呢?我曾经谈到:保存传统文化是多么深刻地改变了传统文化,就好像一只昆虫,当它被钉起来放在博物馆里展览时所经历的改变一样。传统文化的文本和实物在表面上看去还是一样的，但是它们在社会现实中的具体意义和作用却完全不同了。任何研究中国的人都知道，古代中国的文化是十分多元的，是复杂的，充满了大的矛盾，也在不断地演变。从现代与后现代的观点来看，这种多元却被视为一种东西："传统文化"而已。这在古代世界，是不可能发生的。当然了，在中国传统文化中，存在着对一致性的渴望，有时人们也宣称事实如此。但是，我们知道，这种一致性是建立在对很多重要因素进行排除的基础之上的。

在中国大陆，一份有关古代文学研究的当代杂志——最有权威的古代文学研究杂志之一——以其名称说明了一切，这份杂志的名字叫作《文学遗产》。古代文学被视为"遗产"，过去留下来的，被现代继承人所珍视的东西；而且，它还被视为"中国遗产"。这给我们带来了国家主义（或译为民族主义）的问题，而这是传统被现代改变的另一重要方式之一。

我想，我们可以说，在19世纪的动荡之前，中国知识分子把自己的文化视为普遍性的，而不是视为国家性的。也就是说，杜甫是一个"伟大的诗人"，不是一个"伟大的中国诗人"。因此，他们感到，一个韩国或日本或越南的知识分子，甚至一个博学的犹太人，都可能比一个没有受过教育的中国农民或商人与他们更好地分享传统文学。那不是一种属于现代意义上的"国家"的文学和文化，甚至不是属于一个"阶级"的文学或文化——至少人们没有这样看待它，而是属于某种教育背景的，一种可以外在于中国疆域的教育。

当我们阅读"五四"时代所产生的一大批文学史和探讨文化的文章的时候，如果和古代文学批评做一个对比，我们会发现，一个惊人的区别是曾经被视为普遍的文学体裁现在变成了"中国文学"。当然,在古代的文选和文集里,韩国、日本、越南作家的作品往往被放在最后,与女作者、道士、僧人的作品放在一起,但是,与中国女性作者、道士、僧人编为一类提醒我们,这种安排来自中国儒家男性中心的意识形态,与现代的国家主义意识形态有所不同。在"五四"时代或更早,复数第一人称变得十分普遍:"我们中国人"或者"我们的文化"。这一复数第一人称包括中国妇女、中国道士、中国僧人,但是不包括那些有良好文化教养的外国人。"遗产"被国有化了。

同理,在过去,接近于现代意义上的"文化"的词语意味着儒家文化,并在民众当中得到一定的传播,使得民众的"风俗"可以多少得到"教化"。我相信,在清朝中叶或更早,"中国文化"这个词,作为一个单一的范畴,是人们几乎不可能想到的;虽然时至今日,这个词仍然秘密地带有过去儒家男性中心文化的气息。"中国文化"一词的创造,使得曾经属于士大夫阶层的意识形态变成了国有的财产。

在清朝中叶,不存在"中国文学"的范畴,只存在一系列文学体裁,供任何受过教育的人阅读或练习。当然有"文"的范畴,但是每个人都知道,那时,虽然少数几个思想比较开通的文人为之进行辩论,但是对于大多数人来说,"文"还是排除了许多现在被视为文学的东西,同时包括了许多现在研究文学的学者不愿意研究的东西。我们现在所理解的"中国文学"是在20世纪初期才产生的,在当时的文学史写作里,在当时为刚刚诞生的国家学校系统所编写的教科书里。当"文学"作为一个范畴产生之后,前面总是加上一个修饰语:"中国"——只要看看那时的文学史和文章标题就可以知道。与文化一起，传统文学也成了国有的。

贝尼狄克特·安德森在《想象的共同体》一书中提到小说在民族国家的形成之中至关重要。我只想补充一点：在19世纪后期和20世纪初期，文学与文化遗产在新的国立学校教育系统里被机构化、体制化，从而成为民族国家稳固的基础之一。

一旦过去被有效地定义，也即给它划出一道疆域，它就可以代表一个国家文化的稳固的遗产，这个国家文化可以从此出发来推行变革。有些人对之紧紧追随不舍，有些人弃之如敝屣，有些人试图对之进行改造，但是，无论是在哪一种情况下，它都被视为一个固定不变的物体，现代人可以任意调整自己与它的关系。它已经既不是可以参与的有机体，也不再是一个中介。

在19世纪末和20世纪初，文化过去作为国有财产在中国以及其他国家建设民族国家的过程中起到了重要的作用。我们不清楚，在现代来临之前，中国的百姓或者很多其他国家的百姓到底对自己的国家怀有多大程度上的忠诚。也许很多农民在明末清初参加了反清活动，但是我们怀疑，他们需要明朝的儒家士大夫遗民来说服他们。但是，当其他农民在得知明朝的南京小朝廷灭亡之后连忙去砍伐明皇陵上的树木时，这样的举动却是并不需要士大夫劝说的。正如古诗所说的："帝力于我何有哉？"（皇权和我有什么关系呢？）虽然民族国家的建立者常常宣称说国家主义的情绪是内在于每个人的，但是我们知道这种情绪是需要从小培养的。"国家文化"在教科书里得到历史记载和宣扬，通过一个国立学校教育系统得到全国性的传播，就是宣称民族国家之永久性（相对于皇帝和皇朝的短暂）的方式之一。

在这个新的全球主义时代,民族国家被重新定义,随着民族国家文化就这一新的全球语境做出调整,传统文化成了民族国家借以展示自己的独特身份、拒绝被融入全球文化系统的一种抵抗模式。如果像我在前面所说的,当代文化必须在根本上是可译的,传统文化就是人们觉得可以抵制"翻译"的东西——虽然富有反讽意味的是,它常常需要被翻译成现代白话,比如说在中国有越来越多的"白话某某经典"的出现。在美国大学里,教师往往发现教现代文学比较容易,但是教授古典文学很难,特别是中国古典文学——诗与散文。这简直完美地符合我们的食廊比喻:可以被翻译为"国际口味"的食物,对立于那些过于异国风味的。(我不是指一小批喜爱翻译过来的中国诗歌的外国读者,而是在谈论传统文化被机构化、体制化和在学院里被解读的方式。)在这种缺乏理解当中有某种"合谋":一方面,美国学生和读者不愿意面对那些真正陌生的东西,因为不愿意面对在接触到陌生的东西之后对自己的反思;另一方面,传统文化的"国有者们"常常觉得最根本的东西是不可译的。

我想,传统文化的传播——无论是欧洲诸文明的还是非欧洲诸文明的——必然会发生在学校系统之中,这是不可避免的。当然会有对某些题目的兴趣的回潮,这一般来说是由当代的重新诠释造成的,比如说最近一系列根据简·奥斯汀的小说改编的电影诱发了人们对这位英国女作家的兴趣,书店里面奥斯汀的小说销路大开,而这些新版的小说通常用电影中的镜头作为封面,并大书特书"改编成电影的小说"。除了这些时尚之外,大概总是会有一小部分"精英"阶层人士对传统文化感兴趣。昆曲《牡丹亭》的表演总是可以吸引到观众来填满一座小型的演奏厅,虽然我们应该指出：这些表演往往不能取得商业上的成功而在经济上支持自己，它们需要国家的赞助或者需要爱好者们付出时间与才能。现在我们可以对这样的现象觉得理所当然，见惯不怪，但是我们应该思考一下，一个国家的政府出钱资助昆曲剧团的培训和演出是多么奇特的事情，与古代的情形又是多么不同。同样，在很多国家，由政府出资赞助的电视台成为传统文化之大众传播的媒介。

在所有这些情况之中——从学校的课程安排、对于博物馆和剧目表演的赞助到电视台，我希望大家可以看到，传统文化的传播是多么依靠政府的支持。这种支持的动机一直是国家主义的，虽然有时国家的计划包括教授多种国家文化以更广泛地定义"遗产"。在美国的学校里，多文化教育是得到强烈支持的，不过，只是给那些在美国人口中占据显著地位的国家和民族群体。在所有情况下，民族国家支持传统文化都是为了通过继承一份文化的遗产来培养归属感和团结情绪。

预言是一种危险的职业，如果一个人鲁莽地从事这一职业的话，那么，对比较遥远的未来做出预言，以便不必活到证明自己说错的一天，大概是较为聪明的。因此，我准备谈到一百年后的未来。人们跨国界的流动——特别是"精英"阶层人士的流动——不仅会继续，而且看来会增加。现在，在台湾和加州之间，已经存在着某种类似经常往返两地之间的群体了，而且，在中国香港和美国其他城市之间，在中国大陆的城市如北京、上海和美国其他城市之间，也可以看到这样的情形。在当代世界，这些流动不仅是经济性质的，而且还有一点"漫游"癖的因素在起作用。

这是一种比较新近的现象。当我们思考未来的时候，我们想到的是我们的曾孙辈后代。也许值得想想他们是什么样的人：也许生在温哥华，小时来到香港，在美国受大学教育，回到香港工作，也许被派往北京或者罗马，在那里生育子女。虽然这是一个敏感的话题，但是很可能在我们和他们之间的两代人具有混杂的血统。我想，在广东或者纽约上州的小村落里，还是会存在血统比较纯一的群体，但是在大城市里，包括中国的大城市在内，会存在一批曾经在各种地方居住过、文化上甚至血统上混合的居民，混合到他们真的没有一个单一的"祖国"的程度。

如果美国可以做一个可能的模型的话，那么，大概在大城市的精英和小城镇比较纯粹的"民族国家"分子之间会有一种张力，但是大城市的精英控制着学校系统。彼时的情形，将和以前国家主义和地方势力之间的张力十分相似，只不过原先的国家主义者将会被自视为全球主义者的精英阶层所代替了，就好像以前精英阶层自视为国家主义者一样。

这个想象中的未来的文化，无疑会是全球性的，也是折中性的。但是这里的问题是他们将如何理解传统文化。我可以想见，在那时，传统文化被当作共同分享的财富，而不是像现在这样，仅仅是地方化的、国有化的财富。这对于音乐和视觉艺术来说比较容易，但是文学则面临翻译的问题，而翻译，如我先前所说，是把我们当前的文化划分为国家和国际的一个象征性分水岭。

我还是不对未来的国际语言妄加猜度了：从目前的情形来看是英文，但将来也有可能是中文，甚至粤语。不过我可以谈一下翻译：在美国，有一个旧日流传下来的笑话，说一个来自得克萨斯州的人，当他听说《圣经》居然是从别的语言翻译为英语的之后，大大吃了一惊。翻译意味着变化，但是不一定意味着异国风味。美国大学生阅读翻译过来的塞万提斯、荷马、卡夫卡、托尔斯泰和福楼拜，并不感到有什么特别的焦虑。关于翻译以及文学（尤其是诗）之不可译性的焦虑是在欧洲文化史里面随着民族国家文学的意识形态而成长起来的。这种焦虑有其道理，但是，这是一种越来越紧密地与国家文学之纯粹性这样的意识形态联系在一起的焦虑。当我们看到文化潮流在朝向全球性文化发展，这种焦虑感之中所蕴涵的真实性会随之减少的。

我们的曾孙辈，他们的根会扎在不止一个地方，他们也会在不止一种环境之中感到如鱼得水，他们当然也会有他们自己的当代文化——也许，是存在于媒体的当代文化，而这种媒体会使得我们现在的大众媒体看起来就好像在一本书里阅读一部话剧一样地老式。但是当他们想到自己的文化过去时，他们会不需任何人为的努力而自然地从全球出发进行思考。很多人也许都掌握数种地方语言，也至少懂得一种过去的文化语言来进行阅读；有一些人会成为学者，保证出现在翻译过程中的问题不会被遗忘。但是——继续披着预言者的外衣——我要说在未来的一百年里，国家文学和国家文化的时代会逐渐成为过去。

这意味着古老的文本和文化产物会被不同地诠释，而这些不同的诠释也许与现在被称为"传统"的诠释方式完全不相吻合，甚至好像不可接受。这种现象已经在欧洲的传统里面发生了，而如果文化过去要在一个不断演变的传统之中保持活力的话，这是必要的。如果诠释走得太远，不能响应现代的兴趣，那么，保守的冲动会纠正它；这样，保守的冲动会一直保持活力，因为它在不断接受挑战。

我相信，传统文化的宝贵之处在于，它们可以提出问题，并呈现不再可能存在的表现与描述。它们提醒我们现代的局限。它们离我们很近，但是又已经不可企及。它们是一种遗产，但它们是人类的遗产，人性的遗产，而不是民族国家的。

如果我的预言会实现，那么，我们的任务是创造那样的一个全球性文化，它将怀有对真正全球性的文化传统的自觉意识。这应该通过翻译来实现，但也必须通过一种人文的话语来实现，这种人文话语应该可以阅读所有的传统，并看到其中宝贵的东西。

在他变成一个伟大的中国诗人之前，杜甫仅仅是一个伟大的诗人而已。也许，再过一百年，他又会变成一个伟大的诗人。那时，每个学生都会在十五岁的时候因为不得不阅读他的诗篇而叫苦连天，但是到他们四五十岁的时候，却会充满温情与爱好地，回忆起这些同样的诗篇。

译者跋

南朝萧子显有言：文之为物，弥患凡旧；若无新变，无以代雄。文学如此，文学批评亦然。中国古典文学是一个广大幽深、精彩纷呈的世界，但时至今日，我们亟须一种新的方式、新的语言对之进行思考、讨论和研究。只有如此，才不致再次杀死我们的传统，使它成为博物馆里暗淡光线下的蝴蝶标本、恐龙化石；或与现实世界隔一层透明的玻璃罩，或是一个庞大、珍贵而沉重的负担。译介这些文章，也许可以有助于我国古典文学研究领域的革新。

对于一个学者来说，学与思同等重要：没有丰厚学识作为基础的思想，未免流于空言，行之不远；然而徒有知识的积累而缺乏独立、新颖的思想，则犹如断电的冰箱，反而使储存的食物臭腐。

人们都知道什么是学识，却不一定个个清楚什么是思想。这种情形，举世皆然。开始教书之后，我发现学生们不分中外，最关心的问题之一都是如何把当代西方文学理论应用到中国古典文学研究上来。而我认为，归根结底，最重要的还是"如何思想"；至于思想的具体内容，尚居次位。作为动词的思想（也即如何思想）与作为名词的思想不同：前者无所谓进步与落后，无所谓过时。

而且，也无所谓国界。思想意味着以清楚的头脑、锐利的目光和丰富的事实作为基础，对一个大的问题进行持续、透彻的探索与追寻。正因如此，急切地追踪当代西方文学理论反而成为误区：人们太急于掌握"理论"了，却不知道如何思想。这样的情形，不只存在于中国。

收集在这本书里的十七篇文章，是作者已经发表与尚未发表的作品中很小的一部分。它们不是某一个"理论"或"学派"的产物，而是思想之所得。作者曾经在各种场合不止一次地讲道：在从事文学批评的时候，应该兼容并蓄，融会贯通，不为一门一派所局限。我个人则以为，一个好的文学批评家与学者，应该首先是一个好的读者。所谓阅读，既指文本的细读，也指一种以历史主义精神和历史想象力进行的阅读。

这些文字源于激情，也是苦心经营的结果。一个诗人、一个批评家、一个学者，和一个鞋匠没有什么根本的不同：他们当中最优秀的，都是不把自己的职业视为一份工作，而把它视为生命之形式的人；于是对手中的作品，务必切之蹉之，琢之磨之。作者并且相信，散文——包括理论与学术文字——可以写得和诗的文字一样美。而译者限于精力、学力与才力，往往但求仅免"门舍斯"之讥，不敢自信做到"辞达而已"。在这一点上，我对作者、编者与读者都怀有歉意。

是为跋。

田晓菲